W9-ACV-916

АНДРЕЙ ВОРОНИН

ОЛИГАРХ

искусственный интеллект

Роман

МИНСК
СОВРЕМЕННЫЙ
ЛИТЕРАТОР
2003

УДК 882
ББК 84(4Беи-Рус)
В 75

Охраняется законом об авторском праве. Воспроизведение всей книги или любой ее части запрещается без письменного разрешения издателя. Любые попытки нарушения закона будут преследоваться в судебном порядке.

Воронин А.

В75   Олигарх. Искусственный интеллект: Роман.— Мн.: Современный литератор, 2003.— 352 с.

ISBN 985-14-0267-2.

Никогда раньше он не был так близок к смерти... Десятки раз наблюдал, как это происходит с другими, но с собой — и представить не мог. Он — супербогатый и влиятельный в России человек, господин Грибовский, олигарх, в самом полном смысле этого слова. Все это было вчера. Сегодня он в бегах, затравлен и унижен, и как раненый зверь способен на жестокую месть...

УДК 882
ББК 84(4Беи-Рус)

Подписано в печать с готовых диапозитивов 21.01.03.
Формат 84×108^1/$_{32}$. Бумага типографская. Печать высокая с ФПФ. Усл. печ. л. 18,48.
Доп. тираж 10 000 экз. Заказ 137.

ISBN 985-14-0267-2   © Современный литератор, 2003

Глава 1

Чего здесь не было, так это красивых закатов. Увы, увы! Есть ценители, которых хлебом не корми, а дай полюбоваться тем, как раскаленный докрасна шар усталого дневного светила медленно погружается в море, заливая все вокруг расплавленным золотом, медью и вишневым сиропом. Они приезжают из больших городов, где люди вынуждены все время смотреть себе под ноги или по сторонам, чтобы не провалиться в открытый канализационный люк, не угодить под колеса автобуса или не налететь на другого такого же растяпу; приезжают в заранее облюбованные места и каждый вечер тащатся на берег, чтобы посмотреть, как садится солнце, и произнести все подобающие случаю слова. Им это нравится, они от этого в восторге — и на здоровье! Речь совсем не о них, поскольку, как уже было сказано, с красивыми закатами в здешних местах было туговато. Часов в пять вечера яркое, ослепительно белое солнце касалось гребня скальной стены, тяжело и грозно нависавшей над узенькой прибрежной долиной, прохладная тень гор вытягивалась, накрывая галечный пляж, и начинались скоротечные золотистые сумерки. И все, день на этом кончался. Вместо солнца повсюду вспыхивали дразнящие электрические огни, загорался в жаровнях древесный уголь, шипело на закопченных стальных решетках мясо, штопором уходили в бархатное адриатическое небо ароматные дымы, вертелось на берегу, сверкая огнями, чертово колесо, пенилось пиво, текло вино, и плескалась в садках за каменным парапетом живая рыба, ожидающая своей очереди быть поданной на стол.

По набережной, сплошь уставленной ресторанчиками, барами, ювелирными лавками, лотками торговцев и прочими забегаловками, валом валила толпа отдыхаю-

3

щих. Городишко был забит людьми и автомобилями. И те и другие перемещались как попало, не соблюдая никаких правил, и здоровенные полицейские, форма которых карикатурно смахивала на одежду американских копов, терпеливо и беззлобно разгребали пробки, ежеминутно возникающие на главной улице городка. Прозрачное море качало в волнах мертвые водоросли, объедки и прочий мусор. Волны с легким шумом плескались о камни мыса, на котором стоял старинный город-крепость — серо-желтый, тесный, неприступный и при этом весь какой-то игрушечный, словно выстроенный для забавы. В старинной гавани покачивались катера и яхты — в основном сдаваемые внаем. В темноте по пляжам деловито сновали уборщики из местных — собирали в огромные сетчатые мешки оставленную купальщиками дрянь. Дряни было много, поскольку подавляющее большинство отдыхающих составляли сербы, которые с милой непринужденностью гадили там же, где и ели, особенно на бесплатных пляжах.

Впрочем, были здесь и вполне цивилизованные места, с удовольствием посещаемые европейцами — настоящими европейцами, а не славянами различных мастей. Пятизвездочный отель «Адмирал» относился как раз к таким местам; в нем имелся даже огромный шоколадный «Кадиллак», встречавший гостей в аэропорту и отвозивший их обратно. Стоявшие на затененной стоянке отеля под нависающими виноградными лозами автомобили постояльцев были один другого краше, и затесавшийся в это сверкающее стадо потрепанный «Ситроен» Жака Марешаля, честно говоря, портил весь вид. Его архаичные обводы, пыльные серые борта, треснувшее лобовое стекло и мятый бампер уместно смотрелись бы в городе, где было полно невообразимых механических одров всевозможных моделей и марок. Но здесь, на гладком сером бетоне, в тени виноградных лоз и королевских пальм, втиснутый между округлым, как морская галька, черным спортивным «БМВ» и серебристой двухместной «Ауди» с откидным верхом, пожилой «Ситроен» Жака Марешаля выглядел просто убого. Из-за этого постояльцы и даже прислуга «Адмирала» в первые

4

дни косились на Жака с оттенком презрительного удивления: это еще что за диво? Выскочка, парвеню, задравший нос не по чину...

Впрочем, Жак Марешаль по этому поводу не переживал. Денег у него в данный момент было вдоволь, и он мог позволить себе немного расслабиться. О, деньги! Денег у Жака хватило бы на отдых и в более дорогом и престижном местечке, чем этот загаженный городишко в Монте-Негро. Что же до машины... Ну, машина — дело наживное. Понадобится — будет у него и машина — новая, блестящая, скоростная, роскошная. Хоть «Порше», хоть «Кадиллак»... А пока что Жака вполне устраивала его старая тележка. Главное, что она благополучно преодолела горные серпантины и доставила его сюда, и Марешаль не сомневался, что у нее хватит сил и на обратную дорогу.

Набросив на плечи белоснежный махровый халат и затянув пояс, Марешаль с чашечкой эспрессо в правой руке и с сигаретой в левой вышел на балкон. Третьей руки, чтобы прихватить стакан с водой, у Марешаля не было, да он и не собирался портить божественный напиток, запивая его водичкой. Жак обожал крепкий кофе, а сейчас, после дневного сна, ему было необходимо взбодриться. Он всегда чувствовал себя разбитым, если приходилось спать после полудня, но, с другой стороны, что еще делать в такую адскую жару? На пляже торчать?

Сумерки были теплые, бархатные. Обсаженный пальмами бульвар за оградой отеля уже начал оживать. Из открытой балконной двери по голым ногам тянуло кондиционированной прохладой, дым ровной струйкой тек с кончика сигареты. Марешаль сделал микроскопический глоток из чашки и зажмурился от удовольствия: хорошо! Настоящий эспрессо не всегда отыщешь даже в Париже, а здесь — пожалуйста... Кто бы мог подумать, что в такой дыре могут варить такой эспрессо!

Да, Париж... Марешаль сунул сигарету в зубы и освободившейся рукой задумчиво почесал видневшуюся из халата загорелую безволосую грудь. На груди у него на тонком кожаном шнурке болтался круглый медный медальон с выгравированной неразборчивой надписью. Укра-

5

шение это, купленное за пару франков на Монмартре, было весьма сомнительным и так же мало вписывалось в роскошную обстановку дорогого отеля, как и машина Жака. Впрочем, в отличие от машины, медальон редко попадался на глаза посторонним. Жак носил его, не снимая, потому что считал, что медный кругляш приносит ему удачу. Наверное, в какой-то мере это соответствовало действительности: госпожа Фортуна до сих пор стояла к Марешалю если не лицом, то, как минимум, вполоборота, и на ее красиво очерченных губах играла легкая тень снисходительной улыбки. Этого было достаточно. Фортуна — дама капризная, переменчивая, и если не удается добиться от нее прямого покровительства, то на худой конец пусть будет хотя бы снисходительна.

Здесь, в этой чертовой пыльной дыре, даже в сентябре было слишком жарко. Все доступные удовольствия стоили буквально гроши, и были они, увы, и впрямь грошовыми. А хуже всего Жаку казалось то, что он понятия не имел, сколько ему придется проторчать здесь. И потом, кто знает, получится ли это у него — торчать здесь столько, сколько понадобится. Кончится бархатный сезон, все разъедутся... Что же ему, оставаться одному среди местных придурков? На них много не заработаешь, да и неспокойно здесь в отсутствие отдыхающих. Сербы, албанцы, боевики, автоматы, танки миротворцев... И дернул же его черт поехать именно сюда! Конечно, здесь его станут искать в последнюю очередь, но это укрытие как раз из тех, где и сам долго не усидишь, особенно если обладаешь таким беспокойным характером, как Жак Марешаль, и зарабатываешь себе на жизнь тем же, что и он.

Жак был игрок — не то чтобы профессиональный, но и далеко не средней руки. Он никогда не упускал случая немного пощипать богатых простофиль; это было, если угодно, его невинное хобби. Внимание, выдержка, страсть к деньгам, понимание человеческой психологии и элементарная ловкость рук — вот все, что нужно для того, чтобы зеленое сукно превратилось в плодородную ниву и регулярно приносило неплохой урожай. Конечно, это не то, что принято называть серьезным бизнесом,

6

но прокормиться этим можно, особенно если соблюдать меру и не пренебрегать разведкой.

Вот на этом-то Жак Марешаль и прокололся. Он сел играть с человеком, о котором не знал ровным счетом ничего, кроме того, что его партнер ездит на шикарном автомобиле и носит на себе граммов двести золота. И это бы еще полбеды! Но Жак увлекся и слегка переступил границы дозволенного, отобрав у толстосума больше, чем тот мог позволить себе спустить за один вечер. Толстосум, к сожалению, оказался тертым калачом и сумел навести о Жаке справки в тех кругах, где его имя было хорошо известно. Почувствовав повышенное внимание к своей персоне, Жак тоже навел кое-какие справки, и кончилось это тем, что ему пришлось бежать из Парижа куда глаза глядят, спасая не деньги, а собственную шкуру. Партнер оказался человеком серьезным — из тех, что не прощают мелких шалостей с тузами в рукавах и краплеными колодами. Так что о любимом кафе на Монмартре и прелестях рыжеволосой Жаклин пока что лучше забыть. Ах, Монмартр и это безумное лето! Жак и Жаклин — что это была за пара! Впрочем, если хорошенько подумать, то, возможно, оно и к лучшему, что Жак уехал не прощаясь. По правде говоря, он уже немного устал от ее сцен, а Жаклин была не из тех, с кем можно расстаться легко.

Он потушил сигарету в стоявшей на широких перилах пепельнице, залпом допил остывший кофе и вернулся в номер. Пора было принимать душ, одеваться и отправляться в казино — трогать за вымя здешних любителей азартных игр. Трогать аккуратно, нежно, не перебарщивая — хватит с него историй с погонями...

Перед тем как покинуть номер, Жак ненадолго задержался у зеркала и окинул себя удовлетворенным взглядом. Он был невысок, строен и подвижен. Немного одутловатое, далеко не старое, но отмеченное печатью богатого жизненного опыта лицо с быстрыми лисьими глазами, гладко выбритые щеки и подбородок, небольшие, хорошо ухоженные ладони с нервными пальцами музыканта, фокусника и карточного шулера. Мягкие кремовые брюки, такого же цвета туфли из прекрасной замши, белоснежная рубашка с коротким рукавом, вместо галстука — неброский шейный платок. На пальце тяжелым золотым блеском сверкает перстень с красным камнем, на запястье строго поблескивает «Ролекс» — один из его последних трофеев стоимостью в пять тысяч долларов. Бог мой! Набор шестеренок и пружин за пять тысяч! Нет, в этом мире явно что-то не так...

Он спустился в холл, на ходу раскланиваясь с соседями. Косых взглядов было предостаточно, но они были уже другие. Из них ушло превосходство, а вместо него появилась опасливая неуверенность: не дай бог, окликнет и предложит перекинуться в покер! Нет, в нечестной игре его не подозревали: Жак был осторожен и старался не рисковать. В «Адмирале» он слыл просто превосходным игроком, которому палец в рот не клади, и изо всех сил поддерживал имидж респектабельности. Это была совсем не та тактика, к которой он привык. Обычно он быстро срывал куш и еще быстрее исчезал в неизвестном направлении, но сейчас нужды в деньгах у него не было, да и исчезнуть, по правде говоря, было некуда. Разве что в какую-нибудь совсем уж убогую дыру, где придется беспробудно пьянствовать да бить мух свернутым в трубочку прошлогодним журналом. Это было бы безопасно, но, господи, до чего же тоскливо! Пожалуй, от такой жизни Жак Марешаль мог бы пустить себе пулю в лоб. А поскольку оружие он не любил и никогда не держал его при себе, пришлось бы искать какой-то другой способ покончить с тоской.

Казино в этом курортном местечке отгрохали на славу, и оно казалось самым большим и современным из расположенных здесь строений. Это был большой куб серого шероховатого бетона со стеклянным низом и призывно горевшей наверху, на высоте добрых четырех этажей, неоновой вывеской. Оказавшись внутри, Жак для разгона выпил бокал шампанского и пошел вдоль столов, приглядываясь к публике и потихонечку пытая удачу. Он спустил несколько дойчмарок в рулетку, по маленькой выиграл в кости и минут десять сражался с «одноруким бандитом», просадив всего три или четыре доллара. Все это время он разглядывал игроков и чутко прислушивался к своему внутреннему голосу. Внутренний голос сегодня был сытым, самоуверенным и слегка раздраженным: ему не нравилось, что Жак тянет резину.

Сделав пару кругов по залу, Марешаль наконец приблизился к карточным столам и уселся в углу на свободное место. Пачка сигарет и зажигалка легли на сукно рядом с хромированной пепельницей, над столом вспыхнула яркая лампа под зеленым абажуром. Марешаль опустил ее пониже — так, чтобы лицо оказалось в тени, — и стал ждать. Симпатичная блондинка — служащая казино, — одетая строго и вместе с тем соблазнительно, положила перед ним новую колоду в хрустящей целлофановой обертке. Марешаль кивнул, отказался от предложенной выпивки и не спеша закурил, пустив дым спиралью завиваться вокруг лампы. Он никуда не торопился, как не торопится рыбак, в тихое воскресное утро забрасывающий удочку в мутные воды Сены: авось что-нибудь клюнет. А не клюнет, так хоть время незаметно пройдет...

Партнер появился за столом Марешаля как-то неожиданно. Казалось бы, Жак не спускал глаз с дверей, держа под постоянным контролем весь зал, но невзрачный тип в просторных светло-серых брюках и такой же рубашке с коротким рукавом все равно возник внезапно, словно материализуясь из сигаретного дыма.

— Вы позволите? — спросил он и, не дожидаясь приглашения, опустился на стул.

Прежде чем его лицо скрылось в абажурной тени, Марешаль успел его разглядеть и не нашел в нем ничего примечательного. Сидевший напротив человек был сер, как его одежда. Марешаль поймал себя на том, что старательно вглядывается в накрытое тенью абажура лицо, пытаясь разглядеть черты, которые только что видел при ярком свете. Видеть-то видел, но запомнить не смог. Если бы незнакомец прямо сейчас встал со стула, обошел вокруг зала и снова уселся на место, Марешаль сумел бы опознать его разве что по костюму. Он даже запаха не издавал — никакого, пусть даже неприятного. Сер, бесцветен, тускл, как осколок запыленного оконного стекла... Марешаль подумал, что такие вот незаметные люди часто бывают опасны, но тут же мысленно махнул рукой: какая еще к дьяволу опасность! Только не здесь, не в этом развеселом вертепе, где все только и делают, что жрут, загорают и плещутся в море. Если бы ищейки Жильбера напали на его след, все это выглядело бы совсем иначе. Он бы уже валялся на дальнем пляже с разбитым лицом, а потные ублюдки с сытыми рожами, пыхтя, пинали бы его ногами... Нет, вряд ли серый человек опасен. Обыкновенный клерк на отдыхе, незаметный серый мышонок, решивший раз в жизни примерить тигриную шкуру — вот именно примерить, не более того. Чтобы тихо, ничем не рискуя... Ну, а вдруг повезет? Тогда можно будет, придя в ресторан, вместо здешнего самогона заказать хороший коньяк или виски...

— Составим партию? — поинтересовался Марешаль, с треском распечатывая колоду.

— Гм, — сказал серый человечек с сомнением. — Не знаю, получите ли вы удовольствие от моей игры. Я не силен в покере, увы...

Он говорил по-французски довольно чисто, но с каким-то непривычным твердым акцентом. Немец? Швед? Или вовсе какой-нибудь поляк?

Руки Марешаля замерли, прекратив тасовать колоду, брови удивленно приподнялись.

— Простите, — сказал он, — но я вас не понимаю. Может быть, вам лучше попытать счастья в другом месте, на рулетке или у автоматов? Я ничего не имею против вашего общества, поверьте, но я-то пришел сюда играть, и игрок я, смею вас уверить, очень приличный. Стоит ли попусту выбрасывать деньги без надежды на выигрыш?

— Гм, — повторил незнакомец. — Сказать по правде, игра меня не интересует. Я привык действовать наверняка, не полагаясь на удачу. А в карточной игре, даже самой высокоинтеллектуальной и требующей скрупулезного расчета, всегда присутствует элемент непрогнозируемого риска. Вы со мной согласны? Невозможно ведь знать заранее, какая откроется карта. Разумеется, существует множество способов изменить в свою пользу даже самую безнадежную ситуацию, но тогда появляется риск прослыть... э... гм... простите, шулером. Поэтому лично я предпочитаю играть в те игры, где нет места непредвиденным случайностям.

Голос у него был тихий, почти робкий, а тон едва ли не извиняющийся. Марешаль слегка дернул щекой, выразив этим свое презрение к людям, превращающим собственный жизненный путь в трамвайную колею, изящным движением потушил в пепельнице сигарету и с треском прошелся пальцами по срезу колоды.

— Не понимаю, — с откровенной скукой в голосе сказал он, — зачем в таком случае вы явились сюда. Мне как-то не приходилось видеть, чтобы в казино проводились шахматные турниры.

— Шахматы, — с усмешкой повторил серый человек, как будто пробуя на вкус незнакомое кушанье. — Шахматы... Да нет, это тоже не то. Не тот масштаб... Видите ли, мсье Дюпре, у меня к вам дело.

Марешаль нахмурился. Он действительно остановился в отеле под именем Мишеля Дюпре, но серый человек среди постояльцев «Адмирала» ему не встречался, так что оставалось только гадать, откуда ему известен псевдоним Марешаля.

— Мы знакомы? — резко спросил он.

— В этом нет ни малейшей необходимости, — спокойно ответил серый человечек. — Достаточно того, что я вас знаю. Знаю, кто вы, откуда, почему оказались здесь и от кого прячетесь.

— Вы бредите, — внутренне холодея, резко бросил Жак. — Обратитесь к врачу, мсье, а меня оставьте в покое. Я не веду никаких разговоров за карточным столом. Я здесь отдыхаю, черт подери, и не позволю мне мешать!

— Тише, мсье Марешаль, — все так же спокойно проговорил незнакомец, — не надо привлекать к себе внимание. Вы здесь не отдыхаете, а прячетесь. Мы оба это знаем, и не в ваших интересах, чтобы об этом узнал кто-нибудь еще. Гийом Жильбер перевернул вверх дном пол-Европы, пытаясь отыскать вас, чтобы наедине обсудить подробности вашей последней встречи за карточным столом. Он все еще очень зол, мсье Марешаль. Скажу вам по секрету: этот тип мне совсем не понравился. Он производит впечатление настоящего вышибалы, и мне бы очень не хотелось доставлять ему радость ценой вашего драгоценного здоровья.

11

Да, он все-таки иностранец. Об этом говорил не только акцент, но и то, как тщательно и чересчур тяжеловесно он строил фразы.

— Не понимаю, о чем вы говорите, — значительно понизив голос, пробормотал зажатый в угол Марешаль. — Кто вы такой? Какого дьявола вам от меня нужно? Это что, шантаж?

— Ну-ну, — снисходительно сказал незнакомец, — давайте попробуем обойтись без оскорблений. За одну только информацию о вашем местонахождении Жильбер готов дать вдвое больше, чем вы вытянули из него во время игры. Других денег у вас нет, так что смысла в шантаже нет. Я просто играю в свою игру, мсье Марешаль, и вы, как опытный игрок, должны признать, что в данный момент все козыри у меня. Что бы вы сейчас ни предприняли, я все равно останусь в выигрыше, потому что получу либо ваше согласие сотрудничать, либо деньги за вашу голову. Я не очень нуждаюсь в деньгах и, повторяю, Жильбер, мне крайне неприятен, так что ваше согласие было бы для меня предпочтительнее. А для вас?

— Дьявол, — пробормотал совершенно убитый Марешаль. Он чувствовал себя точь-в-точь как в первый раз, когда его поймали за руку при попытке вытащить из-за воротника рубашки спрятанного там туза. — На что, пропадите вы пропадом, я должен согласиться?

— Не надо сердиться, — сказал серый. — Лично я ничего против вас не имею. Поверьте, мне даже жаль, что я испортил вам вечер. Но таковы обстоятельства. И потом, дав свое согласие, вы ничего не теряете. Напротив, вы приобретете, и очень много!

— Например? — сквозь зубы бросил Марешаль, между делом прикидывая, нельзя ли попросту сбежать. Увы, кратчайший путь наружу проходил через то самое место, на котором, пряча в тени свое неприметное лицо, сидел его собеседник.

— Например, морской круиз на комфортабельной частной яхте, — сказал тот. — Адриатика, Средиземное море, зеленые берега Африки... Солнце, плеск волн, прекрасный отдых в местах, где вас не достанет никакой Жильбер. Отличная еда, выпивка, красивые женщины... Немного узкий круг общения, не скрою, но парочка любителей покера всегда будет у вас под рукой. А в перспективе — двести тысяч долларов наличными или чеком, как пожелаете.

— Бесплатных завтраков не бывает, — сказал Марешаль. — Что я должен сделать?

— Ровным счетом ничего. Жить в свое удовольствие и быть все время под рукой — вот и все ваши обязанности. Когда необходимость в вашем присутствии отпадет, вы получите билет до любой точки земного шара, какую сами назовете, все необходимые документы, визы, деньги и — адье!

— Так не бывает, — упрямо повторил Марешаль. — Не понимаю, в чем тут подвох.

— А понимание от вас и не требуется. В этой игре, как ни прискорбно, вы — пешка. Может так случиться, что простоите всю игру на своей клетке. Скорее всего, так оно и будет. Кстати, должен предупредить: выбора у вас нет. Вернее, есть, но только тот, который я вам уже описал. Если у вас возникают какие-нибудь не совсем разумные мысли, лучше забудьте о них. Сбежать не удастся, и полиция вас не защитит. Нет, если не верите мне на слово, можете попробовать, но тогда я снимаю с себя всякую ответственность за вашу судьбу.

— До сих пор я как-то справлялся с этой ответственностью без вас, — проворчал Марешаль.

— Вот именно, до сих пор, — подчеркнул серый. — Да и то из рук вон плохо. А теперь ситуация в корне изменилась. Ну, так что вы выбираете? Время дорого, мсье Марешаль. Нас уже ждут. Яхта у причала в сотне метров отсюда, а телефон, по которому я могу прямо сию минуту позвонить Жильберу, вот он. — Он извлек из кармана трубку мобильного телефона и принялся играть кнопками. — Смотрите, я набираю номер. Вам этот номер неизвестен, но голос вы наверняка узнаете. Секундочку... Алло! Мсье Жильбер? Гийом Жильбер, я не ошибся? Очень приятно! Мсье Жильбер, я располагаю некоторой интересующей вас информацией. Речь идет об...

— Стойте, — хрипло выдохнул Марешаль и трясущейся рукой сунул в зубы сигарету. — Прекратите, черт бы вас побрал! Я согласен.

13

Серый человек — назвать его человечком у Марешаля теперь не повернулся бы язык, — удовлетворенно кивнул, одним нажатием кнопки оборвал связь и убрал телефон в карман.

— Давно бы так, — сказал он. — Терпеть не могу всю эту болтовню. Что толку болтать, когда и без слов все ясно? Я люблю действовать — быстро, решительно и четко. Ну, пойдемте, мсье Марешаль. Можно, я буду звать вас Жаком?

— Нельзя, — совсем по-детски огрызнулся Марешаль.

— Прекрасно, Жак! — словно не расслышав отказа, воскликнул серый. — А вы меня зовите... Да как хотите, так и зовите!

Он поднялся со стула и сделал приглашающий жест в сторону двери.

— Только один вопрос, — неохотно вставая и убирая в карман сигареты, сказал Марешаль. — Почему именно я? Это из-за карт, да?

— Ничего подобного, — сказал серый. — Плевать я хотел на ваши мелкие грешки, если хотите знать. Они послужили лишь приятным дополнением к... э...

— Да к чему же?!

— К вашей исключительной наружности. У вас прекрасное лицо, Жак. Просто прекрасное лицо! Какое счастье, что я подоспел вовремя и не позволил гориллам Жильбера изуродовать это чудо!

Больше Марешаль ни о чем не спрашивал. Они молча пересекли зал, где играли в рулетку, спустились по широкой лестнице в вестибюль и через стеклянные двери вышли из прохлады в ярко освещенную сутолоку ночного курорта. Серый человек шагал впереди, не оглядываясь, уверенно держа путь к причалу старой гавани. Марешаля так и подмывало затеряться в толпе, но, бросив осторожный взгляд через плечо, он увидел двоих рослых парней, которые, вне всякого сомнения, эскортировали его и незнакомца к причалу. Возможность побега была предусмотрена и заблаговременно устранена. Марешаль горько усмехнулся. Да, отступление отрезано настолько тщательно, что эскорт был, пожалуй, лишним. В самом деле, зачем бежать, если бежать просто некуда?

14

Как всякий настоящий игрок, в глубине души Жак Марешаль был фаталистом. Когда обстоятельства сильнее тебя, остается только покориться и плыть по течению, не делая лишних движений и экономя силы. Даже если впереди ревет Ниагарский водопад, что толку барахтаться, пытаясь предотвратить неизбежное? В конце концов, умирать все равно когда-нибудь придется, а если тебя это не устраивает, нечего соваться в реку. Сидел бы себе на берегу и горя не знал!

Да, но вот лицо... При чем тут все-таки лицо? Возможно, это была неудачная шутка?

Марешаль украдкой пощупал свое лицо. Оно было на месте и, кажется, ничуть не изменилось. В общем, лицо как лицо — не хуже, чем у других, но и не лучше. Что же в нем такого исключительного?

— Вот мы и пришли, — сказал человек в сером, прервав размышления Марешаля.

Марешаль поднял голову и увидел яхту.

* * *

— Боже мой! — Оксана Вербова с размаху упала на кровать и закрыла лицо ладонями. — Боже мой, какой кошмар!

Голос ее звучал глухо и, как показалось Егору Королеву, чересчур драматично. Да и вся поза Оксаны, ее прижатые к лицу грязные ладони, покрытые причудливыми разводами пота, пепла и копоти голые ноги, испачканная одежда и торчащие в разные стороны, густо посыпанные пылью волосы напоминали ему кадр из дешевого голливудского фильма-катастрофы — дешевого по убогости замысла и исполнения. Это и впрямь напоминало плохое кино: сотни тонн чадно пылающего керосина, вопли обезумевших людей, медленно проседающие небоскребы и в финале — рыдающая красавица героиня, которой чудом удалось уцелеть. Хуже всего то, что кинематографическая страшилка вдруг переместилась в реальную жизнь. Егор наяву почуял запах копоти и соб-

15

ственного пота. Лицо его было стянуто тугой коркой подсохшей грязи, саднили многочисленные порезы и ссадины, а его густая шевелюра сделалась жесткой от осевших частиц пепла и известковой пыли и казалась чужеродной конструкцией торчащих в разные стороны стальных проволочек. В голове царил полнейший сумбур, и все, что мог сейчас сказать известный журналист и телевизионный аналитик Егор Королев, сводилось, пожалуй, к тому, что неустанно повторяла сидевшая на кровати Оксана: «Боже мой!»

— Боже мой! — снова повторила та, и Егора наконец прорвало.

— Да замолчи же ты, наконец! — выкрикнул он с внезапной злобой в голосе. — Что ты заладила, как попугай: боже мой, боже мой... Старикашка с бородой здесь совершенно ни при чем, неужели непонятно?! Немедленно прекрати эту истерику, или я...

Оксана отняла от лица испачканные копотью ладони и с холодным интересом взглянула на него.

— Что — ты? — срывающимся от слез голосом спросила она. — Что ты сделаешь? Что ты можешь сделать такого, что было бы страшнее этого кошмара?

У нее и впрямь начиналась истерика. Егор поймал себя на том, что и сам недалеко ушел от состояния, в котором пребывала его невеста, и устыдился своей невольной вспышки. Ему следовало быть сильнее, сдержаннее и снисходительнее, а он поддался минутной слабости. Да, действительно, то, чему они были свидетелями сегодня утром, нескоро удастся переплюнуть, и было бы, наверное, странно, если бы Оксана отреагировала на происходящее как-то по-другому. Среди женщин бывают, конечно, и холодные стервы, которых не интересует ничто, кроме карьеры и денег. Такие, не моргнув глазом, крупным планом снимут зверское убийство грудного младенца и спокойно загонят репортаж по бешеной цене тому агентству, которое больше заплатит. Егор с такими встречался и уважал их за профессионализм, но лечь с такой женщиной в постель было бы, наверное, все равно что заниматься любовью с калькулятором. В Оксане же он видел прежде всего женщину и только потом журналистку.

16

Королев положил пыльный чехол с цифровой видеокамерой на низкий журнальный столик и аккуратно поставил в угол сумку. В сумке лежали кассеты с бесценным материалом: рушащиеся башни, бегущие в панике люди, по пятам за которыми катится плотный вал известковой пыли и обломков, интервью с насмерть перепуганными очевидцами... В нагрудном кармане рубашки лежал чек, полученный Егором от преставителя Си-Эн-Эн за самую первую кассету, на которой был запечатлен таран. Везти эту кассету в Россию не имело смысла: Королев был уверен, что сенсационные кадры за считанные часы облетят всю планету и перестанут быть уникальными. Поэтому он постарался подороже продать отснятый материал. То есть поступил в точности так же, как одна из тех холодных стерв, о которых он только что подумал...

Егор досадливо поморщился. Раньше ему всегда без труда удавалось найти компромисс с собственной совестью. Если на свете происходят какие-то события, то кто-то же должен информировать о них обывателя! Это работа, и притом не самая легкая, а каждый труд должен вознаграждаться. Что, разве не так? И вообще, работа есть работа. Каждый за себя, один бог за всех, и пусть бросит камень тот, кто без греха. Он не испытывал неловкости, топча и распиная по указке Грибовского его оппонентов и получая за это огромные гонорары. В его телевизионных выступлениях не было ни слова клеветы, все эти люди имели рыльце в пушку, как и сам Грибовский. Но Грибовский ему платил, а они нет. Конечно, все это было за гранью человеческой морали. Это политика, а в ней — свои правила: или ты их, или они тебя. Так что получать деньги за сомнительные с точки зрения нравственности репортажи Королеву было не впервой. Но в данном случае трагедия была настолько чудовищной, что рассказывать о ней взахлеб и впрямь казалось как-то неловко. Егор Королев чувствовал себя сытым стервятником, который заранее знал, где и когда его будет поджидать огромная куча падали...

Именно это не давало ему покоя и действовало на нервы в течение всего безумно долгого дня. Кто-то дал ему прямую наводку и даже оплатил им с Оксаной дорогу до Нью-Йорка — кто-то, заранее знавший с точностью до минуты, что, где и когда произойдет. Кто? Это дело отдавало какой-то мистикой, но Егор слишком устал, чтобы ломать голову над мрачными чудесами.

Избавившись от поклажи, он подошел к Оксане.

— Прости, — прошептал он. — Я не должен был на тебя кричать. Наверное, со мной тоже что-то вроде истерики. Это действительно какой-то кошмар.

Он погладил пыльные волосы Оксаны, но та, резко дернув головой, сбросила его руку и снова спрятала лицо в ладони. Королев поморщился, вздохнул и, не зная, куда себя деть, прошелся по комнате. В номере отеля горел свет, жалюзи на окне были опущены. Окно притягивало Егора как магнит, и наконец он подошел к нему и поставил планки жалюзи горизонтально.

Окно выходило на залив. Манхэттен отлично просматривался отсюда. Огромный столб дыма, копоти и пыли чудовищным черным пальцем до сих пор упирался в красное закатное небо. Егор подумал, что для завершения репортажа лучшей картинки просто не придумаешь. Не оборачиваясь, он протянул руку назад, взял со столика камеру в пыльном чехле, поднял жалюзи и начал снимать раньше, чем успел подумать, как его поведение будет воспринято Оксаной. Через минуту он спохватился, но снимать не перестал: работа есть работа. Картинка в окошечке видоискателя была просто на загляденье, а вечно зависеть от перепадов женского настроения нельзя. Да и свое собственное настроение тоже не всегда помогает в работе. Бывает и так, что оно мешает, и даже очень мешает...

— Отличные кадры, правда? — раздался позади него глухой, надломленный голос Оксаны. — Иногда ты меня просто пугаешь. Скажи, тебя интересует что-нибудь, кроме денег?

— Масса вещей, — ответил Егор.

Он закончил снимать, надел на объектив пластиковый колпачок и аккуратно убрал камеру в чехол. Чехол был грязный, неприятный на ощупь, и он, не отдавая себе отчета в собственных действиях, попытался стряхнуть с него въевшуюся намертво пыль.

— Масса вещей, — повторил Егор Королев. — И в первую очередь — работа. Работа, которая заключается в сборе и распространении информации. Мы ведь с тобой не сомневались, что едем сюда работать, а не просто любоваться небоскребами. Вот она, наша работа! — Он ткнул пальцем в сторону окна. — Этот столб дыма сейчас снимают сотни камер, любительских и профессиональных. Почему же ты не бежишь закрывать их ладонями? И что, собственно, произошло? Мы стали свидетелями крупнейшего в истории человечества террористического акта и сумели заснять его на пленку. Разве это не удача?

— Там погибли люди, — напомнила Оксана. — Много людей.

— В Грозном погибло больше, — парировал Королев. — А сколько погибло во время взрывов жилых домов в Москве, Волгодонске? Что-то я не припомню, чтобы ты тогда вела себя подобным образом. Или наши люди ценятся ниже американцев? Тогда ты работала как проклятая и не позволяла себе раскисать.

— Я и сегодня работала и не раскисала, — напомнила Оксана. — Но я не могу избавиться от мысли, что это неспроста.

— Конечно, неспроста! — сказал Королев, возвращая чехол с камерой на стол. — Такие вещи не происходят случайно.

— О чем ты говоришь? — морщась, спросила Оксана. — О каких вещах?

— Вот об этих, — Егор снова указал на окно, — о каких же еще? А ты что имела в виду?

— Не притворяйся, — сказала Оксана. — Ты знаешь, о чем я. Как мы здесь оказались? Почему? Кто тебе звонил? Что это за мистика с исчезающими, появляющимися и снова пропадающими надписями? Что это значит: «Продолжение следует»? Ты хоть представляешь себе, каким оно может быть при таком начале?

— М-да, — сказал Егор и принялся озираться по сторонам в поисках своей дорожной сумки. — Сия тайна велика... Ты права, я все время об этом думаю. Действительно, какая-то белиберда. Утешает только одно: человек, который дал нам эту наводку, относится к нам вполне доброжелательно. Просто взял нас за шиворот, перенес куда надо, поставил лицом в нужную сторону и сказал: снимайте, ребята, ваша сенсация сейчас вылупится. Странно это как-то, непонятно... Представляешь, этот тип назвал меня Егорушкой! Вокруг все рушится, горит, а он — «Егорушка»... Давно меня так никто не называл. Даже мороз по коже продрал, честное слово.

Он наконец вспомнил, куда засунул свой дорожный багаж, открыл стенной шкаф, расстегнул сумку и, покопавшись в вещах, вытащил бутылку «Джима Бима», купленную накануне как сувенир для московских знакомых. Одноразовые стаканчики для полоскания рта обнаружились на полочке в ванной. Егор содрал с них герметичную упаковку, с треском отвернул колпачок с горлышка бутылки и разлил виски. Порции получились щедрые, далеко не дамские, но Оксана не обратила на это внимания.

— Выпей, — сказал ей Королев. — Авось полегчает.

— А кто называл тебя Егорушкой? — вертя в руках стакан, спросила Оксана. — Тогда, раньше, — кто?

— Мама, — сказал Королев. — Иногда... гм... иногда женщины. И еще Грибовский, но это очень редко, в минуты отличного настроения.

— Полагаю, сегодня утром тебе звонила не мама, — сказала Оксана. — Я уж не говорю о бабах, с которыми ты спал до меня и, как мне кажется, продолжаешь спать и по сей день. Подожди, не возражай. Мне плевать на твоих баб, я понимаю, что ты не девственник и не аскет. Речь сейчас не об этом, а о том телефонном звонке.

— Ты намекаешь, что это звонил Грибовский? Но он умер. Мертвые не поддерживают телефонную связь со своими здравствующими знакомыми. Хотя-а... Это действительно напоминало звонок с того света. Ты знаешь, что после того, как башни рухнули, на Манхэттене была надолго прервана связь? Не транслировались радио- и телепрограммы, не работали мобильные телефоны... На одной из башен стояла антенна-ретранслятор, и, когда она упала, город оглох и ослеп. Уверен, половина американцев понятия не имела, что произошло. Так что я ума не приложу, как мой абонент сумел дозвониться до меня. Мистика какая-то!

20

Он залпом выпил виски, подумал и плеснул себе еще одну порцию.

— Мистика, — сказала Оксана. — Мертвый человек звонит по мертвому телефону... Это, между прочим, говорит в пользу моей версии. Грибовский располагал возможностями, которые простому смертному и во сне не снятся.

— Брось, — подавляя желание зябко передернуть плечами, сказал Королев. — Он умер, его больше нет. Мы сами видели, как он взлетел на воздух. Мы даже сумели снять этот исторический момент и неплохо на нем заработали.

— Мне было бы спокойнее, если бы мы видели не только взрыв, но и тело, — сказала Оксана.

— Ты же помнишь, как это было, — возразил Королев. — От тела и следа не осталось. Ты же не утверждаешь, что члены экипажа той яхты тоже живы и здоровы, правда? А между тем их тел тоже никто не видел. И вообще, ты соображаешь, что несешь? Генералы ФСБ спокойны и уверены, а журналистка Вербова, видите ли, сомневается. Чудес не бывает, Оксана, мертвые не воскресают.

— Тогда кто тебе звонил?

Оксана наконец выпила виски и, изогнувшись, вынула из заднего кармана грязных шортов мятую пачку дорогих дамских сигарет. Королев поднес ей огня. Женщина закурила и тут же принялась грызть фильтр сигареты, как это делают порой нервничающие мужчины. Раньше за ней такого не водилось, и Королев с тоской подумал, что его, наверное, ждут еще какие-нибудь сюрпризы.

И верно, сюрпризы его поджидали. Когда Оксана снова заговорила, речь ее была не по-женски логичной, продуманной и четкой.

— Слушай, — сказала она, — ты ведь уже не мальчик, чтобы закрывать глаза и отворачиваться от фактов, даже если они тебе неприятны. Ну представь себе весы. Самые обыкновенные, примитивные весы с коромыслом и двумя чашами. На одной чаше — тот взрыв и официально признанная смерть человека, тела которого никто не видел. А на другой — масса необъяснимых мелочей, вроде этого приглашения посетить Нью-Йорк, исчезающих букв, странных телефонных звонков… А помнишь кассету, которую ты снял в Тунисе? Откуда на ней появилось лицо Грибовского? Что ты все время твердишь о какой-то мистике? Может быть, пора поискать разумное, рациональное объяснение происходящему? Я не люблю, когда вокруг меня творится какая-то запутанная чертовщина, мне претит быть пешкой в чужой, непонятной мне игре. Это может плохо кончиться, Егор. Очень плохо. И мне непонятно упорство, с которым ты прячешь голову в песок. Ты что, боишься убедиться в том, что Грибовский жив?

Косвенное обвинение в трусости ничуть не задело Королева, но он отметил про себя, что Оксана, оказывается, умеет бить ниже пояса. Это была полезная информация, имевшая прямое отношение к их будущей семейной жизни, и он отложил ее про запас: кто предупрежден, тот вооружен. Кроме того, у него было, чем ответить на такой удар.

— Боюсь? — спокойно переспросил он. — Вот тут-то ты как раз и не угадала! Мне не бояться, мне бога молить надо, чтобы Грибовский оказался жив! Ты знаешь, сколько он мне должен? Не знаешь? Ну, так я и не скажу, а то ты сна лишишься. Поверь, речь идет об очень больших, настоящих деньгах. Для Грибовского это, конечно, капля в море, но капля весомая, ощутимая. А с другой стороны, его смерть, настоящая или мнимая, раз и навсегда вычеркнула его из списков лиц, оказывающих влияние на политику. А раз так, то зачем ему я? Будь он жив, с его стороны было бы гораздо логичнее просто списать долг и забыть о моем существовании. Не думаешь же ты, что он, избежав смерти и уйдя в подполье, поддерживает со мной одностороннюю связь из сентиментальных соображений? Да еще, прости, таким идиотским способом!

Это был веский аргумент. Мир, в котором жили Оксана Вербова и Егор Королев, стоял на трех китах, и киты эти звались — деньги, большие деньги и очень большие деньги. Все остальное целиком зависело от денег, было им посвящено и ими приводилось в движение. Деньги были главной пружиной в гигантском часовом механизме, а Оксана и Егор могли претендовать только на роль незаметных винтиков, и все их радости, тревоги и волнения не принимались в расчет при совершении финансовых сделок. Оксана непроизвольно закусила губу: очевидно, известие о том, что часть бесследно исчезнувших денег олигарха по праву принадлежала Королеву, огорчило ее, несмотря на пережитый утром шок.

Впрочем, упоминание о деньгах имело и обратную сторону. Это была палка о двух концах, и Егор слишком поздно сообразил, что собственноручно загнал себя в ловушку, из которой не было выхода. Пожалуй, говорить Оксане об этих деньгах все-таки не стоило. У Егора Королева вдруг появилось ощущение, что он только что собственноручно осложнил себе жизнь. Теперь Оксана, наверное, не успокоится, пока не докажет, что Грибовский жив, здоров и инсценировал свою гибель с единственной целью — не отдавать Егору Королеву должок в восемьсот тысяч баксов...

«Что-то я сегодня чересчур прагматичен, — подумал он, искоса разглядывая изжеванный фильтр Оксаниной сигареты. — Прагматичен до цинизма... Вот уже и Оксану обвинил черт знает в чем... Получается, что ее, кроме денег, ничего во мне и не интересует. А как же любовь?»

Он искренне полагал, что они с Оксаной любят друг друга, но последний вопрос все равно прозвучал с легким издевательским оттенком. Егор знал за собой этот грех: чрезмерно ироничный, ернический тон, в котором было выдержано большинство его псевдоаналитических программ, давно пропитал его сознание и помимо воли окрашивал собой каждую мысль Егора. Так помещенная на одну полку с продуктами питания подтекающая бутыль с керосином пропитывает своим ароматом все вокруг. Нюхаешь ветчину — керосин, кладешь в рот кусочек рафинада — снова керосин, варишь макароны, а из кастрюли густо тянет все тем же керосином... Многолетнее копание в людских слабостях и пороках не могло не наложить отпечаток на психику самого Егора; он это понимал, чувствовал, боролся изо всех сил, но это было то же самое, что пытаться избавиться от керосиновой вони, оставляя на месте ее источник.

Увы, Оксана высказала то, что ожидал услышать от нее Егор — вернее, та его половина, которая уже успела пропитаться керосином.

23

— Чепуха, — возразила Оксана. — Я уверена, он жив и просто играет нами от нечего делать. Все твои умозрительные построения ничего не стоят против голых фактов: кто-то постоянно следит за нами, оставаясь вне нашего поля зрения. Вспомни, как все началось: мы плыли в лодке, Грибовский позвонил тебе на мобильник и велел снимать яхту. И, как только ты поднял камеру, яхту разнесло в пыль... Пускай это было совпадением, но ведь и о сегодняшнем кошмаре тебя предупредили заранее, так что ты оказался в нужном месте в нужное время, да еще и с камерой в руках.

— Давай не будем валить все в кучу, — предложил Егор, падая в кресло и снова наполняя стаканы американским виски. — Этак ты можешь договориться до того, что Грибовский подстроил и сегодняшний теракт, и распятие Иисуса Христа нечестивыми римлянами. Аналогии — скользкая вещь, уж я-то это знаю, как никто другой. Сколько раз мне с их помощью доводилось доказывать, что черное — это белое и что муха — это на самом деле переодетый и загримированный слон... Знаешь, что такое «бритва Оккама»? Это такой философский принцип, согласно которому наиболее вероятным оказывается наиболее простое объяснение...

— Кстати, о теракте, — перебила его Оксана. — Кто, кроме организатора, мог знать о готовящейся мясорубке? Кто, кроме самодовольного маньяка-убийцы, мог заранее тебя предупредить?

— Ну-ну, — сказал Егор, ежась от неприятного холодка, которым повеяло на него от слов Оксаны. — Так уж и организатор!

— Не организатор, так прямой пособник, — непримиримо сказала Оксана. — Если человек знает о готовящемся массовом убийстве и ничего не предпринимает, чтобы его предотвратить, значит, он в нем заинтересован. Если бы в записке, которую он тебе прислал, было сказано, что мы должны прибыть в Нью-Йорк, чтобы снять столкновение двух пассажирских самолетов с башнями Всемирного торгового центра, думаю, даже ты, прежде чем сесть в самолет, позвонил бы этому надутому индюку, генералу Петрову, и попросил его принять меры — связаться по своим каналам с американцами, предупредить...

— Знаешь, — разглядывая на просвет пластиковый стаканчик с виски, сказал Егор, — в связи со всем этим перед нами во весь рост встает дилемма. Как нам быть: сначала напиться, а потом принять душ или сначала принять душ, а уж потом надраться до поросячьего визга?

— Ты уходишь от ответа, — заметила Оксана.

— А ты не задавай вопросов, на которые я не могу ответить. Ну, чего, в самом деле, ты от меня добиваешься, что хочешь услышать? Ты хоть понимаешь, в какое дурацкое положение меня ставишь? Если я начну прямо отвечать на твои вопросы, то это будут сплошные жалобы: как мне плохо, насколько я ни черта не понимаю и до какой степени мне все это не нравится... А жаловаться на свои проблемы женщине, с которой спишь, можно только в одном случае: если эта женщина — проститутка, которую ты снял в чужом городе на одну ночь и с которой больше никогда не увидишься.

— Бедный ты мой, — сказала Оксана без издевки, с искренним сочувствием. — Ладно, давай напьемся, если тебе от этого будет легче. Только я сначала действительно приму душ, а то от запаха гари меня уже мутит.

— Спинку потереть? — безо всякого энтузиазма предложил Егор.

Оксана чутко уловила прозвучавшую в его вопросе вялость и отрицательно покачала головой.

— Не то настроение. Да и у тебя, по-моему, тоже. Я просто хочу помыться.

Когда в ванной зашумела вода, Егор Королев закурил и мрачно уставился в противоположную стену, на которой висела скверная фоторепродукция картины какого-то американского художника-реалиста, изображавшая парившего в ядовито-синем небе орла. Он мог сколько угодно юлить, уклоняясь от прямого ответа, но в глубине души чувствовал: Оксана права, вокруг них творится какая-то чертовщина, и чертовщина очень опасная. Бритва Оккама... Если отсечь при помощи этой пресловутой бритвы все маловероятные и совсем невероятные предположения, оставалось одно: Грибовский действительно жив и имеет непосредственное отношение к тому, что произошло сегодня утром на Манхэттене. Но какой во всем этом смысл?

Егор Королев нахмурился еще сильнее. Он был настоящим журналистом и не мог не понимать, что перед ним широкий, как оставленная тяжелым танком колея, след какой-то мрачной тайны — след, видимый только ему, Егору Королеву. Ни один уважающий себя журналист не смог бы равнодушно пройти мимо. Егор чувствовал, что готов идти по следу до конца, каким бы этот конец ни был, и это-то было хуже всего.

От мрачных размышлений его оторвал стук в дверь. Егор потушил окурок, кряхтя, поднялся из кресла и пошел открывать. На пороге стоял рассыльный.

— Почта, сэр, — сказал он, окинув испуганным взглядом припорошенного пеплом, растрепанного, закопченного и заметно поддатого постояльца.

— Какая еще почта? — удивился Королев, стараясь не обращать внимания на появившийся где-то под диафрагмой нехороший холодок. Кажется, он догадывался, что за почту принес ему гостиничный бой.

— Письмо, сэр. Оно было доставлено с посыльным. Мне его передал портье, а я передаю вам.

Королев неохотно взял протянутый ему узкий конверт, дал рассыльному на чай и запер дверь. В ванной по-прежнему шумел душ, в номере царили сумерки. Егору вдруг сделалось жутко. Это был детский страх темноты: ему казалось, что в темных углах таятся какие-то бесформенные чудовища, ждущие лишь удобного случая, чтобы наброситься со спины и сожрать живьем. Удивительно, но это ощущение мистической жути и смутной угрозы исходило от узкого ненадписанного конверта, который он держал в руках.

Королев решительно щелкнул клавишей выключателя, одним движением прогнав из комнаты сумерки вместе с затаившимися по углам чудовищами. Жалюзи опустились с привычным сухим треском, разом отрезав панораму Манхэттена с подсвеченным оранжевыми языками пламени дымным столбом. Егор криво, неаккуратно надорвал конверт и ничуть не удивился, обнаружив в нем два билета до Москвы, три тысячи долларов и коротенькую записку.

«Москва, — значилось в записке, — ведомственный госпиталь ФСБ, инфекционное отделение. Продолжение следует! Искренне Ваш, Фантомас».

Егор Королев старательно убрал билеты и деньги в бумажник, разорвал конверт в клочья и бросил в мусорную корзину, а записку положил на стол. После этого он уселся в кресло, закурил и стал ждать, не сводя глаз с записки.

Шум воды в ванной прекратился, щелкнула задвижка. Егор оторвал глаза от записки всего лишь на секунду, а когда опустил их снова, на столе перед ним лежал только чистый лист почтовой бумаги с голубым обрезом. Королев скомкал пустую бумажку в кулаке, сунул ее в карман и через силу улыбнулся вошедшей в комнату Оксане.

Глава 2

Совещание наверху продолжалось битых два с половиной часа и закончилось перед самым перерывом на обед. Странное это было совещание и даже, можно сказать, уникальное. Уникальной была его тема, никогда раньше не слыханные вещи говорились на этом совещании, да и выражение лица человека, который проводил это необычное совещание, было очень странным. То есть, само по себе это выражение было таким же, как всегда: строгим, официальным и даже скорбным — соответственно случаю. Но присутствовавшие на совещании генералы служили под началом этого человека не первый год и научились прекрасно разбираться в нюансах начальственного настроения, так что теперь даже сквозь непроницаемую броню деловитого официоза без особого труда угадывали рвущуюся наружу злорадную и немного смущенную ухмылочку: дескать, с одной стороны, я вам, ребята, искренне сочувствую, а с другой, как ни крути, так вам и надо, сами напросились... Даже портрет президента на стене, казалось, то и дело воровато стрелял глазами по сторонам, тая в углах губ довольную улыбку двоечника, пришедшего в больницу навестить смертельно заболевшего учителя. Впрочем, вот уж это-то наверняка только казалось: не может портрет стрелять глазами и улыбаться, особенно портрет президента, да еще в такой прискорбной — гм, хи-хи! — ситуации...

Генералы Петров и Потапов вышли с совещания рука об руку, дружно промаршировали по длинному коридору и, не сговариваясь, вошли в кабинет Петрова — просто потому, что тот был ближе. В коридоре они помалкивали, но новость все же следовало незамедлительно обсудить в узком кругу, составить о ней собственное мнение и, конечно же, обмыть, как это принято на Руси испокон веков. По идее, конечно, им сейчас полагалось не водку пьянствовать, а вкалывать в поте лица, разрабатывая систему превентивных и профилактических мер, писать бумажки, набрасывать черновики докладных и вообще в муках рожать какие-то деловые соображения в рамках стратегических направлений, очерченных начальством. Ничего этого, однако, генералы делать не стали по той простой причине, что не считали дело хоть сколько-нибудь важным. Атака с воздуха на Кремль? Чушь собачья, бред сивой кобылы! Какие еще превентивные меры?! Да эти меры у нас приняты еще на заре гражданской авиации. Здесь вам не Америка, господа террористы! У нас такие штуки не проходят. Попробуй-ка захватить управление хотя бы раздолбанным «кукурузником», угрожая пилоту ножиком для разрезания бумаги, — живо схлопочешь пулю промеж глаз. А если у пилота по какой-то причине не окажется при себе пистолета, схлопочешь промеж глаз просто так, без всякой пули, кулаком. Да еще и пассажиры помогут, так что мало не покажется. Это ж надо было придумать — ножи для разрезания бумаги! Такое только в Америке и возможно. Двести лет без войны, двести лет сытости, богатства и процветания, двести лет развития сложнейшей системы бюрократии, двести лет узкой специализации, и вот он, результат, — кушайте на здоровье! Какие-то неумытые арабы режут пилотов игрушечными ножиками, спокойно меняют курс пассажирских лайнеров и так же спокойно валят два самых здоровенных в мире небоскреба на глазах у пораженной публики... Аллах акбар, как говорится.

— Ну, Иван Ильич, что скажешь? — поинтересовался генерал Петров, с кряхтением опускаясь в кресло под портретом президента. — Какова новость, а? Я, честно говоря, до сих пор хожу как пыльным мешком по голове трахнутый. Что делается-то, а?

Генерал Потапов, начальник отдела новейших технических разработок, нервно развел руками, вынул из кармана прокуренный янтарный мундштук и принялся аккуратно ввинчивать в него сигарету.

— Должен признать, Игорь Николаевич, — сказал он, тщательно подбирая слова, — что ты иногда бываешь прав. Горе — оно и впрямь бывает от ума. Ракетный щит, суперкомпьютеры, новейшие технологии... Мой отдел вот уже сколько лет бьется, пытаясь изобрести что-нибудь этакое, против чего бессильны самые современные системы безопасности. А оказывается, и изобретать ни хрена не надо. Приходит какой-то тип с ножиком и свободно расковыривает половину Манхэттена. Раз — и нету! И обошлось без баллистических ракет, систем наведения и антирадарных покрытий...

— Да я не об этом! — отмахнулся Петров, с лязгом распахивая дверцу спрятанного в тумбе стола сейфа и извлекая оттуда бутылку водки и два граненых стакана. — Я тебе всегда говорил, что американцы — стадо зажравшихся баранов с заплывшими жиром мозгами, а твой отдел — просто поганая карикатура на них. И жизнь, как видишь, подтверждает мою правоту. Но речь сейчас о другом, Иван Ильич. Как жить-то будем? Как служить? Против кого сражаться? Опять, выходит, поворот на сто восемьдесят градусов?

Потапов покосился на портрет президента, кашлянул в кулак и сделал вид, что целиком поглощен сложным процессом раскуривания сигареты. Притворяться было трудно: дорогая американская сигарета, как обычно, исправно задымилась после первого же соприкосновения с огоньком зажигалки и теперь тлела чуть ли не со скоростью бикфордова шнура.

— Молчишь? — насмешливо спросил Петров. — Молчи-молчи. Ты, может, думаешь, что я тебя на вшивость проверяю? Так ведь года наши не те, Иван Ильич, чтобы друг на друга стучать. И года не те, и положение не то... В нашем с тобой положении можно уже и мозгами шевелить — осторожненько, в меру, но шевелить все-таки. Ну, молчи, я сам скажу. Не нравится мне все это. Тоже мне, нашли себе друзей и союзников — американцев! Да я бы этого бен Ладена у себя на даче спрятал, если бы только он попросился! Ей-богу, спрятал бы, и никакое ЦРУ его бы там не нашло. Так им и надо! Да нет, конечно, наше дело солдатское, куда прикажут, туда и пойдем. Так ведь мне людей за собой вести надо, а как я их поведу? Что я им скажу-то? Вчера, значит, был главный потенциальный противник, а сегодня — нате вам! — друг, товарищ и брат? Мне-то плевать, я в жизни разного насмотрелся, а как насчет молодежи? У них же ничего святого нет! Что такое Родина, они уже давно понимать перестали, а теперь я им даже врага показать не могу! Приходит из училища молоденький лейтенантик, год прослужит, пообвыкнет, присмотрится, что да как, и готово — законченный циник! Ничего, кроме денег, его не интересует. Кто больше заплатит, на того и работает. А ведь в нашем деле без идеи нельзя. Хоть какой-нибудь, пусть завалящейся, но идеи! Хорошо тебе, у тебя под началом одни яйцеголовые. Ты им покажешь какую-нибудь ворованную микросхему, а у них уж и радости полные штаны. Им идея не нужна, им лишь бы гайки крутить да контакты паять. Но и тебе, заметь, теперь туго придется. Сам ведь говоришь: на кой хрен они нужны, эти высокие технологии, когда против тебя басмач со старинной винтовкой? Ты ему — электронную систему, а он тебя — топором по башке, микросхемы твои сапогом растопчет, нагадит сверху, чтоб смешнее было, и пойдет спокойненько дальше.

Потапов отвел руку с сигаретой подальше от лица и осторожно повел носом. Да нет, перегаром от Петрова не пахло — по крайней мере, пока. С чего же он тогда так разухарился? Похоже, генерал и впрямь переживал потерю привычного врага так же глубоко и сильно, как иные переживают потерю лучшего друга. Да и прав он был, наверное. Идея в их деле действительно необходима — не сама по себе, конечно, не в качестве идола, а в качестве цемента, скрепляющего организацию в единое целое и не дающего ей превратиться в стаю хорошо обученных и никому не подчиняющихся профессиональных убийц.

— Не пойму, чем ты недоволен, — произнес Потапов, принимая от приятеля стакан с водкой. — Ну не нравятся тебе американцы, так кому они, черт дери, нравятся, кроме них самих? Чего ты взъерепенился? Получили они плюху, вот и радуйся! А сотрудничество, помощь всякая — это же слова. В духе времени. Тем более что от помощи они во всеуслышание отказались — и от нашей, и от чьей бы то ни было. Сами решили справиться... Ну-ну. Поглядим, что у них получится. С Вьетнамом они уже однажды справились. Ты-то чего бесишься? Пару лишних бумажек тебе лень написать? Так поручи своему адъютанту, пускай тренируется, почерк вырабатывает.

— Да как ты не поймешь! — грохнул Петров кулаком по столу. Кулак у него был изрядный, и, окажись генеральский стол пожиже, ему бы несдобровать. Но стол у Петрова был сработан на века, и дело ограничилось тем, что водка в генеральском стакане слегка подпрыгнула от сотрясения. — Как ты не поймешь! Это же элементарно! Их добивать надо было, а не сочувствие им выражать! Добивать, пока не очухались, ставить раком и драть во все дырки, пока шары на лоб не полезут! Если бы у нас хватило смелости дожать этих уродов, все остальные даже вякнуть не посмели бы. Мы с тобой, Иван Ильич, начинали служить сверхдержаве, а теперь служим неизвестно кому, федерации какой-то, на которую ее же субъекты плевать хотели с высокого дерева и об которую ваши любимые американцы при каждом удобном случае ноги вытирают. Тоже мне, новые мировые реалии! Чего в них нового-то? Обнаглели, зарвались, вот и схлопотали по башке, а мы их теперь всем миром жалеть будем.

— Ты слишком прям, Игорь Николаевич, — с непонятной интонацией начал генерал Потапов. — Резок даже... Тебе бы не в ФСБ служить, а полком мотострелков командовать. А еще лучше — танковым. Чтобы напролом, чтоб брызги веером, через лес, по головам, чтобы кишки на гусеницы наматывать... А наша с тобой работа потоньше будет, поизвилистей. Я тебя как друга прошу: успокойся, остынь и, будь добр, соображений этих своих больше никому не высказывай. Боже тебя сохрани! Ну, да не мне тебя учить... Выпьем, что ли?

Петров еще немного поклокотал горлом, успокаиваясь, и, не глядя на приятеля, не чокаясь и не произнося тостов, мрачно влил в себя водку. Глядя на него, Потапов вдруг ни к селу ни к городу вспомнил, что прадед Петрова был кулаком и по ночам из обреза палил в деревенских активистов. Петров сам рассказал ему об этом, и теперь, рассматривая сгорбившегося над бутылкой генерала, Потапов будто наяву увидел его прадеда-кулака — угрюмого, озверелого от непосильного труда и незаслуженных обид бородатого мужика с обрезом однозарядной берданки в волосатой мозолистой лапе. Правнук, конечно, был пожиже и давно забыл, каково это — делать что-то своими руками, — но закваска осталась, и привычка решать любые проблемы с помощью грубой физической силы осталась. Потапов и сам был родом из деревни, и в технических новинках, которые курировал по долгу службы, разбирался как свинья в апельсинах, но годы общения с грамотными инженерами и техниками приучили его считать себя человеком интеллигентным и образованным. А как же иначе? Командир по определению умнее рядового солдата, а тот, кто командует учеными, уж наверное, не глупее их... Так что Петров со своей проповедью тотального уничтожения и мирового господства казался ему сейчас выходцем из каменного века. Это был неандерталец, всю жизнь со звериной хитростью маскировавшийся под исправного служаку. Он помалкивал, пока ходил в шестерках, а выбившись в короли, почувствовал подобие свободы, заговорил, и сразу же стало ясно: болван, питекантроп, примитивный убийца... Тупое кровожадное быдло, вот и все. О чем с ним говорить? Допивать к чертям и расходиться от греха подальше...

Он осушил стакан и сразу же протянул его за добавкой. Водка была теплая, отвратительная на вкус, прямо как та, которую они пили на полигоне в Средней Азии в полузабытые советские времена. Да, Петрова можно понять. При дорогом Леониде Ильиче, при Андропове, Черненко и даже при Горбачеве КГБ был силой, перед которой трепетали многие. А теперь? Опасаются, но уже не боятся и тем более не уважают. Есть от чего впасть в тоску бойцу невидимого фронта! Разве это генеральская работа — каких-то олигархов отстреливать?

— Плюнь ты на это дерьмо, Игорь Николаевич, — посоветовал Потапов, вертя на столе стакан, до половины наполненный тепловатой водкой. — Плюнь и разотри. Дослужим как-нибудь и будем рыбку удить на Клязьме. Чем плохо? А они пускай без нас тут делают что хотят. Нам с тобой есть что вспомнить. Славно мы с тобой этого Грибовского уделали! Олигарх, блин... Разворовали страну, сволочи. Вот он, враг-то! Пострашнее американского империализма будет...

— А, — безнадежно махнул рукой Петров, — что Грибовский! Одного шлепнули, так на его месте десяток новых объявился. Свято место пусто не бывает, всех не перешлепаешь. И ведь как к власти рвутся, гады! А мы у них вроде дворовых псов. Натравливают нас друг на друга, как хотят, а сами сидят на своих виллах и народные денежки делят. На вилы бы их посадить, а не на виллы!

Генерал Потапов мысленно присвистнул и торопливо допил водку. Каламбурящий Петров — это было зрелище, от которого даже у него мурашки забегали по спине. Видно, сотрясение, вызванное крушением американских башен-близнецов, основательно контузило генерала ФСБ Петрова — так основательно, что он, впервые на памяти Потапова, самостоятельно родил каламбур. Того и гляди, стихами заговорит...

Дверь кабинета неслышно приоткрылась, и в ней появилось гладкое лицо адъютанта. Петров свирепо зыркнул в его сторону, и адъютант поспешно нарисовался целиком, бесшумно проскользнув в кабинет и без единого звука закрыв за собой тяжелую дубовую дверь. Этот тип всегда появлялся и исчезал вот так — беззвучно, как тень. Генерал Петров, пребывая в юмористическом расположении духа, любил повторять, что его адъютант не родился, как все нормальные люди, а вылупился из пробирки в ведомственном роддоме, где проводился эксперимент по выведению новой разновидности секретного оружия для внутреннего употребления — холуй с глушителем. На нем прекрасно сидела новенькая, тщательно отглаженная форма, удачно пригнанная по оплывшей от малоподвижного образа жизни фигуре, на погонах ярко поблескивали капитанские звездочки, а очки в тонкой стальной оправе придавали ему интеллигентный вид. В руке капитана белела пачка каких-то бумаг.

— Почта, товарищ генерал-майор, — доложил адъютант.

Петров нахмурился. Он не любил, когда его величали генерал-майором, предпочитая обтекаемое обращение «товарищ генерал». Что такое генерал-майор? Да просто вчерашний полковник, и неизвестно, станет ли он когда-нибудь хотя бы генерал-лейтенантом. Зато генерал может быть кем угодно, хоть генералом армии, особенно когда в штатском. Обычно Петрову удавалось скрывать эту маленькую слабость — пожалуй, самую невинную в длинном ряду его многочисленных слабостей. Но сегодня он был основательно выбит из колеи и с трудом владел собой.

— Положи на стол и проваливай, — проворчал он тоном, не предвещающим ничего хорошего.

Потапов понял, что пора уходить и ему. Дружеская беседа за бутылкой водки не задалась с самого начала, и он уже давно испытывал желание оказаться у себя в кабинете, подальше от этого питекантропа. Появление адъютанта с почтой было отличным поводом для того, чтобы вежливо откланяться, и генерал незамедлительно воспользовался удобным случаем.

Он аккуратно, без стука, поставил на краешек стола свой опустевший стакан, выковырял из мундштука обгоревший фильтр истлевшей до конца сигареты, спрятал мундштук в карман и легко, как молодой, поднялся из кресла. Адъютанта в кабинете уже не было, и Потапов поймал себя на том, что не заметил, как тот успел испариться. Вроде бы ему было приказано проваливать,

34

но вот каким образом капитан исполнил приказание, оставалось загадкой. И впрямь, холуй с глушителем...

— Уже уходишь? — не глядя на него, спросил Петров, с брезгливой миной перебирая почту.

— Пора и честь знать, — легким тоном ответил генерал Потапов, поправляя узел галстука под воротником светло-серой цивильной рубашки. — Мне, наверное, тоже почту принесли, надо бы взглянуть, что нового. В общем, пора браться за работу. А то, если задержусь, наверняка возникнет желание добавить, а это уже будет перебор. Будь здоров, Игорь Николаевич. И не переживай ты так, ей-богу. Не останемся мы с тобой без потенциального противника. Ты же сам говоришь: свято место пусто не бывает.

— Угу, — буркнул Петров, продолжая копаться в бумагах, — это уж точно. Только не люблю я с мусульманами возиться. Хрен поймешь, чем они дышат, чего хотят и что выкинут в следующую секунду. Инопланетяне какие-то, фанатики вшивые... Хлебнем мы еще с ними горя, помяни мои слова. Ох, хлебнем! А знаешь почему? Потому, что у нас идеи нету, а у них есть. Есть у них идея, и они за нее готовы жизнь отдать — любой из них и в любое время. Я всегда говорил, что ичкеров наших, к примеру, легче заасфальтировать вместе с их горами, чем заставить нам подчиняться. Небоскребы американские — это только цветочки. Погоди, то ли еще будет! Они нам еще покажут кузькину мать... Так, а это что за хренотень? Адъютант! Капитан, черт тебя дери, куда вы там провалились?!

В руках у него был узкий продолговатый конверт, который он только что вскрыл. Потапов успел заметить вынутый Петровым из конверта лист плотной мелованной бумаги, но что на нем было написано, естественно, не разглядел. Вряд ли там могло быть что-то интересное. Скорее всего, какая-нибудь ерунда вроде очередного циркуляра или агентурного донесения — шифрованного, надо полагать, раз Петров так взбеленился.

Коротко кивнув на прощание, Потапов вышел из кабинета. В дверях он столкнулся с торопившимся на начальственный зов адъютантом и снисходительно, как положено старшему по возрасту и званию, пропустил холуя внутрь, пред светлые очи грозного генерала Петрова. Черт с ним, пускай бежит. Ради такого дела можно слегка пренебречь субординацией, особенно когда ты в штатском...

— Это что такое, капитан? — грозно спросил генерал Петров, когда за Потаповым закрылась дверь. — Что это, я тебя спрашиваю?! У нас здесь что, интернат для умственно отсталых детей? Что это за дурацкие шутки?

Он потрясал перед собой листком бумаги, на котором было от руки, корявыми печатными буквами, крупно выведено по-русски одно-единственное слово: «ФАНТОМАС». У адъютанта глаза полезли на лоб из-под очков. В этом отделанном темными дубовыми панелями кабинете с громоздкой старомодной мебелью и портретом президента на стене дурацкая записочка, которой размахивал генерал, выглядела, мягко говоря, неуместно. Первым делом адъютанту пришло в голову, что над генералом решил пошутить кто-то из его коллег. Шутка, конечно, идиотская, но что с них, генералов, возьмешь! Им почему-то кажется, что большие звезды на погонах заменяют человеку все на свете, в том числе и ум, и чувство юмора... Словом, шуточка была как раз генеральская, из тех, которые мог понять и оценить Петров, вот только пришлась она не ко времени. Адъютант подавил горестный вздох: кто-то пошутил, блеснул казарменным чувством юмора, а отдуваться теперь ему, капитану Савкину...

— Не могу знать, товарищ генерал, — тихо, но по возможности твердо произнес он. — Письмо конфиденциальное, доставлено по вашему личному спецканалу курьером. Вы сами запретили мне вскрывать такую почту.

Это была правда. Генерал Петров усилием воли подавил раздражение. Спецканал, значит... Ну, тогда этот холуй, пожалуй, действительно ни при чем. Врать он не мог — побоялся бы, не рискнул. Да и ради чего рисковать-то? Ради дурацкой шутки? Да нет, чепуха, чушь собачья! Если бы кто-то хотел пошутить, он не стал бы возиться с отправкой письма по личному секретному каналу генерала Петрова, о котором, кстати, знали очень немногие, а просто подбросил бы записку к нему на стол, что тоже, между прочим, было бы не так-то просто провернуть. Шутки подобного рода обычно приходят в голову после второго или третьего стакана, и осуществлять их надо сразу же, пока хмель не прошел, иначе через полчаса они уже не покажутся смешными никому, включая самого шутника. А впихнуть такое вот письмецо в чужую сеть экстренной курьерской связи — это же целая секретная операция, требующая не только времени и большого умения, но и немалых финансовых затрат. Слишком громоздко для мистификации, да еще и такой по-детски беспомощной и глупой... Фантомас! Черт знает что!

— Может быть, это какой-то шифр? — осторожно предположил капитан.

Петров посмотрел на него, как на слабоумного.

— А ты сталкивался когда-нибудь с подобными шифрами? — сердито спросил он. — Беда с вами, с молодыми! И чему вас только учат? Это ж надо такое ляпнуть — шифр!

— Или кодовое слово, — не отступал капитан, которому было нечего терять. — Вроде условного сигнала.

— То есть я, по-твоему, старый маразматик, который уже не в состоянии упомнить псевдонимы своих агентов и условленные пароли, так? Ну, спасибо тебе, капитан! Давай, не стесняйся, режь правду-матку генералу в глаза!

— Виноват, товарищ генерал, — слегка дрогнувшим голосом сказал адъютант, — я совсем не это имел в виду.

Что и было стопроцентным враньем, поскольку капитан имел-таки в виду именно это. Петров частенько забывал псевдонимы своих агентов и путал пароли — не вследствие маразма, конечно, а просто потому, что не любил забивать голову подобной ерундой.

— Чушь какая-то, — остывая, проворчал генерал. — Дознаюсь, чьи это шуточки, голову оторву негодяю. Не ФСБ, а детский сад! Куда все катится?..

Он потеребил записку и недовольно поморщился. Бумага была плотная, гладкая, очень хорошего качества, но какая-то пыльная, что ли, как будто присыпанная тальком. Генерал взял записку в другую руку и посмотрел на свои пальцы. На подушечках виднелся тонкий белый налет. Тальк, как есть тальк! Или мел, к примеру...

Он поднес пальцы к лицу и осторожно их понюхал. Пальцы пахли французским одеколоном и табаком. Собственно, ничего другого и нельзя было ожидать: ни тальк, ни мел не имеют ярко выраженного запаха, особенно в таких вот мизерных количествах, так что пальцы свои генерал нюхал просто по инерции.

— Полная ерунда, — сказал Петров, бросил записку на стол и принялся вытирать пальцы извлеченным из кармана клетчатым носовым платком. — Займись-ка этой писулькой, капитан. Хватит в приемной штаны просиживать, растряси жирок, подвигайся, тебе это не повредит. Выясни, что означает послание и какая сволочь развлекается подобным образом. Да, и просто на всякий случай покажи эту, с позволения сказать, депешу шифровальщикам. Вряд ли они что-нибудь поймут, но чем черт не шутит...

— Есть, товарищ генерал, — отчеканил адъютант, забирая записку вместе с конвертом со стола и принимая некое подобие строевой стойки.

— Ну и ступай тогда, я работать буду, — заявил Петров и трубно высморкался в платок, которым только что вытирал пальцы.

Адъютант бесшумно покинул кабинет вместе с дурацкой запиской. Генерал в последний раз возмущенно фыркнул и покрутил головой. Надо же, что вспомнили: Фантомас! В семидесятых, кажется, этим словечком были исписаны все стены домов и лестничных клеток, не говоря уже о гаражах и заборах, — детишки развлекались, насмотревшись иностранного кино. И вот теперь кто-то из этих подросших пацанят решил, значит, вспомнить свое детство золотое... Фантомас, блин! Ничего, дай только срок, небо тебе с овчинку покажется! Генерал ФСБ — это тебе не комиссар Жюв, которого так смешно сыграл лысый коротышка де Фюнес.

Окончательно успокоившись и выбросив из головы это чепуховое происшествие, генерал Петров принялся читать доставленные адъютантом агентурные донесения, время от времени по укоренившейся дурной привычке слюнявя кончики пальцев, чтобы легче было переворачивать страницы.

* * *

Генерал ФСБ Иван Ильич Потапов имел в Подмосковье прекрасную дачу, построенную по настоянию супруги, которая не мыслила полноценной жизни без загородного особняка с камином, звериными шкурами, винтовыми лестницами и круглыми островерхими башенками по углам. Из-за этих дурацких башенок выстроенный из красного кирпича дом здорово смахивал не то на церковь оборонного типа, не то на замок какого-нибудь средневекового барона. Иван Ильич с самого начала был против подобного архитектурного излишества, но точно такие же башенки имелись на соседней даче, принадлежавшей одному кремлевскому чиновнику, и супруга генерала Потапова в данном вопросе оказалась тверда, как дамасская сталь. Проект с башенками был одобрен, и получились они даже чуточку выше, чем у соседа, и покрыли их не оцинкованной жестью, как у него, а новомодной металлочерепицей красивого зеленого цвета. Строительство влетело генералу в копеечку, он залез в долги и даже глубоко запустил руку в карман родного ведомства, выбив из начальства деньги под парочку липовых проектов, которые существовали только на бумаге. Что ж, высокие технологии — дело тонкое, требующее постоянных капиталовложений, которые, увы, не всегда окупаются. Ну, не пошла тема, завалился проект, что ж тут попишешь! Законы природы, к сожалению, не всегда удается заставить служить государственным интересам. А с другой стороны, когда речь идет об интересах сугубо личных, договориться с законами природы как-то проще...

Словом, у генерала Потапова была не вилла, как у какого-нибудь олигарха вроде Грибовского, но вполне приличный, просторный особняк. Правда, на услуги интерьерного дизайнера денег уже не хватило, и внутреннее убранство генеральской дачи носило отпечаток присущего госпоже генеральше вкуса — вернее, полного отсутствия такового. Впрочем, аляповатые картины в вычурных золоченых рамах, пестрые ковры с розами и арабесками, обои с чрезмерно крупным и ярким узором, а также дорогая разнокалиберная мебель не резали Ивану Ильичу глаз. Он не испытывал ни малейшего дискомфорта, видя стоящие рядом глубокое кожаное кресло и старинную кушетку на тонких гнутых ножках, обитую веселенькой материей в цветочек. Зато разной хитроумной электроники на даче генерала Потапова было выше крыши, поскольку по роду своей деятельности всем этим добром он мог обзавестись совершенно бесплатно. Тут были и скрытые камеры наружного и внутреннего наблюдения, и мудреная телевизионная антенна, бравшая невообразимое количество программ, и дистанционное управление освещением, и совершенно фантастический котел парового отопления, извлекавший тепловую энергию чуть ли не из ничего, и множество других хитрых приспособлений, половина которых давно вышла из строя. Зато вторая половина этого хозяйства продолжала исправно работать на зависть соседям.

Однако сам генерал Потапов на даче бывал редко и лишь в тех случаях, когда отвертеться от поездки за город, сославшись на дела, не было никакой возможности. Сидеть на даче, пялиться на деревья, совершать ежедневные прогулки на реку и возиться с огурцами и помидорами в теплицах казалось ему пустой тратой времени. Дались ей, в самом деле, эти огурцы! Как будто их купить нельзя, честное слово... И вообще, всеми этими красотами русской природы генерал пресытился на всю оставшуюся жизнь еще во времена своего деревенского детства.

Иван Ильич предпочитал всему этому город, а именно Москву. Слишком много сил было потрачено на то, чтобы выбиться в люди, зацепиться в столице, осесть в уютном кабинете на Лубянке, слишком много он повидал забытых богом гарнизонов, стрельбищ и затерянных в бескрайних снегах полигонов, чтобы его теперь тянуло на природу. Только ступая по гладкому асфальту московских тротуаров, глядя из окна служебной машины на уличную суету и вдыхая аромат выхлопных газов, генерал-майор Потапов чувствовал себя в своей тарелке. Наверное, это был какой-то глубоко засевший в подсознании комплекс, но генерал по этому поводу не напрягался. Комплекс так комплекс, и бог с ним. У каждого свои заморочки, у каждого свой собственный, персональный таракан в голове — у кого больше, у кого меньше... У Петрова, например, в башке сидит тараканище размером с добрую свинью, и ничего, не разжаловали покуда. И не разжалуют, надо полагать, потому как у нас в России во все времена исполнительные дураки ценились выше инициативных умников...

В тот день генерал Потапов ехал с работы домой с тяжелым сердцем, поскольку еще с утра ему было объявлено, что сегодня необходимо съездить на дачу — собрать урожай яблок, навести порядок в доме и подготовить теплицы к грядущей зиме. Сказано это было таким тоном, что Потапов сразу понял: отвертеться на этот раз не удастся. Да, брат, тут уж ничего не попишешь! Это на службе ты генерал, а дома — совсем другое дело. Дома ты под каблуком, как и подавляющее большинство мужиков, и, будь ты хоть маршалом, хоть генералиссимусом, тебе все равно докажут, что ты ни черта не понимаешь в жизни, а потому должен помалкивать в тряпочку и делать, что говорят. Да еще и соседа в пример поставят: вот это, мол, настоящий мужчина, даром что не генерал! А ты, рохля, так и будешь всю жизнь в своих микросхемах ковыряться, как сменный мастер на радиозаводе. Ну, чего стал? Бери корзинку, неси в машину, на дачу поедем...

«Что это за жизнь? — с раздражением подумал Иван Ильич, сидя на заднем сиденье своей персональной служебной «Волги». — Как это так получается, что взрослые, неглупые, крепкие мужики покорно дают себя захомутать и даже не брыкаются? Неужто и впрямь любовь виновата? Да какая там к черту любовь! Любовь бывает в семнадцать лет, и основана она на чистой физиологии. Гормоны в организме бродят, вот и вся любовь. С началом регулярной половой жизни эта чепуха проходит раз и навсегда. А о любви к человеку, с которым прожил хотя бы год, и вовсе говорить не приходится. Слишком много узнаешь о своем партнере такого, чего лучше бы не знать. К сожалению, понимать это начинают, как правило, слишком поздно, когда уже ничего нельзя изменить».

41

Он представил себе жену — когда-то довольно стройную, а теперь располневшую, раздобревшую на заработанных его кровью и нервами харчах, с двойным подбородком, с отвислой грудью и выпирающим животом, крикливую, громкоголосую, с крашеными мертвыми волосами и жирно подмалеванными губами, с тяжелыми золотыми серьгами в ушах и толстыми, как сосиски, пальцами, передавленными золотыми перстнями. Он представил ее на даче, в ее любимом черном купальнике — дряблую, с целлюлитными ямочками на толстых ляжках, жировыми складками на боках, в широкой белой панаме, ярких пляжных шлепанцах и огромных зеркальных очках на переносице, покрытой мелкими бисеринками пота. Да уж, любовь... От такой любви и впрямь можно застрелиться. А то, что он до сих пор позволяет этой корове пить из себя кровь, объясняется очень просто: развод для генерала ФСБ — штука непозволительная. Почему — черт его знает, но смотрят на это косо. И потом, это же придется имущество делить и даже, наверное, куда-то переезжать... Да ну его к черту, проще потерпеть. Вот такая, блин, любовь...

Достать из ящика почту, конечно же, никто не потрудился. Газета, без которой генерал Потапов не мыслил себе полноценного отдыха, призывно белела сквозь прорезанные круглые дырочки. Непонятно почему, но это обстоятельство окончательно взбесило генерала, хотя ничего необычного в такой ситуации не было. Дочь его два года назад вышла замуж и уехала с мужем в Стокгольм, где тот служил каким-то торговым представителем, а надеяться, что госпожа генеральша спустится с восьмого этажа специально за его газетой, было бы, по меньшей мере, наивно. А денщиков российским генералам теперь, увы, не полагается... Вот ведь незадача! А как было бы славно... Надо же было большевикам затеять в семнадцатом году эту свою бодягу! Впрочем, Иван Ильич тут же вспомнил, что вырос в деревне и все его предки, насколько ему было известно, являлись крестьянами. Так что, если бы не большевики, то он, Иван Потапов, ходил бы сегодня не в генералах, а в денщиках... Чистил бы сапоги его благородию и подобострастно скалил зубы, получив полтинник на водку...

И он тут же, без всякого перехода, подумал, что для него лично революция 1917 года, пожалуй, ничего не изменила. Сапоги себе и своей жене он чистил собственноручно, и потребление им алкогольных напитков госпожа генеральша контролировала очень даже строго, так что подобострастно скалить зубы, получая разрешение выпить лишнюю рюмочку, ему таки приходилось. Так в чем тогда разница между генералом и денщиком? Видно, что кому на роду написано, то и сбудется.

Это было обидное открытие, и, перебирая бренчащую связку в поисках ключа от почтового ящика, генерал Потапов тихо матерился сквозь зубы — как денщик.

В ящике, помимо свежей газеты, обнаружился очередной счет за коммунальные услуги, а также адресованное Ивану Ильичу лично письмо в стандартном почтовом конверте с картинкой, изображавшей дом-музей Циолковского в городе Калуге. Обратного адреса на конверте не было, а смазанный почтовый штемпель свидетельствовал о том, что письмо было отправлено из Москвы сегодня — ну да, так и есть, сегодня утром, примерно в то время, когда Иван Ильич сидел на достопамятном совещании, изучая выражение лица господина президента на портрете.

Иван Ильич повертел письмо в руках и рассеянно сунул его под мышку вместе с газетой, сосредоточив свое внимание на счете за коммунальные услуги. Опять!.. С некоторых пор у него начало складываться впечатление, что счета приходят не раз в месяц, как положено, а примерно раз в неделю. С цепи сорвались, ей-богу... А сумма?.. Ого! Можно подумать, что он живет не в обыкновенной квартире, а в отеле «Редисон-Славянская». Это откуда же такая сумма? Так-так, посмотрим... Ага! Перерасчет в связи с изменением тарифов... Ну, Чубайс, ну, сволочь! Грохнуть бы его, как Грибовского. Придет на его место другой — другого грохнуть, и так до тех пор, пока не появится кто-то вменяемый, если не с совестью, то со страхом хотя бы... Обнаглели, стервецы! Сколько ни заплати, все им мало...

Потом он вспомнил про письмо и тихонько обрадовался тому обстоятельству, что открыл ящик сам. В последнее время его супруга совсем ошалела от безделья и принялась беззастенчиво вскрывать всю адресованную Ивану Ильичу корреспонденцию, мотивируя это тем, что он, дескать, завел себе любовницу, и, может быть, даже не одну. Утешало генерала в этой ситуации лишь то, что переписка, носившая служебный характер, в его почтовый ящик не могла попасть ни при каких обстоятельствах, а с любовницами своими он сроду не переписывался, предпочитая эпистолярным упражнениям личный контакт в горизонтальном положении.

Он затолкал счет в карман пиджака, безжалостно измяв его, и снова взял в руки письмо. От кого бы это? И без обратного адреса... Письма без обратного адреса генерал Потапов не любил, поскольку почти в каждом из них содержалась какая-нибудь гадость — анонимка, угроза, грязное оскорбление, а то и просто грубая и неумелая попытка шантажа. Бывало, конечно, и так, что письма без обратного адреса приходили от друзей, считавших, что Иван Ильич и без того помнит их координаты наизусть. Но таких писем были считанные единицы, потому что, служа в ФСБ, большим количеством друзей обзавестись невозможно, а те, которые все-таки заводятся, частенько меняют адреса, так что запоминать их наизусть — пустая трата времени...

Почерк на конверте — ровный, крупный, нарочито аккуратный, медленный, едва ли не детский, — был ему незнаком. На обратной стороне конверта все тем же неуверенным почерком была выведена грозная и смешная в своей наивности надпись: «Лично в руки. Посторонним не вскрывать!!!» Точь-в-точь как на письме какого-нибудь помешанного на шпионских романах пятиклассника. Не хватало только приписки: «Лети с приветом, вернись с ответом» или «Жду ответа, как соловей лета». Странное, в общем, письмо. Генерал Потапов таких писем даже в руках не держал с тех самых пор, как зеленым капитанишкой разбирал почту во время дежурств в общественной приемной КГБ. Что же это за чертовщина такая? Анонимка, что ли? Очень похоже, но откуда в таком случае анонимщик узнал его домашний адрес?

Да ясно же откуда! Просто этот самый анонимщик живет с ним в одном доме и, может быть, даже в одном подъезде или вообще на одной лестничной площадке. Поссорился с кем-нибудь из соседей или просто позавидовал — машину тот, к примеру, хорошую купил или евроремонт в квартире грохнул, — и решил таким образом свести с обидчиком счеты. И вот ведь, кажется, Сталина давно похоронили, и Берию расстреляли, и времена теперь уже не те, а вот, поди ж ты!.. Не нравится тебе сосед — настучи на него в органы, и дело в шляпе... Как будто органам больше делать нечего!

Генерал задумчиво хмыкнул, аккуратно надорвал конверт и стал не спеша подниматься по короткому лестничному маршу к лифту, на ходу вытаскивая из конверта письмо. Бумага была какой-то странной на ощупь, словно ее присыпали тальком, как посыпали когда-то резиновые надувные игрушки, чтобы не слипались во время хранения. Вещество, которое ощущалось под пальцами, было мелким и нежным, как дамская пудра. Генерал вынул письмо из конверта, и вместе с бумагой оттуда выпорхнуло невесомое облачко белой пыли. Пыль осела на лацканах генеральского пиджака. Иван Ильич попытался стряхнуть ее, но ладонь тоже оказалась испачканной, и на темном сукне остались смазанные белые отпечатки. Потапов сердито похлопал по лацканам другой, незапачканной ладонью. Часть пыли поднялась в воздух и защекотала ноздри. Генерал звонко чихнул, и бетонные стены подъезда отразили звук, усилив его, как гитарная дека.

— Что за идиотские шутки, — пробормотал Иван Ильич, разворачивая письмо и стряхивая с него очередную порцию белого порошка.

Он рассчитывал быстренько пробежать письмо глазами, дожидаясь лифта или же в лифте, по дороге на свой восьмой этаж, если послание окажется длинным. Но читать, по сути дела, оказалось нечего: помимо порции похожего на мел белого порошка, в конверте обнаружился лист плотной мелованной бумаги с одним-единственным словом — «Фантомас». Это и впрямь была шутка, и притом очень глупая. Получил человек письмо, а там немного пыли и дурацкая записка. Открыл, испачкал пылью пиджак, удивился... Смешно? Да как будто не очень...

Иван Ильич нажал кнопку вызова лифта и честно попытался представить себя на месте неизвестного шутника. Фантомас... И немножко мела в конверте. Даже дубинноголовый генерал Петров, затеяв такую вот шутку, устроил бы все как-нибудь по-другому. Например, насыпал бы в конверт побольше мела, чтобы чиститься потом пришлось дольше. И написал бы, наверное, какую-нибудь похабщину с намеком на известные только им двоим обстоятельства. При чем тут Фантомас? В наше время к этому персонажу остыли даже детишки. Да нет, так в наше время не шутят. Когда Петрову в последний раз вздумалось пошутить — а было это аккурат в день его рождения, — он составил список гостей и разослал к ним группы захвата, экипированные по всем правилам: в бронежилетах, масках и при заряженном холостыми оружии. То-то было весело, когда насмерть перепуганных, одетых по-домашнему людей одного за другим в наручниках, с завязанными глазами привозили к Петрову на дачу и прямо в таком виде усаживали за праздничный стол! Потапов, который прибыл на торжество обычным порядком, при галстуке и с подарком, своими ушами слышал, как один из гостей после второго стакана водки обещал своему соседу по столу, что непременно выловит Петрова в каком-нибудь темном углу, глаз на жопу натянет и моргать заставит.

Вот такой юмор был в ходу среди сослуживцев генерала Потапова — немного тяжеловесный, но зато тщательно организованный. А то — Фантомас и слегка запачканный пиджак... Нет, что-то тут не так, что-то не вязалось. Может быть, школьники шалят? Кажется, не так давно «Фантомаса» опять крутили по телевизору, вот какой-нибудь второгодник, по умственному развитию недалеко ушедший от мартышки, и решил пошутить... Да, но зачем же тогда на конверты тратиться? Пройдись по подъездам, опусти свои записочки в каждый почтовый ящик, и дело с концом. Почту-то зачем напрягать?

— Хулиганье безмозглое, — проворчал генерал Потапов, входя в лифт и небрежно засовывая послание от Фантомаса в тот же карман, что и счет за коммунальные услуги. — Понарожают отморозков, алкаши чертовы, лимита запойная...

Он нажал кнопку восьмого этажа, вынул из-под мышки газету и с удовольствием втянул ноздрями запах бумаги и свежей типографской краски. В носу у него снова защекотало — очевидно, давал себя знать содержавшийся в конверте мел, или тальк, или что там, черт его дери, было, — и генерал опять громко чихнул. От этого звука и вызванного им сотрясения в мозгу у него словно что-то сдвинулось, и генерал внезапно застыл, невидящим взглядом уставившись в первую полосу газеты, на которой красовалась фотография таранящего небоскреб «Боинга».

Фантомас... Именно так они с Петровым называли между собой покойного олигарха Грибовского. Да, Фантомас — могущественный, неуловимый, скользкий и безликий, неимоверно богатый и потому располагающий неограниченными возможностями...

«Уймись, — мысленно приказал себе генерал. — Совсем ополоумел, что ли? Мертвые не кусаются. И потом, останься Грибовский в живых — что абсолютно исключено, — ему было бы проще нанять снайпера, чем интриговать меня дурацкими записками...»

Тем не менее успокоиться ему не удалось. У генерала ФСБ Потапова была отлично развита интуиция, с успехом заменявшая ему многие другие качества, необходимые для быстрого продвижения по служебной лестнице. И сейчас интуиция подсказывала ему, что дело намного сложнее, чем обыкновенная шалость изнывающего от безделья лоботряса. В отличие от генерала Петрова, Иван Ильич давно усвоил одну непреложную истину: если какое-то событие или явление не укладывается в рамки привычных представлений, то это означает лишь то, что эти рамки пора немного расширить. Если ты чего-то не понимаешь, значит, тебе просто недостает информации...

Решение пришло мгновенно. Генерал протянул руку и утопил кнопку «стоп», другой рукой вынув из кармана мобильный телефон. Лифт тяжело содрогнулся и стал. Иван Ильич один за другим быстро набрал все известные ему номера, по которым можно было разыскать генерала Петрова, но везде ответом ему были только длинные гудки, свидетельствовавшие о том, что линия исправна и что Игоря Николаевича Петрова вблизи телефонного аппарата нет. Нету! В это время суток Петров мог находиться где угодно, а мобильник свой, наверное, оставил в машине от греха подальше, опасаясь срочного вызова на службу. И даже отключать его, сволочь, не стал — звони на здоровье, ломай себе голову, что с ним стряслось...

Генерал снова привел в движение лифт и благополучно добрался до своей квартиры, где его с нетерпением поджидала супруга — уже одетая для поездки на дачу и, как всегда, чем-то недовольная. Правда, обед стоял на плите и даже был горячим, но вот аппетита у Ивана Ильича как раз таки и не было. Он вяло пополоскал ложку в борще, отставил борщ, придвинул к себе второе, два раза ковырнул вилкой и тоже отодвинул с глаз долой. Выпитая в кабинете Петрова водка комом стояла в горле, вызывая зверскую изжогу, есть не хотелось, и газетные строчки криво расползались в разные стороны, не давая генералу узнать, что там пишут про теракты в Нью-Йорке и Вашингтоне.

— Ешь давай, — сказала ему жена. — Доедай, и поехали.

— Не хочу я есть, — пожаловался Иван Ильич. — Что-то аппетит пропал, как отрезало.

— Где это тебя так накормили? — прокурорским тоном осведомилась госпожа генеральша. — Опять по бабам шастал, кобель плешивый? Ну, не хочешь, так не надо. Насильно мил не будешь. Тогда переодевайся, и поехали скорее. Там все яблоки осыплются, пока ты тут газетку почитываешь.

— Слушай, — набравшись смелости, сказал генерал, — поезжай-ка ты одна. На такси, а? А я, может быть, чуть позже подъеду. Договорились?

— Эт-т-то еще что за новости? Что это ты выдумал? Я, значит, поеду в саду вкалывать, а ты здесь останешься на диване прохлаждаться да по проституткам шастать? Дудки!

— Господи, да какие проститутки! — с чувством простонал генерал. — Что ты несешь-то, а? Хоть бы постеснялась, что ли... В гробу я видал твои яблоки, ясно?

Я устал, как собака, у меня на службе неприятности... Мне, в конце концов, нездоровится! Я ведь тоже не железный, могу и приболеть.

Жалоб на здоровье от Ивана Ильича до сих пор действительно не поступало, и толстое лицо госпожи генеральши мигом приобрело озабоченное выражение.

— Так, — сказала она, — допрыгался, голубчик. Живо марш в постель! Сейчас я принесу градусник и вызову врача.

— Ох, да уймись ты, Христа ради! — взмолился Потапов, который чувствовал себя отменно, если не считать изжоги и полнейшего разброда в мыслях. — Это что, панацея какая-нибудь — градусник? Я взрослый человек и как-нибудь без тебя сумею определить, нужен мне врач или нет. Поезжай на дачу, я же вижу, что тебе не терпится. А я приму чего-нибудь — аспирина, что ли, — вздремну пару часов и буду как новенький. Я тебе позвоню и сообщу, когда приеду. Завтра, наверное, приеду, а может быть, еще и сегодня, ближе к вечеру. И не волнуйся ты, ради бога, я просто устал, перенервничал. У нас на работе из-за этих террористов такой сумасшедший дом...

— Могу себе вообразить, — фыркнула госпожа генеральша, которая, как и многие женщины схожего с ней типа, относилась к работе мужа с презрением, даже если бы тот работал президентом страны. — А ты точно по бабам не пойдешь? — с сомнением добавила она.

— Вот телефон, — генерал кивнул на стоявший в прихожей архаичный аппарат из блестящей черной пластмассы. — Можешь звонить хоть каждый час, проверять, на месте ли я. И насчет девочек по вызову тоже можешь не беспокоиться. Я ведь знаю, у тебя агентурная сеть похлеще, чем у ФСБ. Соседки сразу доложат, даже если я приведу в дом бродячую кошку. И вообще, давай оставим эту тему. У меня и так башка разламывается, а тут еще ты со своими шекспировскими сценами...

На жирном лице жены генерала Потапова снова промелькнуло выражение искренней озабоченности, почти испуга. Кажется, до нее впервые по-настоящему начало доходить, что ее муж не вечен. А если умрет? Что она тогда будет делать, на что станет жить?

После ее ухода Иван Ильич попытался еще раз дозвониться Петрову и снова не преуспел. Тогда он взял с кухонного стола так и не прочитанную газету, уселся на диване в гостиной и включил телевизор. Так, с газетой в руках, под аккомпанемент включенного телевизора, он и задремал и проснулся через два часа совершенно больным.

Глава 3

Морской транспорт — далеко не самый быстроходный из ныне существующих, даже если речь идет о скоростной моторной яхте. Самолет, конечно, перемещается в пространстве намного быстрее, но Роман Михайлович Грибовский готов был спорить на любую сумму, что акции авиакомпаний еще не скоро поднимутся в цене. Поднимутся, конечно, потому что людям свойственно жить интересами сегодняшнего дня. Они, люди, вечно куда-то торопятся, спешат, суетятся, и даже самые страшные трагедии исчезают из памяти человечества с поразительной быстротой. То есть память, конечно, остается, но лишь в виде сухой, лишенной эмоциональной окраски информации: такого-то числа произошло такое-то событие. Разрушено то-то и то-то, погибло столько-то людей и еще столько и столько ранено и пропало без вести. Ущерб составил столько-то миллионов долларов... И все. Как будто речь идет о падении надоев молока в захудалом рязанском колхозе в одна тысяча девятьсот забытом году или о нашествии колорадского жука. Так что люди как летали на самолетах, так и будут летать, невзирая на опасность, и акции авиакомпаний обязательно поднимутся в цене. Но произойдет это не сегодня и даже не завтра.

А пока что Роман Михайлович ждал. Где-то там, за далеким горизонтом, ровно стуча мощным движком, утюжила лазурные воды Средиземного моря белоснежная яхта, с каждой минутой приближаясь к тому месту, где томился в вынужденном бездействии опальный олигарх.

Грибовский поддерживал с яхтой постоянную радиосвязь, и, судя по докладам Огурцова, на борту царил полный порядок. Драгоценный груз вел себя пристойно, любовался от нечего делать морскими закатами, хлестал дармовой коньяк и потихоньку потрошил своих попутчиков за карточным столом. На третий день путешествия Огурцов пожаловался, что чертов шулер обчистил его до нитки. Грибовского это сообщение слегка позабавило. При иных обстоятельствах профессиональный киллер Огурцов, не задумываясь, вышиб бы из удачливого партнера по покеру проигранные денежки вместе с мозгами; теперь же он не мог себе этого позволить. Впрочем, по голосу Огурцова не чувствовалось, что он расстроен или хотя бы взволнован, и это было странно.

— И что ты предпринял? — поинтересовался Роман Михайлович.

На секунду он преисполнился уверенности, что Огурцов сейчас спокойно ответит: «Пришил засранца», но тот сказал совсем другое.

— Пригласил его сыграть пару партий на бильярде, — бесцветным голосом сообщил Огурцов, — и оставил без штанов.

Грибовский с облегчением расхохотался и прервал связь. Все было нормально, все шло по заранее разработанному плану. Да и могло ли быть иначе? Роман Михайлович Грибовский не был ни маньяком, ни долдоном в пуговицах, вроде генералов Петрова и Потапова, тупо тянущих лямку за кусок хлеба с маслом и стопку водки. Он работал на себя, и притом не ради каких-то абстрактных идей, а ради живых, конкретных, реальных денег. Потому-то он и не ошибался, что всегда знал, чего хочет, и прямо шел к цели, небрежно перешагивая через препятствия. А если перешагнуть через препятствие не удавалось, Роман Михайлович просто разносил его в пыль и шел дальше, ни разу не обернувшись, чтобы полюбоваться дымящимися развалинами. Что толку оглядываться назад? Ведь впереди наверняка поджидает новый барьер, возведенный дураками специально для того, чтобы усложнить умным людям и без того сложную жизнь...

Впрочем, надолго задумываться о барьерах и препятствиях вряд ли имело смысл. Сколько о них ни размышляй, меньше их от этого не станет. Гораздо интереснее и намного полезнее подумать о деньгах. Пораскинув мозгами, Роман Михайлович начал понемногу приходить к выводу, что немного поспешил, мысленно присвоив деньгам такие расхожие эпитеты, как «живые» и «реальные». Да, деньги действительно двигались, росли, множились и умирали, как некий живой организм, и представляли собой реальную силу. Но сами по себе деньги были чистой абстракцией, чьей-то гениальной идеей, воплощенной в металлических кружочках и полосках аккуратно нарезанной и сложно разрисованной бумаги. Это стало окончательно очевидным сразу же после изобретения векселей, долговых расписок и чековых книжек, когда простые, нацарапанные от руки записки приобрели статус полноправной валюты. Деньги были лишь символом; об этом знали все, но лишь немногие задумывались об этом всерьез. Массовый же обыватель продолжал упорно и тупо накапливать килограммы, центнеры, тонны бумаги, меди и никеля в тщетной надежде, что кривая вывезет и что очередной скачок инфляции или, того хуже, денежная реформа не оставит его в который раз с голым задом на морозе.

Да что обыватель! Подвалы банков ломились от сложенных в огромные штабеля новеньких, ни разу не бывших в употреблении, девственно чистых купюр. Банкиры, президенты и премьер-министры пребывали в блаженной уверенности, что это деньги, тогда как на самом деле все они сидели на гигантских грудах макулатуры. Деньги оставались деньгами до тех пор, пока люди признавали в них законное платежное средство. И они верили, наивное дурачье, в то время как столь обожаемые ими доллары даже по официальным данным были обеспечены золотом всего на четыре процента! Огромные печатные станки продолжали стучать, круглосуточно выбрасывая на рынок тонны испачканной краской бумаги, за которой не стояло ничего, кроме гигантского надувательства и слепой веры в невиданную мощь американской экономики. Это была толпа простаков, только и ждущих, чтобы их облапошили, и Роман Михайлович Грибовский чувствовал, что настало время вплотную подумать над этой проблемой.

В ожидании прошла неделя. Роман Михайлович не терял времени даром. Он продолжал работать над своей новой внешностью, накладывая последние завершающие штрихи на совершенное произведение пластической хирургии, созданное покойным доктором Шлиманом и его не менее покойными ассистентами. В частности, он окончательно избавился от волосяного покрова на голове путем довольно болезненной процедуры, во время которой корни волос были буквально выжжены электрическими разрядами. Эта варварская пытка продолжалась в течение трех дней, по два с половиной часа ежедневно, и в результате Роман Михайлович еще три дня ходил по дому с багровой, отчаянно зудящей лысиной. За все это время он виделся только со своей личной охраной, по совместительству игравшей роль прислуги, да еще с Фархатом, которого отправил в Москву с деликатным поручением, касавшимся опять же его внешности (внешности Романа Михайловича, естественно, а не Фархата).

Он и сам толком не знал, зачем продолжает уродовать свою и без того отталкивающую наружность. Какой-нибудь полоумный мистик сказал бы, наверное, что таким образом Грибовский пытается привести ее в соответствие со своей внутренней сущностью, но это была, конечно же, полная ерунда. Роман Михайлович наполовину в шутку, наполовину всерьез вживался в образ Фантомаса. То, что поначалу выглядело дурацкой хохмой, родившейся в голове не блещущего чувством юмора генерала ФСБ Петрова, теперь превратилось у Грибовского в навязчивую идею. Разумеется, он не собирался красить лицо в синий цвет и говорить людям по телефону знаменитое «Ха-ха-ха!». Просто блестящая, плотно облегающая череп кожа вдруг показалась ему гораздо более эстетичной и подобающей человеку, чем торчащая во все стороны шерсть на макушке, которая, как ни крути, роднит нас с животными. А игра в Фантомаса... Что ж, в олигарха он уже всласть поиграл. Теперь можно немного побыть Фантомасом, а потом, когда надоест, превратиться в Зорро или в человека-паука. Господи, да хоть в царевну-лягушку, лишь бы это приносило доход! А Фантомас — это просто слово. Дурацкое словечко, которое он сам не раз писал на заборах во времена своего счастливого отрочества. Словечко, которым его однажды в сердцах обозвал генерал ФСБ Петров, эта дубина, этот тупой убийца в погонах... Что ж, если под фуражкой у него осталась хотя бы парочка извилин, он, наверное, успеет сообразить, кто преподнес ему последний в его жизни подарочек. А если не успеет, то и черт с ним. Пускай умрет, пребывая в уверенности, что записка со словом «Фантомас» — просто чья-то глупая шутка.

В эти дни он подолгу просиживал у телевизора, коротая время в ожидании Огурцова и следя за развитием событий. События развивались строго по плану, все катилось именно туда, куда и должно было катиться, то есть под уклон. Между делом Роман Михайлович снова и снова любовался бесконечно повторявшимися кадрами, на которых был запечатлен его триумф. Оказывается, помимо Королева, в то утро на Манхэттене было полно людей с видеокамерами, и кульминационный момент был заснят со всех мыслимых ракурсов, не хватало разве что съемок с воздуха и из окна того офиса, в который врезался «Боинг». Все-таки высокий уровень жизни — отличная вещь! Произойди такое где-нибудь в Калуге, и катастрофа могла пройти почти незамеченной. Вон в Новосибирске, когда напарник того летчика — Лисовского, что ли? — таранил на «кукурузнике» жилой дом, удалось снять только дымящиеся руины, да и то лишь потому, что там очень кстати оказался вездесущий Егор.

Снова и снова просматривая знакомые кадры, Грибовский любовался тем, как мастерски, с каким безупречным вкусом все было спланировано и проделано. Интересно, заметил ли это кто-нибудь? Пришло ли хоть кому-нибудь в голову, что грязные исламские фанатики просто не могли сочинить такой красивый, совершенный во всех отношениях сценарий? Это было зрелище, исполненное такой пугающей, грозной красоты, что превзойти его могла только глобальная ядерная катастрофа. Это был шедевр, и, как всякий мастер, создавший нечто неповторимое, Роман Михайлович Грибовский испытывал легкую печаль: все, вершина пройдена, звездный миг сверкнул и остался позади, и теперь, сколько ни тужься, сколько ни кряхти, ничего столь же грандиозного тебе уже не родить, хоть тресни.

Его грустные размышления о бренности всего сущего были прерваны долгожданным прибытием Огурцова. Однажды после полудня под окнами зарычал покрытый толстым слоем пыли джип с тонированными стеклами, за ним в распахнутые ворота вкатился второй, тоже пыльный до того, что было не разобрать, какого он цвета, захлопали дверцы, сдержанно — из уважения к хозяину — загомонили голоса, и лежавшая на столе рация, хрипло крякнув, голосом охранника сообщила, что интересующий Романа Михайловича человек доставлен в целости и сохранности.

Олигарх вышел на широкий балкон, который по периметру опоясывал весь второй этаж. Над балконом, опираясь на точеные каменные столбы, нависал козырек, отбрасывавший густую тень, которая казалась прохладной по сравнению с царившим вокруг беспощадным зноем. Уверенно ступая по мраморным плитам пола, Грибовский подошел к каменным перилам и, перегнувшись через них, посмотрел вниз, на ступеньки парадного крыльца.

Вместе с охраной на крыльце стояло, наверное, человек восемь, но Грибовский сейчас видел только двоих. Щупловатый Огурцов, по случаю жары вырядившийся в просторные шорты и полувоенную рубашку песочного цвета, щеголял в новехоньком пробковом шлеме, который делал его похожим на ожившую поганку. «Оцивилизовался мой киллер, — с усмешкой подумал Грибовский, разглядывая этот костюм европейского охотника на львов. — Ну, вылитый немец, приехавший на сафари!»

Впрочем, Огурцов с его дурацким шлемом задержал его внимание ненадолго. Спутник Олега Васильевича вызвал у олигарха гораздо больший интерес. Он был, пожалуй, немного высоковат и слишком худощав, и походка его показалась Грибовскому чересчур суетливой и развинченной, и при ходьбе он сутулился, как орангутанг, но все это не имело решающего значения. Лицо человека, которого привез Огурцов, было скрыто широкими полями белой тропической панамы, на переносице поблескивали большие солнцезащитные очки, которые, насколько мог судить олигарх, защищали незнакомца не столько от солнечных лучей, сколько от любопытных взглядов. Багажа у незнакомца не было, если не считать пузатой бутылки, которую он держал за горлышко в опущенной руке. Содержимого в бутылке оставалось, пожалуй, на пару хороших глотков, не больше. Грибовский прищурился, вглядываясь в этикетку, и кивнул: ну конечно, это был очень дорогой сорт американского бренди из его личных дорожных запасов. По крайней мере, этот парень, как и сам Роман Михайлович, понимал толк в спиртном. И штаны на нем все-таки были, хотя Огурцов утверждал, что раздел своего попутчика до трусов за бильярдным столом. А может, он вернул ему брюки из христианского милосердия? «А кстати, — вдруг не к месту подумал Грибовский, — как это они ухитрились резаться в бильярд на яхте, идущей полным ходом? Ну, Огурцов, ну, сказочник! Развлек, понимаешь ли, скрасил ожидание... А я, чудак, поверил! Правильно в народе говорят: на каждого мудреца довольно простоты. И ведь как непринужденно схохмил, стервец! И голос такой обыденный... Нет, с ним надо быть поосторожнее. Вот таким же точно скучным голосом он будет рассказывать по телефону байки о своих приключениях где-нибудь на земле Франца-Иосифа, сам в это время стоя прямо у тебя за дверью с пистолетом наготове...»

Опасный сказочник Огурцов, словно почувствовав на себе взгляд олигарха, поднял голову, увидел Грибовского и приложил два пальца к полям своего пробкового шлема в полушутливом приветствии. Вид у него, однако, был утомленный, и Роман Михайлович подумал, что поездка стоила Олегу Васильевичу изрядного количества нервных клеток. Видимо, пассажир ему попался беспокойный, и бодрые доклады Огурцова по радио следовало, вероятно, отнести на счет его высокого профессионализма. В самом деле, корабль плывет, пассажир на борту, а про то, что он, к примеру, пьет как лошадь, дебоширит

56

и все время норовит сигануть за борт, хозяину знать необязательно. Все идет по плану, и, значит, на борту полный порядок.

— Как все прошло? — негромко спросил Грибовский по-русски.

Огурцов одной рукой приподнял шлем, а другой вытер обильно выступивший на лбу пот.

— Нормально, — сказал он и неумело улыбнулся, на миг сверкнув своими великолепными зубами. — Только достал он меня, не скрою, до самой селезенки, алкаш этот конченый. Весь коньяк на борту выжрал, урод, а потом за бренди взялся.

— Оно и видно, — сказал Грибовский, указав глазами на зажатую в руке гостя бутылку. — Ну, поднимайтесь, что ли. Я тут совсем заждался. Дай хоть взглянуть на твое приобретение.

Вскоре гость в сопровождении Огурцова вошел в комнату. Грибовский уже сидел на низком диване, забросив ногу на ногу и с каким-то нездоровым интересом разглядывая «приобретение» Огурцова. Впрочем, смотреть пока что было не на что: на голове гостя по-прежнему сидела широкополая тропическая панама, на носу блестели черными стеклами очки, а то, что не было скрыто этими аксессуарами, являло собой весьма печальное зрелище. Гость был пьян до остекленения: от него за версту разило бренди.

— Извините, что в таком виде, — сразу же сказал Огурцов. — Я сразу решил: хочет пить — пускай пьет. Пьяный меньше заметит и вопросов лишних задавать не станет... Но я же не знал, КАК он пьет! Как якутский бомж, ей-богу! Жрет и жрет, жрет и жрет... И куда в него, такого тощего, влезает, ума не приложу. Он, знаете, вроде того «Пассата», на котором один мой знакомый ездил. С виду машина как машина, а топливный бак в ней аж на сто литров. Он столько водки на спор выиграл! Спорим, говорит, на ящик, что мой «фолькс» на сто километров три литра берет? Садись, засекай километраж, поехали! Ну и, натурально, выигрывает, потому что бак-то у него почти вдвое против обычного... Потом, когда все открылось, хотели мужики ему по шее накостылять, да не успели. Гробанулся он на своем «Пассате», спасатели потом долго разбирались, где он, а где машина...

Грибовский терпеливо выслушал эту тираду до самого конца, отлично понимая, что Огурцов за время плавания в компании моряков-арабов и вечно пьяного француза стосковался по русскоязычному собеседнику. Обычно олигарх не снисходил до того, чтобы потакать чужим слабостям, пускай себе даже и вполне понятным, простительным, но Огурцов действительно сделал для него большое дело, да и отказываться от его услуг пока рановато.

Огурцов вдруг осекся и, словно вспомнив, где находится и с кем разговаривает, шагнул к французу и бесцеремонно сдернул с него панаму и темные очки. Гость никак не отреагировал на такое обращение: стоял себе посреди комнаты, слегка покачиваясь из стороны в сторону, и пьяно таращил по сторонам подернутые хмельной поволокой бессмысленные гляделки. Грибовский некоторое время рассматривал его, сидя на диване, потом вскочил, подошел поближе и описал вокруг француза пару кругов, придирчиво рассматривая его со всех сторон, будто приценивался.

— Поразительно, — сказал он наконец. — Поздравляю, Огурцов, отличная работа. Просто превосходная! Это тебе зачтется. Черт, такая удача, что даже не верится!

При слове «удача» Огурцов слегка дернул уголком рта. Олигарх, который вроде бы стоял к нему спиной и смотрел на француза, тем не менее ухитрился эту гримасу заметить и истолковал ее абсолютно верно.

— Ты прав, — сказал он, — удача тут, пожалуй, ни при чем. Это, как я сказал, превосходная работа. Экселлент! Шарман! Высший пилотаж, суперлюкс! А такая работа и оплачиваться должна соответственно. Получишь за этого пьяницу триста тысяч... Да нет, какого черта крохоборничать! Даю пятьсот. Ты доволен?

Огурцов привычно подавил в себе желание спросить: «Когда?» Он знал, каким будет ответ. Да, конечно, непременно, при первой же возможности, но ты же понимаешь, сейчас такой ответственный момент, все деньги до последнего цента вложены в акции, весь капитал в работе, я себе отказываю почти что во всем... Словом, вот тебе десять косарей в зубы, и не скули ты, ради бога...

Бывший агент ФСБ, профессиональный киллер и тертый калач, Огурцов отлично понимал, чем вызвано такое поведение сказочно богатого олигарха. Проще всего держать человека на крючке, когда ты должен ему большие деньги. Он даже поссориться с тобой не может, потому что это как раз то, чего ты ждешь с большим нетерпением. Он, болезный, обзовет тебя по-всякому, хлопнет дверью и гордо удалится — весь в белом и с пустыми карманами. Он уйдет, а ты останешься — оплеванный, конечно, не без того, но зато при деньгах, которые при ином раскладе очень даже легко могли от тебя уплыть. Вот поэтому-то и приходится ему, бедняге, изображать рабскую преданность, хвататься за любую предложенную тобой работу и радоваться хотя бы тому, что ты аккуратно вносишь заработанные им суммы в ведомость, приплюсовывая их к достигшему фантастических размеров долгу. И какой тебе интерес расплачиваться со своим кредитором? Дашь ты ему, к примеру, честно заработанный им миллион, а он подумает чуток да и скажет: а пошел-ка ты к едрене-фене! Сам за собой дерьмо выгребай, а мне этого миллиона до самой смерти хватит...

Все это Огурцов отлично понимал и знал, что Грибовский об этом его понимании осведомлен. Они были нужны друг другу, но такое положение вещей не могло сохраняться вечно. Рано или поздно наступит день, когда олигарху захочется списать Олега Васильевича в расход — так же, как захотелось этого генералу ФСБ Потапову. Огурцов надеялся, что у него хватит ума и везения не проворонить этот момент и вовремя принять ответные меры. Собственно, шлепнуть Грибовского он мог в любую минуту — хоть сегодня, хоть завтра, хоть позавчера, — но кто в таком случае вернет ему честно заработанные деньги? В доме, может быть, наберется тысяч сто наличными, так ведь это не деньги — так, мелочь на карманные расходы... Словом, Огурцов намеревался получить свои денежки любой ценой, хотя бы и с помощью пыток.

Между тем пьяный в стельку Жак Марешаль, уловив в потоке чуждой ему русской речи французские слова «экселлент» и «шарман», внезапно пробудился к активности, рывком вздернул кверху руку с бутылкой, широко открыл рот и слил туда остатки бренди, на мгновение сделавшись похожим на гипсового горниста, какими когда-то украшали пионерские лагеря, парки и цветники под окнами школ.

— О! — прокомментировал его предосудительные действия Огурцов. — Дозаправка в воздухе! В режиме автопилота, блин...

Марешаль уронил на ковер пустую бутылку и начал медленно валиться вперед, норовя со всего маху ткнуться мордой в пол. Стоявший рядом с ним Грибовский подхватил француза, не дав ему провалить все дело раньше, чем оно началось. Огурцов поспешно подскочил к олигарху и принял от него безвольно обмякшее тело.

— Убери эту пьяную шваль, — брезгливо морщась и поправляя сбившуюся одежду, приказал Грибовский. — Приставь к нему охрану. Больше одной бутылки в день не давать и смотреть в оба!

— Да куда он денется? — попытался возразить Огурцов. — Ведь пустыня кругом!

— Если доберется до винного погреба и как следует налакается, уйдет пешком через три пустыни, да еще и море вброд перейдет, — уверенно сказал Грибовский. — Я таких знаю, сам когда-то таким был... Так что не спускайте с него глаз, а когда вернется Фархат, пускай сразу берет его и везет на место. Страшновато, конечно, выпускать его из поля зрения, но уж очень он заметен. Держать такого при себе опасно. Не дай бог, увидит кто-нибудь случайно! Ну, словом, ты знаешь, что нужно делать. О'кей?

— О'кей, — сказал Огурцов и, обернувшись к дверям, крикнул: — Эй, басмачи! Слышите, душманы? Проводите гостя в его апартаменты!

Двое охранников-арабов бесшумно вошли в комнату, подхватили бесчувственное тело француза и волоком потащили вон. Один из них на ходу ухитрился присесть и ловко подобрать с пола пустую бутылку.

— Присаживайся, — сказал Грибовский и указал Огурцову на низкий диван, где до этого сидел сам. — Выпьешь?

— Спасибо, воздержусь, — отказался киллер. — Я вообще пью очень мало, а уж в такую жару и подавно.

Он аккуратно обеими руками снял с головы пробковый шлем и поставил его на придвинутый к дивану столик. На его потном лбу отчетливо краснела оставленная шлемом полоска. На столике лежала какая-то раскрытая толстая книга обложкой кверху. Огурцов взглянул на название и удивленно вздернул правую бровь. Перед ним был учебник по криминалистике, раскрытый примерно на середине.

— У вас поразительно широкий круг интересов, — заметил он, указывая на учебник.

— Повышаю общеобразовательный уровень, — усмехнулся Грибовский. Рисунок губ у него изменился до неузнаваемости, но усмешка осталась прежней. — Расширяю кругозор.

— Ну и как, интересно?

— Познавательно. Честно говоря, сообрази я просмотреть этот талмуд немного раньше, можно было бы избежать некоторых болезненных моментов.

— Например? — спросил Огурцов, вытирая лоб и шею сероватым от долгого употребления носовым платком.

— Например, выяснилось, что покойный доктор Шлиман был настоящей продувной бестией. Оказывается, пересаживать кожу со спины на кончики пальцев — пустая трата времени. Это выяснили еще чикагские гангстеры в начале прошлого века. Папиллярные линии со временем благополучно восстанавливаются, пересади ты кожу хоть с пяток, хоть с задницы. Шлиман не мог этого не знать, однако преспокойно согласился сделать пересадку и взял за это двойной гонорар. Ну, не сволочь он после этого?

— А вы что, были не в курсе? — удивился Огурцов. — Я не про Шлимана, а про отпечатки пальцев... Это же общеизвестно! Я думал, вы пошли на это в качестве временной меры. Если бы вы спросили меня, я бы вам все объяснил еще до операции. ФСБ, например, сейчас использует метод удаления папиллярных линий при помощи лазерной хирургии. Врачи клянутся, что после выжигания лазером отпечатки не восстанавливаются, но метод используется совсем недавно, так что случая проверить их слова до сих пор ни у кого не было. Может, и врут. И, главное, говорят, что это совершенно не больно. Ни наркоза, ни крови, ничего. Полчаса работы под легкую трепотню, и дело в шляпе.

— Зараза ты, Огурцов, — после непродолжительной паузы тихо, но с большим чувством сказал олигарх. — Самая настоящая энкаведешная зараза. Ты что, раньше не мог мне об этом сказать? За что я кровь проливал?

— Так уж и зараза, — без тени обиды возразил Огурцов. — Я, Роман Михайлович, состою при вас не советником или, к примеру, визирем, как у этих моджахедов положено, — он кивнул в сторону двухстворчатой двери, за которой скрылись охранники-арабы, — а всего лишь исполнителем. Знаете, как моя бабка говорила? Тебя не спрашивают — ты не сплясывай. Прикажете быть консультантом — буду. За отдельную плату, разумеется.

— Разумеется, — саркастически поддакнул Грибовский. — Ладно, забудем. Ты прав, это моя собственная ошибка. Пробелы в образовании в сочетании с самоуверенностью всегда обходятся дорого. Это аксиома, а я про нее забыл. Так что не будем ссориться по пустякам. Тем более что у меня для тебя есть работа.

Огурцов вежливо приподнял брови, изобразив немой вопрос.

— Нужно наладить контакт с нашими друзьями на Ближнем Востоке и в Афганистане, — продолжал олигарх, усаживаясь в кресло напротив Огурцова и неторопливо, со вкусом закуривая. — По-моему, они недовольны тем оборотом, который принимают события. Американцы сердятся на них, а они, чудаки, кажется, сердятся на меня. Нужно встретиться с самыми нервными, поговорить, успокоить, дать им все необходимые гарантии безопасности... Ну, не мне тебя учить! Зачем, в самом деле, заставлять таких серьезных, верных делу ислама людей беспокоиться по пустякам? Займись этим, Олег Васильевич, успокой их. Ты ведь у нас мастер улаживать конфликты.

— Кхе-кхе, — по-стариковски покашлял в кулак Огурцов. — Восток — дело тонкое, Роман Михайлович.

Боюсь, это будет непросто. Уж если этим басмачам что-то в голову втемяшилось, так легче, по-моему, им эту голову оторвать, чем переубедить их в чем-то. Не знаю, не знаю. Понадобятся по-настоящему убедительные аргументы и очень надежные гарантии, чтобы они в самом деле успокоились.

— Не мне тебя учить, — повторил Грибовский, как бы между делом кладя ладонь на раскрытый переплет учебника криминалистики и придвигая книгу поближе к себе.

Огурцов понял намек и сразу же легко встал, взяв под мышку свой колониальный шлем с отпечатками грязных пальцев на обтянутом тканью песочного цвета козырьке.

— Срок? — коротко осведомился он.

— Чем скорее, тем лучше, — ответил Грибовский, беря со стола книгу и принимаясь рассеянно листать страницы, словно в поисках той, на которой остановился. — Недоразумения, возникающие между добрыми друзьями, нужно улаживать как можно скорее, пока те не успели перерасти в настоящую ссору. Терпеть не могу ссориться с партнерами! А ты?

— А я привык работать в одиночку, — ответил Огурцов. — С партнерами вечно возникают проблемы, а я люблю покой и уединение. Так я отъеду на недельку-другую?

— Да, конечно. Неделька-другая — вполне приемлемый срок. Но не больше! Прими душ, отоспись, поплавай в бассейне и поезжай с богом. Перед отъездом обязательно зайди попрощаться. Тебе ведь, наверное, деньги понадобятся?

— Гм... Да уж не без того.

— Ну вот, заодно и деньги получишь. Завтра утречком, за завтраком, и получишь. Договорились?

Огурцов кивнул, снова подавив желание спросить: «Сколько?» «Когда?» и «сколько?» — это были вопросы, которые олигарх умел огибать мастерски и непринужденно, как опытный горнолыжник огибает флажки на трассе гигантского слалома. Впрочем, на накладные расходы Грибовский никогда не скупился, и Огурцов верил, что, выполняя возложенную на него дипломатическую миссию, ни в чем не будет знать нужды.

«Хреново, — думал он, выходя в отделанный цветным мрамором коридор. — Приходится вкалывать, как цепному псу, за миску похлебки. Ну, да ладно, мы свое еще возьмем. Будет и на нашей улице праздник».

Прежде чем закрыть за собой дверь, он обернулся. Грибовский сидел в кресле и смотрел в книгу с таким видом, словно был поглощен чтением. Роман Михайлович не притворялся: он и впрямь увлекся, со смесью отвращения и жгучего любопытства изучая методы, при помощи которых преступники всех времен и народов пытались замаскировать странгуляционную борозду, возникающую на шее жертвы в результате насильственного удушения.

* * *

К концу рабочего дня тема нью-йоркской трагедии окончательно исчерпала себя, и разговор совершенно естественным образом перешел на дела более насущные и волнующие. В этом не было ничего удивительного: какой бы страшной ни казалась приключившаяся на другом конце земного шара катастрофа, живому всегда свойственно думать о живом, и перипетии, связанные с заменой расколовшегося унитаза в нашей квартире, волнуют нас иногда гораздо сильнее, чем разбор дымящихся завалов на далеком Манхэттене.

— А внучка-то ваша как? — спросила медсестра Ирина Олеговна, ловко и словно бы между делом замешивая на предметном стеклышке пломбирующую смесь.

Анна Карловна поверх головы пациента сделала большие глаза: ей не нравилось, когда при посторонних упоминали о том, что она уже бабушка. Пожилая медсестра изобразила на лице испуг, на мгновение прикрыла ладонью в тонкой резиновой перчатке рот, из которого ненароком вырвался предательский вопрос, после чего приложила ладонь к сердцу, принося безмолвные извинения. Анна Карловна слегка наклонила голову в знак того, что извинения приняты. Ее глаза над марлевой повязкой заметно потеплели: хотя Анна Карловна и пыталась скрывать свой возраст — не такой уж, кстати, и преклонный, — но во внучке души не чаяла и могла часами рассказывать о ее проделках.

— Растет, — сказала она и толкнула острым носком туфли податливую педаль, — умнеет потихоньку.

Сжатый воздух пронзительно засвистел, сверло провернулось с леденящим кровь звуком. Услышав этот многообещающий вой, полулежавший в кресле с судорожно разинутым ртом пациент заметно вздрогнул и мученически закатил глаза.

— Больно не будет, — успокоила его Анна Карловна. Голос у нее был мягкий, грудной и звучал, как партия виолончели в каком-нибудь классическом камерном произведении. — Заморозка должна уже подействовать. Включить вам музыку?

— Э-э, — отрицательно проблеял пациент. — Э-а-а.

Анна Карловна была опытным врачом и давно научилась понимать мычание своих пациентов без переводчика. В данном случае доносившиеся из разинутой, варварски изуродованной кариесом пасти реликтовые звуки означали, по всей видимости, «не надо». Ну, не надо, так не надо. Анна Карловна утопила педаль, и бормашина взвыла, как злобный демон, готовящийся утащить в пекло чью-то грешную душу.

— Забавная такая, — обращаясь к медсестре, сказала Анна Карловна под аккомпанемент противного зудения вгрызающегося в кость сверла. — Сели недавно обедать, а она заявляет: «Не хочу я вашего супа, хочу фруктовый торт». А дед ей возьми и скажи: «Ты бы, Яночка, лучше подумала, как на этот торт денежек заработать». Так она до самого конца обеда молчала — думала. А потом говорит: «Баба, деда, я придумала, как денег заработать. У нас в квартире будет платный туалет».

Ирина Олеговна всплеснула резиновыми руками.

— Надо же! — воскликнула она. — Я бы не додумалась. Вот детишки пошли! Это уже, наверное, что-то генетическое. Ну, а вы что же?

— А что мы? — Анна Карловна слегка пожала округлым плечом. — Запретить-то нельзя! Сами ведь предложили подумать... Молодец, говорим, Яночка, умница, хорошо придумала. Ну, она, конечно, не стала дело в долгий ящик откладывать, нашла коробку из-под куклы — красивую такую, знаете, с целлулоидным окошком. Это, говорит, будет касса. Ну, дед ей помог, повесил эту коробку на дверь туалета, дырочку сверху прорезал... В общем, вход — тридцать копеек. Наша бизнес леди довольная такая ходит, важная...

— Еще бы, — вставила медсестра, откладывая в сторону стеклышко с готовой смесью. — Я бы на ее месте тоже заважничала. Делать ничего не надо, а деньги идут. Балуете вы ее, Анна Карловна.

— Балуем, — усмехнулась Анна Карловна. Она сняла ногу с педали и стала менять насадку. Пациент воспользовался этой паузой, чтобы немного подышать. — Балуем, да... Мы в тот же вечер, как спать ее уложили, собрались на кухне, обмозговали это дело, а в конце недели предъявили нашей предпринимательнице счет: столько-то за аренду помещения, столько-то за уборку, за моющие средства, туалетную бумагу, электричество... Подсчитали все, вычли из заработка, и осталось у нее на руках копеек сорок, что ли, или пятьдесят. Она назавтра говорит: бабушка, ты туалет не мой, я сама. В общем, две с половиной недели продержалась, а потом пошла тихонечко и сама свою «кассу» с двери туалета сняла.

— Ой, как здорово! — восхитилась Ирина Олеговна. — Я бы и не сообразила. Правильно, пускай с малолетства знает, как деньги достаются.

Распластанный в стоматологическом кресле пациент тоже одобрительно замычал и даже тихонечко похлопал в ладоши, сложив руки перед грудью, как готовый к погребению покойник.

— Шире рот, — пропела ему Анна Карловна своим виолончельным голосом и снова включила бормашину.

В просторном, прекрасно оборудованном кабинете давно горел свет, отчего синевшие за окном сумерки казались непроглядно густыми. Легкий ветерок из приоткрытой форточки шевелил ленты вертикальных жалюзи, вентилятор на длинной белой ноге бесшумно перемалывал воздух защищенными прочной стальной сеткой лопастями. Сентябрь выдался на удивление сухой и теплый, лето никак не хотело уходить из Москвы, и это загостившееся тепло радовало Анну Карловну: природа, как и она сама, тоже не торопилась скатываться в осень, в холод, увядание и неизбежную зиму. Что ж, недаром, наверное, слово «природа» в русском языке женского рода...

— Анна Карловна, — уже совсем другим, неприятно заискивающим тоном, произнесла медсестра, — я вам больше не нужна?

Анна Карловна посмотрела на прикрытое жалюзи окно, выключила бормашину и, оттянув на левом запястье резиновую манжету перчатки, бросила взгляд на изящные золотые часики. Рабочий день закончился двадцать две минуты назад.

— Спасибо, Ирина Олеговна, — сказала она. — Извините, я сегодня что-то увлеклась. Ступайте, конечно, я закончу сама. Тут работы на десять минут. Ступайте, ступайте.

Анна Карловна Зайцева, в девичестве Кох, была опытным, хорошим стоматологом — настолько хорошим, что могла себе позволить содержать собственный кабинет и работать на себя, высокомерно игнорируя непрерывно поступавшие из всевозможных оздоровительных центров, элитных лечебниц и прочих медицинских учреждений заманчивые предложения о сотрудничестве. Она в этом не нуждалась, поскольку еще в середине восьмидесятых, на взлете кооперативного движения, одной из первых открыла частную практику и сумела обзавестись солидной клиентурой, которая могла не только покрыть все ее расходы, но и защитить Анну Карловну от любых неприятностей. Зубы имеются у всех — у банкиров, олигархов, кремлевских чиновников и криминальных авторитетов, — и у всех они, как правило, со временем начинают разрушаться. А рот — место деликатное, расположенное в непосредственной близости от головного мозга, и ковыряться в собственном черепе состоятельные люди могут доверить далеко не каждому. Евроремонт в кабинете, новейшее оборудование, импортные материалы и высокие расценки, увы, не всегда служат гарантией качества. У Анны Карловны же, помимо всего вышеперечисленного, имелись такие достоинства, как огромный опыт, легкая рука, безупречная репутация и весьма привлекательная внешность.

В свои неполные пятьдесят Анна Карловна действительно была хороша — даже лучше, пожалуй, чем в молодости. Бывают женщины, красота которых становится заметна лишь по достижении ими довольно зрелого возраста, и Анна Карловна относилась именно к этому типу. Конечно, ее статная фигура с годами несколько отяжелела, но зато лицо у Анны Карловны было без преувеличения чудесное. Неправдоподобно огромные серые глаза, классически правильный нос, полные, твердо очерченные губы, чистые, несмотря на возраст, линии щек и подбородка, царственная посадка головы и великолепные пепельно-русые волосы поневоле надолго приковывали к себе взгляд. Этим лицом можно было любоваться часами, как совершенным произведением искусства, и даже самые трусливые из пациентов Анны Карловны никогда не пропускали назначенных визитов: чистое, без примеси низкой похоти, удовольствие, получаемое ими от лицезрения небесных черт Анны Карловны, с лихвой окупало все причиняемые жужжащей бормашиной неудобства. Анна Карловна была об этом отлично осведомлена — не бывает женщин, которые не знают о том, какое впечатление они производят на мужчин, — и относилась к мужской слабости снисходительно, с пониманием, как это и положено хорошему врачу и опытной, тактичной женщине. Всех своих пациентов, даже самых преданных, влиятельных и богатых, она держала на равном удалении от себя, была со всеми ровна, дружелюбна, приветлива и прятала свое прекрасное лицо под марлевой маской и защитными плексигласовыми очками только в тех случаях, когда действительно было необходимо.

Словом, Анна Карловна была идеальным стоматологом, прекрасной женщиной, преданной женой, нежной матерью и, что встречается еще реже, разумной бабушкой, умеющей тонко соблюдать пропорцию между любовью и строгостью. И, как это всегда бывает с людьми, которые выше окружающих на две головы, по Москве о ней ходили невообразимые сплетни. Помнится, лет десять-пятнадцать назад кто-то распустил грязный слушок о том, что Анна Карловна будто бы обслуживает некоторых особо приближенных пациентов в своем натуральном виде, имея на себе из одежды только белую медицинскую шапочку и сидя при этом у пациента на коленях, как ресторанная шлюха. Некоторые даже верили в это наглое вранье. Самое смешное, что это привело только к небывалому увеличению клиентуры: многие московские толстосумы дорого бы отдали за то, чтобы войти в мифический круг избранных. Ни в какой круг они, конечно, не вошли, потому что его на самом деле не существовало, и прелестями Анны Карловны никому из них полюбоваться не удалось, но из числа ее пациентов никто не ушел, потому что зубы она лечила отменно.

Нет, случалось, конечно, пару раз, что Анна Карловна присаживалась к пациенту на колени и даже совершала там довольно активные телодвижения, но в таких случаях обоим, увы, бывало не до эротики, не говоря уже о порнографии. Просто, когда пытаешься нежными женскими руками выдрать намертво засевший в скользкой от крови десне здоровенный гнилой корень, куда только ни сядешь — хоть на голову верхом, лишь бы упереться покрепче и поскорее сделать так, чтобы пациент перестал мучиться. И пациенту в подобных случаях глубоко наплевать, каким местом ты к нему прижимаешься, — он, бедняга, этого не замечает.

Муж Анны Карловны, скромный московский чиновник, на грязные сплетни о своей жене совершенно не реагировал, и в редкие минуты раздражения ей даже казалось, что она ему безразлична. Это тоже была неправда: Валерий Игнатьевич Зайцев просто был разумным человеком, любил свою жену и безгранично ей доверял. И — небывалое дело! — Анна Карловна ни разу не обманула его доверия. Ну ладно — почти. Почти ни разу. Однажды она все-таки не устояла, нарушила ею же самой установленные правила. Да и мудрено устоять перед таким кавалером, особенно когда тебе уже под пятьдесят, внучке пять, молодость осталась позади и так хочется хотя бы на минутку задержать уходящее лето!

Роман был непродолжительным, но бурным и насыщенным. Это было настоящее лето — золотое, зрелое, жаркое, безоглядное, безумно щедрое... А потом как-то незаметно все стало мало-помалу сереть, тускнеть, задождило, и запоздалый стыд затянул душу холодным туманом, и пришло раскаяние, и ненаглядный ее любовник как-то поскучнел и стал все чаще заговаривать о каких-то своих проблемах, а она, глядя в его быстрые лисьи глаза, все чаще думала: врет. Все врет, негодяй! Интересно, сколько лет его «проблеме» — семнадцать, двадцать? Какой у нее рост? Какого цвета волосы, глаза? Что он в ней нашел?

А немного погодя, когда между ними уже все как-то само собой перегорело и погасло, выяснилось, что ни капельки он не врал. Не было никакой двадцатилетней манекенщицы, которую успела нафантазировать себе Анна Карловна, а была красавица яхта с гордым именем «Селена» и ржавая морская мина, оказавшаяся не там, где ей надо бы оказаться... Потом поползли слухи, что мины никакой не было, а просто произошло заказное убийство, подготовленное чуть ли не ФСБ, но для Анны Карловны это уже не имело никакого значения. Конечно, если бы тот, кто организовал взрыв, попался ей в руки, она без всякого обезболивания сверлила бы мерзавцу челюсти до тех пор, пока не добралась бы до его зловонных мозгов. Но генералы Петров и Потапов лечили зубы в ведомственной поликлинике, да и не знала Анна Карловна, на ком лежит ответственность за смерть ее любовника. И осталась ей на память о любимом только заполненная твердым почерком Ирины Олеговны медицинская карта да несколько рентгеновских снимков со светлыми контурами оскаленного черепа на черном фоне, как напоминание о бренности всего сущего: вот, дескать, во что рано или поздно превращается любое лицо — хоть красивое, хоть безобразное. Так ведь от Романа Грибовского и того даже не осталось! А если и осталось что-нибудь, разве найдешь его на дне моря, разве отличишь теперь от останков тех, кто погиб вместе с ним?

Впрочем, кто-кто, а уж Анна Карловна наверняка сумела бы опознать череп Грибовского после даже самого беглого осмотра. Кто, как не она, поддерживал в порядке его зубы в течение десяти лет? Она знала каждую пломбу, каждую трещинку в эмали, каждую коронку, каждый зуб — здоровый или залеченный... Честно говоря, в первые недели после смерти Грибовского она ждала, что ее вот-вот пригласят для опознания останков по зубам, но время шло, а о ней не вспоминали. Надо полагать, тело так и не нашли. А может, и не искали по той простой причине, что загодя знали: искать нечего, разнесло Романа Михайловича на клочки, на молекулы...

Она вернула насадку бормашины в держатель, придвинула к себе стеклышко с сухой пломбирующей смесью, добавила разбавитель, капнула отвердителя, перемешала. В воздухе резко запахло ацетоном.

— Э-э? — с оттенком беспокойства промычал пациент.

— Все в порядке, это отличный французский состав, — успокоила его Анна Карловна и принялась аккуратно пломбировать дупло.

В кабинет заглянула Ирина Олеговна, чтобы попрощаться. Анна Карловна рассеянно кивнула в ответ. За окном с воем проехал троллейбус, громыхнул штангами на стрелке, сыпанув голубыми искрами. Анна Карловна отложила шпатель, снова сменила насадку и несколькими точными движениями зашлифовала пломбу.

— Закройте рот, — сказала она. — Не беспокоит?

Пациент с облегчением свел вместе затекшие челюсти и пару раз осторожно лязгнул зубами. Его потная физиономия расплылась в неуверенной улыбке, слегка кривоватой из-за неотошедшей анестезии.

— Да вы волшебница, — невнятно проговорил он онемевшим ртом. — Уж не знаю, как вас и благодарить...

— Обычным порядком, — сказала Анна Карловна. — Согласно установленным расценкам.

Она намеревалась произнести это шутливо, слегка иронично, как принято между интеллигентными людьми, но из-за накопившейся усталости и не вовремя нахлынувших воспоминаний ответ прозвучал чересчур резко, почти оскорбительно: дескать, плати бабки и проваливай, некогда мне тут с вами любезничать. Чтобы сгладить произведенный эффект, Анна Карловна поспешно опустила марлевую маску и улыбнулась пациенту своей чудесной теплой улыбкой, в лучах которой сердца всех без исключения мужчин таяли, как сливочное масло на солнцепеке.

Пациент немного растерянно улыбнулся в ответ, расплатился, снова рассыпавшись в благодарностях, и наконец-то ушел. Денег, как всегда, оказалось раза в полтора больше, чем полагалось по расценкам: улыбка Анны Карловны приносила ей доход не менее стабильный, чем тот, что давали ее золотые руки.

Анна Карловна с треском стащила влажные изнутри перчатки, толкнула носком туфли педаль стоявшей под раковиной урны, бросила перчатки туда и отпустила педаль. Крышка захлопнулась со знакомым стуком. Анна Карловна пустила теплую воду, взяла с полочки кусок душистого мыла и принялась тщательно, как хирург перед операцией, мыть руки. Никто из ее пациентов и даже коллег не мог заподозрить Анну Карловну в брезгливости. Но, увы, она была очень брезглива, и, несмотря на перчатки, в конце рабочего дня ей всегда казалось, что руки у нее по локоть покрыты отвратительным липким слоем чужой слюны и крови. Поэтому она всегда подолгу мыла руки с мылом и очень редко пользовалась ими во время еды. Она даже хлеб накалывала на вилку, а в тех случаях, когда это могло вызвать удивленные взгляды окружающих, отказывалась от хлеба вовсе, ссылаясь на необходимость следить за фигурой.

Она неторопливо мыла руки, наслаждаясь минутами полного покоя и тишины, которые так любила. Это было что-то вроде переходного тамбура или накопителя в аэропорту: отсюда ты уже ушел, туда еще не попал; еще не в небе, но уже и не на земле... Дневная маета уже закончилась, а маета вечерняя — десять станций метро, семь троллейбусных остановок, пешком через темный пустырь, а потом кухня, муж, телевизор и милая, но очень шумная внучка Яночка — еще не началась, и можно чуточку расслабиться и ни о чем не думать, хотя бы пока моешь руки. В наше сумасшедшее время человеку просто необходимы такие минуты полного и безоговорочного уединения. Главное, чтобы их, этих минут, не было слишком много...

Позади, в прихожей, негромко чавкнула защелка входной двери. Анна Карловна вздрогнула и резко обернулась, успев краем глаза поймать в висевшем над раковиной зеркале отражение своего внезапно побледневшего лица. Да, с нервами у нее в последнее время явно что-то не то. А тут еще вечер, пустой кабинет и ее глупая, совсем детская боязнь темноты...

В прихожей было тихо. Анна Карловна подумала, что это медсестра, наверное, забыла закрыть дверь, когда уходила, вот она и захлопнулась сама собой, от сквозняка. Это было как-то странно: Ирина Олеговна отличалась большой аккуратностью, с возрастом начавшей переходить в болезненную педантичность. Она никогда не забывала выключать свет, обесточивать электроприборы и запирать за собой двери. А тут... Что же, выходит, свет в прихожей она выключила, а дверь оставила распахнутой настежь?

В это время в прихожей что-то рухнуло с глухим деревянным стуком — похоже, рогатая вешалка, на которую пациенты вешали свою верхнюю одежду. Анна Карловна тихонько вскрикнула от испуга и неожиданности. В темноте кто-то зашипел сквозь зубы, закряхтел, из последних сил сдерживая рвущееся с губ крепкое словечко, и в дверях кабинета, потирая ушибленный лоб, возник мужчина, которого Анна Карловна видела впервые в жизни.

Глава 4

Это был высокий блондин с восточными чертами лица, которые странно контрастировали с его соломенными волосами. Одет мужчина был строго и очень дорого, как преуспевающий бизнесмен из рекламного ролика.

— Простите, если я вас нечаянно напугал, — сказал он, продолжая тереть кончиками пальцев лоб, на котором краснела небольшая отметина — надо полагать, след столкновения с вешалкой. — У вас там темно, как в уголь-

73

ной шахте, и я, кажется, что-то уронил. Что-то большое, деревянное, такое, знаете... с ветками, в общем.

И он смешно растопырил руки, довольно похоже изобразив корявое сухое дерево с торчащими в разные стороны ветвями. Эта глупая, в общем-то, выходка немного успокоила Анну Карловну, хотя и не рассмешила — не до смеха ей сейчас было.

— Кто вы такой? — спросила она. — Что вам нужно? Как вы вошли?

— Отвечаю по порядку, — сказал гость. — Я пациент, мне нужна ваша помощь, а вошел я, как все, через дверь. Она была открыта, вот я и решил, что можно... А что, разве что-нибудь не так? — вдруг забеспокоился он.

— Извините, но прием уже окончен, — стараясь говорить как можно суше, произнесла Анна Карловна. Чем больше она думала, тем меньше ей нравилась эта история с открытой дверью. Якобы открытой... — Табличка с расписанием висит на двери, ее невозможно не заметить. Приходите завтра. А еще лучше предварительно позвоните и запишитесь у сестры на прием.

— Таблички-то я как раз и не видел, — смущенно развел руками блондин. — В подъезде у вас тоже почему-то темно, пришлось пробираться ощупью, как по пещере. Наверное, лампочка перегорела или подростки шалят. Темнота — друг молодежи... И потом, согласитесь, когда зубы болят, становится как-то не до чтения табличек. Увидел на стене указатель: «Стоматолог» — и бегом... Выручите, а? — просительно закончил он.

— Если хотите, я дам вам обезболивающее, — сказала Анна Карловна. — Хорошее обезболивающее, французское. Примете ударную дозу прямо сейчас, до утра должно хватить. А утром — в поликлинику.

— К этим коновалам? — блондин скривился так, словно у него разом прихватило все тридцать два зуба. — Да я бы им клык дохлого моржа не доверил, не то что свои зубы. О чем вы говорите! А обезболивающее... Это тоже не то. Снимать симптомы, не устраняя причину заболевания, — не мой стиль.

Он явно не собирался уходить и держал себя с каждой минутой все развязнее. Это совсем не понравилось

Анне Карловне. При иных обстоятельствах она, конечно, помогла бы человеку, страдающему от боли, но сейчас... Сейчас ей как-то не верилось, что у блондина так уж болят зубы. Он вообще не производил впечатления человека, у которого хоть что-нибудь болит. Гораздо больше он смахивал на того, кто причиняет боль другим...

— Ваш стиль — ваше личное дело, — сказала она, — хотя в целом это правильный подход. Но в данный момент все, чем я могу вам помочь, это пара таблеток или, если желаете, укол в десну. Давайте снимем боль, и вы спокойно поищете другого врача, который примет вас в неурочное время. А я очень устала и спешу, извините. В Москве сколько угодно хороших врачей...

— Позвольте, но зачем я стану на ночь глядя искать хорошего врача, когда уже разговариваю с лучшим?! — воскликнул блондин. — Мне рекомендовали вас как лучшего стоматолога в городе! И не только лучшего, но и красивейшего. И я вижу, что Роман Михайлович ничуть не преувеличивал, превознося вашу внешность буквально до небес. Так дайте же мне возможность убедиться, что он не ошибся и по поводу вашего мастерства!

— К-кто? — с трудом переспросила Анна Карловна. Она почувствовала, что вот-вот упадет, и схватилась рукой за край раковины, в которую все еще с негромким плеском текла вода. — Кто, вы сказали, вас ко мне направил?

— Роман Михайлович Грибовский, — сказал блондин, окончательно входя в кабинет и непринужденно присаживаясь на высокий вращающийся табурет Ирины Олеговны. — Он велел передать вам поклон и наилучшие пожелания.

— К-как — поклон? — Анна Карловна заметила, что держится рукой за сердце, как героиня дешевой мелодрамы, но ничего не могла с собой поделать: сердце колотилось в груди так, что казалось, вот-вот проломит ребра и выпрыгнет наружу. — Когда велел?

— Когда? — блондин сделал задумчивое лицо и что-то быстро подсчитал на пальцах. — Да третьего дня! Зайди, говорит, непременно к Анне Карловне, передай поклон, а заодно и зубы подлечи... Вы же знаете, он умеет быть заботливым, когда захочет. Да успокойтесь, Анна Карловна, что это с вами! Выпейте воды!

Он предупредительно вскочил с табурета, схватил со столика медицинской сестры стакан со шпателями, с лязгом и звоном вытряхнул шпатели на стеклянную крышку стола и устремился в обход Анны Карловны к умывальнику, намереваясь, как видно, набрать воды из-под крана. Анна Карловна с трудом подняла руку и выставила ее перед собой открытой ладонью вперед, преграждая блондину дорогу.

— В холодильнике, — выговорила она. — Минеральная... Дайте! И поставьте этот стакан, он же грязный...

Блондин поставил стакан, живо метнулся к холодильнику, вынул оттуда подернутую туманной дымкой конденсата голубую пластиковую бутылку и, сорвав с нее колпачок, протянул бутылку Анне Карловне. Та приняла бутылку дрожащей рукой и сделала несколько некрасивых, гулких глотков, больше пролив себе на грудь, чем выпив.

— Вы хотите сказать, — с трудом переводя дыхание и отставляя бутылку, проговорила она, — что Грибовский жив?

— Тс! — блондин с заговорщицким видом прижал к губам палец. — Не надо вслух произносить это имя, хорошо? И у стен, знаете ли, бывают уши. Ваш кабинет посещают очень заметные люди, так что не исключено, что в данный момент к нашей с вами беседе внимательно прислушивается какой-нибудь долдон с синим околышем... Ну конечно же, он жив! Я что, похож на посланца с того света? Он жив, здоров, хотя и находится в данный момент, так сказать, в добровольном изгнании. Надеюсь, вы понимаете, о чем я говорю? Судя по отзывам Ро... э-э-э... известного вам лица, у вас должно хватить ума на то, чтобы сообразить: байка о какой-то там бродячей морской мине — просто беспомощный бред, плохо продуманная дезинформация общественного мнения. Его пытались убить, но это не так просто, как кажется некоторым... гм... товарищам.

— Боже мой, — прошептала Анна Карловна. — Боже мой, ну конечно же! Я так и знала, так и знала... Вы говорите, с ним все в порядке?

— Лучше, чем когда бы то ни было, — заверил ее блондин. — Конечно, вдали от родины, от друзей, от привычного круга общения... Ну, вы понимаете. Тоска по русским березкам и серым глазам...

Анна Карловна вспыхнула. Она и не подозревала, что до сих пор сохранила способность краснеть, как девушка. К тому же до сих пор ей казалось, что та быстрая и яркая, как вспышка молнии, история давно похоронена. Оказалось, однако, что это не так. Ничто не умерло, ничто не забылось, и сердце Анны Карловны снова билось в груди, как птичка в клетке, но уже не от испуга и дурных предчувствий, а от радости и надежды. Блондин с восточными чертами лица, поначалу показавшийся личностью крайне подозрительной и неприятной, сейчас представлялся Анне Карловне едва ли не ангелом, принесшим благую весть.

— Простите, — сказал блондин, заметив густую краску смущения, залившую гладкие щеки Анны Карловны. — Мне, наверное, не следовало вслух высказывать свои предположения и догадки. Но у нас там, — он сделал неопределенный жест рукой, махнув ею куда-то в сторону умывальника, — быт в некотором роде упрощенный, походно-полевой. Женщин мы видим редко, а общаемся с ними еще реже, вот и начинаешь потихонечку дичать... Извините еще раз. Вы ни в коем случае не должны думать, будто Ром... э... будто бы он рассказывал мне о ваших отношениях, если таковые вообще имели место. Просто он велел передать, что ничего не забыл, вот я и осмелился сделать кое-какие выводы. Ведь он вам дорог, я угадал?

— Простите, — сказала Анна Карловна, судорожно комкая на груди марлевую повязку и не замечая этого, — но наши с ним отношения вряд ли могут служить предметом обсуждения. Они касаются только его и меня, и я не понимаю...

— Простите, — перебил ее блондин и вдруг широко ухмыльнулся. — А вы заметили, — сказал он совершенно другим тоном, — что каждая наша реплика — и ваша, и моя, — начинается с этого дурацкого «простите»? Вы когда-нибудь обращали внимание, что это словечко интеллигентные люди чаще всего употребляют, когда намереваются сказать собеседнику какую-нибудь гадость? Бог с вами, Анна Карловна! За кого вы меня принимаете? Уж не воображаете ли вы, что я задаю нескромные вопросы и лезу в вашу частную жизнь из праздного любопытства или, того хуже, с целью последующего шантажа? Поверьте, я человек крайне занятой, и у меня просто нет времени на подобную чепуху. Поймите, пожалуйста, ситуация не совсем ординарная. Нам с вами некогда ходить вокруг да около. Ну, некогда! Поэтому, если я о чем-то спрашиваю, либо отвечайте откровенно, либо сразу пошлите меня к черту, и я уйду. Конечно, в таком случае Р... о, дьявол!.. он в таком случае будет мною недоволен, но, в конце концов, он сам поставил это условие: ничего не делать против вашей воли, ничего не навязывать... Как видите, я с вами откровенен. То, что я вам сейчас рассказал, известно буквально двум-трем человекам на всем земном шаре. Итак, я повторяю вопрос: он вам по-прежнему дорог?

Анна Карловна вдруг вспомнила, как она рыдала, впервые читая «Мастера и Маргариту». Господи, как это было красиво и как это было давно! Тысячи до предела заполненных постылой рутиной дней и ночей, гремя и лязгая, танковой гусеницей поползли через ее память, и не было у этой стальной змеи ни начала, ни конца. Блондин манил ее сказкой, как когда-то манил несчастную Маргариту клыкастый демон Азазелло. Конечно, хорошая литература тем и хороша, что рисует жизнь не такой, какая она есть, а такой, какой ей полагалось бы быть — с сильными чувствами, красивыми поступками и счастливым концом. В реальной жизни нет места сказке. Но, быть может, это происходит лишь потому, что люди боятся рисковать? Может быть, выбирая между синицей в руках и журавлем в небе, мы постоянно делаем не тот выбор? Какой-то сытый трусливый дурак сказал когда-то, что синица в руках лучше, а люди почему-то поверили в эту подлую, придуманную себе в оправдание ложь...

— Да, — сказала Анна Карловна, чувствуя, что совершает ту величайшую глупость, о которой мечтала всю свою сознательную жизнь.

Блондин удовлетворенно кивнул и вынул из кармана легкого черного плаща пачку сигарет и зажигалку. Бросив на Анну Карловну вопросительный взгляд и получив молчаливое разрешение, он закурил и снова оседлал высокий табурет медсестры.

— Отлично, — сказал он. — Дело, кажется, сдвинулось с мертвой точки. Вот так мы с вами и пойдем: шаг за шагом, шаг за шагом... А скажите, Анна Карловна, насколько он вам дорог? Готовы ли вы пойти за ним, если он вас позовет? Возможно, это звучит как предложение пойти на некие муки и лишения, но, поверьте, единственное, чего вам будет недоставать там, — он снова махнул рукой с дымящейся сигаретой в сторону умывальника, — это все те же русские березки.

— Погодите, — Анна Карловна вдруг растерялась, она не ожидала, что все будет происходить так стремительно. — Постойте, при чем тут березки? Разве дело в березках? У меня внучка, муж, работа...

— Это вот и есть те самые березки, о которых я говорил, — сказал блондин, выпуская в потолок густую струю табачного дыма. — Не думаете же вы, что я имел в виду деревья! Береза — дерево неприхотливое, оно встречается повсюду, даже в Африке. А уж в Америке, в Канаде!.. И, кстати, скажу вам по секрету: если вы дадите согласие, ваша семья никогда не будет бедствовать. Ни-ко-гда! Вы можете решить, что вас покупают, но это не так. Это просто разумная предусмотрительность, поверьте. Внучка ваша получит прекрасное образование, ни в чем не будет нуждаться, и видеться с нею вы сможете, когда захотите. А при желании можно будет устроить так, чтобы вы жили вместе. Про работу я вообще не говорю, это просто несерьезно, а муж... Ну, тут уж вам придется выбирать. Уговаривать вас я не стану, увольте. Это ваша собственная судьба, и я не хочу брать на себя ответственность за ваш выбор. Позволю себе только заметить, что орла без решки не бывает. Не бывает так, чтобы всем одновременно было хорошо. Такова жизнь, Анна Карловна, не мне вам это объяснять.

Он был, конечно, прав. Анна Карловна представила себе свою жизнь — такую, какой она будет, если она не примет предложение, сделанное блондином от имени и по поручению Грибовского. Работа, чужие гнилые зубы, разговоры с Ириной Олеговной, давка в метро, троллейбус, проклятый пустырь перед домом; плита, телевизор, муж, который каждый вечер смотрит «Новости» и ругает правительство и президента одними и теми же, давно заученными словами; потом постель, редкий рутинный секс по расписанию, тяжелый и чересчур короткий сон, а утром опять — троллейбус, метро, гнилые зубы... И вечное ощущение потери, точное знание того, что ты собственными руками выбросила на помойку свой последний шанс хоть немного, хоть год пожить по-человечески, в полную силу. Сможет ли она жить с этим знанием? Ох, вряд ли... Она ведь, пожалуй, и внучку со временем возненавидит за то, что та удержала ее в этом болоте. А уж мужа-то — и подавно...

— Хорошо, — сказала Анна Карловна, — я согласна. И как все должно выглядеть?

— Выглядеть это будет очень просто, — сказал блондин так спокойно, словно и не сомневался в исходе переговоров. — Сейчас я передам вам билет на поезд и деньги на первое время. Завтра вы сядете в поезд и отправитесь в Петербург. Дома скажете, что едете на какой-нибудь симпозиум или на выставку новейшего оборудования... Ну, словом, это вам виднее, что сказать. Из Питера поедете в Финляндию, оттуда — в Швецию, а там сядете на теплоход. Вас не укачивает? Придется потерпеть. Самолеты в наше время ненадежны, вы же знаете, и известное нам обоим лицо не хочет рисковать. Как говорится, тише едешь — дальше будешь. Словом, все просто. Я поеду с вами одним поездом и встречу вас в Петербурге, а дальше поедем вместе. Я посажу вас на корабль и вернусь в Москву улаживать кое-какие дела, а вы отправитесь к новой жизни. Просто, не правда ли?

— Действительно, просто, — сказала Анна Карловна. — Прямо как в сказке. Вы настоящий волшебник! Угостите меня сигаретой, пожалуйста.

— О нет, — усмехнулся блондин, протягивая ей пачку и чиркая зажигалкой, — я, самое большее, ловкий фокусник. Вот наш общий знакомый — тот действительно волшебник, и вы очень скоро в этом убедитесь. Поверьте, я рад, что вы сделали правильный выбор. Приятно, знаете ли, оказаться причастным к маленькому чуду... — Он украдкой посмотрел на часы и вдруг звонко хлопнул себя по лбу. — Надо же, чуть не забыл! Вот что бывает, когда начинаешь смешивать дела с эмоциями... У меня же к вам просьба!

— Помню, — Анна Карловна слабо улыбнулась, неумело затягиваясь сигаретой. — Вы хотели залечить зуб. Садитесь в кресло, я посмотрю. Правда, в моем теперешнем состоянии...

— Помилуйте, Анна Карловна! — блондин замахал на нее руками и отшатнулся в притворном ужасе. — Что вы, в самом деле! Насчет зубов — это я так, от растерянности. Не знал, понимаете ли, с чего начать, вот и привязался к вам с этими зубами. По этой части у меня полный порядок, водопроводную трубу могу перегрызть.

— Не рекомендую, — снова улыбнулась Анна Карловна. — Даже хорошие зубы надо беречь.

— Да я и не собираюсь, — рассмеялся блондин и снова сделал серьезное лицо. — Так вот, о деле. Вернее, о просьбе. Просьба эта не столько моя, и даже совсем не моя, а... Ну, вы понимаете. Его. Видите ли, он числится в погибших и хочет, чтобы это так и оставалось. Тут существует одна проблема...

— Я поняла, — сухо перебила его Анна Карловна. Ей вдруг сделалось горько и обидно, она почувствовала себя жестоко обманутой. — Вы о медицинской карточке и рентгеновских снимках? Так бы сразу и сказали, а то развели здесь... какой-то цирк!

Она резким движением бросила сигарету в полную использованных ватных тампонов никелированную плевательницу, укрепленную на подлокотнике зубоврачебного кресла, порывисто поднялась и принялась копаться в картотеке, излишне громко стуча ящиками.

— Проклятье, — негромко сказал у нее за спиной блондин. — До чего же трудно иметь дело с женщинами! Одни эмоции! Всего-то и надо, что задуматься на минутку, так нет же, сразу истерика...

Анна Карловна резко обернулась к нему. В ее прекрасных серых глазах сквозь слезы светилась робкая надежда, в руках мелко подрагивала медицинская карта Грибовского. Блондин в течение двух секунд смотрел на карту, потом с усилием оторвал от нее взгляд и со вздохом сказал:

— Нельзя быть такой идеалисткой, Анна Карловна. На стыке прекрасной мечты и грубой реальности неизбежно возникают некоторые трения. Вы не можете не понимать, что эту карточку необходимо уничтожить, пока она не попала в руки его врагов, но ведете себя при этом так, как будто вам только что нанесли публичное оскорбление. По-вашему, я проехал полмира и ломал здесь комедию ради трех листков скверной бумаги и пары рентгенограмм? Мне очень жаль, что вы обо мне такого невысокого мнения. Если бы мне была нужна только карточка, стал бы я, по-вашему, тратить время на пустую болтовню? Отвечаю: нет, нет и еще раз нет! Вы совершенно справедливо усомнились в том, что дверь вашего кабинета была открыта. Заперта она была, Анна Карловна, надежно заперта! И на то, чтобы ее отпереть, мне понадобилось ровно восемь секунд вот по этим часам, — он убедительно постучал ногтем по циферблату золотого «Ролекса». — Я запросто мог наведаться сюда в ваше отсутствие, и вы бы этого назавтра даже не заметили и потом долго допрашивали бы с пристрастием свою помощницу, пытаясь узнать, каким образом исчезла столь тщательно сохраняемая вами карточка. Не верите мне? На здоровье! Оставайтесь, как говорится, при своих. Можете даже отнести эту карточку в приемную ФСБ и попытаться ее там продать, только имейте в виду, много вам за нее не дадут, да еще и прицепятся: а почему раньше не принесли? А почему принесли именно нам? В чем это вы изволите подозревать федеральную службу безопасности? Неужели непонятно, что на него охотятся, как на дикого зверя?! Против сказки вы не возражаете, а шевельнуть пальцем ради человека, который вам дорог, не хотите. Это, видите ли, ранит вашу женскую гордость! Ваша семья, которую вы минуту назад готовы были бросить, беззастенчиво использует вас всю вашу жизнь, и ничего! Их вы готовы понять и простить, а его... У больших людей и проблемы большие, Анна Карловна, и с этим приходится считаться. А если вас не устраивает то обстоятельство, что у роз бывают шипы, рвите себе на здоровье одуванчики!

Эта неожиданная вспышка произвела эффект отрезвляющей пощечины. Анне Карловне стало стыдно.

— Возьмите, — тихо сказала она, протягивая блондину драгоценную медицинскую карточку. — И простите меня, пожалуйста. Жизнь у нас такая скотская, что постепенно превращает нас самих в скотов, а мы этого даже не замечаем. Простите. Вы абсолютно правы. Мне искренне жаль, если я вас как-то обидела.

— Забыто, — с видимым облегчением сказал блондин, небрежно сворачивая карточку в трубку и засовывая в карман плаща. Судя по тому, как он обращался с карточкой, в ближайшее время ее должна была постигнуть незавидная участь. — Похоронено и забыто. Честно говоря, я даже не берусь предположить, как бы я сам повел себя на вашем месте. Боюсь, что у меня не хватило бы смелости бросить все и вот так, очертя голову... Словом, я в восхищении и завидую Роману Михайловичу черной завистью. Только вы ему об этом не говорите, он может меня неправильно понять. Субординация! Общеизвестно, что ожидает шута, позволяющего себе заглядываться на королеву. А вы теперь королева, Анна Карловна. Да что там — королева! Любая из ныне здравствующих королев с радостью поменялась бы с вами местами. Короче говоря, вот вам билет, вот деньги... До утра есть время подумать. Если я не увижу вас садящейся в поезд, то все пойму, и больше вас никто не побеспокоит. Но я вас увижу, мне почему-то в это верится. Вы — настоящая женщина, не то что все это быдло вокруг вас...

Анна Карловна механически приняла от него конверт, заглянула вовнутрь и удивленно подняла брови.

— Денег слишком много, — сказала она. — Я ведь не собираюсь покупать весь поезд!

— Наш друг предусмотрителен и щедр, — сказал блондин. — Я бы даже сказал, излишне щедр. Он взял на себя смелость предположить, что... э-э-э... Ну, словом, ваши домашние давно привыкли рассчитывать в основном на ваши заработки. Вашему супругу, в частности, потребуется некоторое время на то, чтобы сообразить, что отныне ему придется самостоятельно заботиться о своем пропитании, не говоря уже о чешском пиве, которое он так любит. Кроме того, в течение какого-то времени он будет вынужден нести расходы по содержанию вашей внучки, а также по-прежнему высылать деньги вашей дочери и зятю, без чего те, похоже, просто не мыслят своего существования. Так что деньги, я полагаю, лишними не будут. Просто положите их дома так, чтобы муж не сразу, но нашел бы их... Есть у вас в квартире такое место? Полагаю, что есть. В общем, сами разберетесь, где оставлять, сколько оставлять и оставлять ли вообще. Я бы, например, ничего не оставил — ненавижу дармоедов, — но ведь у вас внучка, а у меня пока даже детей не предвидится. Словом, встретимся в Питере.

— Встретимся в Питере, — после долгой паузы откликнулась Анна Карловна, но блондина в кабинете уже не было — он ушел, прихватив с собой карточку Грибовского.

Только теперь Анна Карловна сообразила, что не только не узнала имени своего посетителя, но даже не потрудилась убедиться в том, что он приходил именно от Грибовского. Железнодорожный билет до Санкт-Петербурга и три тысячи долларов в конверте вряд ли могли служить убедительным доказательством, не говоря уж о его рассказе, который невозможно было проверить. Анну Карловну вдруг прошиб запоздалый озноб: а вдруг блондин пришел вовсе не от Романа Михайловича, а как раз от тех, кто за ним охотился?

Существовал только один способ проверить это, и Анна Карловна поняла, что придет завтра на вокзал и сядет в поезд, чего бы ей это ни стоило.

Приняв окончательное решение, она торопливо сняла белый халат, набросила поверх блузки длинный жакет и вышла из кабинета, обесточив помещение и тщательно заперев за собой дверь. Семья никогда не садилась ужинать без нее по той простой причине, что готовить, кроме Анны Карловны, в доме было некому, а она сегодня непозволительно долго задержалась на работе.

* * *

Профессия журналиста требует от человека повышенной общительности, даже если общаться порой приходится с людьми, вызывающими острую неприязнь. Настоящему репортеру волей-неволей приходится постоянно расширять круг своих знакомств, не забывая при этом поддерживать старые связи. Кто знает, когда и при каких обстоятельствах тебе может пригодиться знакомство с заместителем министра, инспектором ГАИ или сторожем с городской свалки? Любая информация рано или поздно просачивается наружу, становясь достоянием гласности, но, если информация — твой хлеб, ты должен за ней охотиться и узнавать ее раньше всех, не брезгуя ничем.

Егор Королев был журналистом экстракласса, хотя некоторым критикам не нравилась его склонность к излишне вольным интерпретациям и чересчур смелым параллелям. Но даже самые ярые недоброжелатели вынужденно признавали, что Королев — это прима, люкс, первый сорт и что по части раскапывания жареных фактов равных ему в России найдется не много. Своим успехом Егор был обязан умению проявлять к людям элементарное человеческое внимание. Не было случая, чтобы он оставил без ответа поздравительную открытку, забыл о чьем-то дне рождения или юбилее или, встретившись с человеком на улице, спутал его с кем-то другим. Это было чертовски тяжело, но, как всякий тяжкий труд, приносило свои плоды. У Егора даже существовал график, согласно которому он через равные промежутки времени, приблизительно раз в месяц, обзванивал своих многочисленных знакомых — безо всякой определенной цели, просто для того, чтобы спросить, как дела. Между прочим, даже эти дежурные звонки порой приносили ему информацию, которая при ближайшем рассмотрении оказывалась сенсационной. «Знаешь, — говорил ему кто-нибудь, — у нас тут такая хохма... Не знаю, будет ли это тебе интересно, но чем черт не шутит? Короче, тут такое дело...»

Бывало, конечно, и довольно часто, что за информацию приходилось платить, и даже вперед, покупая фактически кота в мешке. Королев платил не торгуясь и никогда не огорчался, обнаружив, что купился на пустышку. На поверхности мутного потока информационного мусора то и дело мелькали коротенькие, едва заметные кончики нитей, потянув за которые можно было вытащить на свет божий такое невиданное чудище, что все вокруг только за голову хватались: как же они сами-то мимо прошли?!

Да, это был каторжный труд, но любая работа бывает легкой только в одном случае: если она тебе глубоко безразлична и делаешь ты ее спустя рукава. Жизнь человеческая превращается тогда в сплошную рутину без взлетов и падений — не слишком обременительную, но смертельно скучную. Такая жизнь Егора Королева не устраивала в принципе: он полагал, что еще успеет превратиться в растение, когда ему стукнет лет восемьдесят или девяносто.

Полученная им в Нью-Йорке записка с прямым указанием обратить внимание на инфекционное отделение ведомственного госпиталя ФСБ была не просто ниточкой, а толстенным канатом с петлей на конце, чтобы удобнее было тянуть. Единственное, чего не следовало делать, так это совать в упомянутую петлю голову, чтобы замшелая морская зверюга, сидевшая на другом конце лески, не утащила предприимчивого рыбака на дно. Но Егору Королеву было не впервой играть в такие игры, и, пристроив по возвращении в Москву все отснятые в Нью-Йорке материалы, он бодро взялся за дело.

Разумеется, он не стал ломиться в госпиталь ФСБ с парадного подъезда и требовать пропустить его в инфекционное отделение. Даже если бы вход туда был свободным, Егор бы поостерегся: тот, кто дал ему наводку на госпиталь, явно не привык шутить, а какая-нибудь чумная бацилла — не падающий небоскреб, от нее не увернешься. Королев взялся за дело с другого конца: остановил машину на улице и позвонил из телефона-автомата одному своему знакомому.

— Привет, — сказал он, через плечо косясь на Оксану Вербову, которая ждала его в машине. — Как дела?

— Привет, — ответил голос на том конце провода. — Явился, не запылился.

В трубке нещадно хрипело и трещало — видимо, где-то был нарушен контакт, — но Егор все равно уловил в голосе своего собеседника недовольную интонацию. Похоже, звонок известного тележурналиста его ни капельки не обрадовал. Это тоже была своего рода информация: собеседник Егора никогда не упускал случая подзаработать, и, раз уж даже он буквально с первого слова начал рычать в трубку, значит, дело и впрямь серьезное.

— У тебя что, зубы болят? — спросил Королев, не обращая на холодность собеседника ни малейшего внимания. — Дела, спрашиваю, как?

— Как надо, — грубовато ответил тот. — Слушай, отвяжись, а? Не до тебя сейчас, честное слово. Тут тебе ничего не обломится.

— А почему? — тоном наивного малолетки поинтересовался Королев, заранее зная, каким будет ответ.

— По кочану! Это не телефонный разговор.

Егор усмехнулся. Ну конечно! Кто же решает дела по телефону? Да еще по такому, который наверняка прослушивается!

— Да что с тобой сегодня? — удивленно спросил он. — Ты с перепоя, что ли? Ничего мне от тебя не надо, чудак! Я просто долг вернуть хочу. Помнишь, я у тебя сотню занимал перед отъездом? Мне завтра снова уезжать, а я человек щепетильный, долги привык отдавать сразу, а не накапливать их. Ты же не хочешь, чтобы я к тебе с этой ерундой на работу приперся!

Это был удар ниже пояса. Человек, с которым в данный момент беседовал Егор, работал на Лубянке и, естественно, не стремился афишировать свое близкое знакомство с журналистом Королевым. Лубянку он устраивал до тех пор, пока держал язык за зубами, а Королеву был нужен, лишь пока работал на Лубянке. Если Королев, этот профессиональный надоедала, примется звонить ему на службу, служба кончится в двадцать четыре часа, и денежный ручеек, поступающий из кармана все того же Королева, иссякнет в ту же минуту...

— А, — будто что-то вспомнив, сказал он, — вон чего... А я и забыл. Так что ты хочешь — деньги отдать? Ну если ты такой дурак, чтобы этого хотеть, то я не дурак, чтобы отказываться. Заходи, я сегодня целый день дома.

Это уже была игра. Все-таки парень служил в ФСБ и соображал достаточно быстро. Да так оно, наверное, и должно быть: старшему лейтенанту, да еще в такой конторе, надо иметь изворотливый ум и быструю реакцию, чтобы, как минимум, усидеть на месте, не говоря уж о продвижении по службе. Вот станет генералом, тогда и расслабится...

— Некогда мне к тебе заходить, — проворчал Егор. — У меня дел вагон и маленькая тележка. Встретимся, как всегда, в кафе.

Ключевым словом здесь было «как всегда». «Кафе», о котором упомянул Егор, представляло собой ровное, как стол, ржаное поле в двадцати километрах от Кольцевой дороги, простиравшееся, насколько хватал глаз, до самого горизонта. Это было огромное, отлично просматриваемое в любом направлении пространство, на котором невозможно было спрятать не только машину с группой наружного наблюдения, но даже и микрофон направленного действия. Рожь уже убрали, но пахать еще не начали, и теперь по обеим сторонам пыльной грунтовой дороги топорщилась короткая жесткая стерня, напоминавшая рыжеватую щетину на подбородке горького пьяницы.

Егор затормозил прямо посреди дороги, заглушил двигатель, а потом, спохватившись, поспешно закрыл окно. Поднятая колесами джипа пыль догнала машину и на несколько мгновений окутала ее мутным желтоватым облаком. Егору захотелось чихнуть, хотя в салон его внедорожника пыль, конечно же, проникнуть не могла.

Потом пыль осела. Егор снова опустил стекло, посмотрел на часы и закурил. Поездка сюда сожрала почти час драгоценного времени, да еще столько же на обратную дорогу, да плюс разговор... Пропади она пропадом, эта конспирация! А с другой стороны, заиметь собственного стукача прямо в ФСБ — редкая удача. Стукач, конечно, так себе, не генерал и даже не полковник. По-настоящему секретной информацией он не располагает, но, по крайней мере, способен уловить, в какую сторону дует ветер, и связно пересказать последние ведомственные сплетни. Многого от этой встречи Егор Королев не ждал. По сути дела, он хотел лишь, чтобы стукач свел его с кем-нибудь из сотрудников госпиталя. Неважно, с кем — с врачом, санитаром, сторожем из морга, — лишь бы тот любил поговорить, был склонен к злоупотреблению спиртным и жаден до денег. В любой броне можно найти слабое место, и броня секретности — не исключение... Чего только не наболтает человек после второго стакана, стараясь набрать побольше веса в глазах собутыльника! И чем незначительнее человек, чем меньше он знает, тем больше треплется и хвастает. А в потоке этой пьяной трепотни нет-нет да и мелькнет что-нибудь любопытное — непроверенный слушок, туманный намек, а то и прямая информация, которой буквально нет цены.

«А с другой стороны, на кой черт мне все это надо? — с внезапным раздражением подумал Егор, нервно покусывая фильтр сигареты. — Даже если весь командный состав ФСБ одновременно подкосило острое расстройство пищеварения и теперь вся Лубянка плавает по колено в жидком дерьме, мне-то что с этого обломится? Ни один редактор не отважится выпустить такой репортаж в эфир, ни один канал не станет рисковать, поднимая руку на службу безопасности... Чертов Фантомас! Нет, думай, наверное, хоть сто лет, глупее псевдонима не придумаешь. Почему, собственно, Фантомас? Лысый он, что ли? Без ушей? Или морда у него синяя? Или он такой псих, что, как настоящий Фантомас, стремится к мировому господству? Должен же быть в этом псевдониме хоть какой-то смысл! Или это, как в «Операции "Ы"» — чтоб никто не догадался? Чушь какая-то... А хуже всего в этой чуши то, что Фантомас этот — вылитый Грибовский. Тот, помнится, просто обожал находиться в центре внимания, все перед камерами позировал, так и лез в объектив. Так что, если бы ему удалось уцелеть после того взрыва, он бы, наверное, именно так себя и вел. Дескать, если о Романе Михайловиче Грибовском говорить перестали, пускай теперь поговорят о Фантомасе. Возможности-то у него буквально неограниченные, денег его так никто и не нашел...

Кстати, о деньгах. Надо же, как своевременно он избавился от акций авиакомпаний! Как будто заранее знал, что скоро они будут стоить меньше бумаги, на которой напечатаны. А ведь знал, пожалуй! Сбросил акции, меня предупредил... Если, конечно, это он меня предупредил. Егорушкой назвал... Черт, ничего не понимаю! И при чем в таком случае его совет запасаться антибиотиками? Почему нельзя вскрывать письма? Это что — шутка? А инфекционное отделение госпиталя? Что же это получается? Ну-ка, ну-ка... Значит, запасайся, Егорушка, антибиотиками, а между делом загляни в инфекционное отделение одного ведомственного госпиталя... Зачем? Надо полагать, чтобы знать, чего опасаться, какие таблетки покупать. По всему выходит, что грядет какая-то эпидемия и начнется она, как ни прискорбно, с Лубянки... Ни фига себе!..»

Королев почувствовал, что близок к какому-то открытию — возможно, самому сенсационному из всех, что ему доводилось делать. Оставалось только дать вареву немного отстояться в горшке, осторожно слить водичку и посмотреть, что выпало в осадок. Егор предполагал, что на дне горшка окажется смесь позабористее динамита, но додумать эту мысль до конца ему не дали: позади возникло отчетливо видное в зеркале облако пыли. Облако быстро приближалось, и вскоре уже можно было различить грязно-зеленое пятно, которое через некоторое время превратилось в «Жигули» четвертой модели.

Егор небрежно уронил сигарету за окно и снова поднял стекло, спасаясь от пыли. «Четверка», бренча и громыхая на ухабах, подкатила вплотную к его темно-синему джипу и резко затормозила, чуть не протаранив его задний бампер, похожая рядом со сверкающим внедорожником на облезлую дворняжку, которой взбрело в голову обнюхаться с мастифом. Королев подождал, пока пыль осядет, распахнул дверцу и вышел на дорогу.

Водитель «Жигулей» уже стоял возле своей машины, прикуривая отечественную сигарету от дешевой одноразовой зажигалки и нервно стреляя глазами по сторонам:

нет ли слежки. Несмотря на молодость, лицо у него было одутловатое, нездорового сероватого оттенка. Между полами расстегнутой ветровки выглядывало обтянутое черной футболкой брюшко, а таз казался одной ширины с плечами. «Чекист, — с привычным презрением подумал Королев, — гроза шпионов. Сотрудник службы безопасности, блин! Бумажный червь на твердом окладе, дармоед...»

— Привет, — сказал он, вынимая из внутреннего кармана куртки рыжий кожаный бумажник. — Рад тебя видеть. Молодец, что не поленился приехать! Держи должок!

Он протянул своему знакомому стодолларовую купюру, которая мигом исчезла в глубоком кармане его брюк вместе с синей пластмассовой зажигалкой. Никакого долга, естественно, не существовало, просто сто долларов были обычной таксой. Как правило, Егор оплачивал этой суммой полученную от стукача информацию, да и то не всякую, а лишь ту, что казалась ему полезной, чтобы не баловать своего информатора и не приучать к легким деньгам. Но в данном случае немного умаслить стукача казалось ему не лишним: даже получив деньги, тот не утратил угрюмого выражения лица и явно не испытывал ни малейшего энтузиазма по поводу предстоящего разговора.

Не сговариваясь, они пошли прочь от машин по колючей пыльной стерне, которая негромко шуршала у них под ногами, и остановились только тогда, когда удалились от машин метров на сто. Теперь расслышать, о чем они говорят, можно было только при помощи акустической пушки, а упрятать такую штуковину в машину без ведома владельца — дело весьма затруднительное. И потом, даже если бы кто-то и ухитрился это сделать, управлять сложной аппаратурой все равно было некому.

— Что-то ты сегодня невеселый, — сказал Королев, тоже закуривая, чтобы перебить исходивший от собеседника запах дешевого отечественного табака. — Прямо не рыцарь революции, а, извини, рыцарь печального образа. Какие новости?

Эфэсбэшник дернул плечом и кисло улыбнулся.

— Да какие у нас могут быть новости, — вяло сказал он. — Начальство крутится, как стрелка компаса вблизи магнитной аномалии, а мы болтаемся, как говно в проруби. Все бегают, суетятся, а зачем — сами не знают. Перенос акцентов, новая расстановка сил на мировой арече... Тьфу, блин! Мы же теперь с американцами вроде как союзники. Друзья, понял? По мне, так лучше десяток новых врагов, чем один такой друг.

— Угу, — глубокомысленно сказал Егор и выпустил струйку дыма в блеклое осеннее небо. — Знаешь, все, что ты мне сказал, я мог бы прочитать в газетах — и в сегодняшних, и во вчерашних, и за прошлую неделю... А о том, чего в газетах не пишут, легко догадаться.

— Так я же говорю, новостей никаких, — болезненно кривясь, сказал стукач. — Зря только бензин пожгли.

— Не увлекайся, дружок, — сказал ему Егор. — Заговариваешься уже. Ста баксов ему на бензин мало! Я все-таки не понял, чего у тебя морда такая кислая? Неужто из-за международной обстановки? Кстати, как там мои друзья поживают, Петров и Потапов? В рядовые их еще не разжаловали?

Это был дежурный вопрос, и не вопрос даже, а просто шутка. И ответ на нее, как правило, поступал шутливый, порой даже украшенный очередным анекдотом о генеральской тупости, в которой все без исключения младшие офицеры испокон веков обвиняют всех до единого генералов. Но на сей раз вышло иначе. Услышав фамилии Петрова и Потапова, эфэсбэшник резко обернулся к Егору и так стремительно подался вперед, что Королев непроизвольно отшатнулся: ему вдруг показалось, что чертов чекист наконец окончательно сбесился и вот-вот вцепится ему зубами в нос.

— Что ты знаешь?! — с диким напором просипел стукач. — Что тебе известно?!

Морда у него была бледная, перекошенная, глаза нехорошо бегали, снова и снова суетливо ощупывая лицо и фигуру журналиста. Егор понял, что своим вопросом нечаянно угодил прямо в яблочко. На Лубянке, похоже, что-то произошло, и старые знакомые Егора, генералы Петров и Потапов, имели к этому происшествию самое прямое и непосредственное отношение. Ситуация была уникальная, и упустить ее Егор Королев, конечно же, не мог. Он решил идти ва-банк и для начала брезгливо, двумя пальцами, отстранил стукача от себя на расстояние вытянутой руки.

— Вопросы здесь задаю я, — надменно напомнил он.

— Это здесь, — понемногу приходя в себя, произнес эфэсбэшник. — А будешь много трепаться, мигом окажешься у нас в конторе, и там с тобой поговорят по-другому.

— Ну-ну, — сказал Королев. — Ты меня еще пугать вздумай. Если что, отвечать на вопросы будем вместе. Сам знаешь, к тебе вопросов будет больше, чем ко мне. Так что там с Петровым и Потаповым?

— Ничего, — угрюмо буркнул стукач. — Ничего, понял? Забудь про это дело, если свобода дорога. Я не про свободу слова говорю, а про твою личную свободу.

Тогда Егор немного наклонился, приблизив к нему свое лицо, и четко, раздельно произнес:

— Госпиталь. Инфекционное отделение. Ну?!

Стукача опять перекосило, он закусил губу, в сердцах швырнул под ноги сигарету и глубоко ввинтил ее каблуком в землю.

— Твою мать, — с тоской сказал он, — уже пронюхали! Так я и знал, что пронюхают. Развели секретность, сучье племя, а толку?..

Королев незаметно перевел дыхание. «Попал», — подумал он, боясь до конца поверить своей удаче.

— Думай, — сказал он. — Только думай быстро, потому что завтра, самое позднее — послезавтра это уже будет во всех газетах. Это буквально носится в воздухе — лови за хвост и суй в типографскую машину. Главный приз достается тому, кто первым добежит до финиша, вторые и третьи не в счет. Как только первое упоминание об этом появится в печати, все, что ты можешь сказать по этому поводу, станет мне неинтересно. Так что думай.

Чтобы стукачу было легче думать, он снова вынул бумажник и принялся, шевеля губами, пересчитывать внутри него купюры.

93

— Недешево обойдется, — нервно облизав губы, сказал стукач.

— Даю пятьсот, — равнодушно сказал Егор, продолжая сосредоточенно копаться в бумажнике. — Прямо сейчас и не глядя.

— Две штуки! — набравшись наглости, выпалил стукач.

— За кота в мешке? — Егор презрительно усмехнулся. — Не по чину просишь. Откуда у тебя взяться информации стоимостью в две штуки баксов? Не смеши меня! И потом, больше тысячи я все равно дать не могу. Ты же знаешь, у меня сейчас определенные финансовые трудности...

— Мало, — сказал стукач, ощутив слабину. — Дай хотя бы полторы.

— Тысяча, — одарив его ласковой улыбкой, сказал Егор. — А если этого мало, предложи свой товар кому-нибудь другому. Видишь, кругом толпы покупателей.

Он обвел рукой пустынное поле, на котором не было даже ворон.

— Жадность фраера сгубила, — продолжал Егор. — Не понимаю, зачем я вообще с тобой разговариваю! На сообщении о том, что два генерала ФСБ угодили в госпиталь, нажравшись паленой водки, и третьи сутки не слезают с толчка, вряд ли удастся много заработать. Пожалуй, за такую информацию даже пятьсот многовато.

— Вот тебе — водка! — Стукач сделал неприличный жест. — Ладно, согласен на тысячу. С паршивой овцы хоть шерсти клок. Деньги покажи!

Егор показал деньги, и стукач стал рассказывать. По его рассказу выходило, что генералы Петров и Потапов получили по почте какие-то письма. О содержании писем стало известно, во-первых, от сотрудников шифровального отдела, куда адъютант Петрова принес для дешифровки полученную генералом записку с единственным словом: «Фантомас». Аналогичное послание было обнаружено на квартире генерала Потапова, который сам позвонил в госпиталь и попросил прислать за ним машину «скорой помощи». Генерал Петров к тому времени находился в инфекционном отделении госпиталя уже почти шесть часов и был без сознания. Через сутки он скончался, и только после этого кто-то догадался сделать пробы на наличие в его крови возбудителя сибирской язвы. Почему это не было сделано раньше? Черт, да кому могло прийти в голову ТАКОЕ?! Сибирская язва, представь себе. Петров протянул ноги, завтра похороны, вернее, кремация, а Потапов, адъютант Петрова и все, кто в тот день дежурил в шифровальном отделе, загорают в госпитале, и неизвестно еще, удастся ли им выкарабкаться. Жена Потапова, кстати, тоже там. Она в тот день была на даче, а когда генерал не приехал за ней туда, как обещал, забеспокоилась, вернулась домой своим ходом и, конечно же, сунула нос в лежавший на столе у мужа распечатанный конверт. Да, возбудитель, белый порошок, был прислан генералам по почте, в конвертах с дурацкими записками от какого-то Фантомаса. Причем покойный Петров получил этот подарочек по своему личному каналу агентурной связи. Так что на Лубянке сейчас все вверх дном, все стоят на ушах, пытаясь вычислить этого Фантомаса, и все при этом понимают, что вычислить его не удастся, и уже готовятся свалить все на чеченцев, арабов — словом, на международный терроризм. Все письма теперь вскрываются в противогазах и резиновых перчатках, даже те, что приходят из Кремля...

— Анекдот, — сказал Егор, дослушав до конца. Сказал сквозь зубы, чтобы не выдать себя дрожью в голосе. — Обыкновенный анекдот. Помнишь, в начальных классах рассказывали? Сидит Фантомас в сортире, и тут врывается комиссар Жюв. «Сдавайся, негодяй, за меня вся Франция!» А тот берется за ручку смывного бачка и отвечает: «А за меня вся техника. Ха-ха-ха! Пш-ш-ш! Буль-буль-буль...» Ну, на что это похоже? Очередная серия «Фантомаса» — «Фантомас против ФСБ». Мог бы что-нибудь поумнее придумать. Убогая все-таки у вас, у чекистов, фантазия. Нет, не тянет эта сказочка на тысячу баксов.

— А ты приходи завтра в колумбарий, — предложил стукач. — Попрощайся с товарищем генералом, поцелуй его напоследок, как положено по русскому обычаю. А я потом, так и быть, загляну к тебе в больницу, если успею. Только ты уж не обессудь, приду в противогазе и целоваться с тобой не стану ни за какие деньги.

— Слушай, неужели правда?! — фальшиво поразился Егор, отсчитывая стукачу тысячу долларов. — Что это в мире делается, а? Сначала небоскребы, теперь вот это... Конец света! Что делать, а?

— Живи, — с кривой усмешкой сказал стукач, пряча деньги в задний карман брюк. — Живи и радуйся, чудак, что разгребать это дерьмо придется не тебе.

Егор покачал головой и вздохнул. Эта была, пожалуй, первая по-настоящему мудрая мысль, высказанная его собеседником за время их знакомства. Да вот незадача: стукач ошибался, думая, что все это не касается Егора Королева. Ах, как хотелось бы Егору, чтобы он оказался прав! Но факты упрямо свидетельствовали о другом: Грибовский жив и заваривал какую-то жуткую кашу, а Егор Королев, похоже, должен был сыграть роль ложки, которой эту кашу помешивают.

Глава 5

Состав уже подали к перрону и даже объявили посадку, а Анны Карловны все еще не было. Фархат, араб с искусственно обесцвеченными волосами, так убедительно разыгравший роль Азазелло в кабинете Анны Карловны Зайцевой, стоял в тени коммерческой палатки, нетерпеливо поглядывая то на открытую дверь шестого вагона, то на видневшееся в конце перрона здание вокзала, то на свой золотой «Ролекс». Время от времени он даже сверял этот безупречно точный механизм с показаниями электронного табло на перроне — не потому, что не доверял своим часам, а просто от нечего делать. Он нисколько не волновался: придет Анна Карловна — хорошо, не придет — тоже ничего страшного. Просто торчать вот так, без дела, томясь в бесцельном ожидании, было скучно и противно. Да еще этот букет...

Букет был роскошный, большой, очень красиво упакованный, страшно дорогой и состоял почти из двух десятков пышных винно-красных, почти черных, роз. Эту деталь Фархат придумал самолично, отдав тем самым дань своей утонченной восточной натуре. Это был знак внимания, приятный любой женщине, и одновременно напоминание о вчерашнем разговоре: да, у роз колючие стебли, но посмотрите, как они прекрасны! Какая роскошь! Какой изысканный аромат! Какой глубокий, бархатистый цвет! А шипы — просто защита от бессмысленных скотов, которые видят в прекрасном лишь питательную массу, которой можно набить брюхо...

Словом, притаившийся за коммерческой палаткой с роскошным букетом Фархат здорово смахивал на обманутого влюбленного, и проходившие по перрону особы женского пола то и дело обменивались сочувственными замечаниями на его счет или просто бросали в его сторону любопытные взгляды. Повышенное женское внимание не льстило Фархату и нисколько его не раздражало: он привык не смешивать божий дар с яичницей, а работу с развлечениями. Когда-то, в самом начале своей карьеры, он попал в Америку и там, ведя по оживленному федеральному шоссе грузовик с оружием, увидел на обочине огромный рекламный щит с очень мудрой, как ему показалось, надписью: «Держась за руль одной рукой, а другой обнимая девушку, вы одинаково плохо делаете и то и другое». Для американцев это было даже чересчур мудро, и Фархату тогда, помнится, захотелось остановить машину, выйти и расписаться под этим воззванием. Но за спиной у него лежало полтонны «калашниковых» китайского производства, и останавливаться он, конечно, не стал, потому что это было именно то, от чего предостерегал плакат. Фархат уже тогда умел предвидеть последствия. Именно потому он и дожил до сего дня...

Анна Карловна появилась на перроне, когда до отправления поезда оставалось каких-нибудь десять минут. Одета она была так, словно рассчитывала встретиться с Грибовским самое позднее на вокзале в Питере, а ее лицо сегодня поражало не только античной правильностью черт, но и смертельной бледностью, из-за которой казалось, что оно светится собственным светом даже на ярко освещенном перроне. Разумеется, Анна Карловна волновалась, но при этом находила в себе силы улыбаться, кивать и даже что-то говорить невзрачному худощавому мужчине с седой шкиперской бородкой, который шел рядом, неся ее дорожную сумку, и что-то такое ей говорил. На переносице мужчины поблескивали толстыми стеклами очки в мощной роговой оправе, на голове сидела старомодная шляпа с узкими полями, галстук был туго затянут под воротником скромной серой сорочки, а поверх пиджака была наброшена демократичная курточка защитного цвета с коричневым замшевым воротником. Надо полагать, это был муж, не имевший понятия о том, что видит свою супругу и кормилицу последний раз в жизни.

Фархат слегка дернул щекой: пожалуй, мужу здесь делать было совершенно нечего. Долгие проводы — лишние слезы, как говорят в России. Хорошо еще, что она внучку не додумалась с собой прихватить. Ах, женщины! Даже самые разумные и сильные из них на восемьдесят процентов состоят из эмоций, и с этим, увы, приходится считаться.

Проходя мимо Фархата, Анна Карловна посмотрела на него как на пустое место и сразу же отвернулась. Фархат успел лишь едва заметно улыбнуться ей и слегка наклонить в ее сторону букет: дескать, это вам. После этого он довольно небрежно засунул букет под мышку и закурил, искоса наблюдая за тем, как Анна Карловна грузится в поезд.

Прогнозировать дальнейшие события, глядя на Анну Карловну, было делом затруднительным: она держалась из последних сил, находясь на грани обморока. Чувствовалось, что она не спала всю ночь, снова и снова обдумывая отчаянный шаг, который уже наполовину сделала. Если бы Фархат не был так сосредоточен на выполнении своей работы, он, наверное, нашел бы это смешным: по сути дела, обдумывать Анне Карловне было нечего, все давно уже обдумали и решили за нее.

Супруг Анны Карловны тоже выглядел взволнованным, но не больше, чем это полагается мужу, который провожает жену в неожиданную командировку. Ему явно не терпелось поскорее затолкать Анну Карловну в поезд, чтобы без помех решить, что ему делать со своей внезапно свалившейся на голову свободой: пойти играть в карты с приятелями или все-таки побелить, как обещал, потолок в кухне? А тут еще внучка, детский сад, манная каша, да и самому надо же что-то есть. Года его уже не те, чтобы по столовкам питаться...

Фархат оглядел перрон, скользя взглядом по окнам вагонов, по лицам и фигурам незнакомых людей, которые входили в поезд, выходили из него, пыхтя, тащили громадные клетчатые сумки, прощались, целовались, что-то писали пальцами на стеклах, торопливо курили напоследок... Как всегда в подобных случаях, он испытал ощущение подъема и бодрости при виде всех этих людишек-муравьишек, которые были поглощены мелкими заботами и радостями и не желали знать, кто он такой и с чем явился к ним... Он был одним из немногих, кому время от времени дано было с высокой степенью точности предвидеть ближайшее будущее, и это волновало его даже больше, чем деньги, которые платил ему Грибовский. Что деньги? Людям его профессии редко удается дожить до тех лет, когда отложенные на старость сбережения начинают играть хоть какую-то роль в их жизни. А до тех пор сумма, лежащая на твоем банковском счете, это просто пяти- или шестизначное число, появляющееся в диалоговом окне компьютера, и ты все время рискуешь свернуть себе шею, пытаясь увеличить это число. Все это знают, и все продолжают играть в жмурки со смертью, потому что абсолютная власть над судьбами незнакомых тебе людей — самый сильный из наркотиков, дарованных Аллахом.

Он шагнул с перрона в тамбур уже после того, как провожающих попросили покинуть вагоны. Проводница была молоденькая, очень некрасивая, с плоской грудью и смешно торчащими из-под мешковатой форменной юбки кривоватыми тонкими ногами. Очевидно, именно по этой причине она держалась излишне строго, почти грубо. «Побыстрее, пассажир! — прикрикнула она на Фархата. — Поезд сейчас отправится, а вы где-то бродите!»

Фархат улыбнулся ей медовой восточной улыбкой, а когда это не помогло, с галантным полупоклоном протянул проводнице букет.

— Возьми, дорогая, — сказал он. — Возьми, возьми, мне он не нужен.

— А мне тоже чужого не надо, — сердито ответила проводница, с лязгом опуская подножку. — Проходите, мужчина, не задерживайтесь.

— Э, — легко переходя на напевную, с заметным акцентом речь типичного «восточного человека», укоризненно сказал Фархат, — зачем такая злая? Зачем нехорошо говоришь? Тебе, наверное, подруги сказали, что все мужики — нехорошие люди. Неправильно сказали, слушай! Почему говоришь — чужого не надо? Когда мужчина цветы дарит, это не чужое, твое! Возьми цветы, слушай, зачем обижаешь?!

— Небось, если бы ваша знакомая пришла, вы бы цветочки свои ей отдали, — не глядя на него, сказала проводница. Она до половины высунулась в открытую дверь, выставив перед собой свернутый в трубочку желтый флажок. Ее круглое веснушчатое лицо было строгим и неприступным. — А так, конечно... Не везти же этот веник в Питер!

— Совсем нехорошо говоришь, — огорченно покачал головой Фархат. — Меня не уважаешь — себя уважай! Почему веник? Розы — смотри какие! Зачем это — «если бы, тогда бы»?.. Сейчас живешь, понимаешь? Тебе цветы даю, бери! Если бы я хотел их выкинуть, думаешь, урну бы не нашел? Смотри, сколько их на перроне!

Он заметил, что проводница против собственной воли стрельнула глазами в сторону ближайшей урны, и сдержал презрительную усмешку. Русские... Все у них не как у людей. На Востоке женщина ни за что не стала бы препираться с мужчиной, неважно, знакомым или незнакомым. В крайнем случае опустила бы голову пониже и ушла. А эта корчит из себя королеву, из кожи лезет вон, чтобы доказать, что все мужики — козлы и свиньи. И самое смешное, что она права — по крайней мере, в отношении своих, русских мужиков. Что это за люди, если не могут держать в повиновении даже женщин!

Пол под ногами дрогнул, и состав пошел — мягко, почти незаметно. Перрон поплыл мимо открытой двери, сначала медленно, потом быстрее и быстрее. Вагон, в тамбуре которого стоял со своим букетом Фархат, обогнал мужа Анны Карловны. Тот широко шагал по перрону, как будто и впрямь рассчитывая угнаться за поездом, смешно вытягивал шею и махал рукой — прощался. Лицо у него, как и у всех людей, машущих вслед уходящему поезду, было донельзя глупое и какое-то тоскливое. «Рогоносец», — подумал о нем Фархат и посторонился, давая проводнице закрыть дверь.

— Букет возьми, да? — сказал он. — Не обижай, слушай. Меня и так обидели.

— Вас обидишь, — проворчала проводница, но розы все-таки взяла и даже буркнула: «Спасибо».

Освободившись от груза, приторный аромат которого уже успел пропитать его одежду, Фархат прошел в свое купе. Купе было двухместное, и Фархат выкупил его целиком — в попутчиках он не нуждался и давно забыл, что такое проблемы с деньгами на мелкие расходы. Он опустился на мягкий диван, вынул из пачки сигарету и принялся задумчиво вертеть ее между пальцами, время от времени поднося к носу и вдыхая тонкий аромат хорошего табака. Курить ему не хотелось. Снаружи, сверкая в лучах утреннего солнца золотыми пластинами окон, проплывала Москва — склады, пакгаузы, микрорайоны, серо-желтые глыбы сталинских многоэтажных зданий, срисованных когда-то со старых чикагских небоскребов, автомобильные стоянки, грузовые автопарки, какие-то мастерские, депо, снова склады, пакгаузы, микрорайоны... Фархат был доволен, что покидает этот ненавистный ему город с его заметенной по углам грязью, продажностью, чванством и выводящей из себя бестолковостью. Наконец-то! Оставалось только сделать прощальный жест, но... всему свое время.

Спохватившись, он встал, снял плащ и аккуратно повесил его на плечики. Плащ повис криво — лежавший в кармане плоский сверток слегка оттягивал его на правую сторону. Фархат попытался повесить плащ ровнее, а потом достал сверток из кармана, поднял сиденье и по-

101

ложил сверток в рундук, в самый угол. Из другого кармана он вынул скрученную в трубочку медицинскую карточку Грибовского, разгладил ее на столе и от нечего делать посмотрел на просвет рентгенограммы. На снимках светлым контуром выступал лишенный плоти череп Романа Михайловича. Фархат немного полюбовался мертвым оскалом, а потом положил рентгеновские снимки на место, аккуратно перегнул карточку пополам и убрал во внутренний карман пиджака. Грибовский велел доставить карточку в целости и сохранности. Зачем ему это понадобилось, Фархат не знал, но полагал, что вскоре узнает. Олигарх был не из тех, кто способен сидеть без дела и совершать необдуманные поступки. Правда, его стиль казался даже утонченному Фархату чересчур вычурным и замысловатым, но, с другой стороны, и результаты были впечатляющие! Бородатые крикуны, братья Фархата по вере, вряд ли добились бы такого эффекта даже за сто лет. Теперь они, наверное, ломают себе головы, пытаясь сообразить, как это то, что казалось им великой победой, вдруг превратилось в тысячи тонн американских бомб и напалма, готовых свалиться на них прямо с неба. Пусть себе! Честно говоря, талибам не мешает немного напрячь мозги — хотя бы раз в жизни, напоследок. Если уж ты превращаешь ислам в дойную корову, так будь добр о ней заботиться, не давая ей превратиться в костлявое, покрытое струпьями страшилище, в которое тычут пальцами все, кому не лень!

Потом он подумал, не сходить ли ему к Анне Карловне. На вокзале она выглядела чересчур взволнованной. Конечно, для женщины в таком возрасте взять и одним махом разрушить привычный уклад жизни — поступок непростой. Добро бы, расставаться пришлось только с работой и мужем-рогоносцем, так ведь есть еще и внучка! Не передумала бы она, не сошла бы ненароком с поезда, не схватилась бы за стоп-кран! Впрочем, шансов у нее почти не было. Женщина-стоматолог, которой уже под пятьдесят, вряд ли сумеет выпрыгнуть из поезда на ходу. Ну, а экстренное торможение Фархат, надо думать, заметит и сумеет вовремя принять меры... Сходить к ней в шестой вагон, конечно, все равно не помешало бы, тем более что было это совсем рядом. «Да, — решил Фархат, — так я и сделаю. Так будет надежнее».

Торопиться, однако, не стоило. Проводница принесла чай, и Фархат не торопясь выпил два стакана подряд. На желтых картонных бирочках, привязанных к одноразовым пакетикам с заваркой, было написано: «Липтон», но чай все равно отдавал березовым веником, или это просто казалось Фархату по старой памяти. Подстаканники были дрянные, штампованные из тонкой жести, совсем не те, что раньше. Под полом спального вагона приглушенно барабанили колеса, поезд мягко покачивало. За окном стремительно промелькнула дачная платформа, и опять запестрел золотом и мрачной зеленью еловой хвои осенний подмосковный лес.

Фархат задумался, что делать с пистолетом. Под полой его пиджака висел семнадцатизарядный австрийский «глок» — вещь дорогая, удобная и безотказная да вдобавок еще и сработанная из композитных материалов, что делало ее практически невидимой для детекторов металла. Но, с другой стороны, в аэропортах сейчас творится ад кромешный, все службы безопасности роют копытами землю, у пассажиров отбирают даже расчески, не говоря уже о перочинных ножах, так что с пистолетом в самолет, пожалуй, не пролезешь. Да и зачем ему это нужно — лезть с оружием в самолет? Из Петербурга Фархат полетит, как обычный добропорядочный мешок с дерьмом, первым классом, со всеми мыслимыми удобствами, и завтра к полудню, совершив две пересадки, будет уже на месте. Дел у него по дороге не предвидится никаких, так что с пистолетом, наверное, все-таки придется расстаться. А жаль, пистолет хороший...

За окном снова промелькнула дачная платформа. Места здесь были красивые, и дачные платформы росли как грибы. Фархат успел прочитать название платформы и понял, что пора начинать шевелиться. Да и чего тянуть, если разобраться?

Он встал, оправил пиджак, пригладил перед зеркалом волосы и вышел из купе. Тут ему подумалось, что Анна Карловна может удивиться, куда подевался предназначенный ей букет, но сразу же отмахнулся от не-

103

нужной мысли: да пускай удивляется на здоровье! Во-первых, на букете не было написано, что он предназначался именно ей, а во-вторых, она, наверное, его даже не заметила из-за волнения. Да, несладко, наверное, менять устоявшуюся, налаженную жизнь на полную неизвестность! Фархат, например, с детства не знал, что такое устоявшийся уклад жизни, и полная неизвестность его устраивала. Так было даже интереснее, но Анна Карловна, наверное, думала иначе. По живому рвать вросшие в плоть, прямо в сердце, нити привязанностей и привычек — это, должно быть, и вправду болезненная процедура. Фархат поймал себя на том, что испытывает к Анне Карловне что-то вроде сочувствия, и удивленно покачал головой: что это с ним? Вот уж, действительно, с кем поведешься, от того и наберешься! Ведь эта женщина — обыкновенная прелюбодейка. Она изменила мужу и сейчас бежит от него к другому мужчине, чтобы жить с ним в грехе и разврате. В Афганистане, например, талибы вывели бы ее на стадион и там побили камнями или просто поставили на колени и выстрелили в голову. И поделом! Но здесь, увы, не Афганистан...

В переходном тамбуре в уши ему ударил ничем не приглушенный грохот колес. Соединявшая вагоны резиновая гармошка прохудилась, и в дыры врывался тугой, пахнущий осенней листвой ветер. Горбатое железо переходного мостика шевелилось под ногами, елозило, как живое, и по обеим сторонам рифленых, до блеска вытертых подошвами железных листов можно было видеть бешено мелькающий гравий насыпи. Фархат захлопнул за собой дверь тамбура, и грохот сразу сделался тише.

Шестой вагон тоже был спальный, повышенной комфортабельности, но из туалета все равно разило, как из деревенского нужника в жаркую погоду. Фархат брезгливо задержал дыхание, вошел в длинный коридор, отыскал нужное купе, постучался и вошел.

Анна Карловна сидела в углу мягкого дивана, безучастно глядя в окно. Она по-прежнему была бледна и выглядела потерянной. Ее сосед, лысый коротышка в широких подтяжках поверх несвежей рубашки со старомодным галстуком, по виду — явный командировочный, суетливо раскладывал на откидном столике дорожную снедь: крошащийся ржаной хлеб, котлеты, малосольные огурчики... В купе пахло чесноком и вареными яйцами, на столе, помимо закуски, стояла бутылка дрянного азербайджанского коньяка и два чайных стакана. На звук откатившейся в сторону двери командировочный обернулся и сделал строгое и одновременно вопросительное лицо: дескать, что вам угодно, молодой человек?

— Как вы тут устроились, Анна Карловна? — спросил Фархат, игнорируя командировочного. — Все в порядке? Соседи не надоедают?

«Соседи» в лице командировочного сделали обиженное лицо и на всякий случай отвернулись к окошку, притворяясь, что их здесь нет. Анна Карловна вздрогнула и повернула к Фархату бледное осунувшееся лицо.

— А, это вы... Спасибо, все в порядке. Настолько, насколько это вообще возможно при данных обстоятельствах.

— Э, да вы, как я погляжу, в миноре! Ничего, это скоро пройдет. Кстати, у меня для вас сюрприз. Представляете, чуть было не забыл! Роман Михайлович с меня голову снимет. Он уже, наверное, ждет, беспокоится. Понимаете, он просил, чтобы вы ему позвонили, как только поезд тронется. А я забыл, голова садовая! Держите!

Он вынул из кармана и протянул Анне Карловне мобильный телефон — маленький, дамский, неуместного золотистого цвета.

— Позвонить ему? — переспросила Анна Карловна, не делая попытки взять телефон. — Но...

— А что вас смущает? — удивился Фархат. — Надеюсь, не расстояние? У этой игрушки роуминг по всему миру, звоните хоть в Австралию, хоть на Огненную Землю. Третье тысячелетие! Или вы не знаете, что сказать? Так я вам подскажу. Просто скажите: «Это я», и ему будет чертовски приятно, поверьте. А там и не заметите, как разговор завяжется. Нажмите «send», и номер наберется автоматически, прямо из памяти.

— Но... — повторила Анна Карловна, бросив беспомощный взгляд на своего соседа, который продолжал старательно смотреть в окно. Затылок у него буквально окаменел от напряжения и любопытства.

— Экая я дубина, — огорченно сказал Фархат. — Ничего сегодня не соображаю. От усталости, наверное. Простите великодушно, Анна Карловна! Пойдемте ко мне. Я почему-то один в купе. Пока вы будете говорить, я выйду, покурю в тамбуре, а потом — как хотите. Можете вернуться сюда, а можете остаться у меня. Посидим, чайку попьем...

— Не стоит затрудняться, — решился подать голос командировочный. — Если нужно, я выйду. Звоните на здоровье, разве я не понимаю...

— Спасибо. — Фархат одарил его широкой улыбкой, в которой веселья и дружелюбия было не больше, чем в мертвенном оскале голого черепа на рентгенограммах Грибовского, лежавших сейчас во внутреннем кармане его пиджака. — Не беспокойтесь, мы уже все решили. Даме нужно сделать очень важный звонок, а тут... — Он брезгливо повел носом. — Тут слишком сильно пахнет чесноком. Ненавижу этот запах. А вы, Анна Карловна?

Анна Карловна не ответила, но во взгляде, который она бросила на коротышку перед тем, как выйти из купе, Фархат уловил что-то новое. Это был взгляд королевы, которая долго блуждала в кишащем разбойниками и диким зверьем лесу и которую наконец-то догнал отставший вооруженный эскорт.

Проводив ее в свое купе, Фархат, как и обещал, направился в тамбур. Курить он, однако, не стал. Вместо этого араб вынул из кармана брюк универсальный вагонный ключ, вставил его в замочную скважину входной двери и повернул. Замок щелкнул, дверь распахнулась настежь, и в прокуренный тамбур плотной стеной ворвался свежий воздух. Тугой ветер ударил Фархата по лицу, в глазах запестрила, проносясь мимо, подмосковная осень. Поезд сбавил ход на подъеме. Фархат высунул голову из двери и увидел впереди, метрах в двухстах, красную машину, которая стояла на шедшей параллельно железнодорожной насыпи грунтовке. Он взялся рукой за поручень и откинул в сторону подножку, которая закрывала ступеньки.

— Мужчина, что вы делаете?!

Фархат обернулся через плечо и увидел проводницу.

— Извини, красавица, я приехал, выхожу. Спасибо за чай.

— Прекратите хулиганить! — проводница бросилась вперед и обеими руками вцепилась в пиджак Фархата, пытаясь оттащить его от распахнутой двери. — С ума сошел, что ли?! Убьешься, а мне потом отвечать! Я бригадира позову!

Это было очень некстати. Подъем кончался. Тепловоз впереди пронзительно свистнул и снова начал понемногу набирать ход. Где-то далеко ждал Грибовский, и красная машина была все ближе с каждой секундой, а проводница вцепилась в Фархата, как клещ, и орала, казалось, на весь вагон. Да, вот о ней-то Фархат и не подумал, а зря.

Он запустил правую руку под пиджак, а левой схватил проводницу за тонкую шею с выпирающими позвонками и рывком притянул ее вплотную к себе.

— Ты что дела...

Фархат вдавил ствол пистолета ей в живот, мимоходом удивившись тому, какой он мягкий, и трижды, не жалея патронов, нажал на спусковой крючок. Выстрелы прозвучали глухо, как кашель. Араб успел оттолкнуть тело раньше, чем из него хлынула кровь, и краем глаза заметил, как в проеме открытой двери промелькнуло что-то красное. Машина! Тепловоз снова свистнул. Фархат не глядя швырнул в тамбур дымящийся пистолет и прыгнул вперед по ходу поезда, группируясь в полете.

...Анна Карловна наконец отважилась и, зажмурив глаза, утопила кнопку вызова. В трубке запели электронные соловьи, что-то защелкало, затрещало и потянулись длинные гудки — один, второй, третий...

На четвертом гудке трубку сняли, и незнакомый, искаженный электроникой голос сказал:

— Слушаю.

— Это я, — сказала Анна Карловна то, что ей посоветовал Фархат. Ничего другого ей просто не пришло в голову.

Удивительно, но Грибовский, если это и впрямь был он, узнал ее сразу.

— Анна?! Анна, неужели это ты? Господи, какое счастье! Ай, Фархат, ай, молодец! Где ты? Ты в поезде? Ты едешь в Питер с Фархатом, да?

— Да, — сдерживая навернувшиеся на глаза слезы, ответила Анна Карловна, — да, я еду к тебе. Но как вышло, что ты жив? Господи, я все глаза проплакала! И ни могилы, ничего... Боже мой, неужели это действительно ты, Роман?

— Конечно, я! Извини, что не дал о себе знать раньше, но ты же понимаешь... Словом, обо всем расскажу при встрече. Анна! Ты меня слышишь? Не клади трубку! Не отключайся, Анна! Я приготовил для тебя сюрприз.

— Какой сюрприз? — уже откровенно всхлипывая от полноты чувств, сказала Анна Карловна. — Чудак, неужели ты думаешь, что после твоего воскресения меня еще хоть что-нибудь может удивить?

— Может, еще как может! — радостно хохоча, заверил ее Грибовский. — Погоди, сейчас сама увидишь. Расскажи пока, как там, в Москве...

...Фархат кубарем скатился с насыпи, больно ударившись обо что-то коленом, сразу же вскочил и, прихрамывая, бросился к стоявшей под насыпью красной «шестерке», до которой было метров пятьдесят. Поезд, громыхая железом, шел мимо него, в окнах мелькали удивленные лица, но Фархат даже не посмотрел в ту сторону — они были ему глубоко безразличны. Добежав до машины, он открыл дверцу и почти упал на водительское сиденье. Ключ торчал в замке зажигания, на соседнем сиденье лежала трубка мобильного телефона. Первым делом Фархат запустил двигатель, потому что не доверял российской технике — никакой, кроме военной, — а потом взял с сиденья телефон и откинул крышку.

Он подождал, пока поезд скроется за плавным закруглением дороги, и не спеша набрал четыре цифры. За поворотом громыхнуло, над верхушками деревьев, кувыркаясь, взлетели исковерканные куски железа, и медленно вспухло грибовидное облако дыма. Взрыв перебил стальную змею поезда пополам, сбросил состав с рельсов, и тот со скрежетом и лязгом боком пополз вниз по насыпи. Вагоны опрокидывались один за другим, сминаясь, как картонные коробки. Шестой и восьмой вагоны были страшно изуродованы, пятый и девятый чадно горели, а от седьмого вагона почти ничего не осталось, словно его и вовсе не было. На железнодорожном полотне зияла глубокая дымящаяся воронка, и лопнувшие, как гнилая бечевка, покрытые окалиной рельсы нелепо торчали в разные стороны.

— Аллах акбар, — сказал Фархат, проверил, на месте ли медицинская карточка Грибовского, и, в два приема развернув машину на узкой дороге, повел ее назад, в сторону Москвы.

* * *

Связь оборвалась на полуслове. В трубке раздался треск, как от сильных помех, но тут же прекратился, и в наушнике послышалось ровное гудение опустевшей линии. Грибовский сделал волнообразное движение бровями и попробовал набрать знакомый номер. «Абонент временно отключен или находится вне зоны досягаемости», — объявил механический женский голос в трубке.

— Вот так, — сказал Грибовский и небрежно сунул трубку стоявшему рядом охраннику. — Как по нотам. Учись, киллер-одиночка! Учись, пока я жив!

— Не понимаю, — проворчал Огурцов и с подозрительным видом понюхал стакан с апельсиновым соком. Сок был ледяной, и стакан снаружи запотел, сделавшись матовым от множества мелких капелек конденсата. Там, где стакана коснулись пальцы Огурцова, на запотевшем стекле остались мокрые отпечатки. — Не понимаю, — повторил киллер, — зачем из-за одной бабы было пускать под откос целый поезд? Дорого, шумно, грязно... Не проще ли было ее пристрелить?

— Ты действительно ничего не понимаешь, — сказал олигарх, отрезая микроскопический кусочек яичницы и изящным движением отправляя его в рот. — Тебе бы только засадить кому-нибудь в затылок из винтовки. Примитив! Это же женщина, неужели не ясно? Красивая женщина и вдобавок моя бывшая любовница. Разве можно стрелять красивой женщине в голову? Вот это уж действительно грязно!

Они завтракали на террасе, с которой накануне олигарх приветствовал Огурцова и Марешаля. Небо уже с утра стало белесым от жары, но здесь, в тени навеса, было относительно прохладно. Глянцевые листья пальм безжизненно висели в знойном воздухе; внизу, на мощенном каменными плитами дворе, негромко переговаривались охранники, снаряжая в дорогу джип Огурцова.

Огурцов с хрустом откусил добрую половину тоста, сосредоточенно пожевал и отхлебнул сока. На его длинной физиономии застыло упрямое неодобрительное выражение. Грибовский покосился на него и усмехнулся уголками губ.

— Старая школа, — сказал он. — Уважаю тебя, Олег Васильевич, за верность принципам, но пора перестраиваться. Ты теперь у меня на службе, поэтому привыкай мыслить широко, творчески. Вот ты говоришь: зря, мол, поезд под откос пустили, людей угробили, шуму наделали, привлекли к себе внимание... О каком внимании ты говоришь? К кому? Ко мне, что ли? Так ведь меня в природе не существует! Вот если бы ты, или Фархат, или кто-то еще банально свернул уважаемой Анне Карловне ее лебединую шею, сразу возникли бы вопросы: а с чего бы это? Может, она что-то знала, из-за чего ее убрали? Может, у нее что-нибудь пропало? Может, в картотеке кто-то порылся и там теперь чего-то не хватает? А в органах, Олег Васильевич, не одни бараны работают. Кто-нибудь мог и догадаться, а мне такие догадки ни к чему. Ты Честертона читал когда-нибудь? Почитай, полезно для общего развития. Он сказал, что лист легче всего спрятать в лесу. А где легче всего спрятать труп? Правильно, в куче других трупов, погибших во время террористического акта, или железнодорожной катастрофы, или как там они у себя это назовут... Сел человек в поезд, поехал в Питер и не доехал. И еще двести человек не доехали. Или триста. Кому придет в голову, что все это случилось из-за одной бабы-стоматолога? И потом, повторяю, она была красивой женщиной. Уверен, если бы ей дали возможность выбирать, она бы выбрала именно такую смерть — быструю, яркую, внезапную и безболезненную. И чтобы хоронить было нечего. Понял теперь, гвардеец андроповский?

Огурцов с угрюмым видом переломил остаток тоста пополам, сунул обе половинки в рот и принялся с хрустом работать челюстями. По его лицу было видно, что если бы он носил фуражку, то сейчас непременно повернул бы ее козырьком назад, как это делали в старину британские морские офицеры, отправляясь выполнять приказ, который им активно не нравился.

— Не знаю, — сказал он наконец. — Не в обиду вам будет сказано, Роман Михайлович, не зря все-таки народ в России вас, олигархов, не любит. Как это у вас все просто... Что одну душу в расход пустить, что двести, что триста — все едино. Не поверите, но даже мне как-то не по себе.

— Я не в обиде, — сказал Грибовский. — Откровенность за откровенность. Сер ты, Огурцов, прямо как тот народ, про который ты сейчас говорил. Народ, говоришь, олигархов не любит? Да он понятия не имеет, что это за зверь такой — олигарх — и с чем его едят! Так же, впрочем, как и ты. Открой словарь, посмотри на букву «О» — «олигарх, олигархия»... Просветись! Поверь, там не будет написано, что олигарх — это тот, у кого денег много и он ими, гад такой, с народом не делится. Олигарх — это тот, кто посредством своих денег и связанного с ними влияния неявно, анонимно даже, осуществляет политическую власть. Власть! Задумайся о власти, Огурцов. Действующий президент у власти без году неделя, а сколько крови уже пролито и сколько еще прольется! И любая власть так же действует. Чем я-то хуже? Только тем, что за меня пьяное быдло на выборах не голосовало? Смешно! А еще смешнее, Огурцов, что ты пытаешься выступать в роли доморощенного моралиста. Она тебе идет еще меньше, чем твой пробковый шлем.

Огурцов неожиданно расплылся в смущенной улыбке, показав свои великолепные зубы.

— Что, совсем не идет? — спросил он, имея в виду шлем.

— Как корове седло, — проинформировал его Грибовский. — Ты в нем похож на поганый гриб. Или на грибок с детской площадки.

— Жалко, — сказал Огурцов. — Удобная штука. Макушку не печет, и голова дышит. М-да... Жалко. А я-то и вправду думал, что олигарх — это просто денежный мешок. Ну, очень большой.

— Я что, похож на мешок? — шутливо оскорбился Грибовский.

— Сами знаете, на кого вы похожи, — проворчал Огурцов, уже успевший устать от этого спора.

— Знаю, — сказал олигарх и погладил себя по лысой макушке, которая уже успела покрыться ровным золотистым загаром. — На Фантомаса.

«На психа ты похож ненормального», — хотелось сказать Огурцову, но он сдержался. Если отбросить ненужные эмоции и не обращать внимания на маниакальное упорство, с которым Грибовский настаивал на своем сходстве с персонажем дурацкого фильма, олигарх был прав. Да и работать на него было гораздо интереснее, чем на родную контору. Работа и впрямь была творческая, масштабная, да и экономить на еде во время командировок, как это бывало раньше, теперь не приходилось. И выбирать, кстати, не приходилось тоже: на родине Олег Васильевич Огурцов официально числился в покойниках, и, узнай его бывшее начальство о том, что он жив, оно бы не успокоилось, пока не привело бы его в соответствие со служебной документацией.

— Ваша лысина, кстати, тоже вас не очень-то украшает, — мстительно заявил Огурцов и залпом допил сок.

Олигарх рассмеялся.

— Один — один, — объявил он. — Но учти, все равно в мою пользу. Пока я жив, Огурцов, любой счет будет в мою пользу. Не забывай об этом, и все будет о'кей. Из Москвы новости есть?

Огурцов усмехнулся и взялся за чашку с кофе, которую только что принес охранник.

— Вчера вечером прислали распечатку одной любопытной беседы, — сказал он. — Этот ваш Королев действительно пронырливый парень. Без мыла в любую щель залезет. Он таки вышел на госпиталь и узнал про ваших друзей-генералов. Петров, кстати, уже окочурился. Сегодня похороны.

— Ай-яй-яй! — воскликнул олигарх. — Как жалко! Нет, правда жалко. Что же, вы с Фархатом зря старались? Но Потапов-то жив?

— Жив пока, — сказал Огурцов. — Если верить информатору Королева, в ФСБ настоящая паника. Сибирская язва на Лубянке — это ж охренеть можно!

— Вот видишь, — сказал ему Грибовский. — Красиво, правда? Так, значит, Потапов жив... Ну, тогда еще не все пропало. Дай бог ему здоровья. Мы с ним еще станцуем чарльстон! Он еще позавидует своему приятелю Петрову! Ладно, черт с ними. Ты готов?

Огурцов обернулся и через перила выглянул во двор.

— Кажется, да, — сказал он. — Уточнить? Эй, басмачи!

— Ладно, ладно, — замахал на него руками Грибовский, — не ори ты, ради бога, как командир гаубичной батареи! Я просто хотел спросить, откуда ты намерен начать.

— Я думаю, с Иерусалима, — сказал Огурцов, смакуя кофе. — Там сейчас неспокойно, и Акмаль, наверное, крутится где-то поблизости. Он у нас большой специалист по мелким пакостям. Начну с него.

— Почему именно с него? — с живым интересом спросил Грибовский.

— Продажная шкура, — сказал Огурцов. — Такие уверены, что все вокруг продаются и покупаются так же легко, как они сами. Попробую его купить, а если не удастся, продамся сам. У него на меня денег не хватит, вот ему и придется доложить по команде. А я буду требовать встречи с большими людьми...

— Опасно, — заметил Грибовский. — Восток — дело тонкое. Эта затея может плохо кончиться.

— Ну, тогда давайте покупать оружие, — возразил Огурцов. — Пулеметы, гранатометы, «стингеры», парочку танков, ракетную установку... Построим крепость, выкопаем бункер, заминируем все кругом на десять километров и будем ждать, когда они сами за нами придут.

Помните, как Троцкий в Мексике ждал. Ждал, ждал и дождался.

— Ого, — сказал Грибовский, — откуда такой сарказм?! Это что-то новенькое. Типун тебе на язык, Олег Васильевич. Но ты, наверное, прав. Лучший способ защиты — нападение. Что ж, с богом.

Огурцов встал.

— На вашем месте я бы подумал о том, чтобы сменить охрану, — посоветовал он. — Эти басмачи мне всегда не нравились, а теперь и подавно. Сколько им ни плати, они все равно будут ждать удобного случая, чтобы перерезать неверным глотки и продать их головы тому, кто предложит за них больше. А теперь, когда завертелись такие дела... В общем, в мое отсутствие держите пистолет под подушкой и постарайтесь нанять в охрану белых — хоть хохлов, хоть удмуртов, хоть этих... которые в Монако. Но только не мусульман!

— Веселый ты парень, Огурцов, — с кислой миной произнес олигарх, невольно косясь на фигуру охранника, который неподвижно торчал в дальнем конце террасы с автоматом наперевес. — И настроение у тебя сегодня просто отменное.

— Нормальное настроение, — сказал Огурцов. — Деловое. Счастливо оставаться, Роман Михайлович! Я постараюсь управиться в срок. Завтра вернется Фархат, с ним вам будет спокойнее.

Глава 6

Вертолет МЧС, кренясь на борт, сделал круг над местом катастрофы и пошел на снижение, целясь на узкий травянистый пятачок вблизи железнодорожной насыпи, более всего похожий на пересохшее болото.

— Ух ты! — пораженно выдохнул Егор Королев, увидев в разрывах дымовой завесы то, что творилось внизу. — Вот, дьявол! Ребята, дверь откройте, а? Это надо снять, а через иллюминатор ни черта не видно.

— Внизу и без тебя жмуриков предостаточно, — сказал старший группы спасателей, угрюмо глядя вниз.

— Да ладно, Валера, — сказал кто-то еще, — чего ты? У нас своя работа, у него своя. Мы людей из дерьма вытаскиваем, он их в дерьме топит... Пускай снимает. Я его за штаны подержу, чтоб ты не волновался.

Егор резко обернулся, но лица у всех были одинаково сосредоточенные на предстоящей работе, и автор последней реплики остался ему неизвестен. Впрочем, Егор подозревал, что тот замолчал не потому, что боялся гнева известного тележурналиста, а по той простой причине, что сказал все, что посчитал нужным. Во всяком случае, возразить Егору было нечего. Сказать, что он просто выполняет свою работу? Так ведь неизвестный шутник сам только что об этом сказал, этими же самыми словами... А что еще скажешь? Что за свою работу он получает в десятки раз больше, чем они за свою? Это, конечно, аргумент... После такого аргумента Егор, пожалуй, не удивился бы, если бы его и вправду выкинули из вертолета пинком под зад. Впрочем, нет. Эти, наверное, не выкинули бы. На кой черт им лишняя работа?

Один из спасателей открыл дверь. На Егора нацепили какую-то страховочную сбрую с пряжками и карабинами, но он этого не заметил. Внизу, на развороченной чудовищным взрывом насыпи, лежал опрокинутый, изломанный, пылающий состав, вокруг которого были видны кучки людей — лежащих неподвижно, стоящих столбом или, наоборот, бестолково суетящихся в попытках спасти не то кого-то из пострадавших, не то свое оставшееся в поезде имущество. Отсюда, сверху, поезд напоминал сломанную капризным малышом игрушку. Да и сама железнодорожная насыпь выглядела так, будто расшалившийся детеныш великана со всего маху пнул ее ногой, и Егору подумалось, что движение здесь восстановится нескоро.

Первые спасатели уже работали — наверное, подоспели из ближайшего поселка. Две пожарные машины безуспешно пытались сбить ревущее пламя струями воды из брандспойтов. Сверху это здорово напоминало попытку потушить пожар в доме, мочась на огонь, и Егор во всех подробностях запечатлел это жалкое зрелище на пленку. Машин «скорой помощи» было аж три штуки. Одна из них стояла поодаль с распахнутыми дверцами, и вокруг нее ворочалась довольно густая толпа: видимо, там оказывали первую помощь тем, кто мог стоять на ногах. Еще две «ГАЗели» с красными крестами на бортах, тяжело переваливаясь, ползли прочь от места катастрофы по ухабистой грунтовой дороге и были, судя по всему, нагружены сверх всякой меры.

Вертолет опускался. Жирный, воняющий паленой пластмассой дым полез в кабину, мешая дышать, но Егор не обращал на это внимания — он снимал, слившись в одно целое с камерой. Это была работа — то, без чего он не мыслил своего существования, и сейчас все проблемы, сомнения и вопросы отошли на задний план.

Тяжелая машина зависла в каком-нибудь метре над землей. Чахлая, тронутая осенней желтизной осока и сухие камыши полегли и заструились под непрерывным напором плотного воздушного потока, идущего от винтов вертолета, в воздух поднялись клубы пыли и сухого травяного мусора. Огромные лопасти рвали дым в клочья, разбрасывая его в стороны. Егора бесцеремонно отодвинули от двери и больно сиданули в поясницу чем-то тяжелым и твердым — кажется, ручкой свернутых носилок. Спасатели начали один за другим прыгать в дым. Егор снял и это, а потом, когда последний из экипажа спасателей исчез в открытом люке, попытался выпрыгнуть тоже. Страховочный конец удержал его, и Егор потратил почти минуту, выпутываясь из сложной незнакомой сбруи.

Вертолет тем временем сел. Его колеса глубоко вдавились в мягкую почву, и Егор подумал, как это хорошо, что на протяжении всего последнего месяца почти не было дождей. Не пересохни это болотце, и тяжелой центроспасовской «вертушке» негде было бы приземлиться — кругом стеной стоял лес.

Когда рев вертолетного двигателя смолк, стали слышны другие звуки: треск и гудение пламени, тугой плеск воды, бьющей из пожарных рукавов, одышливое рычание автомобильных двигателей, людские крики, женский плач — тоскливая какофония большой беды, голос катастрофы.

Егор снимал, привычным, почти не осознаваемым усилием воли подавляя эмоции. Изломанные людские судьбы, ополовиненные семьи, дети, лишившиеся родителей, родители, пережившие своих детей, боль, смерть, горе, кровь на сухой траве, страшно обожженная, изуродованная плоть и страшный, непрерывно удлиняющийся ряд неподвижных тел под насыпью — все это был просто сенсационный материал. Время для эмоций наступит потом, да и наступит ли вообще? Материал нужно будет смонтировать и подготовить к выходу в эфир, а к тому времени эмоции усохнут, сожмутся и превратятся в сухие, сдержанные строчки комментария.

Используя свое лицо как пропуск, Егор просочился сквозь редкую цепь милицейского оцепления — ну, конечно, ЭТИ тоже уже были здесь и с угрюмой деловитостью путались у всех под ногами, навешивая многочисленные замки на сарай, из которого уже увели лошадь, — и крупным планом снял воронку и разорванные, скрученные, штопором завитые рельсы. Версию о том, что поезд якобы сошел с рельсов из-за какой-то неисправности полотна, можно было смело отбросить. Эта воронка и то немногое, что осталось от седьмого вагона, в котором произошел взрыв, выглядели очень красноречиво. Чтобы все стало окончательно понятно даже самому тупому из зрителей, Егор дал наезд на валявшуюся метрах в пятидесяти от насыпи тяжеленную вагонную ось и потом провел объективом от нее до самых рельсов, показывая, какое расстояние преодолела по воздуху эта неподъемная железяка.

Два или три раза его просили помочь, и он помогал — относил подальше от огня бьющихся в истерике детей, подхватывал под мышки окровавленные, безвольно обмякшие тела, — а потом снимал, менял кассеты и снова снимал... Отсутствие рядом Оксаны его огорчало и радовало. Конечно, теперь, когда руки у него были заняты камерой, он не мог попасть в кадр, лишний раз напомнив многомиллионной зрительской аудитории, кто является лучшим тележурналистом в стране. Но, пожалуй, Оксане лучше всего этого не видеть. У нее и без того в последнее время нервы расшатались. Да и он, Егор, никак не мог избавиться от ощущения, что спит и видит страшный сон. Уж очень все было странно...

Егор Королев оказался в вертолете МЧС не случайно. Накануне, просматривая поступившие по электронной почте сообщения, он наткнулся на послание следующего содержания: *«Дорогой Егор! Ты отлично поработал в деле Петрова и Потапова. Не останавливайся на достигнутом. Куй железо, пока горячо. Я тобой доволен, можешь и в дальнейшем рассчитывать на мою поддержку. Постарайся завтра утром оказаться на вертолетной площадке «Центроспаса», не пожалеешь. Захвати с собой мой подарок, он может тебе пригодиться. Искренне твой Ф.»*

И все. Егор перечитал сообщение трижды, тщетно пытаясь постичь, каким образом этот таинственный «Ф.» ухитрился пронюхать о том, что тайна ведомственного госпиталя ФСБ не является больше тайной. Ведь материал, по сути дела, еще и материалом-то нельзя назвать — так, безответственный треп анонимного информатора, даже нигде не записанный, существующий только в памяти Егора Королева... А этот Ф. тем не менее доволен и уже дает новую наводку. Хотя это все чепуха, важно другое: как он узнал? И о каком, черт бы его побрал, подарке идет речь?

«Бритва Оккама, — подумал Егор. — Отбрось все невероятные объяснения, и то, которое останется, скорее всего, окажется правильным. Итак, что же следует отбросить как невероятное? Присутствие при нашей встрече со стукачом постороннего наблюдателя, например. Не было там никого, да и быть не могло. Наличие на месте встречи замаскированной аппаратуры слежения тоже маловероятно. Место каждый раз новое, дорога-то длинная, так что никто не мог заранее знать, где именно будет происходить разговор. Кстати, столь же невероятной кажется возможность того, что кто-то утыкал «жучками» все поле. Слишком уж это громоздко и ненадежно... Со спутника, что ли, следили? Фантастика, бабьи сказки. Сфотографировать со спутника две стоящие в поле машины, в принципе, несложно, но подслушать разговор... Чепуха! Если бы фильм про Фантомаса снимали сейчас, такую идею можно было бы использовать, но в реальной жизни такое невозможно. Так что же остается? А вот что...»

Егор вышел в прихожую, откатил в сторону зеркальную дверь шкафа и снял с вешалки свою куртку — ту самую, в которой он ездил на свидание со стукачом. Вернувшись в комнату, он сел поближе к свету, вытряхнул из карманов куртки все, что там было, и принялся методично прощупывать куртку, уделяя особое внимания швам, особенно в районе воротника. И, разумеется, он был там — маленький металлический шарик размером с крупную дробинку, оснащенный колючкой-шипом, притаившийся под воротником.

Егора передернуло. Можно было подумать, что он и вправду имеет дело с Фантомасом — всемогущим, вездесущим и неуязвимым. Пожалуй, в этот момент Егор Королев не удивился бы, если бы из стенного шкафа в прихожей вдруг шагнул плечистый мужчина с синим лицом, одетый в строгий костюм и темную водолазку, и разразился своим коронным «Ха! Ха! Ха!». Испугался бы, конечно, до обморока, но удивиться — нет, не удивился бы. Ему стало жутко, совсем как тогда, в детстве, в темном кинозале, и даже еще страшнее. Егор положил на стол микрофон-булавку — положил осторожно, словно тот мог в любой момент взорваться или ужалить, — швырнул на диван куртку и торопливо направился на кухню, к холодильнику, где хранилось проверенное лекарство, способное излечить русского человека от всех скорбей. И там, на кухне, стоя с бутылкой водки в одной руке и со стаканом в другой, он подумал, что микрофон — это только половина разгадки. Такая миниатюрная штуковина просто не могла иметь большой радиус действия; следовательно, это было еще не все.

Егор вернул бутылку в холодильник, а стакан — на полку. Водка — лекарство для слабаков. Спрятав голову в песок, от неприятностей не избавишься. А то, что творилось вокруг Егора Королева в последнее время, было трудно отнести к разряду приятного.

119

Он спустился вниз, вышел на стоянку и подошел к своему джипу. Новенькая машина лаково поблескивала в сгущающихся сумерках. Она была чертовски хороша, но сейчас Егору казалось, что джип таит в себе какую-то смутную угрозу. Он словно перестал безраздельно принадлежать Егору, превратившись в орудие чужой недоброй воли.

Егор отключил сигнализацию и отпер центральный замок. Машина приветственно пиликнула, тепло и привычно моргнув габаритными огнями. Королев включил в салоне свет и принялся обшаривать автомобиль сверху донизу.

Долго искать не пришлось. Миниатюрное устройство, размером чуть крупнее карманного японского диктофона, обнаружилось под передним пассажирским сиденьем. Кассета внутри отсутствовала — надо полагать, ее уже успели извлечь. Егор вспомнил, какие деньги отвалил за сигнализацию, и поморщился. «Твою мать... Мой дом — моя крепость... Вот это, значит, и есть подарок, о котором упоминалось в послании? Что ж, недурная штучка... Или есть еще какие-нибудь сюрпризы?»

Дома Егор как следует рассмотрел обнаруженное в машине устройство. Оно было японского производства, очень компактное и удобное. Пожалуй, учитывая характер его работы, оно действительно могло ему пригодиться. Это и впрямь был подарок — ведь тому, кто забирал кассету с записью разговора, ничего не стоило извлечь из машины и записывающую аппаратуру. Да, подарок... Что ж, по крайней мере, такой жест служил свидетельством доброжелательного отношения таинственного Фантомаса к журналисту Егору Королеву. Правда, Егора это не очень-то радовало. Любовь сильных мира сего — штука опасная и ненадежная. Сегодня тебя любят, холят и лелеют, а завтра, глядишь, зарежут на мясо... Перед глазами Егора, как наяву, встала фотография, на которой Роман Михайлович Грибовский был запечатлен вдвоем с президентом. Сначала эта фотография, а потом — столб воды и дыма на том месте, где только что стояла красавица яхта с экипажем и пассажирами... Вот и вся любовь.

Егор уже почти не сомневался в том, что Фантомас — это Грибовский, каким-то чудом ухитрившийся избежать смерти. Взятые по отдельности, косвенные улики, казалось, могли указывать на кого угодно, но все вместе они выглядели убедительнее, чем нотариально заверенная подпись Грибовского под заявлением, что Фантомас — это он и никто иной. А уж после того, что случилось с Петровым и Потаповым, сомневаться в этом мог бы только полный идиот. В этом-то и заключалась самая главная сенсация — сенсация, обнародование которой вряд ли пришлось бы по вкусу беглому олигарху. Впрочем, Грибовский наверняка понимал, что Егор Королев не станет рисковать своей и без того сомнительной репутацией, выступая с заявлением, опирающимся только на смутные догадки и подозрения. Доказательств у Егора не было никаких, а если бы и были, кто бы им поверил? Кто, находясь в здравом уме, мог бы поверить, что один человек, пусть даже такой могущественный, как Роман Михайлович, заставил весь мир содрогнуться от ужаса? И, главное, зачем ему это понадобилось? В отместку? Ну, так и отправил бы своих камикадзе атаковать Кремль, американцы-то здесь при чем?

Впрочем, у Егора было предчувствие, что Кремлю тоже достанется. Не самому Кремлю, конечно, не комплексу зданий, а тем людям, которые там сидят. Лубянке уже досталось, и что означает интригующее предложение с утра пораньше покрутиться в районе вертолетной площадки Центроспаса? Она что, взорвется? Ну, это вряд ли. Слишком это мелко для Грибовского, слишком мал и незаметен будет эффект. Скорее уж, последует какой-нибудь экстренный вызов, и, если вовремя оказаться в нужном месте, можно будет отснять неплохой материал...

Следовать туманным указаниям новоявленного Фантомаса было как-то унизительно и, чего греха таить, страшновато, но Егор точно знал, что завтра встанет пораньше и отправится в указанное место. Чертов Фантомас прочно держал его на крючке: работа была страстью Егора, почти болезнью, и он, конечно же, не мог пройти мимо интересного материала, даже если бы материал этот ему подсовывал сам черт с рогами, требуя взамен его бессмертную душу. И еще одну вещь понял Егор Королев, сидя у себя на кухне со стаканом водки в руке и вертя в пальцах микрофон-булавку: Оксану он завтра с собой не возьмет ни за что. Наврет с три короба, придумает какое-нибудь дурацкое поручение на другом конце Москвы, поссорится, в конце концов, но на вертолетной площадке ее не будет. Нечего ей там делать. Нечего!

Так он и поступил. Уже в восемь утра он был на площадке, бродил повсюду с камерой, задавал вопросы, брал какие-то интервью — словом, старательно создавал видимость работы. А когда прозвучал вызов, и люди с озабоченными лицами стремглав побежали к вертолету, Егор тоже забрался в кабину, и его не прогнали — может быть, рука не поднялась дать по шее любимцу публики, а может быть, просто не захотели тратить время на выдворение его из вертолета. Егор готов был драться за место в «вертушке» кулаками и зубами, и эта решимость, по всей видимости, ясно читалась на его лице, а люди спешили туда, где в них нуждались, да и вертолет поднялся в воздух сразу же, даже не дожидаясь, пока закроется дверь...

Словом, как и обещал Фантомас, журналист Егор Королев не пожалел о проявленной настойчивости. Другому Королеву — человеку, обывателю, — было порядком не по себе, но в данный момент первую скрипку играл журналист Королев. В толпе поговаривали о террористах, поминали недобрым словом чеченцев, арабов и вообще мусульман, и конец света тоже поминали, и кто-то хрипло кричал, что кавказцев надо поголовно расстреливать, без суда и следствия, при малейшей попытке пересечь границы национальных автономий, но Егору почему-то казалось, что боевики Басаева и Хаттаба тут ни при чем. Даже если бомбу в поезд подложил кто-то из них, то это был бездумный поступок пустоголовой марионетки, которую дергал за ниточки кто-то далекий и невидимый. Иначе откуда Фантомасу (да Грибовскому же, черт!) было знать о готовящейся акции? А он о ней, конечно же, знал и даже взял на себя труд предупредить Егора...

Егор остановился, чтобы в очередной раз сменить кассету. Свободная кассета у него осталась только одна, но аккумулятор камеры уже был на исходе, и Королев сильно сомневался в том, что ему удастся отснять эту последнюю кассету хотя бы до половины. О том, чтобы где-то подзарядить севшую батарею, конечно же, не приходилось и мечтать, да и материала набралось уже на хорошую полнометражную программу. Конечно, восемьдесят процентов этого материала никто не решится показать — слишком много крови, слишком много изуродованной плоти, чересчур все реалистично... Думая об этом, Егор испытал привычное раздражение. Телевидению, по его мнению, давно пора было отказаться от излишней стыдливости. Обывателя надо брать за загривок и тыкать мордой в дерьмо, в кровь, в развороченные внутренности — на, жри, ты же этого хотел! Жри, пока тебя не вывернет наизнанку. Может быть, тогда ты поймешь, какая это отвратительная штука — смерть, и перестанешь желать ее даже своему злейшему врагу...

Он откинул крышку камеры и извлек записанную кассету. В этот момент чья-то рука ловко выхватила кассету у него из пальцев, а еще одна рука настойчиво и бесцеремонно потащила у него с плеча ремень сумки, в которой лежал весь отснятый в это страшное утро материал. Егор рванулся, удерживая соскользнувший с плеча ремень на сгибе локтя, и, держа камеру одной рукой, другой попытался отобрать кассету у стоявшего перед ним незнакомца — разумеется, тщетно. Незнакомец отвел свою руку с кассетой в сторону, а другой рукой легонько оттолкнул Егора. Он был высок и широкоплеч, и руки у него были длинные — длиннее, чем у Егора. Лицо у незнакомца было гладко выбритое, молодое и где-то даже симпатичное, но глаза казались не по возрасту колючими, мертвыми, как два серых камешка, торчащих из глиняного откоса. По этим глазам Егор мигом определил, с кем имеет дело, и взбеленился.

— Вы что себе позволяете?! — набросился он на незнакомца, одновременно пытаясь оттолкнуть локтем второго, который продолжал с тупым упорством рабочего муравья тянуть и тащить на себя сумку с кассетами. —

Немедленно верните кассету, или я вам устрою веселую жизнь! Я вас, долдонов, с фуражками заасфальтирую!

Он испытывал сильнейшее желание дать тому из эфэсбэшников, что был поближе, в морду, а там будь что будет, но для этого нужно было бросить либо камеру, либо сумку с кассетами. Камеры было жаль, а выпускать из рук сумку нельзя ни под каким предлогом. Поэтому он ограничился тем, что коротко и злобно саданул противника локтем в грудь. Тот моментально выпустил сумку и вцепился Егору в плечо. Руки у него были как кузнечные клещи, и желание драться у Егора как-то сразу улетучилось. С такими, пожалуй, подерешься… Размажут в тонкий блин и скажут, что так и было. И, главное, это им запросто сойдет с рук, поскольку кругом дым, беготня, неразбериха и раненых считают не на десятки, а, пожалуй, на сотни. Одним больше, одним меньше — какая разница?

— С фуражками, говоришь? — нехорошо усмехнувшись, сказал другой эфэсбэшник — тот, который держал кассету. — Что ж, отлично. Значит, представляться не надо. Данная видеозапись, а также те, что находятся у вас в сумке, конфискованы, как представляющие интерес для следствия.

— Черта с два! — задиристо возразил Егор. — Кого вы на понт берете, ребята? Конфискована! Держи карман шире! На каком основании? Ордер покажите! В гробу я видал ваше следствие вместе с его интересами! Мусор под половик заметаете? Ничего не выйдет, нынче не тридцать седьмой год, и даже не девяностый! Про свободу слова слыхали когда-нибудь?

Эфэсбэшник коротко проинформировал Егора о том, где и в каком виде он наблюдал упомянутую свободу слова, а также ордера, санкции и прочие юридические основания.

— А тридцать седьмой год я тебе запросто могу устроить, — добавил он в заключение. — Личный, персональный, блин. Отдай сумку, пока тебя добром просят.

— А что ты сделаешь, если не отдам? — нагло спросил Егор. Поблизости болталась парочка ничем не занятых милиционеров, которые, наверное, не упустили бы случая хоть чем-то насолить эфэсбэшникам. Например, хорошенько отходить их резиновыми «демократизаторами», а потом развести руками: так мы ж не знали, что они из «конторы»... — Ну, что ты сделаешь? Достанешь ту санкцию, которая у тебя под пиджаком болтается? Или ту, которая в штанах? Любопытно было бы взглянуть. А вдруг она тоже железная, как и полагается правнукам Железного Феликса? Учти, военный, ты связался не с тем человеком. Ты на мне всю карьеру поломаешь. Размажу, как дерьмо по стенке, легче будет закрасить, чем отскрести. Поедешь в тундру следить, чтобы оленеводы государственные секреты не разглашали.

— Так не отдашь кассеты? — спросил эфэсбэшник и, переложив кассету в левую руку, правой полез под лацкан пиджака с явным намерением последовать совету Егора и извлечь оттуда «санкцию» определенного калибра.

Егор поймал себя на том, что испытывает не страх, что было бы вполне естественно, а лишь жгучее любопытство стороннего наблюдателя: достанет или не достанет, шмальнет или не шмальнет? Вокруг полно народу, но если пушка у этого типа оснащена глушителем, то ему, в принципе, ничто не мешает решить проблему самым простым, доступным способом. Крушение поезда явно вознамерились по возможности скрыть или, как минимум, списать на технические неполадки. А уж списать труп известного журналиста, приплюсовав его к огромному списку жертв крушения, и вовсе легче легкого... Неужели и вправду шмальнет? Ну и где этот Фантомас с его хваленым всемогуществом? «Не пожалеешь...» Конечно, Егор не пожалеет! Просто не успеет пожалеть...

Тут к группе спорящих присоединился еще один человек. Он был постарше первых двоих, но выражение глаз было то же, знакомое до отвращения, да и с лица он здорово смахивал на действующего директора ФСБ: та же голова огурцом, та же непомерно длинная шея, тот же унылый нос... Егору подумалось, что высших чинов ФСБ либо отбирают по неким генетическим признакам, либо просто штампуют на строго засекреченной фабрике уродов. Мысль эта показалась немного несправедливой даже ему самому, но Егор был чересчур разозлен, чтобы сохранять объективность. Увидев подошедшего, он взял под мышку камеру и поставил торчком воротник своей легкой матерчатой куртки. Со стороны это могло показаться детской демонстрацией независимости характера; на деле же Егор просто сделал все, что было в его силах, чтобы запись получилась качественной. Миниатюрное записывающее устройство, последний подарок Грибовского, лежало в кармане его брюк, и Королеву казалось, что он чувствует вибрацию, производимую вращающимися зубчатыми колесиками.

— Ну, что тут у вас за сыр-бор? — спросил вновь прибывший негромким интеллигентным голосом, с явным неодобрением косясь на журналиста.

— Кассеты не отдает, товарищ полковник, — пожаловался эфэсбэшник.

— Грабят, — заявил Егор. — Нагло грабят среди бела дня. Я сотрудник центрального телевидения. На кассетах — репортаж о террористическом акте, который произошел здесь, на железной дороге, на маршруте Москва — Петербург. В один из вагонов было заложено взрывное устройство большой мощности. Погибло множество ни в чем не повинных людей, граждан России, и я не понимаю, полковник, кто дал вам и вашим людям право скрывать этот вопиющий факт от российской общественности.

Сказано это было громко и отчетливо — так, чтобы на пленке запечатлелось каждое слово.

— Я знаю, кто вы, — досадливо морщась, сказал полковник, — и знаю, что здесь произошло...

— Зато я понятия не имею, кто вы такие, — заявил Егор. — Представьтесь, или я позову милицию. Милиция! Мили...

— Полковник Федеральной службы безопасности Солоухин, — торопливо представился полковник. — Мне поручено расследование данной аварии, и отснятый вами материал может представлять интерес для следствия. Вам известно, что препятствование проведению расследования преследуется в уголовном порядке?

— Мне известно, что здесь не было никакой аварии, а был взрыв чудовищной силы, — сказал Егор. — И препятствовать вашему расследованию я не намерен. Расследуйте на здоровье! Расследуйте, преследуйте... Я-то здесь при чем? Если вам нужны отснятые мной материалы, милости прошу! Попросите по-человечески, и после обеда я с удовольствием предоставлю вам копии. Или, если хотите, оригиналы, а копии возьму себе. Изучайте их на здоровье. Может быть, тогда вы, наконец, заметите воронку на насыпи и перестанете талдычить про какую-то аварию. Как дети, ей-богу... И скажите этому вашему рыцарю революции, чтобы отпустил мою руку. Если останется хоть один синяк, я его запротоколирую и буду судиться с вашей вонючей конторой до тех пор, пока вам небо с овчинку не покажется!

Стальные клещи мигом разжались, выпустив его плечо.

— Послушайте, — сказал полковник Солоухин, снова морщась, как от зубной боли. — Я все понимаю, но поймите же и вы, наконец! Еще никто толком не знает, был это террористический акт или просто несчастный случай. Зачем же будоражить общественное мнение, нагнетать обстановку? В стране и так неспокойно, а если вы в своей обычной манере вывалите на головы публике ЭТО, могут начаться беспорядки. Разжигание национальной вражды — вот как это называется. Вы знаете, что на рынках Москвы уже начали бить афганцев и даже ни в чем не повинных индусов? Я вам официально заявляю: обнародование этих записей будет грубым нарушением государственных интересов. Вот если бы вам, к примеру, удалось тайком заснять новейший образец отечественной военной техники, вы что же, побежали бы продавать запись зарубежным телеканалам?

— Непременно, — сказал не знавший ответа на этот вопрос Егор, просто чтобы подразнить полковника. — Обязательно! Это моя работа. А ваша — сделать так, чтобы никто тайком не снимал новейшие образцы вооружения и не подкладывал в поезда адские машинки. Хреново работаете, полковник! Проворонили террориста, а теперь пытаетесь на моем горбу в рай въехать. Не выйдет!

— Гм, — невозмутимо продолжал полковник. — Ну, а как вам такой сюжет: мы задерживаем вас по подозрению в совершении террористического акта и сажаем в следственный изолятор ФСБ, а кассеты изымаем по протоколу в качестве вещественных доказательств. Предположим, вы подорвали поезд и приехали сюда снять результаты акции, чтобы отчитаться перед хозяевами, которые вам за нее заплатили... Нравится?

— Бред, — сказал Егор с уверенностью, которой не испытывал. — Через сутки я буду на свободе.

— Может, будете, а может, и нет, — сказал полковник. — А если и будете, что толку? Кассеты вам, конечно, вернут, но уже без записей, аппаратура испортится — разумеется, по чистой случайности, — да и в камере успеете насидеться. А там, в камере, всякое может случиться. Можно лишиться здоровья, можно сменить половую ориентацию, подхватить СПИД, а то и вовсе поскользнуться, удариться затылком и умереть. И потом, с чего это вы взяли, что так вот просто возьмете и выйдете? Для начала вам придется объяснить, каким образом вы так оперативно очутились на месте катастрофы.

— Для начала вам придется объяснить, почему это вас так интересует, — с апломбом заявил Егор, чувствуя, что ступает на довольно зыбкую почву. Но полковник считал себя полным хозяином положения и, не стесняясь, резал правду-матку. Этот разговор следовало продолжать во что бы то ни стало, получалось очень любопытное интервью. — Презумпция невиновности, слыхали?

— Что-что? — презрительно фыркнул полковник, а его люди обменялись сочувственными ухмылками: дескать, ну и сказанул! С луны, что ли, свалился? — Короче, — продолжал полковник, снова принимая деловитый вид, — либо вы отдаете кассеты добровольно, либо мы забираем их силой. В последнем случае срок я вам гарантировать не могу, но поверьте, работать вам станет сложнее. Невыносимо сложнее. Вы нам давно надоели, и дышите вы только потому, что нам лень об вас мараться. Я ясно выразился? Кассеты, живо!

Глядя ему в глаза, Егор медленно перевернул сумку и вытряхнул из нее кассеты, которые с дребезжанием рассыпались по земле.

— Вам это даром не пройдет, — пообещал он.

— А то как же, — ухмыльнулся полковник. — Конечно, не пройдет! Нам за это благодарность от начальства выйдет. От всей России благодарность! А ты снимай про то, как на Садовом «Мерседес» собачку переехал. Тоже, понимаешь, происшествие. Казак, Орлов, — обратился он к своим подчиненным, — приберите это! — Он указал на рассыпавшиеся по земле кассеты. — В интересах следствия, так сказать. Будь здоров, журналист. Не кашляй. Диктофончика при тебе случайно нету?

— С камерой сподручнее, — с ненавистью проворчал похолодевший от этого вопроса Егор. — Нету, к сожалению. А то, может, обыщете?

— Следовало бы, — с сомнением сказал полковник, — да мараться неохота. Да и дела у нас тут, сам понимаешь. Мы и так с тобой слишком долго провозились. Ладно, верю. Не дьявол же ты, в конце-то концов, чтобы все предусмотреть!

Он ушел. Егор пронаблюдал за тем, как двое эфэсбэшников «в интересах следствия» одну за другой швыряли в огонь кассеты с его репортажем, а потом резко повернулся на каблуках и пошел прочь. На ходу он вынул из воротника булавку микрофона, запустил руку в задний карман и, нашарив кнопку, выключил записывающее устройство. Репортажа было жаль до слез, но день прошел не зря: интервью с полковником Солоухиным стоило трех таких репортажей.

* * *

— Ты что?!! Жизнью не дорожишь, пес?! — грозно спросил Акмаль, яростно вращая черными глазами. — Как ты посмел прийти сюда после всего, что ты и твой хозяин сделали с нашими братьями в Афганистане?!

Вращал он при этом не только глазами, но и потертым от долгого употребления автоматом Калашникова, который в таком ракурсе тоже напоминал глаз с узеньким серебристым белком и опасно расширенным бездонным зрачком. Клиновидная борода Акмаля мелко тряслась от ярости, суставы грязноватых коричневых пальцев побелели от напряжения, редкие желтые зубы оскалились, как у бешеного пса. Если не знать, с кем имеешь дело, можно было и впрямь испугаться. Впрочем, Акмаль, правая рука одного из лидеров боевого крыла группировки «Хамаз», действительно был опасен, и пристрелить человека ему ничего не стоило. На его совести было не меньше жизней, чем у Огурцова, а пожалуй, и побольше, но Олег Васильевич его не боялся — по крайней мере, сейчас.

— Не тряси бородой, — сказал он по-русски, с облегчением прислоняясь к прохладной, неровно оштукатуренной стене, — мусор летит. В Коране ведь, кажется, ясно сказано, что правоверный должен содержать себя в чистоте, а от тебя разит, как от козла.

— В Коране сказано, что правоверный должен быть чист душой и телом, когда обращается с молитвой к Аллаху, — тоже по-русски ответил Акмаль и щелкнул флажком предохранителя. Похожее на хоботок комара-переростка, рябое от перегрева дуло автомата опустилось. — Ты не похож на Аллаха, — добавил палестинец, — и я повторяю свой вопрос: неужели ты не дорожишь жизнью? Здесь, в Рамаллахе, найдется не один десяток человек, готовых с радостью выпустить тебе кишки, чтобы посмотреть, какой они длины.

— Ваш чертов Рамаллах населен одними убийцами, так что в твоем сообщении для меня нет ничего нового, — сказал Огурцов, невольно перенимая цветистый восточный стиль, которым выражался его собеседник. — Не думаешь же ты, что я лишился рассудка и явился сюда только для того, чтобы прогуляться и послушать, как ты несешь свой бред?

— Выбирай выражения, — предупредил Акмаль. Он говорил по-русски не очень чисто, но вполне свободно, почти без запинки — сказывались годы учебы в советском командном училище.

— Того же я желаю и тебе, — сказал Огурцов. — Что это за слова такие: пес да как посмел?.. Как надо, так и посмел, понял? Если бы не дело, ноги моей не было бы в вашей пыльной дыре, где днем с огнем глотка водки не сыщешь.

При упоминании о водке глаза Акмаля слегка затуманились от приятных воспоминаний. Видя это, Огурцов понимающе усмехнулся и полез под бурнус. Акмаль настороженно шевельнул стволом автомата, но гость вынул из-под одежды не пистолет, а до боли знакомую бутылку «Столичной».

— Теплая, — с неудовольствием сказал Огурцов и поставил бутылку на стол, подвинув разбросанные по нему бумаги. — Спасибо еще, что не закипела. И как вы ухитряетесь жить в таком климате?

— Судя по цвету твоего лица, ты в последнее время тоже не мерз, — заметил Акмаль и наконец поставил автомат в угол.

— Готовился к встрече с тобой, — усмехнулся Огурцов. — Терпеть не могу загорать! С меня даже в солярии шкура клочьями лезет, как со змеи. Стаканов у тебя, конечно, нет.

— Ты еще сала попроси, — сказал Акмаль, снимая с полки две чудесной красоты пиалы и небрежно дуя вовнутрь, чтобы убрать вездесущую пыль. — А загорал ты напрасно. Надо быть слепым, чтобы принять тебя за правоверного даже в этом одеянии. У тебя слишком славянское лицо.

Это была правда. Но правдой было и другое: если Олег Васильевич Огурцов не хотел, чтобы его заметили, его, как правило, никто не замечал. Он мог бы с успехом сойти за своего даже в стаде носорогов, и Акмаль об этом знал.

— Сало — это вещь, — сказал Огурцов с негромким вздохом. — Я не намерен затевать религиозный спор, но, поверь, в этом вопросе вы, правоверные, не правы. Много теряете.

— Тот, кто не грешит, теряет мимолетное удовольствие, зато обретает вечное блаженство, — нравоучительно заметил Акмаль, опытной рукой разливая водку по пиалам.

— То-то я гляжу, что разливаешь ты точнее, чем фабричный дозировщик, — усмехнулся Огурцов. — А что пророк сказал насчет пьянства?

— Пророк говорил о вине, — с достоинством возразил Акмаль. — Кто знает, что было бы, доведись ему попробовать водку? Может быть, вино ему... как это у вас говорят?.. не шло?

— Не знаю, как это звучит по-арабски, — сказал Огурцов, взяв пиалу и осторожно нюхая водку, — но по-русски то, что ты сейчас сказал, называется богохульством. Не боишься, правоверный Акмаль?

— Надеюсь, ты приехал не для того, чтобы наставлять меня? — надменно осведомился араб.

Огурцов с большим трудом преодолел желание поморщиться. Ему претили драматические упражнения араба. Акмаль все время переигрывал, старательно изображая то ярость, то достоинство, то смирение истинно верующего. Огурцов знал его как облупленного, знал, что перед ним сидит такой же, как он сам, холодный убийца, который давно все взвесил, просчитал и теперь ждет, когда гость наконец перейдет к делу.

— Я приехал, чтобы выпить с тобой водки, закусить и обсудить кое-какие проблемы, интересующие нас обоих, — сказал Олег Васильевич. — Кстати, чем мы будем закусывать? О господи, нет! Только не персики! Водка с персиками — это извращение, одинаково противное как вашему Аллаху, так и нашему Богу.

— Здесь нет женщин, чтобы приготовить праздничный обед в честь твоего прибытия, — огрызнулся Акмаль. — Если не нравятся персики, закусывай, как принято у вас в России, рукавом. Здесь никого нет, кроме тебя и меня, да и праздника никакого, насколько мне известно, в твоем приезде тоже нет.

— Ты не Аллах, которому известно все на свете, — сказал Огурцов. — Погоди, будет тебе праздник. Давай-ка для начала выпьем. Не бойся, водка не отравлена. Если бы я хотел отправить тебя к праотцам, нашел бы другой способ, более простой и надежный.

— Знаю, — сказал Акмаль, — ты любишь винтовку. Может быть, разочек выстрелишь для нас? По-моему, Шарон — отличная мишень.

— Посмотрим, — сказал Огурцов. — Может быть, и выстрелю, если у вас хватит денег на оплату моих услуг. С деньгами-то, небось, туговато?

132

— Мы не бедствуем, — суховато возразил Акмаль.

— Знаю, знаю. Ну, твое здоровье!

Акмаль тоже поднял свою пиалу, но выпил только после Огурцова.

— Скажи, Акмаль, — заговорил Огурцов, с отвращением нюхая предложенный в качестве закуски персик, — вы не жалеете о том, что так поспешно объявили известного тебе человека своим врагом? Все-таки он давал вам деньги, да и что он сделал, если разобраться? Осуществил вашу мечту, щелкнул по носу американцев, а то, что они теперь ополчились на Усаму и талибов, вас, по-моему, не должно огорчать. Усама, как всегда, ускользнет от их хваленого возмездия, а талибы — просто кровавое дурачье, не знающее, что делать с властью. Так, может быть, вы поспешили?

Акмаль нахмурился.

— Если ты пришел, чтобы вести переговоры на эту тему, тебе лучше уйти сейчас же и скорее покинуть Ближний Восток, — сказал он. — Я принял тебя как гостя. Не заставляй меня нарушать наши законы и убивать тебя прямо здесь.

— Ты говоришь серьезно, друг мой Акмаль, — надкусывая персик, спросил Огурцов, — или снова разыгрываешь передо мной театральное представление? Дело нешуточное, и мне не хотелось бы ошибиться, приняв за чистую монету пустую похвальбу насосавшегося русской водки араба.

Акмаль вспыхнул.

— Клянусь Аллахом, — воскликнул он, — ты испытываешь мое терпение! Твой хозяин спустил на нас всех христианских собак, ополчил против нас весь мир, и, Аллах свидетель, он сделал это преднамеренно! Он развязал руки американцам и евреям, этот неверный пес! И после этого ты имеешь наглость спрашивать, не поспешили ли мы, объявив его своим врагом?! Клянусь, если я пристрелю тебя сию минуту, пользы от этого будет немного, зато какое это будет удовольствие! Ведь ты помогал ему во всем, и в нашем списке приговоренных к смерти ты стоишь под вторым номером.

— Боюсь, вам придется пересмотреть свой список, —

лениво ответил на эту пылкую тираду Огурцов. — Разделавшись со вторым номером, вы никогда не узнаете, как добраться до первого.

Акмаль задумчиво покопался в бороде и спросил:

— Уж не хочешь ли ты уверить меня в том, что нарушил клятву верности своему хозяину?

— Что за дурацкая манера выражаться, — поморщился Огурцов. — Просто «Тысяча и одна ночь»! Не давал я ему никаких клятв, и никому не давал. Ты меня знаешь, Акмаль, я работаю за деньги, а он перестал платить, ссылаясь каждый раз на какие-то вздорные причины. Я всегда честно выполняю то, что мне поручено, и не люблю, когда меня обманывают. Сердиться на меня — это то же самое, что обижаться на автомат, из которого тебя подстрелили. Тебе это известно, Акмаль, и перестань называть его моим хозяином. Я работал на него, пока он платил по счетам. Теперь он задолжал мне огромные деньги, и я ищу покупателя на его голову. Поэтому, признаюсь, твои слова меня обрадовали. Хорошо, что вы верны своему слову. Я люблю деловых людей независимо от их вероисповедания.

Акмаль презрительно наморщил нос.

— Ты хочешь его продать? Что ж, цена за его голову объявлена. Говори, как его найти, и дни его будут сочтены.

— Экий ты, братец, шустрый, — ухмыльнулся Огурцов и протянул Акмалю пустую пиалу. — Налей-ка лучше… Видишь ли, не все так просто. Я уже упомянул, что он должен мне крупную сумму. Эта сумма составляет два с половиной миллиона долларов. Живой он мне этих денег не отдаст, поэтому я хотел бы получить их за его голову.

— Два с поло… Нет, Аллах и вправду лишил тебя рассудка! — взвился Акмаль. — А ты не подумал о том, что информацию, которую ты хочешь так дорого продать, могут вытянуть из тебя совершенно бесплатно, при помощи некоторых приспособлений?

Огурцов резко подался вперед.

— А ты, бородатый ишак, не подумал о том, что не у тебя одного в голове имеются мозги? Если я не выйду отсюда через... — он бросил взгляд на часы, — через двадцать четыре минуты, мой человек пошлет сообщение, и спустя час во дворе одной уютной виллы раздастся взрыв — несильный, но достаточный для того, чтобы перебить стекла и напугать хозяина. А испугавшись, хозяин спрячется так основательно, что вы его и за сто лет не найдете. Кстати, чтоб ты знал, он сделал пластическую операцию и изменил отпечатки пальцев, так что вы даже не будете знать, кого вам искать. Так что засунь свои угрозы в задницу и гони бабки.

— Я не уполномочен решать такие вопросы, — после долгого раздумья признался наконец Акмаль.

— А я в этом и не сомневался. Так поставь в известность тех, кто уполномочен, и хватит тянуть кота за хвост! Вы мне — два с половиной миллиона, а я вам — полный пакет информации: адреса, номера телефонов, коды доступа, план дома, расположение постов, график дежурств охраны, распорядок дня... Словом, все, что может понадобиться. И учти, торговаться я не намерен, говорить буду только с серьезными людьми, которые в курсе дела, и только в людном месте, желательно в еврейской части Иерусалима, где-нибудь в кафе.

— И килограмм сала, — язвительно добавил Акмаль.

— Условия сейчас диктую я, — напомнил ему Огурцов, — так что, если захочу, ты и сала принесешь. И не только принесешь, но и сожрешь его как миленький. Весь килограмм, и без хлеба, понял?

— Да, — угрюмо сверкая глазами, согласился Акмаль, — СЕЙЧАС условия диктуешь ты. Но когда-нибудь это изменится!

— Вот тогда и поговорим, — сказал Огурцов и легко поднялся с ковра.

Уходя, он почти физически ощущал лопатками тяжелый, сверлящий взгляд Акмаля. Огурцову казалось, что араб не просто смотрит ему вслед, а целится. Когда скрипучая деревянная дверь закрылась у него за спиной, чувство это, как ни странно, не исчезло, а, наоборот, усилилось.

Глава 7

Сентябрь в Иерусалиме — не самый прохладный месяц, а когда ты вынужден целый день сидеть в машине без кондиционера, не имея возможности даже отогнать проклятую жестянку куда-нибудь в тень, святой город мало-помалу начинает казаться тебе воплощением ада на земле.

Подумав об аде, Плотник немного оживился и, утирая жирную шею мятым носовым платком, повернулся к Когану.

— А вот еще анекдот, — сказал он, поблескивая золотым зубом. — Попал один русский в рай. В раю хорошо — ни налогов, ни профсоюзных собраний, и жена, снова же, не пилит. Отдохнул месяц, другой и, натурально, заскучал. А за рекой, ну вот как отсюда до того шалмана, где хромой Ицхак торгует пиццей и притворяется, что он итальянец, сами понимаете, ад. Черти там водку пьют, колбасой закусывают, песни кричат, дерутся и развлекаются с дамами легкого поведения. А в раю все кошерное, никакой водки и с веселыми дамами проблема — они, как вы понимаете, все до единой на том берегу, где черти.

— Угу, — сказал Коган, нерешительно вертя в пальцах сигарету. Анекдот этот он слышал еще в Москве, лет пятнадцать назад, но говорить об этом Плотнику ему было лень из-за жары.

— И вот этот гой приходит прямо к Господу Богу и так, знаете ли, нахально ему говорит, что было бы неплохо смотаться на выходной туда, за речку, тряхнуть стариной и, как говорится, спустить пар. И Бог, представьте, без возражений выдает ему загранпаспорт, шлепает туда визу и делает ручкой: счастливого пути.

Коган передумал курить, вернул сигарету в пачку, а пачку бросил на горячую от солнца приборную панель своего потрепанного «Форда». Он положил было руки на баранку, но руль уже раскалился до того, что на нем можно было выпекать мацу, и Коган поспешно отдернул ладони. Соленый пот струился по телу под рубашкой, противно щекоча ребра и спину, а голос Плотника навевал тяжелую дремоту. Коган отлично понимал, почему его коллеге вспомнился именно этот анекдот: вряд ли на адской сковородке было жарче, чем здесь. Перед тем как переехать сюда, Коган служил старшим оперуполномоченным в Московском уголовном розыске, а Плотник — майором КГБ, так что они отлично сработались на исторической родине, и анекдот, который рассказывал Плотник, был, что называется, в тему.

Плотник говорил и говорил, журчал, как неисправный смывной бачок в туалете, смакуя детали старого анекдота о глупом мужике, не знавшем, чем отличается туризм от эмиграции, а Коган в это время думал о многих вещах: о жаре, о том, что маме с ее больным сердцем и избыточным весом такой климат — как нож острый, об очередной выплате за дом... О работе он думал тоже. Так же как и Плотник, и большинство живших здесь выходцев из бывшего Союза, Коган считал, что арабов надо прижать к ногтю. В конце концов, они первые начали, и обижаться им теперь не на кого. В какой-то степени то, что произошло в Америке одиннадцатого сентября, было на руку не столько арабам, сколько маленькому, измученному террористами Израилю. Иногда Когану начинало казаться, что это было даже чересчур на руку Израилю — настолько на руку, что лучше и не придумаешь. Теперь, по крайней мере, никого не надо с пеной у рта убеждать, какое это зло — исламский терроризм. Воистину, лучше один раз увидеть, чем сто раз услышать...

О сибирской язве он тоже размышлял. Американские города уже были охвачены новой волной паники, вызванной всплывшими повсюду конвертами со смертоносным белым порошком; глухие, неявные отголоски паники доходили из России, по всему миру принимались повышенные меры безопасности, но ни Европу, ни Израиль эпидемия сибирской язвы не затронула. Ну, Европа, это ладно, но как же арабы упустили такой шанс поквитаться с евреями? Полно, да арабы ли все это устроили?! Чем больше Коган думал над этой проблемой, тем меньше верил в виновность полумифического «террориста

137

номер один» Усамы бен Ладена. Впрочем, ему и в голову не приходило выступать в защиту этого типа, независимо от степени его вины или невиновности. В конце концов, Борис Коган был воспитан в Стране Советов, и его любимым фильмом в детстве был «Александр Невский». «Кто к нам с мечом придет, тот от меча и погибнет…» Разве это неправильно? Навоевавшаяся до тошноты Европа считала, что нет, неправильно, и громогласно внушала всему остальному миру идеалы высокого гуманизма. Когана эта самодовольная тупость давно уже перестала раздражать: европейцы ударились в абстрактный гуманизм по той простой причине, что их пока что никто не трогал. Ну, и еще из-за комплекса вины, наверное. Особенно немцы…

— …И тогда этот шлимазл говорит Господу Богу, вот как я вам сейчас: Господи, говорит он, отпусти меня туда на постоянное жительство! Я, говорит он, чувствую, что там мои исторические корни. И Господь Бог улыбается ему ласково, совсем как полицейский, выписывающий штраф за превышение скорости, и говорит: «Я вас умоляю, о чем разговор? Ступайте, юноша, чтоб вы так жили!» И он идет, и на том берегу знакомые черти вдруг подхватывают его на вилы и волокут за угол, где, как он уже знает, находится кухня и откуда все время вкусно пахнет жареным…

— Вот он, — перебил Плотника Коган, и толстяк замолк на полуслове, разом превратившись в сплошное внимание — толстое, потное, поросшее черным курчавым волосом, с огромной лысиной, внимание.

Из пиццерии хромого Ицхака вышел Акмаль, с усилием волоча в левой руке большой пластиковый чемодан. Плотник присвистнул и нервно облизал толстые, всегда влажные губы. Он был неприятным типом, этот Плотник, слишком жирным, слишком потным, болтливым и волосатым — словом, относился к тому типу евреев, которые способны вызвать острый приступ антисемитизма даже у самого ярого сиониста, — но работником он был незаменимым, и палестинские боевики давно объявили награду за его лысую голову. Награда эта до сих пор никому не досталась, и Коган не без оснований полагал, что получить ее и в дальнейшем будет непросто. Одно время в отделе поговаривали, что Плотник до сих пор поддерживает связь со своими бывшими коллегами из России, но начальство по этому поводу хранило молчание, из чего следовало, что все эти разговоры — просто сплетня. Коган, работавший в паре с Плотником уже третий год, имел на этот счет особое мнение: Плотник мог контактировать с агентурой ФСБ, и если командование израильской контрразведки помалкивало, то у него, у командования, на это наверняка имелись веские причины.

— Шмаисроэль! — воскликнул Плотник и снова облизал губы. — Посмотрите, Борис, на этого гоя! Он большой наглец, скажу я вам положа руку на сердце. Наши танки ездят по Рамаллаху, а он разгуливает у нас под носом с полным чемоданом взрывчатки и думает, что он — человек-невидимка.

— Почему обязательно взрывчатки? — возразил Коган.

— А почему там должно оказаться что-то другое? Вряд ли мы с вами сейчас наблюдаем переезд Акмаля на новую квартиру. Или вы думаете, что он, живя в Рамаллахе, сдает белье в прачечную в двух кварталах от Стены Плача? Мне кажется, что это было бы чересчур даже для араба. Или вы скажете, что его жены записались в феминистки, организовали профсоюз и выставили его из дома с вещами? Это смешно, но, боюсь, маловероятно, как и то, что Акмаль в свободное время подрабатывает носильщиком.

Араб, о котором шла речь, тем временем приблизился к пожилому пикапу «Шевроле» и затолкал свой чемодан на заднее сиденье.

— Нахальство — второе счастье, — заявил неугомонный Плотник. — В городе полно патрулей, и что вы думаете, это помогает?

— Конечно, — сказал Коган.

— Помогает, — съязвил Плотник. — Как аспирин от триппера.

Пока они обменивались репликами, Акмаль с озабоченным видом прошелся вокруг пикапа, попинал носком ботинка лысые покрышки, без особой надобности протер тряпочкой боковое зеркало и наконец уселся за руль. Плотник сделал нетерпеливое движение и открыл рот, но Коган уже запустил двигатель. Он никак не мог поверить, что в чемодане у Акмаля взрывчатка, но, с другой стороны, Плотник был прав: что еще там могло быть? Когана охватила неприятная нервная дрожь, и, чтобы унять ее, он все-таки закурил.

— Вы много курите, Боря, — заметил Плотник. — Я не ханжа и всегда проявлял снисходительность к человеческим слабостям, но вы вредите и моему здоровью тоже. Я где-то читал, что пассивный курильщик вдыхает семьдесят процентов содержащихся в табачном дыме вредных веществ.

— А вы не будьте пассивным, — посоветовал Коган, выруливая на проезжую часть и объезжая криво припаркованный у обочины грузовик с высокими дощатыми бортами. Сквозь открытые окна в салон их машины ворвался густой запах навоза, которым несло от грузовика. — Пассивность не к лицу такому представительному мужчине, как вы.

— Приятно иметь дело с умным, интеллигентным человеком, — сказал Плотник. — Вы, Боря, умеете-таки сказать комплимент.

С этими словами он вынул из кармана рубашки пачку «Мальборо» и закурил. Курил он так же, как делал все остальное, так же, как ел, пил и разговаривал, — торопливо, жадно и с большим аппетитом.

Коган целиком сосредоточился на управлении машиной. Акмаль слыл человеком осторожным и хитрым, и висеть у него на хвосте, оставаясь незамеченным, было делом непростым. Упустить этого негодяя Коган не имел права, потому что на заднем сиденье его пикапа лежал чемодан, а что лежало в чемодане, можно было только гадать.

— Мы живем в плохие времена, Боря, — продолжал болтать у него над ухом неисправимый Плотник. — Либерализм — очень похвальное течение общественной мысли, но, как говорила моя бабушка, слишком много хорошо — уже не очень хорошо. Разобраться со всеми этими Акмалями, Арафатами и бен кем-то там проще простого. У нас есть деньги, есть люди, не самые глупые и ленивые. Так постройте вы стену, как сделали когда-то китайцы, оборудуйте на ней пулеметные гнезда и скажите четко и внятно: по эту сторону стены живут евреи, а вот по эту — последователи пророка. Против этой банды дикарей такая тактика будет эффективна еще лет сто, а то и все двести. А чтобы они перестали кричать на весь мир, как их обижают злые евреи, надо уволить с наших предприятий палестинцев всех до единого. Дать им в зубы выходное пособие, извиниться и выставить вон, за стену. На третий день у них кончатся деньги, на четвертый им захочется кушать, а через неделю они сами передушат своих экстремистов голыми руками и придут к стене проситься обратно.

— Вот именно, — сказал Коган. — Вы же противоречите сами себе, Семен.

— Ах, Боря, — вздохнул Плотник, — разве вы не знаете, что это — главная беда всякого интеллигентного человека? Вечно он сомневается, вечно мучается, раздираемый противоречиями, не понятными никому, кроме него самого. А пока он переживает, терзается сомнениями, строит какие-то теории и тут же их опровергает, к нему подходит вшивый дебил вот с такой челюстью, — он показал руками, с какой именно, — бьет его кованым сапогом в промежность, сбивает с него очки, берет за шиворот и волоком тащит в крематорий. Или просто подкладывает бомбу в кафе, где наш интеллигент решил позавтракать с семьей...

— Вы сегодня удивительно оптимистичны, — сказал Коган, усилием воли отгоняя тяжелое впечатление, которое произвели на него слова Плотника. — Ну так давайте дождемся, пока этот Акмаль остановится, подойдем к нему и выстрелим в голову. У меня хороший пистолет, да и у вас тоже. Из такого пистолета можно пробить любой череп.

— Ну да, ну да, — грустно закивал лысой головой Плотник. — А потом окажется, что в чемодане у него белье с метками прачечной или двадцать коробок пиццы, приготовленной хромым Ицхаком. А как же мировое общественное мнение и идеалы гуманизма?

141

Старый грязно-зеленый пикап затормозил и остановился. Правый стоп-сигнал у него не горел, кузов местами прогнил насквозь, и вообще, машина давно просилась на свалку.

Коган спокойно проехал мимо пикапа и остановился метрах в двадцати от него. Плотник сразу же откинул солнцезащитный козырек под ветровым стеклом и стал внимательно наблюдать за пикапом в укрепленное на обратной стороне козырька зеркальце. Коган занялся тем же, глядя в зеркало заднего вида и нервно барабаня пальцами по ободу рулевого колеса.

Акмаль повел себя странно. Он зачем-то выволок чемодан из машины, быстро огляделся по сторонам и быстрым шагом двинулся к стоявшему у обочины новенькому «Крайслеру». Дверца «Крайслера» распахнулась, Акмаль передал кому-то чемодан и сам залез в машину следом за своим имуществом. «Крайслер» сразу тронулся. Пропустив его мимо себя, Коган завел двигатель и включил передачу.

— А если этот шлимазл нас заметил и чемодан был просто для отвода глаз? — напряженным голосом спросил Плотник. — Мы сейчас уедем, а через пять минут эта жестянка, — он кивнул на зеркало, в котором виднелся старый пикап, — взлетит на воздух и разнесет весь квартал.

Плотник полез в бардачок, вынул оттуда портативную рацию, связался с базой и попросил выслать группу саперов для осмотра подозрительного автомобиля.

— Вот так, — сказал он, возвращая рацию на место. — Газу, Боря, газу! Их нельзя упускать! Если выяснится, что в машине была бомба, я послушаюсь вашего совета и понаделаю в их головах дырок сорок пятого калибра. Надеюсь, вы, как интеллигентный человек, не откажетесь мне помочь?

Сверкающий темно-вишневым лаком «Крайслер» с темными стеклами сделал несколько кругов по городу, явно проверяя, нет ли за ним хвоста, и остановился в каком-нибудь квартале от того места, с которого стартовал. Коган и Плотник разом перевели дух: если бы арабы проехали чуть дальше, они бы наверняка увидели брошенный Акмалем пикап, вокруг которого, наверное, уже вовсю суетились саперы из группы разминирования. Это пустило бы псу под хвост все старания Плотника и Когана; с таким же успехом они могли бы следить за Акмалем, вприпрыжку несясь за «Крайслером» на своих двоих и на бегу стреляя в воздух.

— Вот оно, Боря, — отдуваясь и вынимая из кармана мятый, покрытый влажными пятнами платок, заявил Плотник. — А вы говорите, сомнения. Вот так оно и бывает: хочешь, как лучше, а получается, как всегда. Они доведут меня до инфаркта, чтоб я так жил! Я же говорю, их всех надо согнать в кучу и опрыскать дихлофосом, а еще лучше — засыпать бомбами. Совесть замучает? Ой, я вас умоляю! Помучает и перестанет. Зато как было бы славно... Представьте, просыпаетесь вы однажды утром, а их нет. О, счастье!

Дверцы «Крайслера» распахнулись, отчего машина на какое-то время стала похожа на растопырившего крылья жука. До нее было метров двадцать пять — подъехать ближе Коган не решился, — поэтому видимость оставляла желать лучшего. Коган запустил руку в карман на спинке сиденья, вынул оттуда небольшой бинокль и поднес его к глазам. У Плотника бинокля не было, и он вооружился «Никоном» с длиннофокусным объективом, который мог дать сто очков вперед хорошей подзорной трубе.

Из «Крайслера», пятясь задом и волоча неразлучный чемодан, выбрался Акмаль, а за ним появились еще двое арабов. Плотник бешено защелкал затвором фотоаппарата.

— Чтоб я так жил, — сказал он, не прерывая своего занятия. — Это же Носатый бен Галеви и мой старый приятель Рахматулло! Интересно, что эти волки здесь делают? Неужели их так заели вши, что они перестали дорожить жизнью?

— Вы посмотрите, кто в машине, — тихо сказал Коган.

Коган плавно повел объективом и успел два раза щелкнуть затвором камеры прежде, чем дверца машины захлопнулась, скрыв того, кто сидел внутри.

— Ничего не понимаю, — объявил Плотник, опуская фотоаппарат. — Ведь это, можно сказать, вся верхушка боевого крыла... Видя эту теплую компанию, я таки удивляюсь, что они не прихватили с собой Арафата. И еще этот чемодан...

— Они идут в кафе, — напряженно сказал Коган. — Вместе с чемоданом. Может быть, стоит их остановить?

— Не думаю, — сказал Плотник, проверяя, сколько пленки осталось в «Никоне». — Что вы им предъявите? Я ошибся, Боря, в чемодане действительно не взрывчатка. Что угодно, только не взрывчатка, уж вы мне поверьте. Эти люди — не смертники. Это те, кто использует смертников, указывает им цели и пудрит им мозги цитатами, но сами они намерены жить долго и пережить всех своих знакомых, в том числе и нас с вами. Так что, мне кажется, за ними будет интереснее проследить. Смотрите, какое симпатичное кафе! Сплошное стекло, все отлично видно...

Видимость и впрямь была отличная, особенно через цейссовскую оптику. Коган видел, как трое арабов прошли в кафе и уселись за дальний столик в углу. Буквально через несколько секунд к ним присоединился четвертый, одетый прямо как бедуин, только что спрыгнувший со спины верблюда. Кафе просматривалось насквозь, но Коган, хоть убей, не видел, откуда возник этот гордый сын пустыни. Лицо у него было темно-коричневое от загара, но черты его заставили Когана недоуменно поднять брови.

— Какой-то странный араб, — сказал он. — Вы не находите, Семен?

Плотник, вопреки обыкновению, промолчал. Это было так странно, что Коган на мгновение оторвал от лица бинокль, чтобы взглянуть на напарника.

Плотник сидел, так далеко подавшись вперед, как будто хотел проткнуть объективом фотоаппарата ветровое стекло. Это был все тот же Плотник, толстый, жирный, в мятой, покрытой большими пятнами пота рубашке, но поза его была такой напряженной, что он казался высеченным из цельного куска мрамора.

— Шмаисроэль, — чуть слышно пробормотал Плотник и снова бешено защелкал затвором «Никона». — Этого просто не может быть. Ущипните меня, Боря, я, кажется, заснул на боевом посту.

Коган преодолел искушение выполнить его просьбу и снова приник к окулярам бинокля, наблюдая за тем, что происходило в кафе. Странный араб с нездешними чертами лица приоткрыл принесенный Акмалем чемодан, бросил быстрый взгляд на его содержимое, удовлетворенно кивнул и небрежно отставил чемодан в сторону. Затем он вынул из-под стола плоский чемоданчик портативного компьютера и жестом фокусника откинул крышку, развернув ноутбук так, чтобы его собеседники могли видеть экран. Арабы сбились в кучку и подались вперед, напряженно вытянув шеи, чтобы ничего не пропустить. В кафе происходило что-то очень любопытное, и Коган от души пожалел, что у них при себе нет акустической пушки.

— По-моему, это не араб, — предположил Коган. — Скорее, европеец.

— Я вас умоляю, Боря, — торопливо перематывая пленку и вставляя в фотоаппарат новую кассету, с оттенком раздражения сказал Плотник. — Какой араб? Что вы, как маленький, в самом деле? Это русский. Настоящий русский, а не такой, какими были когда-то мы с вами.

— Вы его знаете? — заинтересовался Коган.

— Знал когда-то. Вернее, видел пару раз. И вы знаете, что самое интересное? Он числится в умерших. Мне это не нравится, Боря. Они что-то затевают, а я очень не люблю затеи, в которых участвуют призраки. Особенно такие призраки, как этот...

— Я всегда подозревал, что русские продолжают подкармливать Арафата и его банду убийц, — с застарелой обидой в голосе проговорил Коган. — Снимайте, Семен, снимайте. Встреча русского резидента с лидерами боевого крыла «Хамаза» — это же исторические кадры...

— Если это резидент, то мне пора записываться в балетную труппу, — щелкая фотоаппаратом, сквозь зубы ответил Плотник. — Такие люди обычно не меняют специальность. Это киллер, Боря. Виртуоз винтовки, художник финского ножа и непревзойденный исполнитель камерных произведений на стальной удавке. Подрывное дело он тоже знает. Очень странно... Видите ли, Боря, согласно полученной информации, этот человек немного ошибся, устанавливая последнюю мину, и взлетел на воздух вместе со своим клиентом. По слухам, тут не обошлось без его начальства, которое решило, что он слишком много знает... Вот и верь после этого людям! Посмотрите-ка на него — живехонек и снова что-то затевает!

Коган промолчал. Ему подумалось, что слухи о связях Плотника с российской ФСБ, пожалуй, не были преувеличены. Возможно, даже наоборот, слегка приуменьшены... Впрочем, его, Когана, это не касалось, тем более что Плотник вовсе не скрывал своей осведомленности в делах ведомства, где когда-то служил.

В кафе между тем шло какое-то оживленное совещание. Русский, которого Плотник охарактеризовал как виртуоза винтовки, что-то живо объяснял арабам, нажимал клавиши ноутбука, водил пальцем по дисплею, снова нажимал клавиши и опять что-то втолковывал, используя свой палец в качестве указки. Арабы то хмурились, то, поняв что-то, согласно кивали головами, вставляли какие-то замечания, и на их темных бородатых лицах опытный Коган все яснее читал мрачную радость, не предвещавшую ничего хорошего. Наконец обсуждение закончилось. Русский опустил крышку ноутбука и двумя руками аккуратно подвинул компьютер поближе к арабам. Арабы встали. Рахматулло кивнул Акмалю, и тот живо подхватил ноутбук. Это было то еще зрелище: компания кровавых фанатиков с новеньким ноутбуком, — и Коган одними губами прошептал русское ругательство.

Носатый бен Галеви что-то сказал и засмеялся, выставив напоказ длинные белые зубы. Акмаль угодливо захихикал, мрачный Рахматулло едва заметно ухмыльнулся, а русский вежливо улыбнулся и кивнул, с чем-то соглашаясь. Он продолжал сидеть в свободной позе, снизу вверх глядя на стоявших перед ним арабов. Принесенный Акмалем чемодан остался при нем. На столе дымилась, остывая, одинокая чашечка кофе. Еще раз кивнув арабам, русский перестал обращать на них внимание и с видимым удовольствием принялся за кофе.

Арабы развернулись и гуськом потянулись к выходу, унося с собой ноутбук.

— Интересно было бы взглянуть, что это за товар, который стоит таких сумасшедших денег, — задумчиво проговорил Плотник.

Он сделал еще пару снимков, запечатлев то, как арабы загружались в свой «Крайслер», и принялся зачехлять фотоаппарат. Глаза у него бегали из стороны в сторону: Плотник пытался одновременно уследить и за кафе, и за машиной с арабами. Коган его отлично понимал: он и сам не любил, когда объект наблюдения вдруг раздваивался. Да и кому это может понравиться?

— Каких денег? — спросил он.

— Я вас умоляю, — сказал Плотник. — А что же, по-вашему, в этом чемодане? Деньги, Боря. Чертовски много денег. И, я думаю, не шекелей.

— Что будем делать? — спросил Коган, берясь щепотью за головку ключа зажигания.

— Сомнения, — пробормотал Плотник, — противоречия... Боря, может быть, стоит разделиться?

— Решайте быстрее, — сказал Коган, напряженно следя за «Крайслером», который уже завелся, выбросив из никелированной выхлопной трубы облачко сизого дыма. — Они сейчас уедут. Что делает ваш русский?

Крайслер тронулся. Коган запустил двигатель и бросил нетерпеливый взгляд на Плотника. Тот смотрел в сторону кафе, где остался русский.

— Сидит, — сказал он. — С такими деньгами и сидит... Достал телефон, собирается звонить... Шмаисрдэль! Пригнитесь, Боря! Сейчас...

Коган ничего не понял, но послушно пригнулся. У него была богатая биография — МУР, потом израильская армия, потом контрразведка, и все это на переднем крае, под пулями, — и, когда он слышал команду «Пригнись!», ему и в голову не приходило спросить: «А зачем?» Он просто пригибался, и это не раз спасало ему жизнь.

Спасло и на этот раз — если не жизнь, то зрение наверняка.

147

На улице грохнуло. Звук получился такой, словно небо целиком было сделано из кровельной жести и вот теперь этот невообразимо огромный, чудовищно тяжелый лист железа оторвался и со всего маху, с огромной высоты рухнул прямо сюда. Машину Когана подбросило снизу, ударило тугой волной горячего воздуха и, кажется, даже немного протащило юзом по мостовой. По волосам прошелся плотный горячий сквозняк, что-то сотнями иголок впилось в макушку, в уши, в шею. Руль больно ударил Когана по лбу, сверху ему на шею упало что-то непонятное, одновременно гибкое и ломкое, со множеством колючих граней. На какое-то мгновение он оглох, а когда слух вернулся, услышал звон бьющегося стекла, вопли автомобильных сигнализаций и чьи-то истошные крики.

Коган медленно, с опаской выпрямился и легонько ударился обо что-то затылком. Он даже не посмотрел, что это; ему было на что посмотреть и без этого.

Там, где только что стоял «Крайслер» с арабами, бушевало дикое черно-оранжевое пламя. Сквозь бешеную пляску огня можно было разглядеть валявшуюся на боку, страшно деформированную раму автомобиля с остатками двигателя в передней части. И это было все, что осталось от «Крайслера». Коган поискал глазами, но нашел только одно колесо, которое лежало на ступеньках крыльца какого-то магазина. В окнах вокруг не осталось ни одного целого стекла, стекла были выбиты и в нескольких оказавшихся поблизости автомобилях. Два из них тоже лениво горели, один лежал на боку, опрокинутый взрывом. По улице метались обезумевшие люди, и Коган увидел на тротуаре слева от себя чье-то неподвижное тело, из-под которого прямо на мостовую медленным потоком плыла густая кровь.

Коган рассеянно пощупал шею. Шея была липкой от крови, и на ней что-то висело. Сняв это что-то с себя, он обнаружил, что это резиновый уплотнитель лобового стекла с остатками разбившегося вдребезги триплекса. Разлетевшееся на тысячи мелких призм стекло было повсюду — в волосах, на сиденьях, под рубашкой. На приборной панели оно лежало грудой, напоминая сугроб.

Что-то по-прежнему мешало ему до конца распрямиться, и, повернув голову, Коган увидел над собой никелированный глушитель «Крайслера». Тяжелая стальная труба, пробив ветровое стекло, снесла подголовник его сиденья, содрала обивку с потолка салона, выбила заднее стекло и застряла внутри машины. Она была еще теплая. «Пригнитесь, Боря», — вспомнил Коган и зябко поежился.

— Мы прокололись, — сказал Плотник, медленно выпрямляясь и открывая дверцу со своей стороны. Стеклянные призмы с печальным звоном посыпались с него на пол и на сиденье. Исцарапанная осколками стекла лысина Плотника обильно сочилась кровью.

— У вас вся голова в крови, — сказал ему Коган.

— У вас тоже, — медленно, будто через силу, ответил Плотник и, кряхтя, полез из машины.

Тогда Коган вспомнил, кто он и зачем здесь находится, выхватил пистолет и тоже выбрался из своей покалеченной тележки наружу. Дым забивал ноздри и ел глаза. Коган закашлялся, облокотившись рукой с пистолетом о крышу машины.

— Надо его задержать, — прохрипел он.

— Кого? — печально спросил Плотник. — Я вас умоляю, Боря, кого вы собираетесь задерживать? Станет он нас дожидаться...

Коган обернулся. В кафе с выбитой витриной люди только начинали подниматься с пола, обирая с себя битое стекло и обломки мебели, но русского киллера в бедуинском бурнусе среди них уже не было. Не было и большого пластикового чемодана, принесенного покойным Акмалем.

— У меня в Москве остался один знакомый еврей, — будто с другой планеты донесся до Когана усталый голос Плотника. — Мне таки придется ему позвонить и поинтересоваться, что бы все это могло значить. Вы назовете меня старым циником, Боря, но я вам скажу, что нет худа без добра. По крайней мере, теперь боевое крыло «Хамаза» на какое-то время осталось без головы. С мозгами у них туго, так что пару недель передышки этот русский призрак нам дал. Шмаисроэль! Ну разве это работа для культурного, интеллигентного человека?

— Будете знать, чем отличается туризм от эмиграции, — мстительно сказал ему Коган и снова закашлялся от дыма.

* * *

Пора воспетой Пушкиным золотой осени неумолимо близилась к концу, золота на деревьях оставалось все меньше, и уже было ясно, что первый же затяжной дождь собьет эти остатки прежней роскоши на землю и смешает их с грязью. Но дождя все не было, дни стояли не по-осеннему сухие и теплые, небо пронзительно синело, как это бывает только в апреле да в начале октября. Опавшая листва шуршала под ногами, ее сгребали в кучи, чтобы потом вывезти за город на огромных рычащих самосвалах. В начале третьего тысячелетия листья в Москве уже не жгли, но в воздухе все равно витал памятный с детства горьковатый запах — не то дым, не то призрак того давнего дыма.

Гуляя по засыпанным золотом дорожкам больничного парка в теплом стеганом халате, вдыхая не по-московски чистый воздух с запахом мертвой листвы, Иван Ильич Потапов все время грустил о том, что уже не сможет, как встарь, наклониться над тлеющей кучей золотых с чернью пятаков и погреть ладони в теплом горьковатом дыму. Всю жизнь находились дела поважнее, всю жизнь откладывал, считал, что такая мелочь всегда успеется, а теперь вдруг оказалось поздно. Не жгут больше листья, запрещено, потому что дым, видите ли, ухудшает экологическую обстановку в городе. Странно! Никогда не ухудшал, а теперь вот начал... И кому он мешал, спрашивается? Такой приятный был запах, уютный, ностальгический...

Конечно, существовала дача — просторный особняк с островерхими башенками и садом, где, кстати, наверняка не мешало бы навести порядок — в частности, сгрести листья в кучу и поджечь. Но Иван Ильич подозревал, что, даже если врачи выпустят его из госпиталя до того, как ляжет снег, у него вряд ли хватит духу отправиться на дачу. Что он там станет делать совсем один? Листья жечь? Да пропади они пропадом, кому это все теперь нужно?

Жена Ивана Ильича умерла от сибирской язвы в этом же госпитале, чуть ли не в соседней палате. Хваленая сыворотка, бережно хранимая военными медиками на случай бактериологической войны, в этот раз почему-то не помогла. Ивану Ильичу помогла, а вот жене его — нет, не помогла... То есть врачи утверждали, что сыворотка ни при чем, что это сердце не выдержало борьбы за жизнь, сдалось и просто перестало биться, но Ивана Ильича эти тонкости не интересовали. Даже если выяснится, что врачи ошиблись, даже если всех их за это поголовно поставить к стенке — что толку? Жену-то не вернешь...

В госпитале Ивану Ильичу было хорошо, покойно, и выходить отсюда не хотелось. Там, за высоким каменным забором, его поджидали многочисленные проблемы, и он пока не чувствовал в себе готовности встретиться с ними лицом к лицу. Но и здесь, в отдельном боксе с собственным санузлом и телевизором, на золотых шуршащих аллеях, в процедурном кабинете, в столовой, за обедом, и даже в постели, в минуты горьких ночных размышлений и неожиданно острой тоски по умершей жене, Ивана Ильича не оставлял нехороший холодок. Холодок этот имел вполне определенные очертания и носил совершенно определенное, хоть и дурацкое, в общем-то, имя: Фантомас.

Иван Ильич уверенно шел на поправку, мысли его давно обрели прежнюю четкость, и, лежа по ночам без сна в мягкой больничной постели при свете дежурной лампы, генерал ФСБ Потапов снова и снова прокручивал в уме эту «фантомасную» историю. Коллег и знакомых к нему по вполне понятным причинам не допускали, медицинский персонал стоял насмерть, храня врачебную и государственную тайну и не желая волновать больного, но Иван Ильич не первый год служил в органах и умел добывать информацию. Список заболевших сибирской язвой был ему известен, и народу в этом списке числилось не так много, как можно было ожидать: он

151

сам, его жена, Петров со своим адъютантом и трое шифровальщиков, имевших дело с запиской от Фантомаса. Итого семеро, трое из которых умерли... Третьим был один из шифровальщиков. Получалось, что мишенью террориста были Петров и Потапов, ведь именно они получили конверты с белым порошком; остальных же, фигурально выражаясь, скосило осколками выпущенного по генералам снаряда.

Но почему именно они, а не кто-то другой? И почему террорист назвался Фантомасом?

Ответ лежал на поверхности, и его очевидность не давала генералу Потапову покоя с тех пор, как он пришел в себя. Этот таинственный Фантомас как-то уж очень сильно напоминал ему Грибовского. Вся Америка паниковала по поводу сибирской язвы, а в огромной России, где тоже существовали определенные проблемы с исламским терроризмом, конверты со спорами получили только два человека — те самые, к которым у Грибовского, будь он жив, имелся счет.

Вот именно, будь он жив... До сих пор генерал Потапов был на сто процентов уверен в смерти олигарха, потому что привык доверять своим глазам. Ну, пускай не на сто процентов, а на девяносто девять — тела-то никто не видел... То-то и оно! Один шанс из сотни у Грибовского все-таки был, и Грибовский, как никто иной, мог этим шансом воспользоваться. Грибовский располагал огромными деньгами и отличной службой безопасности, включавшей в себя, между прочим, и профессионально поставленную систему сбора разведывательной информации. Специалисты у него на день взрыва работали такие, о каких ФСБ приходилось только мечтать, — сбил людей с толку, переманил большими деньгами... Так почему не допустить, что этот скользкий дьявол сумел вовремя получить жизненно важную информацию?

Исходя из этого маленького допущения, можно сделать далеко идущие выводы. Если Фантомас — это Грибовский, то он имел самое прямое отношение к бактериологической атаке на Соединенные Штаты. Зачем ему это понадобилось — другое дело. Этот человек никогда и ничего не делал просто так. Если сделал, значит, имел в этом деле свой интерес. Если предположения верны, то получалось, что они с Петровым не только провалили порученное им важное задание, но и выпустили в свет настоящего монстра — всемогущего, мстительного и беспринципного. Если об этом кто-нибудь узнает... Петрову хорошо, он помер, а что будет с Иваном Ильичом? В лучшем случае, отправят раньше времени на пенсию. А в худшем?.. Нет, об этом лучше не думать.

В больничном парке у Ивана Ильича имелось заветное местечко. Местечко это располагалось в конце самой дальней аллеи — почти там, где парк плавно переходил в лесной массив, отделяясь от соснового бора только оградой из островерхих чугунных прутьев. Здесь, надежно укрытый от посторонних взглядов ветвями плакучих ив, поблескивал небольшой тенистый пруд — не поймешь, искусственный или естественного происхождения. Основательно заросший кувшинками и осокой, пруд был почти сплошь покрыт зеленой ряской. По берегам стояли скамейки — ровным счетом четыре штуки. Скамейки были старомодные, с литыми чугунными боковинами в виде плавных завитков — словом, такие, какими в незапамятные времена были сплошь уставлены места общественных прогулок и увеселений. И стояли они тут с тех самых незапамятных времен — чугунные ножки глубоко вросли в землю, а деревянные брусья сидений сгнили подчистую и при малейшем прикосновении разваливались на куски. Впрочем, на одной из этих скамеек еще можно было сидеть.

Место это, конечно же, было далеко не таким глухим и заброшенным, каким могло показаться на первый взгляд. Об этом красноречиво свидетельствовали попадавшиеся в траве пустые бутылки вкупе с прочим мусором искусственного происхождения. Да и восточное крыло госпиталя было отсюда видно — не целиком, а только крыша и часть стены. Видимость, к сожалению, улучшалась с каждым днем пропорционально уменьшению количества листвы в кронах парковых деревьев. Иван Ильич проводил здесь по нескольку часов, повинуясь безотчетному желанию быть подальше от людей. Там, в больничных коридорах, ему все время казалось, что его вот-вот схватят за рукав пижамы и скажут: «А, генерал-майор! Тот самый, который Грибовского прошляпил? Поздравляю, отныне вы просто майор, без генерала!»

Иван Ильич ждал неприятностей, и он их дождался.

Он понял это сразу, как только увидел в отдалении среди деревьев мерно вышагивающую в направлении пруда фигуру в коротком черном плаще. У фигуры были покатые треугольные плечи, узкая, как парниковый огурец, голова и длинная шея. Черная фетровая шляпа сидела на макушке ровно, строго параллельно земле, белизна выглядывавшей из-под плаща рубашки резала глаз, а туфли блестели так, что это было видно даже издали. Правая рука посетителя лежала в кармане плаща, левая сжимала ручку небольшого портфеля. Не узнать эту фигуру было невозможно, и Иван Ильич испытал трусливое желание зажмурить глаза и так, зажмурившись, головой вперед нырнуть в пруд — плевать, что там мелко, авось в тине засосет.

Никуда нырять он, конечно же, не стал, потому что точно знал: посетитель — человек серьезный и шуток не любит. Если он считает нужным что-то сказать, он это скажет, даже если для этого придется выуживать Ивана Ильича из трехметровой тины и тащить в реанимацию.

Поэтому Иван Ильич заранее встал со скамейки, придавил подошвой больничного шлепанца окурок и суетливо оправил пояс стеганого халата, как будто готовясь к строевому смотру. Гость приближался, вышагивая с виду неторопливо, а на самом деле деловито и целеустремленно, как запрограммированный на выполнение конкретной боевой задачи робот-камикадзе. На расстоянии пяти метров от Ивана Ильича посетитель сложил свой чопорный рот в некое подобие улыбки — довольно, впрочем, кислой — и сказал:

— Вот где ты прячешься, симулянт! Ну, здравствуй.

— Здравия жела... Здравствуйте, — поправился Потапов, вовремя вспомнив, что они не на плацу.

— А здесь ничего, — сказал гость, озираясь по сторонам, — уютненько. Посачковать, что ли, и мне с месячишко, как ты полагаешь?

— Отчего же, — угодливо хихикнув, сказал Иван Ильич, — милости просим. Только диагноз — хе-хе! — желательно было бы другой. Не такой, как, гм... у меня.

— Да, диагноз, — с непонятной интонацией повторил гость. — Диагноз — дело тонкое. Лучше уж такой, как у тебя, чем, скажем, такой, как у Петрова. Хотя это, опять же, с какой стороны посмотреть. Извини, я, кажется, что-то не то говорю. У тебя ведь жена умерла, а я... Прими соболезнования. Я хотел привезти тебе урну с... э-э-э... ну, ты понимаешь. Но врачи мне объяснили, что все вещи, которые находятся при пациенте инфекционного отделения, при выписке изымаются и сжигаются.

— Благодарю за заботу, — сказал Потапов.

— Да не за что, не за что... На скамейку-то эту садиться можно или как?

— Так точно, — торопливо сказал Иван Ильич. — Одну секундочку, я мигом, а то плащ испачкаете...

Он вынул из кармана носовой платок, про себя порадовавшись тому, что платок чистый, встряхнул его и постелил на скамейку. Посетитель с сомнением осмотрел платок и осторожно уселся. Спину он держал прямо, как будто у него был геморрой, и Потапов только теперь заметил, что гость не только не подал ему руки, но даже не снял плотных, не по погоде, кожаных перчаток. «Почему? — с внезапной злобой подумал Иван Ильич. — Почему умерла моя жена, а не этот урод?» Ответ был очевиден: потому, что целились не в этого урода, а в Ивана Ильича и его семью. Куда целились, туда и попали, потому что Грибовский, в отличие от некоторых, никогда не мажет. Грибовский, да... При воспоминании о нем поднявшаяся в душе генерала Потапова целительная злоба мигом улеглась, уступив место тоскливому ожиданию неизбежных неприятностей.

И они грянули.

— Как здоровье, Потапов? — спросил гость, с холодным безразличием наблюдая за тем, как танцуют в воздухе, планируя на подернутое ряской зеркало пруда, узкие листья плакучей ивы. — Врачи говорят, что ты в порядке, но сам-то ты как себя чувствуешь?

155

— Отлично чувствую, — сказал Потапов. — Хоть сейчас готов снова в строй.

— В строй? — гость неопределенно шевельнул губами — не то улыбнулся, не то гримасу скорчил. — Ну, это мы еще решим, куда тебя ставить — в строй или еще куда-нибудь…

Потапов похолодел. Это был даже не намек, а почти прямое обещание.

— Ладно, — сказал посетитель. — Ты извини, но я к тебе по делу. Меня интересуют твои соображения по поводу тех писем, что вы с Петровым получили. Странное дело, понимаешь. Никто не получил, а вы двое получили. То есть народ, конечно, хулиганит, шлет друг другу крахмал, мел в конвертах. Некоторые даже в государственные учреждения шлют — весело им, паршивцам. Ну, да что тебе объяснять! Ты, я думаю, все это отлично представляешь, народный юмор тебе хорошо знаком. Ты ведь, кажется, и сам, гм… от сохи. Но с тобой и Петровым пошутили совсем не так, как со всеми остальными. Именно с вами… Почему, а? Что это за Фантомас такой на нашу голову выискался? Чего он добивается? Чем это вы двое ему так насолили? Вы ведь, кажется, в последнее время ни Ближним Востоком, ни Кавказом, ни Афганистаном вплотную не занимались.

— Ну, Кавказом мы все в той или иной степени… — вяло пробормотал Потапов и умолк, не закончив фразы, которая вдруг показалась ему глупой и ненужной. Что толку попусту молоть языком, когда все ясно и с каждой минутой становится все яснее?

— Ты что-то сказал? — переспросил посетитель. — Извини, я не расслышал. Я говорю, что ключ к этому делу имеется только у тебя. Только ты можешь знать, кому вы с Петровым наступили на мозоль. Какими делами вы занимались вместе в последнее время?

Ивану Ильичу стало совсем муторно. «Ну чего ты пристал? — подумал он, стараясь не смотреть на собеседника. — Сам ведь знаешь, потому что сам отдавал приказ. Зачем мучить больного человека? Давай, режь правду-матку, добивай… Сволочи! Мне, что ли, этот олигарх мешал? Или Петрову? Да ни хрена подобного! Вам он мешал, тебе и твоему хозяину. А отдуваться кому приходится? А? То-то и оно, что мне...»

— Молчишь? — спросил гость. — Не припоминаешь? Понимаю, понимаю. Болезнь, переживания... Тут немудрено вообще все на свете забыть, даже собственное имя и звание. Ничего, я тебе сейчас немного помогу.

Он положил на колени свой портфель, откинул черный матерчатый клапан, порылся внутри и вынул оттуда зеленую пластиковую папку с одиноким листком бумаги. Листок был странный, явно извлеченный из некой папки с грифом «Совершенно секретно». Сверху и снизу к нему при помощи обыкновенных канцелярских скрепок были прикреплены полоски чистой бумаги, которые закрывали весь текст, кроме одного абзаца, расположенного приблизительно посередине страницы. Надо думать, того, что было прикрыто бумагой, генералу Потапову читать не полагалось.

— Вот, — сказал посетитель, протягивая Ивану Ильичу лист, — полюбопытствуй. Мне кажется, что это может освежить твою память.

«...октября сего года получено донесение от Ортодокса. Ортодокс сообщает, что был свидетелем ликвидации четверых лидеров боевого крыла исламской группировки «Хамаз». Акция была произведена в день получения донесения, в Иерусалиме, посредством подрыва заложенного в автомобиль радиоуправляемого взрывного устройства большой мощности. Исполнитель — некто Огурцов, который, по утверждению Ортодокса, до недавнего времени являлся сотрудником ФСБ, а ныне официально признан погибшим...»

Дальше текст был заклеен, но Ивану Ильичу с лихвой хватило и того, что он уже прочел. Руки у него задрожали так сильно, что строчки расплылись перед глазами, и прочесть ужасное сообщение еще раз генерал Потапов не сумел. Да и что толку его перечитывать? Перечитывай не перечитывай — смысл от этого не изменится ни на йоту...

«Нервы стали ни к черту, — подумал Иван Ильич, тщетно пытаясь унять дрожь. — Куда мне, в самом деле, в строй с такими нервами... Значит, Огурцов... Надо полагать, информация проверенная, надежная. Вот, значит, каким образом Грибовский узнал о готовящемся покушении. Вот кто помог ему уйти… Раскусил, наверное, нас с Петровым, догадался, что его тоже решили списать в расход, и сумел договориться с Грибовским…»

— Нервишки у тебя ни к черту, — сказал посетитель, произнеся вслух то, о чем только что подумал Иван Ильич. Он протянул руку и аккуратно отнял у генерала ходящий ходуном лист. — Зато память, я вижу, вернулась. Ну, и что ты думаешь по этому поводу?

— Разрешите закурить? — попросил Иван Ильич и тут же подумал, что ведет себя как задержанный на допросе.

— Кури, — словно следователь, разрешил гость. — Боюсь, беречь здоровье тебе уже поздно.

От такого замечания охота курить у Ивана Ильича разом отпала, но он послушно выколупал сигарету из протянутой ему пачки и прикурил от поднесенной гостем фасонистой зажигалки, не сразу попав кончиком сигареты в пламя. Он сделал затяжку, закашлялся с непривычки и тут же забыл о сигарете.

— Виноват, — сказал он, с трудом шевеля непослушными губами. — Непростительная ошибка… Огурцов, сволочь, продался с потрохами… Готов кровью искупить свою вину!

Последнее заявление было уже, конечно, полной чушью, дурацкой цитатой, выхваченной из какого-то старого, еще черно-белого, фильма про войну. Насчет крови Иван Ильич брякнул просто от растерянности. Ну, не знал он, что следует говорить в такой безнадежной ситуации! Бывали с ним и раньше проколы, но таких — не случалось! По правде говоря, такие провалы происходят обычно только раз в жизни, потому что второго шанса у виновных, как правило, не бывает. Не дают им второго шанса, вот ведь беда какая!

— Кровью, — передразнил посетитель. — На кой черт она мне сдалась, твоя кровь? Я что, донорским пунктом заведую или станцией переливания крови? Ты мне еще почку по сходной цене предложи. Жалко, понимаешь, что Петрова уже кремировали. Как это я не сообразил его на органы разобрать во искупление вины? Ты мне здесь дурачка из себя не строй! Огурцов продался... Да, конечно, продался, почему же не продаться? Или ты думал, что он будет сидеть на мине и ждать, когда ты ее взорвешь прямо у него под задницей? Ты бы на его месте тоже продался, генерал. И я бы продался, потому что вы с Петровым выбора ему не оставили. Плохо не то, что он продался, а то, что сумел вас переиграть, как умственно отсталых детишек. Черт, с кем приходится работать! Не служба безопасности, а специнтернат для дебилов! Только и умеете, что новые дырки в погонах прокручивать да на совещаниях кивать с умным видом! Ну, и еще друг на друга стучать, это у вас лучше всего получается. Имеют вас, кто хочет и как хочет... На, читай!

Он раздраженно выдрал из портфеля еще одну папку, на сей раз голубую, и швырнул ее на скамейку перед Потаповым. Потапов осторожно взял папку и вынул из нее две тоненькие, сколотые все теми же канцелярскими скрепками, пачки листков. Он заметил, что одна скрепка изрядно заржавела, и мысленно упрекнул своего собеседника в скаредности. Такой пост занимает, а коробку скрепок купить не может! Отдирает, наверное, со старых, еще времен Щелокова и Андропова, бумажек...

— На днях это появилось в Интернете, — сказал посетитель. — Ознакомься. Дьявол! Только-только начали подниматься с колен, спасибо президенту, выбрались из дерьма, в котором столько лет по самые ноздри просидели, и — на тебе! Снова в дерьмо, да уже по самую макушку! Читай, читай, любуйся, что вы с Петровым натворили. Да еще этот Солоухин, болван...

Иван Ильич не понял, при чем тут полковник Солоухин, но решил пока ничего не уточнять, и принялся читать.

Первая пачка листков представляла собой распечатку опубликованной в Интернете статьи небезызвестного телевизионного обозревателя Егора Королева. Это было подробное — пожалуй, даже чересчур подробное — изложение неприятной истории со вспышкой сибирской язвы на Лубянке. Внешне тон статьи был вполне корректным, выдержанным, но за ровными строчками, отпечатанными на лазерном принтере, генералу все время чудилось лицо Королева, его искривленные в насмешке губы, слышался его голос, тон которого говорил совсем не то, что было написано на бумаге. «Что с них возьмешь? — говорил этот тон. — Раньше сибирской язвой болели колхозные коровы, а теперь вот — генералы ФСБ. Из чего само собой вытекает, что разница между ними не так уж велика, как хотелось бы думать господам генералам...» Да и факты, изложенные в статье, были, увы, такого свойства, что не нуждались ни в додумывании, ни в каких бы то ни было интерпретациях.

— Проклятье, — на миг забыв о своих неприятностях, сказал Иван Ильич. — Откуда он мог все это узнать?

— Вот и я говорю — откуда? — сказал посетитель. — В последнее время информация в нашем департаменте держится хуже, чем вода в решете. Не успеешь у себя в кабинете чихнуть, а тебе уже с другого конца Москвы «Будь здоров!» кричат. Ну, да чему тут удивляться? Ты дальше, дальше читай!

Потапов стал читать дальше и, не сдержавшись, присвистнул. У себя в палате он смотрел телевизор и знал, что недавно под Москвой произошло крушение пассажирского поезда. Помнится, тогда телевизионный репортаж об этом событии показался ему каким-то смазанным, скомканным, и теперь он понял почему. Оказывается, поезд взорвали, и проинформировал об этом широкую мировую общественность все тот же Егор Королев. Здесь же обнаружилось и объяснение тому факту, что известный тележурналист вдруг сменил амплуа и начал выступать не с экрана, как обычно, а через Интернет. Его беседа с полковником ФСБ Солоухиным была приведена дословно, со ссылкой на хранящуюся в надежном месте диктофонную запись. Из этой беседы следовало, что ФСБ беспардонно душит свободу слова и нарушает права человека, а также тот не вызывающий возражений факт, что полковник Солоухин — просто безмозглый идиот.

— Насладился? — спросил посетитель, забирая у Потапова бумаги и пряча их в портфель. — Вот так-то, брат. Положение, как видишь, поганое, а перспективы и того хуже. Поэтому вернусь к началу разговора. Повторяю, я хотел бы выслушать твои соображения по этому поводу. Только не говори, что ты об этом не думал. Времени у тебя было предостаточно, и ты далеко не такой кретин, каким иногда кажешься. А ситуация, в которой ты оказался, согласись, способствует обострению умственных способностей. Тебе шкуру свою спасать надо, Потапов, хоть это-то ты понимаешь?

— Так точно, — сказал Иван Ильич, — понимаю.

— И то хлеб. А то у тебя здесь обстановка уж больно расслабляющая. Прудик, скамеечка, ивы... Парадиз! Я тебе так скажу, Потапов: не ошибается тот, кто ничего не делает. Поэтому про вину, предательство и искупление кровью мы с тобой больше говорить не будем. Про это пускай Королев с экрана рассказывает, трепло всероссийское... А нам с тобой, Потапов, работать надо, обеспечивать безопасность и престиж страны, чтобы всякие щелкоперы ее мордой в дерьмо пореже макали. Работать надо, Потапов! Думать, решать и претворять решения в жизнь — неуклонно и точно, а не так, как вы с Петровым в последний раз. И речь, заметь, идет не только о чести мундира, но и, как я уже сказал, о твоей личной, персональной шкуре. Давай не будем ходить вокруг да около и назовем вещи своими именами. Грибовский жив, и он не угомонится, пока не разделается с тобой, а заодно и со всем нашим департаментом. И ответственность за его действия теперь ложится на тебя. Тебе отвечать, Потапов! Вот такая получается картинка: с одной стороны Грибовский с Огурцовым, а с другой — наш департамент. А ты, Потапов, посередке.

— Между молотом и наковальней, — зачем-то произнес Иван Ильич то, что было и так ясно.

— Совершенно верно. Тебя уже наполовину расплющило. Но ты соберись, Потапов, возьми себя в руки и думай. Это такая игра, из которой можно выйти либо победителем, либо ногами вперед. Я тебя не пугаю, ты сам все отлично знаешь. Поэтому к черту отвлеченные рассуждения, давай говорить о деле. Излагай, что ты тут, в своем инфекционном гнездышке, надумал. На, покури еще, прочисти мозги.

Иван Ильич с благодарным кивком принял предложенную сигарету, закурил. Мысли вдруг разбежались, и он потратил некоторое время на то, чтобы снова собрать их в кучку.

— Вы правы, — произнес он наконец, — Грибовский, скорее всего, жив. Подозреваю, что за всей этой шумихой с сибирской язвой стоит он. То, что конверты со спорами мне и Петрову прислал именно он, почти не вызывает сомнений. Он, наверное, этого и добивался — чтобы мы поняли, от кого такой подарочек. Но может оказаться, что и по Соединенным Штатам споры сибирской язвы тоже рассылает он. Не знаю зачем, но подозреваю, что для него это не просто развлечение, а очередной способ заработать деньги. Если предположить, что он заранее скупил, скажем, акции компаний, производящих антибиотики, то нынешняя паника в Штатах наверняка принесла ему сумасшедшую прибыль.

— Логично, — согласился посетитель. — Даже изящно. Но, во-первых, недоказуемо, а во-вторых, что это дает нам?

— Мне очень неприятно это говорить, — вздохнул Иван Ильич, — но нам это дает новые неприятности. Если американцы выйдут на его след, нам мало не покажется. Поэтому мне представляется необходимым добраться до него раньше всех остальных и тихо закопать, поскольку ни договориться с ним, ни припаять срок наверняка не удастся. Если не удастся ликвидировать его тихо, придется пойти на издержки, связанные со стрельбой, даже со штурмом...

— Однозначно, — согласился посетитель. — Боюсь, так и придется поступить. Ты не отвлекайся на детали, Потапов. Планировать штурм пока рановато, да и не твоя это специальность. Слава богу, умельцы по этой части у нас на Руси еще не перевелись. Только, прежде чем штурмовать, надо, как минимум, знать, где находится объект штурма. Как ты намерен его искать?

Иван Ильич ненадолго задумался.

— Есть два пути, — сказал он. — Во-первых, Огурцов. Скорее всего, он теперь работает на Грибовского. Надо распространить информацию о нем по всей нашей агентурной сети — авось где-нибудь засветится. Его фотографии, старые явки, адреса, повадки — словом, все. Его досье хранится у меня в сейфе, так что с этим проблем не будет.

— Долго и ненадежно, — возразил посетитель. — Насколько я понимаю, этот человек не из тех, кого легко выследить. Но мы этим займемся. А второй путь? Королев, я полагаю?

— Так точно. Прямых улик, указывающих на его связь с Грибовским, у нас, насколько я понимаю, нет, но некоторые косвенные данные все же имеются. Например, его осведомленность о сибирской язве или, скажем, оперативность, с которой он оказался на месте крушения поезда.

— В десятку, — кивнул посетитель. — Мы опросили спасателей, и они сообщили, что Королев вертелся на вертолетной площадке с самого утра, задавал какие-то ненужные вопросы и вообще вел себя так, словно чего-то ждал. А как только поступил вызов, он первым ринулся в вертолет.

— Вот! — поддакнул Потапов. — Об этом я и говорю! Королев продолжает работать на Грибовского. Ведь как все это выглядит с высоты птичьего полета? Мы попытались убрать Грибовского, и теперь он нам мстит. Сначала — прямая попытка ликвидировать меня и Петрова, а потом — наезд на ФСБ через средства массовой информации.

— Ну-ну, — сказал посетитель. — Пока звучит многообещающе. Только насчет птичьего полета ты, того... не заносись. Тебе сейчас не о крыльях надо думать, генерал. Тебе сейчас полагается вспоминать, как по-пластунски ползают, чтобы твою генеральскую задницу ненароком не отстрелили. Я не понял, что ты предлагаешь?

— Я предлагаю взять Королева в разработку, — уже увереннее сказал Потапов, поняв что, если его и станут казнить, то не сегодня. — Поработать с ним плотненько, в полный контакт, чтобы понял, стервец, с кем имеет дело. Для начала перекрыть кислород, а потом, когда уже спечется, поставить вопрос ребром: либо ты, пес, выводишь нас на своего хозяина, либо тебе крышка. Сдаст он нам Грибовского, сдаст как миленький, со всеми потрохами. Надо только нажать посильнее, и он сломается. Это же интеллигенция — дерьмо, слякоть. Таким все время кажется, что с ними ничего плохого произойти не может только потому, что они такие вежливые, культурные и образованные. Показать ему кулак — он в штаны и навалит.

— Насчет его интеллигентности у меня имеются определенные сомнения, — сказал обладатель черного плаща и шляпы, — но что он дерьмо и слякоть, я согласен. Вот и займись им, Потапов. Знаю, знаю, что профиль не твой. Зато дерьмо твое, так кому же его выгребать, как не тебе? Отзови своих людей, хватит им по заграницам казенные деньги проедать. Тоже мне, корифеи духа... Пускай делом займутся! Вчера я подписал приказ о назначении тебя ответственным за проведение операции «Фантомас». В случае успеха наград и чинов не обещаю, потому как за тобой, сам понимаешь, должок. Ну а в случае очередного провала — не обессудь, генерал. Мы не в игрушки играем.

— Провала не будет, — пообещал Иван Ильич. Ему уже не терпелось поскорее взять в оборот Королева.

— Очень надеюсь. Документы на выписку заберешь у дежурной сестры, они уже должны быть готовы. И — в бой, генерал. Не забывай об американцах и помни, что от успеха этой операции зависит твоя судьба. Будь здоров. Встретимся завтра на Лубянке.

Глава 8

Настроение у Егора Королева в последние дни было бодрое, приподнятое, можно даже сказать, боевое. Мрачная неразбериха вокруг Грибовского, который то ли умер, то ли, наоборот, продолжал здравствовать назло врагам, как-то отошла на второй план и заслонилась более насущными, сиюминутными проблемами. После двух выступлений в Интернете с разоблачительными статьями, затрагивавшими интересы ФСБ, отношение к Егору в профессиональной среде изменилось. Его начали сторониться — не демонстративно, но все равно очень заметно, словно на лбу у него огнем горела каинова печать. Вопросы типа «Ты что, старик, решил завязать с телевидением?» или «Обалдел, что ли?» теперь стали для него делом привычным. Он слышал их от всех, с кем ему приходилось встречаться, кроме разве что лиц, облеченных на телевидении какой-то властью. Те вопросов не задавали, но при этом вежливо шарахались от Егора как от зачумленного. Пару раз в веселой подвыпившей компании его спросили напрямик: «Совсем заврался, бродяга?» Ничего веселого и приятного в этом, конечно же, не было, но подобные вещи Егора не угнетали, а, напротив, пробуждали в нем яростное желание сопротивляться до победного конца. Ему даже нравилось, когда его били по носу: это давало возможность дать сдачи. Уж что-что, а сдачи давать он умел мастерски, а контролировать доступ в Интернет родимая ФСБ пока, слава богу, не научилась. Попытки, конечно, были, не без того, но технических мощностей у российских спецслужб явно не хватало, и они не могли окончательно заткнуть Егору рот.

За себя Егор не боялся, потому что его статьи, направленные против чекистов, хоть и вызвали их гнев, в то же время служили Егору своеобразным страховым полисом. Даже если бы его теперь избили в подъезде пьяные хулиганы, вина за это происшествие автоматически была бы возложена на спецслужбы — дескать, расправились с неугодным журналистом.

Его беспокоила Оксана. Сложившаяся вокруг Егора странная, наэлектризованная атмосфера, напоминавшая короткое затишье перед грозой, заметно действовала ей на нервы. Журналистского опыта у нее было поменьше, чем у Королева, но и она отлично понимала: все это неспроста. Егор был не первым и не последним, кто решился открыто бросить вызов спецслужбам, и те, похоже, реагировали как всегда. Брошенная храбрецом в лицо противнику и так никем и не поднятая перчатка по-прежнему валялась на земле, и, пока все вокруг пялились на нее, разинув рты, к отважному дуэлянту сзади, со спины, уже кралась серая горбатенькая тень с ножом и удавкой. Это невзрачное безымянное создание ждало только одного: чтобы зеваки разошлись, отвлеклись на какой-нибудь новый скандал, оставив его наедине с намеченной жертвой. И тогда — стремительный бесшумный прыжок, один точный удар и коротенький некролог: «Трагическая случайность унесла от нас...» Доводы Егора, со смехом утверждавшего, что времена нынче не те и что ФСБ его даже пальцем тронуть не посмеет, Оксану нисколько не успокаивали: она знала, что существует множество способов сжить человека со света, не трогая его руками.

...Очередной разговор в очередном кабинете — долгий, утомительный и совершенно бесполезный — наконец-то закончился. На выходе из здания Егор, бледный от злости и унижения, но по-прежнему отлично владеющий собой, как обычно, распахнул перед Оксаной стеклянную дверь и пропустил даму вперед. На широком крыльце Оксана остановилась и бросила на него вопросительный взгляд. При разговоре она не присутствовала, и теперь ее, естественно, интересовал результат.

— То же, что и везде, — ответил на ее безмолвный вопрос Егор. Он сделал постное лицо, знакомо тряхнул головой, пародируя кого-то, лживо скосил в сторону глаза и заговорил, растягивая слова и утрированно причмокивая губами: — Ты же знаешь, старик, как я тебя ценю и уважаю, но ты, согласись, немного перегнул палку. Да и не в этом дело, не подумай, что я кого-то боюсь или действую по чьей-то указке, но сезон уже спланирован, эфир забит на год вперед, мне просто некуда тебя пристроить. Да ты не переживай, с кем не бывает! Ну, выпал нечаянно из обоймы, дело житейское. Отдохнешь один сезон, соберешься с мыслями, а потом мы с тобой соорудим такую программу, что все ахнут... Сволочи, — добавил он уже своим голосом. — Выжидают, не хотят связываться. И знаешь, что самое противное? Я даже в морду никому не могу дать, даже по матушке послать не могу, как это делается у нормальных людей. Плюнуть в глаз кому-то одному — что толку? Он ведь ничем не лучше других.

166

Он распахнул перед Оксаной дверь своего темно-синего джипа, помог ей забраться в салон, обошел машину спереди и сел за руль, привычно подавив желание сначала пошарить под сиденьями. С некоторых пор у него появилась странная привычка — шарить в машине, заглядывать под капот, прощупывать обивку и даже простукивать запаску на всякий случай. Привычка эта объяснялась просто: Егор не любил, когда за ним подглядывают. Мысль о том, что все твои слова и поступки известны некой высшей силе — Богу, например, — еще как-то можно пережить. Эта идея культивировалась в человеческом сознании веками и давно стала привычной. Тем более что никто так до сих пор и не разобрался, есть там кто-нибудь или это сказки для простаков. Но когда за каждым твоим шагом, за каждым вздохом следят посторонние, незнакомые тебе, равнодушные и неприятные тебе люди — это просто отвратительно. Вот Егор и обзавелся странной привычкой, из-за которой сам себе напоминал законченного параноика...

Оксана откинулась на спинку сиденья и вдруг тревожно повела носом.

— Ты что, пил?

— Что? — Егор не сразу понял, о чем речь. — А, ну да. Рюмка хорошего коньяка за разговором. Отказаться было неловко — он меня к тому моменту еще не завернул, — да и вообще, с паршивой овцы хоть шерсти клок.

— Может, будет лучше, если я поведу?

Королев рассмеялся.

— Не уверен, — сказал он. — Да успокойся, что с тобой? Я же говорю, всего одна рюмка. У меня ни в одном глазу. И вообще, мне кажется, меня теперь даже ведро водки не возьмет. Злой я нынче, так бы и дал кому-нибудь в ухо. Ничего, будет и на нашей улице праздник! Такие журналисты, как я, без работы не остаются. Ты думаешь, почему они все такие вежливые? Почему время на меня тратят, коньяком угощают? Боятся! Работу дать боятся и отшить тоже боятся. Боятся обидеть, чтобы потом, когда пыль уляжется, я к кому-то другому не ушел — к тому, кто на меня полчаса времени и рюмки коньяка не пожалел.

167

Он запустил двигатель и уверенно вывел джип со стоянки.

— С тобой трудно спорить, — задумчиво сказала Оксана, глядя в боковое зеркало на постепенно уменьшающуюся в размерах гигантскую башню телецентра. — Трудно потому, что мне очень хочется, чтобы ты оказался прав. Но ты же знаешь, телевидение — жестокая вещь. Пропустишь сезон, и зрители забудут твое лицо, у них появятся новые кумиры. Свято место пусто не бывает, ты сам мне об этом сто раз говорил. Выпасть из обоймы — это значит потеряться, выйти в тираж, как… как постаревшая проститутка. Извини, но это правда.

— Ремень пристегни, — резче, чем следовало, бросил Егор.

Оксана взялась за пряжку ремня безопасности, потянула ее вниз, рассеянно поиграла ею и отпустила. Пряжка лениво скользнула на прежнее место, блеснув в неярких лучах октябрьского солнца.

— Извини, — сказал Егор. — Я не собирался огрызаться, просто… Просто, когда сам ковыряешься пальцем в больном зубе, это еще куда ни шло, а вот когда это начинает делать кто-то другой, поневоле хочется ему этот палец откусить. К тому же ты просто цитируешь меня, и притом выбираешь далеко не лучшие цитаты. Мне не нравится твое пораженческое настроение. Я еще не умер, а ты уже служишь по мне панихиду. Признаться, от тебя я этого не ожидал.

— А чего ты ожидал? — устало спросила Оксана. — Что бы ты хотел услышать? Что все хорошо и с каждым днем становится все лучше? Вот не думала, что тебе нравится вранье.

— Не вранье, а ложь во спасение, — Егор рассмеялся, оторвал от баранки правую руку и легонько потрепал Оксану по колену. — Не дрейфь, православные, с нами Бог, мы им всем покажем кузькину мать!

— В том-то и беда, — сказала Оксана. — В последнее время я как-то не уверена, что с нами Бог. Скорее уж его оппонент, этакая обаятельная личность с рожками и хвостиком.

— О чем это ты? — удивился Егор. — Вернее, о ком?

— Не притворяйся, ты отлично знаешь, о ком я говорю. О Грибовском. Ты бодришься потому, что рассчитываешь на его помощь.

Егор немного помолчал, формулируя по возможности дипломатичный ответ. Слова Оксаны задели его за живое: он думал, что умеет лучше скрывать свои мысли, особенно те, которых в глубине души стыдился.

— Давай договоримся, — сказал он наконец, — считать Грибовского мертвым до тех пор, пока не будет доказано, что он жив. Когда ты говоришь о нем как о живом человеке, мне все время кажется, что у меня за спиной стоит привидение.

— А что изменится, если мы об этом договоримся? — возразила Оксана. — Сколько ни договаривайся о том, что Земля плоская и квадратная, сколько ни делай вид, что так оно и есть, она все равно имеет форму шара, и забыть об этом невозможно. Люди знали об этом задолго до того, как поднялись в космос и увидели Землю со стороны. И здесь то же самое. Лично мне вовсе не обязательно видеться с Грибовским, чтобы знать, что он жив. Да ты и сам это прекрасно знаешь, и никакие дополнительные доказательства тебе не нужны. И не надо заговаривать мне зубы какими-то привидениями. У тебя за спиной стоит не привидение, а вполне реальное чудовище, с головы до ног забрызганное человеческой кровью. Вампир, граф Дракула...

— Фантомас, — насмешливо подсказал Егор.

— Представь себе! — запальчиво воскликнула Оксана. — Расчетливый, холодный убийца с кассовым аппаратом вместо сердца, на совести которого сотни человеческих жизней. Он играет нами, как тряпичными куклами, и ты послушно идешь у него на поводу и надеешься, что он тебя выручит. Зря надеешься. Там, в Нью-Йорке, он загубил тысячи судеб, так почему ты думаешь, что он станет напрягаться ради спасения одной?

— А что ты предлагаешь? — спросил Егор, досадливо морщась. — Повеситься? Пойти в ночные сторожа или в дворники? Это называется внутренняя эмиграция. Красивый жест, и название красивое, только публике от этого будет ни жарко, ни холодно, а нам... вернее, мне —

полный каюк. Ты от меня уйдешь — может быть, не сразу, но уйдешь, потому что на кой черт тебе сдался какой-то дворник со скверным характером? — а я потихонечку сопьюсь... Милое дело! Зато совесть чиста.

— Не надо утрировать, — упрямо сказала Оксана. — Существуют другие пути. Можно оставаться журналистом и не быть при этом на побегушках у убийцы.

— Да что ты говоришь?! — Егор начал понемногу свирепеть. — Интересно, как ты себе это представляешь? Все эти разговоры о беспристрастной подаче информации — чепуха, безответственный треп. Все равно кто-то оплачивает эфир, кто-то выдает тебе зарплату... Кто? Либо такой же олигарх, как Грибовский, либо правительство. А уж более кровавого и беспринципного убийцы, чем правительство — любое правительство, не говоря уже о нашем, — днем с огнем не найдешь. Такая у нас работа, Оксана, такая жизнь. «Независимый журналист» — это просто словосочетание, лишенное какого бы то ни было смысла. Независимых людей просто не бывает, как и абсолютно чистых денег. Так что, ты уж извини, если выбирать между Грибовским и правительством, я бы предпочел Грибовского. Он, по крайней мере, точно знает, чего хочет, и платит не скупясь. Но что толку об этом говорить? Твое утверждение, что Грибовский жив, основано на домыслах — весьма правдоподобных, но, увы, недоказуемых. Этот пресловутый Фантомас может оказаться, к примеру, хорошо осведомленным сотрудником ФСБ, по каким-то причинам решившим нагадить в карман своему руководству. Мало ли?.. Со званием у него задержка вышла, или деньгами обидели, или генерал Петров на него принародно накричал, вот он и обиделся и пошел разглашать секретную информацию направо и налево... Откуда ты знаешь, сколько журналистов в Москве сейчас пытается понять, кто он такой, этот Фантомас? А? То-то...

— Очень мило, — сказала Оксана. — Очень логично. Значит, Грибовский погиб, да? А ты заметил, что говоришь о нем в настоящем времени?

— Это оговорка, — сказал Егор. — Не придирайся к словам.

170

— Очень существенная оговорка, особенно для такого мастера разговорного жанра, как ты.

Егор мысленно плюнул и решил не продолжать спор. Спорить с женщиной — последнее дело, особенно если она действительно права.

— Вагонные споры — последнее дело, когда больше нечего пить, — негромко пропел он.

— Но поезд идет, бутыль опустела, и тянет поговорить, — закончила Оксана. Эту строчку она не пропела, а просто произнесла как стихи, потому что с музыкальным слухом у нее были определенные проблемы. Егору ее немузыкальность даже нравилась: нельзя, чтобы в человеке так уж совсем не было недостатков, это уже получается не человек, а робот какой-то...

— А не выпить ли нам, в самом деле? — предложил он. — Куда поедем — к тебе, ко мне или в какой-нибудь шалман? Помнишь, как Алла Борисовна когда-то пела: «Приходи скорей, дружок, посидим, поокаем»?

— Не помню, — сказала Оксана.

— Была такая песня. Давно, в семидесятых, что ли, или в начале восьмидесятых... Так где мы будем предаваться пьянству и разврату?

— С Грибовским своим пьянствуй, — проворчала Оксана. — И развратничай с ним же... Ладно, наемник частного капитала, поехали ко мне. Не хочу я в ресторан. Что-то я сегодня от людей устала, никого не желаю видеть.

— И меня? — спросил Егор, сворачивая на бульвар, где движение было не таким интенсивным.

— Ты — это неизбежное зло, с которым волей-неволей приходится мириться. С тобой плохо, но без тебя еще хуже... Смотри, осторожно!

Егор уже и сам увидел мужчину, который перелезал через литую чугунную решетку бульвара с недвусмысленным намерением перебежать проезжую часть. До него было метров двадцать, и Егор видел, что мужчина одет в военную форму. Не в камуфляж, а в обычную, уже сделавшуюся непривычной из-за повсеместной привычки рядиться в пятнистое полевое обмундирование повседневную форму российского офицера — брюки, китель и фуражку с орлом. Егор поморщился. Ну что это такое, в самом деле?! Офицер, защитник Отечества, краса и гордость армии, а туда же — через забор, как пьяный водопроводчик...

Он притормозил и взял немного правее, чтобы как можно дальше объехать недисциплинированного пешехода. Это было золотое правило, намертво вбитое в голову инструктором по вождению: дурака нужно пропустить даже на красный свет. Легче нажать на тормоз, чем отправиться на тот свет с полным сознанием своей правоты...

Справа резко и протяжно заныл автомобильный гудок. Егор автоматически повернул голову и увидел там, справа, на вполне безопасном расстоянии от себя, черную «Волгу» с тонированными стеклами. «Волга» еще раз раздраженно рявкнула клаксоном и промчалась мимо. Она отвлекла Егора на какую-то секунду, но этого хватило.

Испуганный крик Оксаны и глухой стук столкновения прозвучали одновременно. Егор ударил по педали тормоза и увидел фуражку с орлом, которая, высоко подлетев, ударилась о ветровое стекло, отскочила и, скатившись по капоту, упала на асфальт. Джип, который и без того полз с черепашьей скоростью, замер как вкопанный.

— Твою мать, — тоскливо произнес Егор и, не глядя на Оксану, полез из машины.

Он немного помедлил, прежде чем опустить на асфальт сначала одну, а потом другую ногу. Каждое движение требовало сознательного усилия воли, и в то же время все происходило будто во сне или в замедленной съемке. Или в невесомости, что ли...

Крови на сухом сером асфальте не было — во всяком случае, Егор ее не заметил. Отлетевшая фуражка с орлом кверху околышем лежала у бордюра. Королев заставил себя опуститься на корточки и заглянуть под машину. Военный — это был подполковник — лежал там, уткнувшись поцарапанным лицом в асфальт, и не подавал признаков жизни.

Егор наклонился еще ниже, радуясь тому, что у джипа высокий дорожный просвет, дотянулся до руки подполковника и нащупал пульс. Пульс, во всяком случае, был, из чего следовало, что Егору повезло не стать убийцей — по крайней мере, пока.

Он огляделся. Толпа была тут как тут — человек десять, не меньше. Люди стояли молча и смотрели на тело под машиной, как показалось Королеву, без тени сочувствия, с боязливым любопытством. Что ж, по крайней мере, это были свидетели, которые видели, что джип ехал медленно и что человек в военной форме сам шагнул под колеса.

— Помогите, — сказал Егор. — Его нужно отвезти в больницу.

После некоторого колебания от толпы зевак отделился молодой мужчина спортивного телосложения, в джинсах и легкой матерчатой куртке. За ним через низкую бульварную решетку перепрыгнул второй — постарше, но тоже еще крепкий, спортивный. Втроем они вытащили подполковника из-под машины. Тот застонал и открыл мутные, ничего не выражающие глаза.

— Эк тебя, брат, угораздило, — сочувственно сказал молодой. — Куда ж ты так прешь-то?

Егор думал, что он обращается к подполковнику, и очень удивился, когда второй доброволец — тот, что постарше, — подхватил:

— Аккуратнее надо ездить, молодой человек. Бульвар — это вам не гоночный трек. Джип — машина серьезная. Как бы не помер пострадавший-то...

— Да таких на месте расстреливать надо! — истерично крикнула из-за ограды какая-то тетка с хозяйственной сумкой — очевидно, одна из тех кликуш, которых навалом в любой толпе. — Понакупят джипов на краденые деньги, глаза зальют и думают, что им все можно!

— Новые русские, — тоном судьи, выносящего приговор, произнес низкий мужской бас. — Развелось их на нашу голову... И когда их только пересажают?

— Да вы что, с ума посходили? — растерянно произнес Егор. — Я же еле полз, у меня на спидометре и сорока не было, он же сам под колеса нырнул, в неположенном месте...

— Сорока у него не было, — передразнил густой

бас. — А может, ста сорока? Думаешь, если права купил и научился на газ давить, так уже и водитель?

Егор обвел взглядом лица присутствующих. Ему казалось, что это какая-то ошибка, что вот сейчас его узнают, кто-нибудь крикнет: «Да это же Егор Королев, с телевидения!» — и недоразумение благополучно разрешится. Его узнают, посочувствуют ему и согласятся, что да, конечно же, он ехал медленно и даже пытался заранее отвернуть вправо, но ему помешала черная «Волга», и что пешеход в военной форме сам виноват в случившемся, и в суде все будут свидетельствовать в его, Егора, пользу, и что суда никакого не будет, потому что состав преступления, само собой, отсутствует...

Но лица, окружавшие его, были чужими, неприветливыми и даже злорадными. Водитель — естественный, природный враг пешехода, а водитель джипа — враг вдвойне, даже в Москве, где все давно привыкли к обилию дорогих иномарок. Егор понял, что помощи от этой стаи озлобленных дворняг ждать не придется, и переключил свое внимание на пострадавшего, который, оказывается, уже сидел на асфальте, тупо шаря руками вокруг в поисках далеко откатившейся фуражки. На макушке у него поблескивала изрядная лысина, полуприкрытая рассыпавшейся прядью зачесанных с левого виска волос, а на лысине багровела свежая ссадина.

— Давайте я помогу вам сесть в машину, — сказал Егор, взяв его за локоть. — Вас нужно отвезти в больницу.

— Руки убери! — злобно огрызнулся пострадавший. Он вырвал у Егора свой локоть и тут же, охнув, схватился за плечо. — Без тебя обойдусь, алкаш чертов!

— Досталось человеку, — сказал кто-то в толпе. — Хорошо, что не насмерть. Летают как угорелые, креста на них нет... Милицию надо вызвать! У кого есть телефон?

— Слушай, военный, — поняв, что дело — табак, негромко сказал пострадавшему Егор. — Ты-то понимаешь, что сам виноват, ведь правда? Может, без милиции обойдемся? Договоримся как-нибудь по-человечески, а?

— Ты мне еще денег предложи, — с трудом поднимаясь на ноги, сказал подполковник. Кажется, пострадал он не так сильно, как можно было подумать вначале.

174

Егор заметил у него в петлицах знакомые эмблемы ВДВ. — Думаешь, за твои вонючие деньги всех купить можно? Думаешь, все такие проститутки, как ты? Деньги ты мне и так заплатишь — по закону, по суду, как полагается. Я хочу, чтобы было по справедливости: виноват — отвечай. Посмотрим, как ты теперь выкрутишься, телекиллер хренов!

«Ну вот, — обреченно подумал Егор. — Значит, в представлениях, как говорится, нет нужды. Вот она, обратная сторона популярности. Сегодня они бегают за тобой, выпрашивая автограф, а как только ветер чуточку переменится, готовы топтать тебя ногами и плевать тебе в физиономию. Быдло, быдло... Но какова ситуация! Бред собачий, и, похоже, этой банде идиотов уже ничего не докажешь...»

Милиция, как всегда в подобных случаях, появилась незамедлительно. Длинный сине-белый «Форд» с мигалками на крыше объехал машину Егора и стал спереди, заблокировав ее на тот случай, если нарушителю вдруг вздумается бежать. Мрачный гибэдэдэшник с капитанскими погонами выбрался из-за руля и пошел на Егора, раздвигая толпу. Со всех сторон загомонили доброхоты, спеша сообщить представителю власти о бесчинстве пьяного водителя, который мчался по бульвару с бешеной скоростью и едва не задавил человека насмерть.

— Разберемся, — пообещал капитан и с неудовольствием взглянул на Егора. — А, знакомое лицо... Что же это вы? Такой известный человек, а нарушаете... Документы предъявите.

Егор протянул ему права и техпаспорт.

— Чепуха какая-то получается, командир, — сказал он. — Я ехал медленно, даже в сторону принял, а он...

— Разберемся, — снова пообещал капитан, как-то машинально разглядывая документы. — Что пили сегодня?

Егор понял, что тонет, и огляделся в поисках поддержки. Перед ним промелькнуло бледное, испуганное лицо Оксаны, но он тут же забыл о ней, потому что увидел стоявшую у противоположной стороны проезжей части черную «Волгу» с тонированными стеклами. В этот самый момент «Волга» негромко фыркнула глушителем, несколько раз мигнула указателем поворота и отъехала от бордюра — надо полагать, те, кто в ней сидел, увидели все, что хотели увидеть, и остались довольны увиденным.

* * *

— Хорошо, — сказал генерал Потапов и нервно потер руки. Звук получился сухой, словно ладони у генерала были обтянуты пергаментом. — Хо-ро-шо, — раздельно, по слогам, повторил он, задумчиво глядя поверх полковничьего плеча куда-то в стену. — Первый этап операции, можно сказать, завершен, и притом успешно. Я тобой доволен, полковник. Завтра я иду с докладом по этому делу и обязательно тебя упомяну.

— Спасибо, товарищ генерал, — сказал полковник.

— Не за что пока, — Потапов задумчиво пощипал верхнюю губу. — Как полагаешь, полковник, этого не маловато для доклада наверху? Как-то все это сомнительно, шатко... Свидетели-то надежные?

— Свидетели — наши люди, товарищ генерал. Будут докладывать в один голос, как по писаному.

— Но-но! — насторожился Потапов. — Что это значит — по писаному? Если они начнут слово в слово долдонить одно и то же, даже последний дурак догадается, что тут что-то не так. Смотри у меня, полковник!

— Так точно, товарищ генерал. Я просто не совсем ясно выразился. Мелкие расхождения в показаниях, разумеется, будут. Мы тщательно проработали схему, построили модель происшествия — где кто стоял, что видел, что слышал... Словом, комар носа не подточит. Да и суд, я думаю, не станет особенно придираться к свидетельским показаниям. Дело-то выеденного яйца не стоит...

— Вот именно, — перебил его Потапов. — Я же говорю, мелковато это все как-то... Ну что ему будет? Штраф, лишение водительских прав, исправительные работы ка-

176

кие-нибудь... В лучшем случае, условный срок. Это ему как с гуся вода, тебе не кажется?

— Ну почему же, — осторожно возразил полковник. — Дискредитация, подрыв репутации, потеря популярности у зрителей... Для такого, как он, это очень болезненно.

Потапов недовольно покряхтел и стал ввинчивать сигарету в прокуренный янтарный мундштук.

— Болезненно... — повторил он. — Нам ведь не на мозоль ему наступить надо, не заткнуть его, горлопана этого, а, наоборот, заставить говорить. Нам его сломать надо, полковник. Сломать! Чтобы он пятый угол искать начал, чтобы и не чаял, как ему из всего выпутаться. Надо бы надавить покрепче, а?

— Не переборщить бы, товарищ генерал, — еще осторожнее заметил полковник. — Шума и так будет на всю Россию.

— Да какой там шум! — отмахнулся Потапов и принялся раскуривать сигарету. — Скажут пару раз по телевизору — мол, известный журналист пьяный сел за руль и сбил пешехода — и забудут. Кого теперь этим удивишь? Кого этим напугаешь? Этим щелкоперам скандалы только на руку! От этого у них, сволочей, рейтинг поднимается. У них же все не как у людей... Нет, пожалуй, докладывать об успехе и вправду рано. Надо нажать на него как следует, полковник! Надо придумать что-нибудь по-настоящему эффектное, чтобы он сразу в штаны наложил.

— Женщина? — рискнул предложить полковник.

— Вербова? — генерал задумчиво поиграл бровями. — Нет, полковник, ее мы пока трогать не будем. Он же поднимет визг на всю Россию — дескать, спецслужбы у него невесту похитили.

— Тут возможны варианты, — возразил осмелевший полковник. — Ее могут похитить, скажем, с целью выкупа, а мы предложим свою помощь в обмен на информацию о Грибовском. И вообще, я не думаю, что он станет поднимать шум, рискуя головой девушки.

— Тоже верно, — сказал Потапов, — но чересчур прямолинейно. Я бы сказал, что это сгодится в качестве

177

запасного варианта на экстренный случай. Он ведь, кажется, ею дорожит?

— Буквально не расстается, — поддакнул полковник. — Носится с ней повсюду как с писаной торбой. Для нас это очень удобно во всех отношениях. Дает массу возможностей для оказания давления. С его стороны было глупо так привязываться к бабе.

Тут Иван Ильич очень не вовремя вспомнил о своей умершей жене, и ему захотелось обругать полковника матом и выгнать вон из кабинета. Он сдержался, тем более что полковник был прав. Если ты хочешь играть в большие, взрослые игры, будь готов к неприятностям, которые могут постигнуть не только тебя, но и твоих близких. При таком раскладе слишком сильно привязываться к кому бы то ни было действительно очень глупо и небезопасно. Человек, которого ты любишь, в любой момент может стать смертельным оружием в руках твоего злейшего врага, и защита от такого оружия пока что не придумана.

— Вербову пока оставим в покое, — повторил генерал, — и будем иметь в виду как запасной вариант. Нужен более тонкий ход и одновременно безотказный. Вот, например, этот ваш потерпевший... Он еще в Москве?

— Так точно. Подполковник ВДВ Струменев находится в очередном отпуске, гостит у сестры. По службе характеризуется положительно, является внештатным сотрудником Особого отдела... Ну, словом, еще с военного училища. Надежный человек.

— Помню, помню, ты докладывал. У сестры, говоришь? Это хорошо. Надо бы начать позванивать к ней на квартиру. Стандартные звонки с угрозами — мол, если не заберешь заявление из милиции, тебе небо с овчинку покажется, мы тебя, урода, живьем закопаем... И обязательно так, чтобы сестра об этих звонках знала. Можно и ее припугнуть: мол, вразуми своего братца, а то мы не только ему, но и тебе бубну выбьем. Будете знать, как наезжать на Егора Королева! Да что я тебя учу, ты и сам не маленький. А потом, через недельку, этого подполковника... того... Так, чтобы море крови и чтобы сразу было видно — работал непрофессионал.

Из «ТТ», скажем, или вообще из какого-нибудь самодельного пугача, пуль этак пять, восемь... В общем, чтобы по телевизору смотрелось эффектно. Чтобы жутко было, противно, чтобы с души воротило на это глядеть! Ты понял меня?

— Так точно, — сказал полковник. — А киллера мы, конечно, возьмем...

— Не мы, — перебил генерал, — милиция возьмет. Пускай раскроют громкое дело, повысят свои показатели, им это не повредит, а от нас не убудет. Главное, чтобы он, киллер этот, у них там сразу раскололся: так, мол, и так, нанял меня журналист Королев, денег обещал сыпануть... В общем, подыщи человека.

— Думаю, с кандидатурой проблем не будет, — сказал полковник.

— Ну, еще бы! В нашем следственном изоляторе их сколько хочешь. Только известных не бери, не надо, чтобы эти морды на телевидении засвечивались. Так, какая-нибудь мелкая сошка — ну, там, я не знаю, участие в незаконных вооруженных формированиях, то да се... Так, чтобы лет пять — семь ему светило, не больше. Пообещаешь ему денег, новый паспорт, свободу — он этого твоего, как его... Струменева зубами загрызет и даже не спросит за что. Да, и хорошо бы еще, чтобы и сестре его тоже досталось. Не наповал, а так, слегка. Ценный свидетель, которого пытался убрать нанятый Королевым киллер. Вникаешь? А потом киллера этого...

— В расход?

— Ну а ты как думал? Вот так и поступим, полковник. С такими обвинениями наш Королев сам к нам прибежит и первым делом спросит, не может ли он чем-нибудь помочь дорогим, любимым спецслужбам. Организация заказного убийства — это тебе не причинение пешеходу легких телесных повреждений в пьяном виде. Действуй, полковник.

— Есть действовать. Разрешите идти, товарищ генерал?

— Иди, иди. Да скажи там адъютанту, пускай минералки мне принесет. Что-то в горле у меня пересохло...

* * *

— Хорошо! — воскликнул Роман Михайлович и, винтом провернувшись в прозрачной голубоватой воде, лег на спину, раскинув руки крестом. — Эх, хорошо! Бассейн с прохладной водой в жаркий день, вкусная еда, бутылка, когда хочется выпить, сигарета, когда тянет покурить, и девочка, когда в ней возникает нужда, — что еще человеку надо?

Он погрузился в воду с головой, вынырнул и, как кит, выпустил в воздух фонтан водяных брызг.

— Ух, хорошо! Ну скажи мне хоть ты, Огурцов, почему человек никогда не довольствуется малым? Какого черта ему все время надо больше, чем он может проглотить?

— Вам виднее, — сказал Огурцов, разглядывая ногти на левой руке. — У вас по этой части опыт больше, чем у меня.

Киллер сидел в легком плетеном кресле, установленном в прохладной тени королевских пальм на краю бассейна. Одет он был по-домашнему — в белые шорты, белую майку и красную бейсбольную кепку с длинным утиным козырьком. Ногти свои он разглядывал совершенно напрасно — они были идеально чисты и аккуратнейшим образом подстрижены. Огурцов бездельничал на вилле Грибовского уже третий день кряду. За это время он успел отмыться буквально до скрипа, отдохнуть, удовлетворить все свои потребности, только что перечисленные Грибовским, а также многие другие, олигархом не упомянутые, и немножко заскучал.

— Вот, нахал, — сказал Грибовский и вылез из бассейна. Он купался прямо в шортах, и теперь они плотно облепили его худые бедра. Сейчас могущественный олигарх больше смахивал на деревенского пацана, только что вылезшего из пруда в мокрых семейных трусах. — У меня, говоришь, опыт больше? Ну, нахал! Вот скажи мне честно, как на духу: ты за сколько меня этим дохлым арабам продал? За миллион? За полтора?

180

— За два с половиной, — честно, как его и просили, ответил Огурцов, подавая ему полотенце.

— Молодец, что не соврал, — похвалил его олигарх. — Мелкая ложь разрушает доверие, так что потом, когда от лжи, бывает, зависит жизнь, человеку уже никто не верит.

— А зачем врать? — беря со стоявшего рядом столика бутылку скотча и разглядывая этикетку, сказал Огурцов. — Не вижу в этом смысла. У вас все равно денег больше, вряд ли вы станете мне завидовать.

— Ну, это ты, брат, загнул, — отбрасывая полотенце и падая во второе кресло, сказал Грибовский. — От зависти никакие деньги не излечивают, запомни. Потому что, как я уже говорил, человеку свойственно хотеть больше, чем у него уже есть. Я вот свои деньги в поте лица зарабатываю, на бирже играю, рискую, нервные клетки трачу, а ты? Ты просто сказал: «Дяденьки, дайте два с половиной миллиона», а добрые дяденьки, идиоты этакие, взяли и дали. А ты кнопочку нажал — дяденьки в клочья, и все кругом довольны, а больше всех — ты. Лафа! Так это выглядит с точки зрения завистника. Ему, завистнику, плевать, что ты головой своей рисковал, водя за нос эту шайку обезьян-людоедов, что ночей не спал, прел в этом Иерусалиме, как нога в сапоге, жрал что попало и даже помыться как следует не мог. Ему плевать даже на то, что добрые дяденьки, о которых идет речь, кроме денег, положили в чемодан килограмм пластиковой взрывчатки, и, если бы ты не оказался шустрее, в клочья разнесло бы не их, а тебя, причем, как говорится, в общественном месте... Завистник этого не видел, не знает и знать не желает. Он знает лишь то, что, пока он телевизор смотрел да в носу ковырял, ты срубил два с половиной миллиона зеленью и, что характерно, с ним не поделился.

— Вы намекаете, что я должен с вами поделиться? — с сомнением спросил Огурцов.

Грибовский хмыкнул.

— Кое-кто из моих московских коллег с криминальным прошлым, сомнительным настоящим и однозначно тюремным будущим сказал бы тебе «да» и был бы, в общем-то, прав. В конце концов, эти два с половиной миллиона — цена моей жизни. Но, во-первых, я тебе должен, а во-вторых, это не мой стиль. Я лишь хотел сказать, как важно порой бывает умение примерить на себя шкуру другого человека, взглянуть на мир его глазами, проявить к нему если не сочувствие, то хотя бы понимание...

— М-м-м? — вопросительно протянул Огурцов и осторожно вернул бутылку в ведерко с подтаявшим льдом. Это уже интересно. Грибовский редко говорил что-нибудь просто так, чтобы хоть что-то сказать — во всяком случае, не Огурцову. — Любопытно, в какой же части света вы намерены проявить понимание и сочувствие на этот раз?

— Я всегда говорил, что беседовать на отвлеченные темы с прагматиком — пустая трата времени, — сказал Грибовский. — Но иногда иметь дело с прагматиком — одно удовольствие. Вот как сейчас, например. Только ты не совсем правильно меня понял. Проявлять сочувствие и понимание буду не я, а ты. А часть света все та же — Россия, Москва. Родина не отпускает, черт бы ее побрал! Ах, родина! Вот где делать деньги по-настоящему легко и приятно! В общем, собирайся. Надо съездить в Москву и проконтролировать ход одного дела.

— Какого именно?

— Уголовного, друг мой, уголовного. Хватит разыгрывать из себя ангела смерти, пора для разнообразия побыть ангелом-хранителем. Тебе ведь приходилось в детстве драться — двор на двор, улица на улицу, квартал на квартал? Помнишь, как тогда кричали? «Наших бьют!»

— Вы про Королева? — спросил Огурцов и поморщился. — Дался вам этот журналист! Что вы в нем нашли? И потом, что ему будет? Подумаешь, событие — пешехода сбил, пару синяков ему наставил!

— Э, нет. Тут ты, братец, не прав. Дельце это не простое. Разве ты не узнаешь знакомый почерк? Уж очень сильно показания Королева и Вербовой отличаются от показаний свидетелей и потерпевшего. Ясно, кому поверит суд, но я верю Королеву, и дело это наверняка инспирировано твоими бывшими коллегами с единственной целью — добраться через Королева до меня. Потапов — не такой дурак, каким кажется, котелок у него варит неплохо, и он уже, конечно, догадался, с кем имеет дело. Рассуждает он просто: если как следует прижать пса, он приведет к хозяину.

— Правильно рассуждает, — сказал Огурцов. — Только вам-то что до этого? Королев не знает, где вас искать, так что и выдать вас он не сможет при всем своем желании. Все, что от вас требуется, это сидеть тихо и, в крайнем случае, помогать деньгами. А вы посылаете туда меня, будто нарочно хотите подыграть Потапову. Меня в Москве знают немногие, но знают ведь! Попадусь кому-нибудь на глаза, и готово: все наружники, сколько их есть в городе, повиснут у меня на хвосте.

— А ты не попадайся на глаза тому, кому не следует, — резко ответил олигарх. — Не желаю я сидеть тихо, понял? Что я, урка беглый, чтобы от участкового под кроватью прятаться? Королев — мой человек, он мне нужен, и я хочу, чтобы ты поехал в Москву и проследил, чтобы с ним все было в порядке! Надеюсь, я выразился достаточно определенно?

— Да уж куда определеннее, — усмехнулся Огурцов, на которого вспышка олигарха, кажется, не произвела никакого впечатления. — Вы начальник, я дурак. Чего тут не понять?

— Да ты и впрямь дурак, если так думаешь, — сбавив тон, сказал Грибовский. — Просто в данный момент ты — единственный, кому я могу доверить это дело. Я же не прошу тебя взрывать здание суда и похищать Королева в… э… в голубом вертолете. Надо разобраться в ситуации и вмешаться только в случае крайней необходимости. Может быть, нанять хорошего адвоката, не знаю... Понимаешь, я боюсь, что Потапов на этом не остановится. Ты же знаешь этих болванов! Они будут давить, надеясь, что Егор сломается и сдаст меня. Он ничего не знает, но они ему не поверят и будут давить, давить, пока не задавят насмерть, а потом заметут труп под половик и разведут руками: а что такое? Какой Ко-

183

ролев? Впервые слышим о таком... Вот для этого я тебя туда и отправляю: присмотреть за ситуацией и вовремя вывести нужного мне человека из-под давления. А ты, черт возьми, представляешь все это так, будто я сую твою голову в петлю ради удовлетворения своей мелкой прихоти! Ты — единственный, кто может самостоятельно разобраться в ситуации на месте, принять верное решение. Ну, кого я туда пошлю, если не тебя?

— Фархата, например. Он большой специалист по улаживанию таких вопросов.

— Фархат в Афганистане, и занят он там выше крыши. И потом, Фархат — не ты, а ты — не Фархат. Не ты ли просил меня не доверять мусульманам? Нет, Олег Васильевич, в Москве мне нужен человек, на которого я могу целиком положиться!

— Ну, если вы так ставите вопрос... — Огурцов пожал узкими плечами. — Это же совсем другой разговор! Помните, как Суворов говорил: каждый солдат должен знать свой маневр. На покой я не собираюсь, и деньги эти арабские здесь ни при чем. Просто не люблю действовать вслепую. Правда, я все равно не понимаю, на кой дьявол вам нужен именно этот журналист, когда их вокруг навалом, и притом дешевле. Но это действительно ваше дело. Если вы мне доверяете...

— Вот чудак! — воскликнул Грибовский. — А кому же доверять, как не тебе? Помнишь, как ты однажды стоял у меня в кабинете с пистолетом в руке? Ты тогда доверился мне, я доверился тебе, и все получилось так, что лучше не придумаешь! Доверие — отличная штука! Правда, в строго отмеренных дозах, прямо как змеиный яд.

— Вот это верно, — сказал Огурцов. — А то я уже испугался, что вы сейчас начнете мне клясться в вечной дружбе.

— Лет через пятьдесят, — пообещал Грибовский, — когда начнется размягчение мозга и наступит старческое слабоумие. А до тех пор тебе придется потерпеть. Справишься?

— А то, — сказал Огурцов, и оба рассмеялись.

Глава 9

Проснувшись, Антон Григорьевич посмотрел на часы. Было ровно семь, как и следовало ожидать. «Все-таки дисциплина — отличая вещь, — подумал Антон Григорьевич, садясь в постели и спуская на пол волосатые, с массивными икрами завзятого лыжника и футболиста, немного кривые ноги. — Когда с малых лет привыкаешь к дисциплине, мало-помалу становишься полноправным хозяином своего организма. Приказал ему — и он проснется вовремя без всякого будильника. Или, скажем, от простуды вылечится — сам собой, без горчичников и таблеток. Экономия!»

Так повелось с давних пор: находясь на отдыхе, подполковник воздушно-десантных войск Струменев позволял себе поспать чуть подольше и просыпался не в шесть, как обычно, а в семь часов утра. С сестрой они жили, что называется, душа в душу. Мария Григорьевна Струменева была старше брата на пять лет; времена детских ссор у них давно остались позади, делить им было нечего, и никто между ними не стоял. Замуж Мария Григорьевна так и не вышла, хотя дамой была вполне привлекательной и даже интеллигентной, а Антон Григорьевич уже десять лет находился в разводе. Жена, дура набитая, ушла от него сразу же после той давней истории, когда в полку проведали, что капитан Струменев, как говорится, постукивает в особый отдел. Ну, ладно, офицеры, братья по оружию, будь они неладны. Допустим, у них были причины недолюбливать Антона Григорьевича. Но жене-то до этого что за дело? В конце концов, он же не для себя старался, а радел, что называется, о благе государства. А то, что его потом назначили на должность разжалованного и с позором уволенного из армии майора Краюхина, — дело житейское. Как говорится, свято место пусто не бывает...

Словом, брат и сестра жили душа в душу. Незамужняя Мария Григорьевна при встречах окружала брата материнской заботой, хотя порой забота эта казалась подполковнику чрезмерной. Ну, так ведь недельку-другую в году можно и потерпеть, от него не убудет...

Антон Григорьевич потрогал пальцем почти зажившую царапину на макушке, подавил в себе желание отколупнуть корочку ногтем и встал с кровати. Он был крупным, начавшим заметно грузнеть мужчиной. Дорожно-транспортное происшествие, жертвой которого он стал, не оставило на его теле почти никаких следов. Синяки уже сошли, а царапина на макушке была не в счет. Царапина — она царапина и есть. Зато этому красавчику Королеву она дорого обойдется...

Он открыл форточку, которую сестра зачем-то всегда закрывала на ночь, немного помахал руками и для проформы сделал несколько наклонов и приседаний. Выполнив таким образом комплекс утренней зарядки, подполковник натянул линялые спортивные шаровары и отправился в ванную.

На кухне вовсю скворчало подсолнечное масло и слышалось бодрое постукивание ножа по разделочной доске. По всей квартире пахло жареной картошкой, яичницей и, кажется, сосисками. Сосиски в России, слава богу, давно перестали быть дефицитом, но запах все равно был ностальгический, пришедший прямиком из тех времен, когда вволю наесться этим сомнительным деликатесом можно было только в Москве, в гостях у сестры. Здесь, в тесноватой однокомнатной квартирке Марии Григорьевны, уже много лет ничего не менялось, даже запахи оставались теми же, что и десять, и двадцать лет назад.

На полочке в туалете лежала открытая пачка сигарет и зажигалка. Пепельница стояла здесь же, но курить натощак по укоренившейся привычке Струменев не стал: Мария Григорьевна непременно учуяла бы запах и разразилась бы продолжительной лекцией о вреде курения, в особенности курения натощак. Она очень переживала за него, заботилась о его здоровье и в заботе своей была тверда, как оружейная сталь. Ссориться с сестрой по пустякам Струменеву не хотелось, поэтому, гостя у нее, он курил мало — поправлял здоровье. Пускай потешится, ему не жалко...

Он умылся, до блеска выскоблил подбородок одноразовой бритвой, освежился одеколоном и такой — свежий, гладко выбритый, бодрый и благоухающий — босиком прошлепал на кухню. Тарелка с жареной картошкой, двумя сосисками и глазуньей уже поджидала его на столе.

— Зубы почистил? — вместо приветствия спросила сестра.

— Зубы, Маша, нужно чистить не до, а после еды, — наставительно сказал Струменев и чмокнул ее в горячую от долгого стояния у плиты щеку. Щека у сестры была бархатистая и какая-то дряблая, как будто Струменев поцеловался с перезревшим боровиком, источенным червями. — Не веришь мне — проконсультируйся у стоматолога. Кстати, с добрым утром.

— С добрым утром, с добрым утром, — сказала Мария Григорьевна, возвращаясь к рабочему столу и принимаясь резать помидоры. — Садись, ешь, пока не остыло.

— О! — потирая руки, воскликнул Струменев. — Сосисочки! Картошечка! Яишенка! Пища богов! Сюда знаешь, чего не хватает?

— Прямо с утра, что ли? — не оборачиваясь, сказала Мария Григорьевна. — Тоже стоматологи рекомендуют? Перебьешься.

Этот обмен репликами был традиционным, так же как и картошка с сосисками и яичницей на завтрак.

— Могла бы уважить инвалида, — сказал Струменев, вооружаясь ножом и вилкой.

— Ешь, инвалид. Не хватало еще, чтобы ты у меня алкоголиком заделался! Кстати, как твое плечо?

— Да что ему сделается! — Струменев, подумав, отложил вилку, взял кусок хлеба и принялся густо намазывать его маслом. — Перестань ты волноваться, я здоров как бык! Подумаешь, машина сбила! Для офицера-десантника это — тьфу!

— Расплевался, десантник, — проворчала Мария Григорьевна. — Беда мне с тобой. Хоть вообще тебя на улицу не выпускай. Здесь тебе не твой полигон, здесь Москва.

Струменев закончил намазывать бутерброд и приступил к еде. «Интересно, — подумал он, — а что бы сказала Маша, если бы узнала, как все было на самом деле? Как бы она отреагировала, если бы я прямо сейчас сказал ей, что сам нырнул под ту машину? Десантник... Настоящий десантник в такой ситуации, наверное, даже не ушибся бы. Впрочем, потому они и выбрали меня, а не настоящего десантника. Чтобы, значит, и жив остался, и травмы имели место. А если человек после наезда встал, отряхнулся и пошел спокойненько домой, так это уже и не наезд, а так, братский поцелуй. Умеют, черти, просчитывать все на десять ходов вперед!»

Подполковник Струменев уже давно числился десантником чисто номинально. Он заведовал материально-техническим обеспечением — сначала полка, а потом целой дивизии. Должность была полковничья, и Струменев ожидал повышения в звании буквально со дня на день — к ближайшему празднику, пожалуй. Пару раз в году прыгать ему все равно приходилось, но уже не так часто, как раньше. Он хорошо знал, что делает, когда уличил майора Краюхина в воровстве горюче-смазочных материалов. Он всегда хорошо знал, что и ради чего делает — а как же иначе? Служить Отечеству — это очень хорошо и благородно, но и о себе забывать не следует. Тем более что он, Антон Григорьевич Струменев, служил Отечеству, так сказать, на два фронта. А значит, и получать от него, от Отечества, должен был вдвое больше...

Сестра поставила на стол нарезанные помидоры, и Струменев сразу же насадил на вилку аппетитный, капающий соком ломтик. Вкуснотища! Под такую закуску и впрямь не хватало водочки, пускай даже и с утра. Но с Машей на эту тему не больно-то поспоришь. С ней вообще тяжело спорить, и, чем старше она становится, тем тяжелее ее в чем-то убедить. Например, в том, что ее брат — взрослый, самостоятельный мужчина, офицер и вправе сам решать, что и когда ему есть и пить.

В это время в прихожей раздалась квакающая трель телефона. Мария Григорьевна вздрогнула и заметно побледнела. Струменев подумал, что придется, наверное, все-таки подарить сестре аппарат с автоматическим определителем номера, чтобы не тряслась от каждого звонка. Да и было от чего трястись...

Он аккуратно положил на стол нож и вилку и начал медленно вставать, стискивая тяжелые кулаки. Ну, я вам сейчас!..

— Сиди, — сказала Мария Григорьевна. — Я сама подойду.

— Я... — заикнулся Струменев, но сестра уже вышла из кухни.

Подполковник тяжело опустился на табуретку и тупо уставился на свои кулаки, которые лежали на столешнице, как два бесполезных булыжника. Все, что мог, он уже сделал: пошел в милицию и написал заявление с просьбой оградить его и сестру от домогательств телефонных хулиганов, звонивших по поручению журналиста Егора Королева и угрожавших физической расправой. В милиции к нему отнеслись вроде бы сочувственно, заявление приняли без разговоров и обещали помочь, но изловить негодяев никак не удавалось — они звонили из таксофонов, расположенных в разных частях города, и никогда не висели на телефоне больше тридцати секунд подряд. Королев, естественно, отрицал свою причастность к звонкам с угрозами, и прекратить это издевательство, по сути дела, можно было одним-единственным способом: пойти к этому журналюге и расставить точки над «i», как следует начистив ему физиономию. Но вот этого-то как раз подполковник Струменев сделать не мог — во-первых, потому, что ему было велено до суда сидеть тихо и ничего не предпринимать во избежание эксцессов, а во-вторых, потому, что он боялся. А ну как Королев от слов перейдет к делу? Встретят в темном углу, и тогда тебе ни погоны, ни покровители с Лубянки не помогут. Сунут перышко под ребро, и прощай молодость...

Он слышал, как сестра сняла трубку и с кем-то поздоровалась. Поздоровалась спокойно, мирно — видно, звонок был обыкновенный, от кого-нибудь из ее знакомых или сослуживцев. У Антона Григорьевича немного отлегло от сердца, и он решил, пока сестра занята разговором, все-таки тяпнуть водочки для успокоения нервов. Мария Григорьевна, как правило, разговаривала по телефону долго, и даже очень долго — водился за ней такой мелкий грешок, присущий многим женщинам, особенно одиноким. За это время, если честно, можно было не только принять сто граммов, но и основательно напиться — было бы желание да водка. Струменев осторожно, стараясь не шуметь, встал и подошел к холодильнику. Он уже взялся за ручку, но тут Мария Григорьевна окликнула его из прихожей.

— Антон! Антоша! Подойди к телефону, это тебя. Кажется, из милиции...

Струменев выругался — разумеется, не вслух, а только мысленно, — выпустил ручку холодильника и нехотя побрел в прихожую. Ну что там еще?..

Звонили вовсе не из милиции, а из учреждения рангом повыше. Подполковник сразу же узнал голос звонившего и сдержанно поздоровался, помня о присутствии сестры.

— Как дела, Антон Григорьевич? — вежливо осведомился человек с Лубянки. При первой встрече он представился Александром Петровичем, но Струменев подозревал, что это не настоящее имя.

— Дела как сажа бела, — без лишних церемоний ответил Струменев. — Я, между прочим, в отпуске и, по идее, должен отдыхать. А тут черт знает что творится. Мало мне было... — он осекся, вспомнив, что его слышит Мария Григорьевна. — В общем, этот Королев меня уже достал своими звонками. То деньги суют, то угрожают... Просто жить спокойно не дают! Неужели нельзя ничего сделать? Вы же... — он снова осекся, поняв, что едва не сболтнул лишнего. — Вы же милиция!

— Ну-ну, — снисходительно сказал Александр Петрович, — не надо так нервничать. Вы же боевой офицер. Потерпите немного. До суда осталась какая-нибудь неделя. И не бойтесь, ничего он вам не сделает. Во-первых, это он вам на психику давит, надеется, что вы испугаетесь и заявление из милиции заберете. А во-вторых, мы не позволим. Не думаете же вы, что мы вас бросили на произвол судьбы? За вами установлено наблюдение, и за Королевым тоже, так что эти его звонки просто от бессилия. От бессильной злобы, я бы сказал. Не беспокойтесь, Антон Григорьевич. Охота ему самого себя гробить — на здоровье, вам-то что за дело? Не сомневайтесь, на суде ему и это зачтется, и многое другое. Кстати, у меня для вас приятная новость. Наша бухгалтерия наконец-то перечислила деньги, можете получить.

— Что, прямо сейчас?

При упоминании о деньгах Струменев заметно смягчился. Приятно все же, когда твои заслуги перед Отечеством не остаются без вознаграждения!

— А чего тянуть? — тоном рубахи-парня сказал Александр Петрович. — Деньги уже при мне, я от вас в двух кварталах... Получить честно заработанные деньги никогда не рано, как вы полагаете? И потом, не надо забывать, какая у меня работа. Никогда не знаешь, где окажешься через час — на Красной площади, на Колыме или вообще на том свете. Так что ловите момент, уважаемый Антон Григорьевич! Давайте-ка встретимся, скажем, через полчаса в кафе «Снежинка» — знаете, за углом, на соседней улице?

— Я, вообще-то, завтракаю, — с некоторым неудовольствием сообщил Струменев.

— Вы меня удивляете, право, — сказал Александр Петрович. — Завтракает он! Это напоминает мне рекламу йогурта: пусть весь мир подождет... Ну, не хотите — как хотите. Только имейте в виду, я заскочил к вам по дороге на вокзал. Служба! Командировка в Чечню — может, на два дня, а может, на полгода, этого даже мое начальство не знает. Так что, как в песне поется, думайте сами, решайте сами — иметь или не иметь... Ну, так как?

— Ладно, чего там, — согласился подполковник. — Мы — люди военные, нам не привыкать. Сейчас выхожу.

— Вот это другой разговор! Только сестре не говорите, куда да зачем. Скажите, что следователь вызывает.

— Само собой, — буркнул Струменев и повесил трубку.

— Куда? — сразу же спросила сестра, появляясь из комнаты.

— Куда, куда... На кудыкину гору! В милицию, к следователю. Что-то им там срочно требуется уточнить. Суд через неделю, а они все уточняют, недотыкомки...

— Что, прямо сейчас?

— Ну а то когда же? Ты же в курсе, у них все срочно, все сию секунду, ни минуты простоя...

— А завтрак? Антон, завтрак как же? Остынет ведь!

— Разогреешь, — буркнул Струменев и пошел одеваться. — Ну, чего ты всполошилась? — прокричал он уже из комнаты, натягивая брюки. — Через час вернусь, и поедим. Тебе ведь на работу во вторую смену, так? Ну вот, видишь! И вообще, взяла бы, что ли, отгулы какие-нибудь или отпуск за свой счет. Погуляли бы по Москве, в ресторане посидели, съездили бы куда-нибудь. Раз в год видимся, а ты со своей работой как с писаной торбой...

Он вышел из комнаты, одетый в военную форму, вогнал ступни в туфли без шнурков и надел перед зеркалом фуражку с орлом.

— Герой! — гордо произнесла Мария Григорьевна.

Струменев рассмеялся и снова чмокнул ее в щеку. Щека по-прежнему была бархатистая и дряблая, но теперь уже не горячая, а прохладная, что усиливало ее сходство со шляпкой сгнившего на корню, но все еще привлекательного с виду боровика. Подполковнику вдруг захотелось спросить, спала ли Мария Григорьевна хоть раз с мужиком или до сих пор ходит в девушках, но он сдержался: такие темы они никогда не обсуждали, и сестра наверняка оскорбилась бы насмерть. Хотя чего тут, спрашивается, оскорбляться? Дело-то житейское...

Лифты почему-то не работали — ни большой, ни маленький. Это означало, что Струменеву предстоял долгий и утомительный спуск с двенадцатого этажа по лестнице, расположенной отдельно от лифтовых шахт и проходившей через наружные балкончики. Лестницей этой пользовались крайне редко, поскольку лучшего места для ограбления, изнасилования и даже убийства просто невозможно было придумать. Всякий раз, оказываясь на этой лестнице, Струменев поминал недобрым словом архитектора, измыслившего этакое извращение. Чем, интересно, он думал, этот дипломированный придурок? Понятно, что в случае пожара такое расположение лестницы даст жильцам дополнительный шанс. Но пожар то ли будет, то ли нет, а если и будет, то неизвестно когда, зато шпана всегда рядом, всегда на стреме. Для нее, шпаны, эта чертова лестница — настоящий подарок...

Где-то в районе девятого этажа Струменеву почудилось, что за ним кто-то идет. В принципе, в этом не было ничего странного — все-таки утро, рабочий день, а лифты стоят... Не по воздуху же народу летать, если кому-то, скажем, на работу надо или в магазин приспичило! Странным было другое: тот, кто спускался по лестнице вслед за Струменевым, двигался как-то уж очень осторожно, почти бесшумно. Или не двигался все-таки? Может, это был обыкновенный сквозняк? Может быть, это шуршал на лестничных клетках потревоженный им мусор?

Подполковник оглянулся раз, другой, но, конечно же, никого не увидел. Да и кого он мог увидеть! Узкие лестничные марши, темные площадки с заросшими грязью окнами, балкончики, двери, какие-то бесчисленные тамбуры и снова двери... В этом лабиринте можно было не заметить носорога, идущего за тобой буквально по пятам, с отставанием в два метра, не говоря уже о человеке, который не хочет, чтобы его видели.

Воспоминание о телефонных звонках с угрозами обдало Струменева противным холодком, от которого по спине у него пробежала колючая волна озноба. Мало ли что Лубянка приставила к нему наружное наблюдение! Оперативники будут дожидаться его у подъезда, пребывая в полной уверенности, что он спускается в лифте, а он в это время будет подыхать на загаженной лестнице с пулей в брюхе...

А может быть, это как раз и были оперативники с Лубянки? Может быть, это они следят за каждым его шагом, стараясь не попадаться на глаза? Хорошо бы, если бы так! И все равно, на кой черт нужна такая охрана, из-за которой человек может запросто схлопотать инфаркт?!

Он обернулся еще раз и снова никого не увидел. Да и шум, заставивший подполковника насторожиться, больше не повторялся. Почудилось?..

«Конечно, почудилось, — решил Струменев. — Крысы, наверное, шалят. Удивительное дело, сколько в этих многоэтажных бетонных коробках крыс! А, да чему тут удивляться! Мало мусоропровода, так еще и на лестнице настоящий свинарник. Чего бы крысам тут не плодиться? Милое дело, райский уголок!»

Он посмотрел вперед и резко остановился, с трудом сохранив равновесие на узкой ступеньке. Из-за угла лестничной площадки навстречу ему шагнул какой-то обтерханный мужичонка — загорелый, не так давно остриженный наголо и вдобавок небритый, так что шерсть на черепе и на подбородке у него была примерно одинаковой длины. Одет он был в короткую, сильно потертую кожаную куртку давно устаревшего покроя и грязные линялые джинсы. Правую руку он держал за пазухой, явно придерживая там что-то — надо думать, драгоценную бутылку.

Подполковник взял себя в руки — ну, мужичонка и мужичонка, обыкновенный алкаш — и принял правее, чтобы благополучно разминуться со спешащим опохмелиться аборигеном, но тот немедленно шагнул влево, заступая ему дорогу.

— Струменев? — неприятно шмыгнув носом, хрипло спросил он. — Что ж ты, гнида, добрых советов не слушаешь? Короче, некогда мне с тобой базары тереть. Тебе привет от Егора Королева. Молись, пидор гнойный!

Во время этой речи Струменев успел прикинуть, что запросто сможет опрокинуть мужичонку одним ударом и прорваться через него вниз, где его дожидалась охрана. Он был выше, тяжелее и, конечно, намного сильнее своего противника, но, пока он раздумывал, тот вынул из-за пазухи правую руку, и подполковник обмер, увидев в ней старенький тульский наган.

— Капут тебе, падла, — сказал убийца, левой рукой взводя курок и направляя ствол револьвера на подполковника.

Что-то негромко, приглушенно хлопнуло — раз и еще раз. Струменев успел удивиться: глушителя на нагане не было, он видел это своими глазами, а значит, и звук должен был получиться совсем другой. Но тут киллер с мучительным стоном выронил револьвер и схватился сначала за раздробленные пальцы правой руки, а потом, сразу же, за левое колено, на котором вдруг возникла небольшая дырка в окружении стремительно растущего

194

пятна крови. Простреленная нога подломилась, киллер ударился плечом о стену, потерял равновесие и свалился на площадку со второй ступеньки лестничного марша.

Струменев обернулся и увидел позади себя невысокого, очень обыкновенно одетого человека с незапоминающимися, будто смазанными, чертами лица. Незнакомец смотрел мимо него на киллера, держа наготове полуопущенный пистолет с коротким толстым глушителем. Глаза у него были неопределенного серо-зеленого цвета, совершенно невыразительные, и за мучениями раненого он наблюдал абсолютно равнодушно, как будто перед ним был не человек, а прихлопнутая свернутой в трубочку газетой муха.

— Вы с Лубянки? — спросил Струменев. — Вовремя, ничего не скажешь! Еще секунда, и он бы меня пристрелил!

Незнакомец убедился, что горе-киллер и думать забыл о своем нагане, и только после этого повернул бесцветное лицо к Струменеву.

— С Лубянки? — переспросил он. — Что за дикая идея? Вот уж, действительно, чем больше в армии дубов, тем крепче наша оборона! Ха, с Лубянки!

— Тогда откуда? — чувствуя, что неприятности еще не кончились, спросил подполковник.

— От верблюда! Какая тебе разница, откуда я? По-моему, для тебя гораздо интереснее, откуда он.

И он указал дымящимся стволом пистолета на киллера, который, тихо скуля, корчился на грязном кафеле. Крови вокруг него было до ужаса много.

— А что тут интересного? — пожал плечами Струменев. — Он же сам сказал, что от Королева.

— А если я тебе скажу, что у тебя хрен на лбу вырос, ты тоже поверишь? Что за народ?! Вместо извилин — один след от околыша, а туда же...

Невзрачный человек протиснулся мимо стоявшего столбом подполковника и опустился на корточки перед раненым, скрестив на коленях руки, в одной из которых все еще был зажат пистолет. Струменев заметил, что он в перчатках, и поежился. Все-таки стучать особисту на своих коллег — это одно, а видеть настоящего оперативного сотрудника ФСБ за работой — совсем, совсем другое дело... Подполковник все еще был уверен, что имеет дело с телохранителем, приставленным к нему таинственным Александром Петровичем.

— Ну, калека, — вполне дружелюбно сказал киллеру этот тип, — расскажи нам, кто тебя прислал.

— Королев, — прохрипел киллер. — Королев, с телевидения... «Скорую» вызови, козел! Больно, сука-а-а!

— Конечно, больно, — сказал Огурцов. — Но это, поверь, не предел. Может стать еще больнее. Намного больнее. Как насчет второго колена? Или локтя? Или... О! Как насчет твоей драгоценной мошонки? Говори, дурак. Я тебе не мент, мне дознание по всем правилам проводить некогда, и адвоката ты не дождешься. Будешь играть в героя-партизана, я тебя просто шлепну и пойду в кабак завтракать. Я из-за тебя еще не завтракал, а у меня режим.

В подтверждение своих слов он поднял пистолет и приставил его к голове киллера — не ко лбу, как показывают в кино, а к верхней губе. Киллер непроизвольно зажмурился и подался назад, но сзади была стена, испачканная его кровью. Пожалуй, даже для оперативника из ФСБ это было чересчур. Струменеву захотелось отвернуться и тоже зажмурить глаза в ожидании выстрела и веером летящих мозгов. А в том, что мозги полетят, он не сомневался, поскольку разбирался в оружии и знал, что бывает, когда человеку в упор сносят череп выстрелом из армейского «кольта» сорок пятого калибра.

Похоже, картина разлетающихся во все стороны мозгов возникла в воображении не только подполковника, но и киллера. Последний издал странный звук, словно проглотил какую-то пробку или, наоборот, вытолкнул ее вон из горла, и заговорил. Говорить ему было тяжело, но излагал он тем не менее вполне связно и понятно.

— Лубянка, — сказал он. — Парился в изоляторе, восьмерик мне ломился, понял? Участие в незаконных формированиях... За что восемь лет? Я же не убил никого, твою мать! А семью кормить надо? А как ты ее прокормишь, когда работы нормальной нет?

— Сейчас заплачу, — сказал Огурцов. — Ты нам еще про детишек расскажи — мал мала меньше. Сроду у тебя никакой семьи не было — ни жены, ни детей, ни даже матери. Ты дело говори, а то у меня палец на курке затекает. Смотришь — и сожмется сам собой...

— Да мне сказали, если завалю этого гуся в пуговицах, а потом в ментовке скажу, что меня на это дело Королев подписал, выйдет мне полная амнистия, да еще и деньжат обещали подкинуть.

— Кто сказал?

— А я знаю? В штатском какие-то. Вызвали в допросную камеру, сигаретами угощали... «Скорую» вызовите, гады, я же кровищей изойду!

— А для тебя, браток, конец все равно один, — сказал ему Огурцов. — Думаешь, после дела ты бы долго прожил? Шлепнули бы тебя при попытке к бегству, и весь хрен. Я знаю, что говорю, сам когда-то этим занимался. На черта ты им сдался? Слишком много знаешь. Я, конечно, могу вызвать «скорую», мне не трудно, только зачем людей попусту от дела отрывать, государственный бензин зря жечь? Тебя же все равно в больнице подушкой придавят.

Он убрал пистолет от лица киллера, и тот немедленно попытался схватить окровавленной ладонью наган. Огурцов, не целясь, почти не глядя в его сторону, спустил курок. «Кольт» глухо хлопнул, и во лбу киллера появилось аккуратное круглое отверстие. Неудавшийся убийца косо сполз по стене, оставляя на ней широкий кровавый след.

— Теперь ты, — сказал Огурцов, поворачиваясь к Струменеву. Пистолет в его руке медленно истекал сизым пороховым дымом, дуло глядело подполковнику в живот, и тот испуганно шарахнулся, уже совершенно ничего не понимая и будучи уверенным, что теперь настал его черед получить пулю. — Сейчас пойдешь на вокзал, возьмешь билет... Деньги, документы при себе? Вот и отлично! Возьмешь билет, поедешь куда-нибудь на курорт и будешь тихонько сидеть там до конца отпуска. Поездом, понял? На вещи наплюй, их тебе потом сестра вышлет. Перед отъездом дай телеграмму в ментовку: так, мол, и так, прошу аннулировать мое заявление и прекратить возбужденное против господина Королева уголовное дело в связи с тем, что я не имею к нему ника-

197

ких претензий. Только телеграфируй не с вокзала, а, к примеру, из ближайшего отделения связи. К сестре не ходи. Дай ей телеграмму или позвони: отзывают, дескать, на службу. ЧП там какое-нибудь, что ли...

Струменев не мог ничего сказать, он лишь кивал головой, как китайский болванчик, глядя на мертвого киллера, неопрятной грудой окровавленного тряпья лежавшего в углу лестничной площадки. В оружии-то он разбирался, но вот видеть человека, с близкого расстояния расстрелянного пулями сорок пятого калибра, ему до сих пор не приходилось, и от этого зрелища Антона Григорьевича, мягко говоря, поташнивало.

— Нравится? — проследив за направлением его взгляда, спросил Огурцов.

Струменев опять кивнул — механически, не успев подумать. Огурцов презрительно хмыкнул.

— Что ты киваешь? — спросил он. — Ты не кивай, ты запомни, подполковник: останешься в Москве хотя бы на один лишний час, не заберешь заявление или попытаешься искать защиты у своих друзей на Лубянке — и ты покойник. И притом учти, мне об тебя даже мараться не придется, эти уроды сами все сделают. Ты ведь тоже кое-что знаешь, чего тебе знать не положено. Поэтому исчезни, понял? А если не понял, я тебе быстро все растолкую при помощи изобретения полковника Кольта. Я тебе не ФСБ, мне за расход боеприпасов отчитываться не надо. Пошел отсюда, пока я не передумал, гнида в погонах!

И подполковник Струменев пошел, обогнув подальше лежавшее на лестничной площадке тело. Через два с половиной часа, полный дурных предчувствий, он уже трясся в полупустом вагоне поезда, следующего из Москвы в южном направлении.

* * *

Генерал Потапов загнал машину во двор, вышел и закрыл массивные створки ворот, набранные из толстых дубовых досок, скрепленных прочными железными полосами. Асфальт дорожки мокро поблескивал после дождя, мертвая серо-желтая трава потемнела от влаги и стелилась по земле. Крыша установленной на газоне решетчатой беседки тоже промокла, как и сиденья скамеек внутри нее. Генерал заметил, что беседка давно нуждается в покраске, кое-где дерево уже начало понемногу гнить.

Он сел за руль, включил передачу и проехал на машине последние двадцать метров, что отделяли его от крыльца. Идти пешком было невмоготу. Он вдруг почувствовал себя старым, усталым и разбитым. «Какого черта я вообще сюда приехал? — с тоской подумал он, снизу вверх глядя на дурацкие островерхие башенки по углам своей дачи. — Что я тут потерял? Не любил я это место никогда и сейчас не люблю, и дел у меня в Москве по горло и даже выше. У меня там, понимаете ли, операция «Фантомас». Что за идиотское название! Приказы начальства не обсуждаются, но название все равно идиотское. Уж здесь-то, где меня никто не видит и не слышит, я могу быть откровенным хотя бы с самим собой. Да, название идиотское, и сама затея до предела глупая. Безнадежная затея... Если Грибовский переиграл нас, когда был практически в наших руках, то уж теперь-то нам до него и подавно не допрыгнуть. А, чего там! Перетопчемся как-нибудь, потянем время, а там, глядишь, либо забудется все, либо начальство сменится в очередной раз... В отставку, что ли, подать? Уйти на пенсию, переселиться вот сюда, ходить по грибы, на рыбалку ездить... Словом, закончить тем же, с чего начинал — деревней. Да только что я буду делать тут один как перст? Удавлюсь ведь с тоски или запью по-черному... Черт меня дернул сюда приехать!»

Генерал ехал к себе на дачу, руководствуясь смутным чувством вины перед покойной женой. Обещал ведь помочь яблоки собрать, листья сгрести, в теплицах управиться... Обещал, да так и не помог. Как будто нарочно обманул. Если бы жена осталась в живых, Иван Ильич не увидел бы в таком обмане ничего зазорного: обманул, ну и что тут такого? Не в первый и не в последний раз. Без этого ведь не проживешь... Да и вообще, не генеральское это дело — в земле ковыряться! Но теперь, когда жена умерла, невыполненное обещание висело над Иваном Ильичом как дамоклов меч и непрерывно царапало его и без того израненную совесть. Ох, много что-то собралось над головой генерала Потапова дамокловых мечей! А тут еще и это...

Он заметил, что двигатель машины все еще работает, и тряхнул головой, будто просыпаясь. Прямо перед ним стояли пластинчатые, сработанные на американский манер ворота гаража. Генерал порылся в отделении для перчаток, вынул оттуда старомодный, до смешного громоздкий пульт дистанционного управления, выдвинул никелированный усик антенны и нажал кнопку. Внутри гаража зажужжал электромотор, ворота дрогнули, неохотно поползли вверх, дошли до половины и остановились намертво — ни вперед, ни назад. Иван Ильич немного потискал кнопки, ничего не добился, плюнул, заглушил двигатель и вышел из машины.

В дом он заходить не стал, а обогнул его по вымощенной цементными плитами дорожке и прошел прямиком в сад. С яблонь, печально кружась, опадали последние листья. Спелое яблоко сорвалось с ветки и, коротко, тяжело прошуршав в кроне, с глухим, полновесным звуком ударилось о землю. Яблок уродилось много, земля под деревьями была буквально усеяна ими. Золотисто-зеленые, даже на вид кислые шары антоновки тихо гнили в мертвой траве и опавших листьях, и лишь лебеда, пырей да мокрица победно зеленели, словно знать ничего не знали о приближающейся зиме. Помутневшая, местами порванная пленка теплиц грустно хлопала на сквозняке. Кругом была работа, которая требовала мужских рук и на выполнение которой у генерала Потапова не было ни сил, ни времени, ни желания.

Ивану Ильичу вспомнилась история его соседа по дачному поселку — не генерала и не депутата, а просто го отставного полковника, бывшего командира какой-то войсковой части — не то мотострелковой, не то вообще пожарной. Жена у него умерла, сын погиб в автомобильной катастрофе, и этот бедняга от тоски и одиночества занялся своей дачей, вложив в нее всю душу без остатка. Он целыми днями что-то пилил, приколачивал, собирал в окрестных полях булыжники, выкладывал из них у себя во дворе какие-то немыслимые клумбы, альпийские горки и даже, черт возьми, арки. Соседи толпами бегали к нему на участок, охали, ахали, что-то перенимали, чем-то просто восхищались, а он работал, работал дотемна, а после наступления темноты пил водку и засыпал мертвым сном, чтобы с утра пораньше снова взяться за работу. Его участок превратился в настоящее произведение искусства, а потом он просто взял и умер, сердце не выдержало.

Генерал прошелся по жухлой осенней траве, поддел носком ботинка яблоко. Сверху крепкое, снизу оно оказалось гнилым, коричневым, с концентрическими кругами белой плесени. Оно уже начало превращаться в землю, из которой вышло. «Все там будем, — окончательно поддаваясь владевшему им печальному настроению, подумал генерал. — Хотя нет, не все. Моей жене не позволили даже этого — тихо и благопристойно превратиться в землю. Ее сначала убили, а потом сожгли в печке, как полено. Так имею ли я после этого право опускать руки? Название у операции дурацкое? Да плевать я хотел на название! И на государственные интересы я плевал, и на престиж, и на честь мундира... Этот сытый подонок Грибовский походя отобрал единственное, что у меня еще оставалось в этой жизни. То, что я этого не ценил, — вопрос другой. А Грибовский, мразь, от меня все равно не уйдет. Теперь это мое личное дело. Вот оно. За этим я, наверное, сюда и ехал. Руки у тебя опускаются, сил не хватает? Да кого это волнует?! Или я, или он — вот как стоит вопрос. Двоим нам на земле делать нечего, она для этого слишком мала. Я из Королева все соки выжму, лично буду пытать, но он мне скажет, где схоронился его хозяин. Скажет, даже если не знает. Узнает, когда нужда подопрет!»

Приняв решение, Иван Ильич круто повернулся на каблуках и, широко шагая, двинулся вон из сада. Желтые шары спелой антоновки с сочным хрустом лопались у него под ногами, но он не обращал внимания. Черт возьми, как он не понял этого раньше? Ведь его долг пе-

201

ред памятью жены заключался вовсе не в том, чтобы сгрести в кучу опавшие листья в саду или снять пленку с парников, а в том, чтобы найти и уничтожить убийцу. Это же так просто! Око за око, зуб за зуб — по этому закону человечество жило испокон веков и продолжает жить по сей день, несмотря на все усилия закона. Так чем он, генерал ФСБ Потапов, хуже остальных? Официальный закон давно уже не для него писан, и какое же это счастье, что он располагает не только желанием, но и возможностью наказать обидчика!

Он дошел до машины и остановился. Ворота гаража были по-прежнему наполовину подняты. «Разворуют все к чертям, — подумал генерал. — Надо бы позвонить, чтобы прислали кого-нибудь для ремонта. А заодно пускай и в саду приберутся, растрясут жирок, штабные крысы! Яблок пускай наберут, жен, детишек порадуют. Пускай копеечная, а все же экономия. Русский человек и дерьмо сожрет, лишь бы на халяву. Воздухом подышат, посудачат про то, как хорошо быть генералом... И мне польза, и им удовольствие. Надо позвонить».

Установленный в режим вибрации телефон, словно почувствовав, что о нем думают, вдруг затрясся в мелких электронных судорогах в кармане генеральского пальто.

— Какого черта? — удивился Потапов, запуская руку в карман. — Алло! Потапов слушает!

— Товарищ генерал, полковник Беседин беспокоит. Разрешите доложить?

— Докладывай, полковник. Что там у вас?

— Виноват, товарищ генерал, плохие новости. Час назад в подъезде, где живет сестра Струменева, обнаружен труп нашего человека.

— Какого нашего человека? — не понял генерал. — Струменева, что ли?

— Никак нет, товарищ генерал, — голос полковника звучал убито. — Того, который должен был... Ну, вы меня понимаете.

На секунду генерал впал в некое подобие ступора, его мозг просто отказывался воспринимать услышанное.

— Твою мать, полковник! — сказал он наконец. —

202

Это вот и есть твоя надежная кандидатура? Пропадите вы все пропадом, идиоты безмозглые! Он что, промазал?

— Никак нет, — повторил полковник, привычно пряча уныние за уставными формулировками. — Он не сделал ни одного выстрела. Похоже, его опередили.

— Опередили! Как, черт бы вас всех подрал, можно опередить человека, который стреляет из засады? И откуда у Струменева оружие?

— Не могу знать, товарищ генерал.

— А что ты можешь знать?! — выкрикнул генерал. — Что ты заладил, как попугай: никак нет, не могу знать! А кто должен знать — папа римский?! Ты кретин, Беседин. Так я и прикажу записать в твоем личном деле: законченный кретин, клинический дебил, рекомендуется на должность младшего черпальщика в ассенизационном обозе при холерных бараках. Уроды! Сами не знаете, так спросили бы у кого-нибудь, что ли... Этот ваш стукач, Струменев, он-то что говорит?

— Ничего, товарищ генерал. Он исчез. Позвонил сестре из телефона-автомата и сказал, что его срочно отзывают в часть. Сам пропал и заявление свое из милиции забрал, так что уголовное дело на Королева, похоже, развалилось.

— Так, — сказал генерал. Удар был настолько силен, что у него даже пропало желание орать, разнося нерадивых подчиненных. Прежде чем продолжать разнос, все это следовало хотя бы более или менее осмыслить. — Так, — повторил он. — Значит, получается, как в песне: все хорошо, прекрасная маркиза... Струменев сбежал, заявление аннулировано, уголовное дело развалилось, и наш человек найден в подъезде мертвым... Надеюсь, он не от инфаркта умер?

— Никак нет, товарищ генерал. В него всадили три пули сорок пятого калибра. Стреляли, очевидно, из пистолета с глушителем, потому что никто из жильцов дома не слышал выстрелов.

— Ого! — генеральский гнев немного отступил, потесненный чисто профессиональным интересом. — Серьезное оружие. Вряд ли Струменев разгуливал по городу с такой гаубицей в кармане. Да еще и с глушителем, черт! Это оружие профессионального стрелка. Давай-ка поподробнее, полковник.

— Три пули, — сказал полковник. — Три гильзы — похоже, от «кольта». Надо полагать, убийца намеревался скинуть оружие сразу же после... э-э-э... убийства, иначе подобрал бы гильзы. Одна пуля в правую руку, прямо по пальцам — наверное, чтобы обезоружить. Средний палец оторван напрочь, товарищ генерал, и ручка нагана расколота. Там, знаете, такие деревянные накладки...

— Знаю, — перебил Потапов. — Понятно. Дальше давай. Вторая куда?

— В колено. Прямо в чашечку. Разнесло вдребезги. Ума не приложу, как он сразу же от боли копыта не откинул.

— Человек — конструкция прочная, полковник, — сказал Иван Ильич. — Выстрел в коленную чашечку смертельным не назовешь, зато таким манером можно разговорить практически кого угодно. Это похоже на начало интересного разговора, ты не находишь?

— Так точно, товарищ генерал. Впечатление такое, что его пытали. Допрос третьей степени, в ускоренном режиме. Допросили и добили выстрелом в лоб.

— Отменно, — сказал генерал. — Значит, теперь по свету ходят, как минимум, два человека, которые слишком много знают про нас с тобой, Беседин. Первый — Струменев, а второй — этот стрелок с «кольтом»... Интересный парень, и почерк у него какой-то знакомый. Убойная пушка с глушителем, пуля в руку, чтобы обезоружить, пуля в колено, чтобы заговорил, и пуля в лоб, чтобы заткнулся... Его надо найти, полковник, и я тебе в этом помогу. Мне кажется, я знаю, кого надо искать. У меня даже фотография его должна быть. Подготовь там все, чтобы к моему приезду все люди, которых удастся собрать, были наготове, под рукой. Спешил он, видно, сволочь, вот и прокололся, оставил нам свою визитку. Да, Струменева тоже надо найти и... Черт, не до него сейчас! Нам теперь понадобятся все люди, да еще и подкрепление, наверное, просить придется.

— А с Королевым что?

— А что с Королевым? Пускай пока живет, выигрывает свой процесс и радуется, как он ловко нас обштопал. Меня сейчас больше интересует стрелок. Если удастся его найти и не упустить, он приведет нас прямиком к Грибовскому. Прямо в логово, понял? Это его человек, поверь моему слову. А если вы, бараны кастрированные, его прошляпите, я вас сначала с дерьмом съем, а потом отправлю то, что останется, заниматься Королевым. Мы ведь с тобой обговаривали запасной вариант, помнишь?

— Вербова?

— Она. На всякий пожарный случай подготовь все для ее изоляции. Особого комфорта не надо, у нас не пятизвездочный отель. Пускай понюхает настоящей жизни, шлюшка телевизионная. Но это, повторяю, запасной вариант. Главное — стрелок. Жди, минут через сорок буду. Да, и пришли кого-нибудь ко мне на дачу, тут опять гаражные ворота заело к чертям собачьим. Установили, называется, специалисты хреновы! Все понял? Ничего не перепутаешь?

— Так точно! Никак нет, не перепутаю.

— Ну, тогда вольно...

Генерал задним ходом выехал с участка и запер ворота. Настроение у него было, как у гончей, учуявшей дичь. Его мелко потряхивало от нервного возбуждения, и, чтобы успокоиться, он решил закурить. Ему не сразу удалось вставить сигарету в мундштук. Мысли его бродили где-то далеко, сузившиеся до предела глаза смотрели в пространство, точнее — прямиком в деревянный, выкрашенный зеленой краской забор его дачи.

— Да, Олег Васильевич, — пробормотал он, грызя мундштук, — обширная у тебя география. Неделю назад Иерусалим, сегодня Москва... Богатый у тебя спонсор, на билеты не скупится. Петляешь, Олег Васильевич, финтишь. Ну, да сколь веревочке ни виться, все равно конец будет. И конец я тебе, сволочи, обеспечу такой, что чертям тошно станет.

Глава 10

По дороге домой Егор купил бутылку водки. Пить ему не хотелось совершенно, но это был единственный доступный способ на время забыться, отгородиться от проблем. Он был мрачен и зол и старался в эти дни держаться подальше от всех, даже от Оксаны. Оксана, конечно, его любит, сочувствует ему, жалеет его, переживает, но от этого, наоборот, тяжелее. Такой и должна быть настоящая женщина — верная подруга, готовая идти за мужчиной в огонь и воду. А в дерьмо? Вот вопрос: должна ли женщина вслед за любимым с разбега нырять в выгребную яму? Ну, это, положим, ей самой решать, а мужчина со своей стороны должен приложить все усилия к тому, чтобы этого не случилось. Мужчина должен если не быть победителем, то хотя бы выглядеть им до самого конца. А мужчина, которого вот-вот расплющит в лепешку, уже наполовину раздавленный, — зрелище жалкое и недостойное. Негоже показываться в таком виде на глаза любимой женщине! Пусть она лучше обижается, чем жалеет…

Поднимаясь в лифте, Егор криво улыбался. Да уж, подфартило… Ему не впервой было кусать за пятки эфэсбэшников и получать за это по носу. Но раньше у него за спиной несокрушимой стеной стоял Грибовский, всегда готовый помочь, поддержать — словом, отмазать от любых неприятностей. А теперь Егор остался один. Таинственный Фантомас втравил его в поганую историю и замолчал, а родимая служба безопасности, словно только того и ждала, тут же навалилась, норовя вбить в землю по самые ноздри и заасфальтировать.

Непонятно было только, из-за чего его так прессуют. Неужели из-за двух статей в Интернете, которые, по большому счету, прошли не замеченными широкой общественностью? Так оно обычно и бывает с сенсационными материалами, не имеющими продолжения. Героям таких публикаций всего-то и надо, что немного подождать, никак не реагируя на выпад, не подтверждая скандальную информацию и не снисходя до опровержений. Само уляжется — впервой, что ли? Неужели генерал Потапов этого не знал? Или у этой травли была какая-то другая, более глубокая причина? Тогда какая?

Одно не вызывало сомнений: его пытались сломать. Чего стоила хотя бы эта история с телефонными звонками, которыми Егор якобы донимал сбитого им военного! Обвинение было вздорное, но Егору почему-то казалось, что он знает, кому в нынешней ситуации поверит судья. А уж для общественного мнения это будет настоящим подарком! Собратья по перу, эта банда трусливых дворняг, уже в течение некоторого времени описывали вокруг Егора постепенно сужающиеся круги — намекали, недоумевали, комментировали, строили предположения и делали выводы. Они и впрямь напоминали стаю голодных одичавших псов, ждущую только удобного момента, чтобы наброситься на своего собрата, которому изменила удача, и разодрать его в клочья. Егор не осуждал их за это, поскольку на их месте сам вел бы себя точно так же, но и желания подставить для удара вторую щеку у него почему-то не возникало.

Для пущего эффекта не хватало только покушения на этого подполковника — как его, Струменева, что ли... Вот такой, к примеру, сюжетец: какой-нибудь тип самой криминальной наружности встречает подполковника в укромном местечке, громко и отчетливо объявляет, что его прислал Егор Королев, и стреляет из пистолета. Аккуратно так стреляет, чтобы, не дай бог, в самом деле не замочить клиента. Чтобы он, клиент, щеголяя свежей повязкой на оцарапанном пулей лбу — или, там, на руке, — на суде во всеуслышание объявил, что журналист Королев, спасая свою репутацию, организовал на него покушение. Доказать это будет крайне затруднительно, но общественное мнение не нуждается в доказательствах. Ему скандал подавай, а по какому поводу — дело десятое...

В общем, Егор чувствовал себя как человек, который пытается удержать прущий на него танк, упираясь руками в лобовую броню. При известной ловкости и увертливости этим можно было заниматься долго, но в том, каким будет конец, сомневаться не приходилось: рано

207

или поздно поскользнешься, споткнешься, оступишься, упадешь на спину, и тебя размажут по земле.

Но зачем? Зачем им это понадобилось — размазывать его по земле? Заставить неугодного журналиста заткнуться можно тысячей способов, намного более простых, дешевых и эффективных, чем тот, который был избран в данном случае. Неужели таким образом его пытаются склонить к сотрудничеству? Сомнительно. Весьма сомнительно, потому что у них и без Егора Королева хватает псов, которые умеют гавкать по команде хозяина. Но что же тогда означает вся эта чертовщина? Неужто это просто мелкая месть разозленного генерала Потапова?

«Спасибо Фантомасу, — подумал Егор, выходя из лифта и нашаривая в кармане ключи от квартиры. — Спасибо вам, Роман Михайлович! Земной вам поклон — как от меня лично, так и от благодарных телезрителей. Удружили, ничего не скажешь... А с другой стороны, обижаться на Грибовского смешно. Он просто поступает так, как считает нужным, и ничего более. Дождь падает сверху вниз, ветер дует, деревья качаются, река течет, а Грибовский играет в свои игры, пониманию простых смертных недоступные».

Егор понял, что начинает жалеть себя. Что ж, сегодняшний вечер, казалось, нарочно создан для этого. Темнота, одиночество, осенний дождик за окном и бутылка водки — премиленькое сочетание, особенно если у тебя неприятности. Посиди у заплаканного окна, посмотри, как стелется по влажному холодному стеклу сигаретный дым, выпей водки, погрусти, пожалей себя, выпусти накопившийся пар, чтобы завтра с утра снова быть готовым получать оплеухи и давать сдачи.

Он переложил пакет с бутылкой из правой руки в левую и вставил ключ в замочную скважину. Замок трижды щелкнул, ручка мягко подалась вниз, дверь распахнулась, и из темного проема на Егора пахнуло домом. Он вошел, включил в прихожей свет, разулся и снял куртку.

Отопление еще не включили, в квартире стоял промозглый холод, и Егору вдруг показалось, что это из-за того, что с ним нет Оксаны. Сырость в квартире, и на душе точно такая же слякотная мерзость, от которой не избавишься, даже забравшись в горячую духовку. Что ж, такова жизнь. Бывают дни, созданные для радости, а бывают и такие, как вот этот, когда не знаешь, как поскорее прожить. Жаль лишь, что в жизни их так много. Барахтаешься чего-то, тянешь лямку, цепляешься за соломинку, а жизнь тем временем проходит — твоя жизнь, а не чья-то еще. Та самая, которая дается человеку только один раз...

Егор прошел на кухню, включил свет, сунул бутылку в морозилку и проинспектировал содержимое холодильника. В холодильнике было негусто. М-да... К хорошему быстро привыкаешь. Вот и Егор не заметил, как привык к изобилию деликатесных продуктов в своем холодильнике. Грибовский частенько баловал его хорошей едой и выпивкой. Фактически он регулярно снабжал Егора продуктами, избавляя его от необходимости слоняться по магазинам и рынкам. Теперь, когда эта лафа закончилась, Егор никак не мог привыкнуть самостоятельно заботиться о своем пропитании. Зарабатывать на хлеб с маслом он умел, а вот покупать этот самый хлеб все время забывал.

Егор принялся выкладывать из холодильника на стол все, что было съедобного. По дороге домой ему вроде бы не хотелось есть, но теперь, убедившись, что еда в квартире почти отсутствует, он вдруг почувствовал зверский аппетит. Он разложил остатки припасов на столе и прикинул, что из всего этого можно соорудить. Получалось, что на один раз хватит. Одно яйцо, граммов двести вареной колбасы, бутылка с остатками кетчупа, слегка подсохшая четвертушка «бородинского», полбанки майонеза, три вялых помидора, обещавших в ближайшее время загнить... Да, и еще банка рыбных консервов в масле, завалявшаяся со времен последнего продовольственного подарка Грибовского. Егор рыбные консервы не любил, но сегодня годилось и это.

Егор почесал щеку, задумчиво подергал себя за кончик носа. Его так и подмывало покрошить все это богатство помельче, залить майонезом и хорошенько перемешать. Салат вышел бы чудовищным. Чего стоило хотя бы сочетание помидоров с рыбными консервами! А с другой стороны, ему ведь не гостей принимать. Поставить, что ли, эксперимент на себе, любимом?

Впрочем Егор ограничился тем, что зажарил яйцо — это было быстрее, чем варить его вкрутую, — и нарезал себе бутербродов с колбасой. Помидоры он просто располовинил и полил майонезом. Яичница пахла так, что Егору все время приходилось сглатывать обильную слюну. На то, чтобы переложить консервы из банки в какую-нибудь более приличную тару, его уже не хватило. К черту, сойдет и так! В конце концов, он не принц крови, а просто голодный журналист, которому срочно необходимо выпить, закусить и пожалеть себя.

Он быстро составил еду на поднос, вынул из морозилки водку, выключил на кухне свет и отправился в гостиную. По всем каналам сейчас должны были передавать «Новости», и Егор рассчитывал услышать что-нибудь о себе. Тщеславием тут и не пахло: он просто боялся пропустить очередной выброс состряпанного потаповскими специалистами компромата. Ситуация, казалось, ухудшалась, напряжение росло, дело близилось к развязке, и в такой обстановке Егор не мог позволить себе благодушествовать, презрительно игнорируя выпуски «Новостей».

Уже в гостиной он обнаружил, что включить свет, держа в руках нагруженный едой поднос, а под мышкой — бутылку водки, просто не получится. Это была задача для эквилибриста-эксцентрика; Егор умел жонглировать словами, но не подносами. Поэтому он осторожно двинулся вперед впотьмах, ориентируясь лишь по слабым отблескам света из прихожей.

Ему удалось благополучно добраться до журнального столика и опустить на него свою ношу, ничего при этом не уронив. В темноте ему почудилось, что в кресле рядом со столом кто-то сидит, и он вздрогнул было, но тут же мысленно плюнул: разумеется, это был просто плюшевый медведь, подаренный кем-то Оксане на день рождения. Игрушка была здоровенная, ростом с двенадцатилетнего ребенка, и пугала Егора уже не раз. Она все время путалась под ногами, ее просто некуда было пристроить, вот ее и пересаживали с дивана в кресло, из кресла на диван, а то и просто сажали на пол где-нибудь в углу, и она по-

210

стоянно заставляла людей вздрагивать, когда они замечали боковым зрением темную человекообразную фигуру. Егора давно подмывало отпустить этого зверя на волю — в смысле, выкинуть вон из квартиры. Оксана не возражала, поскольку чаще всего плюшевая зверюга пугала именно ее, да и красотой этот набитый синтепоном монстр не блистал. Дело упиралось в мусоропровод — упиралось в самом прямом смысле этого слова, поскольку протолкнуть мохнатое плюшевое чудище в узкую трубу не было никакой возможности, а тащить его вниз в лифте и колесить по городу в поисках подходящей помойки казалось чересчур хлопотно. Егор частенько шутил по этому поводу, предлагая расчленить медведя в ванной, как труп, и спустить в мусоропровод по частям. Шутки шутками, но это был, пожалуй, самый простой способ раз и навсегда избавиться от плюшевого урода, и Егор решил, что вскорости именно так и поступит.

Пробираясь в темноте обратно к дверям, чтобы включить свет, Егор усмехнулся: нашел время думать, как разделаться с плюшевым мишкой. Тут, того и гляди, самого разберут на запчасти и спустят в мусоропровод...

Он щелкнул выключателем. Плоский матовый светильник под потолком вспыхнул ярким белым светом, как бестеневая хирургическая лампа.

— Да будет свет! — провозгласил Егор и обернулся.

И конечно же, никакого плюшевого медведя в кресле не оказалось. То есть медведь-то, разумеется, был, но не в кресле, а на диване — лежал, уткнувшись глупой мордой в подлокотник и задрав к потолку обширный, смеха ради обтянутый старыми «семейными» трусами зад. А в кресле рядом с журнальным столиком сидел, щуря на свету привыкшие к темноте глаза, совершенно незнакомый Егору мужчина самой невзрачной наружности, одетый хоть и аккуратно, но непритязательно.

Егор испытал шок. «Уже? — промелькнуло в мозгу. — Так скоро? Не хочу!»

Он решил, что его сейчас станут убивать. Да и что еще, спрашивается, он мог решить в такой вот ситуации?

Рука Егора сама собой протянулась в сторону и схватила первое, что под нее подвернулось — тяжелую стеклянную вазу с длинным узким горлом. Когда рука нерешительно пошла вверх, поднимаясь в угрожающем жесте, ваза перевернулась, и из нее, шурша, посыпался какой-то мусор — пара пуговиц, канцелярская скрепка и несколько сухих, свернувшихся в трубочку цветочных листьев. «Бардак», — автоматически подумал по этому поводу Егор. Он понимал, что бежать бессмысленно — пуля все равно догонит, у нее скорость выше.

— Поставьте это, — сказал незнакомец, все еще болезненно щуря глаза. — Еще уроните или заденете за что-нибудь... Вещь-то красивая, неужели не жалко? И потом, я знаю этот сорт стекла. Замучаетесь осколки выметать, поверьте моему слову. Поставьте, поставьте. Вы же видите, я без оружия. — Он вытянул перед собой пустые ладони — небольшие, крепкие, чистые, с немного коротковатыми пальцами. — Честное слово, я не намерен в вас стрелять, резать, душить проволочной удавкой, вкалывать вам смертельную дозу героина и вообще причинять какой бы то ни было вред. Разве я похож на убийцу?

— По-моему, да, — немного оправившись от первого испуга, сказал Егор. Ему всегда казалось, что настоящий, профессиональный киллер должен быть именно таким — предельно незаметным, сливающимся с окружающей средой, как хамелеон. — Как вы вошли? Какого черта?..

— Знаете что, — сказал незнакомец, бросая быстрый взгляд на свои ногти, — давайте-ка мы с вами сразу договоримся: не надо мелодрамы. Вы — человек взрослый, серьезный, я тоже, поверьте, не эстрадный комик, да и ситуация... Ну, насчет ситуации вы, я думаю, в курсе. Так что давайте обойдемся без всех этих «как» и «почему». Неужели вы думаете, что я стал бы напрягаться, если бы мог просто позвонить в вашу дверь и войти, как все нормальные люди? Это было бы намного проще, и, если я поступил иначе, стоит, наверное, предположить, что у меня для этого имелись веские причины. Кстати, чтобы вас успокоить, скажу, что пристрелить вас в лифте тоже было бы проще, чем лезть для этого к вам в квартиру.

— Спасибо, — сказал Егор. — Вы меня действительно успокоили.

— Сарказма не надо, — сказал незнакомец. — У нас нет времени на обмен шпильками. Поверьте, я действую исключительно в ваших интересах. Садитесь, давайте поговорим. Вы, кажется, намеревались поужинать? Не стесняйтесь, приступайте. У меня к вам вопросов нет, а все, что нужно знать вам, я расскажу сам. Так что приятного аппетита.

— Спасибо, — повторил Егор, садясь в свободное кресло. — А вы? Может быть, присоединитесь?

— Благодарю вас, я сыт, — корректно отказался гость. — Конечно, если поднесете рюмочку, я не откажусь. Обычно это способствует скорейшему достижению хотя бы частичного взаимопонимания.

— Рюмочку? Ну, это само собой! — воскликнул Егор, открывая бутылку. — Как же без этого-то? Что мы, не русские, что ли? Вы ведь русский, правда? Ну, вот... Погодите, у меня же второй рюмки нет, я сейчас принесу... Бред какой, — добавил он, стоя спиной к гостю и копаясь в серванте. — Приходит неизвестно кто, неизвестно как и первым делом просит налить ему сто граммов, а я спокойненько иду за рюмкой и наливаю... Сумасшедший дом! Передайте мои поздравления генералу Потапову. У него, кажется, начинает проклевываться чувство юмора.

— А у вас быстрый ум, — похвалил гость. — Вы проницательны и умеете смотреть в корень. Значит, для вас не секрет, что ваши неприятности не являются простой цепью несчастливых совпадений?

— Тоже мне, тайна за семью печатями, — презрительно сказал Егор, возвращаясь со второй рюмкой и усаживаясь в кресло. — Тут бы и дурак догадался. Единственное, чего я не могу понять, это какого черта вам от меня надо. Признаться, я давно жду вашего визита в надежде получить разъяснения по этому поводу.

— Вы правы, конечно, — сказал гость, принимая от Егора полную рюмку, — причина существует, и я с удовольствием ее вам укажу. Только, повторяю, не надо сарказма, он меня отвлекает. Тем более что все ваши язвительные замечания, увы, не по адресу. Я не смогу передать ваши слова генералу Потапову по той простой причине, что давно уже работаю не на него, а на... Ну, скажем, на его оппонента.

— Понимаю, — сказал Егор. — Вы из другого отдела, да? Ладно, ваша ведомственная грызня меня не интересует. Давайте выпьем, и вы мне расскажете, с чем пришли. А я тем временем поем. Чертовски проголодался, знаете ли! Чокаться, надеюсь, не обязательно? Ведь мы с вами даже незнакомы.

— Зовите меня Олегом Васильевичем, — сказал гость.

Егор опрокинул рюмку и целиком засунул в рот половинку помидора.

— Угу, — промычал он. — Или Иваном Ивановичем, или Сидором Петровичем... Какая, в самом деле, разница?

Олег Васильевич поморщился.

— Снова острите, — сказал он. — Вы же не у себя в студии! Иронизируя во время еды, вы рискуете заработать язву желудка. Между прочим, Олег Васильевич — мое настоящее имя. Я редко прибегаю к псевдонимам. Когда их много, существует риск запутаться, а когда псевдоним один, то он практически ничем не отличается от настоящего имени. Так, говорите, ведомственная грызня? Что ж, пусть будет так. Скажите, имя Фантомас вам о чем-нибудь говорит?

— Оно мне о многом говорит, — с аппетитом жуя, заявил Егор. — Например, о том, что у вас совести нет, Олег Васильевич. Вы мне обещали, что не станете задавать вопросов, а сами задаете, да еще и такие дурацкие в придачу. Сарказм ему не нравится! Ирония ему не в жилу! А как прикажете с вами разговаривать? Ему, видите ли, интересно, знаю ли я, кто такой Фантомас! Да, знаю. И Бармалея знаю, и Волшебника Изумрудного Города, и Дракулу... Хотите, Корнея Чуковского наизусть почитаю?

— Отлично, — сказал Олег Васильевич. — Вы прекрасно держитесь, но, согласитесь, конверты со спорами сибирской язвы на Лубянку прислал не Корней Чуковский.

— А, вы про это! — Егор легкомысленно махнул рукой. — А я уже, грешным делом, и забыл. Так про это не меня надо спрашивать. Я, знаете ли, за что купил, за то и продал. Мне уже тогда казалось, что это полная лажа, чья-то глупая шутка, но, судя по вашему появлению здесь, в моей статье не было ни слова неправды. Фантомас, говорите? Ха! Здорово вас кто-то приложил. Надеюсь, я не задел ваши чувства? Рассчитывать на сочувствие с моей стороны было бы просто глупо. Вы что, пришли только за тем, чтобы расспросить меня про Фантомаса? Сожалею, но вы попусту потратили время, а я из-за вас пропустил вечерний выпуск «Новостей». Мне, знаете ли, полезно смотреть «Новости», особенно сейчас. У меня через неделю суд. Вдруг по телевизору про это что-то новенькое скажут?

— Это вряд ли, — сказал Олег Васильевич, жестом отказываясь от второй рюмки водки. — Ничего нового и полезного для себя вы по телевизору не увидите, и суда никакого, скорее всего, не будет.

— То есть как это — не будет? Почему?

— Потерпевший забрал свое заявление и уехал в неизвестном направлении, свидетели один за другим приходят к следователю и отказываются от своих показаний... Похоже, всем им кто-то хорошо заплатил. Словом, с этой историей, можно сказать, покончено.

— Врете, — выдохнул Егор. Огромный камень, свалившись с его души, тяжело громыхая, укатился куда-то вниз, в тартарары.

— Это уже даже не сарказм, — сказал Олег Васильевич. — Это уже прямое оскорбление. Я бы на вашем месте не стал так разговаривать с незнакомым человеком.

— Идите к черту, — задушевно сказал Королев. — Водки хотите? Не хотите? А я хочу! Ваше здоровье!

— Мысленно с вами, — сказал Олег Васильевич и покосился на часы.

— Торопитесь? — спросил Егор и отправил в рот капающий маслом кусок консервированной рыбы. — Так ведь я вас не держу. Значит, говорите, дело развалилось? Тогда понятно, почему вы решили идти ва-банк. Что ж, валяйте. Предупреждаю, ни черта у вас не получится, но попытайтесь. Интересно послушать. Можно, я камеру включу? Ладно, ладно, шутка. Валяйте, излагайте.

Гость усмехнулся. Зубы у него были просто отменные и, кажется, даже свои, не искусственные.

— Я обещал вам указать на причину, которая побудила ФСБ вплотную заняться вашей персоной, — сказал он, — и я это сделаю. Вы должны понимать, что, потерпев неудачу с этим липовым десантником, генерал Потапов и его подчиненные на этом не остановятся. Им от вас кое-что нужно, так что они просто зайдут с другой стороны и попробуют взяться за дело немного иначе, уже пожестче, без затей. Поэтому блаженная улыбка победителя, которая сейчас блуждает по вашей физиономии, кажется мне, простите за откровенность, неуместной.

Егор заметил, что и вправду улыбается, наслаждаясь победой, в которой не было его заслуги, и усилием воли погасил улыбку.

— Так-то лучше, — произнес Олег Васильевич. — Причин для радости у вас меньше, чем у покойника. Тому, по крайней мере, уже не о чем волноваться. Итак, что же нужно от вас генералу Потапову? Видите ли, после того случая с сибирской язвой он пришел к логичному выводу, что это была месть со стороны некоего лица, у которого были веские причины для подобного антиобщественного поступка. Надеюсь, вы понимаете, о чем я говорю? Вернее, о ком?

— Идите к черту, — повторил Егор. — Я ваших намеков понимать не желаю. Ничего не знаю, ничего не понимаю. Вам ясно?

— Мне ясно, — спокойно сказал Олег Васильевич, — и я могу хоть сейчас встать и уйти. Но вы об этом горько пожалеете, а мне бы этого не хотелось. Не буду кривить душой, мне на вас плевать с высокого дерева. Я просто действую в рамках данного мне поручения. Поэтому прошу вас слушать не перебивая. Все вопросы потом. И еще одно: усвойте, что я не пытаюсь вас расколоть и вытянуть из вас информацию. Я просто излагаю факты, и ничего больше. Не предположения, не версии — факты! Так вот, генерал Потапов подозревает, что вы поддерживаете связь с упомянутым лицом — попросту говоря, с Фантомасом. Генерал Потапов надеется, что вы знаете, как найти Фантомаса, и поможете ему в этом, если на вас как следует надавить. Мне, в свою очередь, известно, что вы этого не знаете. Но это известно мне, а не Потапову. Потапов не остановится ни перед чем, чтобы заставить вас рассказать то, о чем вы понятия не имеете. Особенно теперь, когда состряпанное его людьми дело развалилось. Он ведь не дурак и понимает, что тут что-то нечисто. Вам кто-то здорово помог, разве не так? Между прочим, этого вашего потерпевшего пытались убить, застрелить из нагана. Убийца даже успел сказать речь, из коей выходило, что он нанят лично вами. Правда, выстрелить он не успел, зато сказал, что его выпустили из следственного изолятора ФСБ специально для проведения этой акции. Потом с ним случилось несчастье, знаете ли. Бедняга умер, и убил его не Струменев. Вот такие пироги, друг мой. Как тут не решить, что вас кто-то опекает? Вот генерал Потапов и решил, что это работа Фантомаса. И он прав, между прочим. Это тоже факт, достоверно известный мне и, кажется, не очень удивляющий вас. Словом, вам надо уезжать из города и даже, пожалуй, из страны. Обоим — и вам, и Оксане. Я бы даже сказал, особенно Оксане.

— Почему? — напряженным голосом спросил Егор.

— А вы еще не сообразили? Впрочем, если бы сообразили, вас бы давно и след простыл. Но я вас не осуждаю, у вас просто не было начальной предпосылки, вы не знали, что от вас нужно Потапову, и не хотели пороть горячку. Что ж, похвально! Но теперь, когда вам все известно, подумайте: каким будет следующий шаг нашего бравого генерала? Как заставить вас сотрудничать? Учтите, он в цейтноте, поэтому церемониться с вами больше не будут. С какой стороны вас можно ударить так, чтобы вы сразу задрали лапки кверху? На какое место надавить, чтобы стало нестерпимо больно? Что отобрать? Вообразите, что сейчас зазвонит телефон и грубый мужской голос сообщит, что ваша невеста похищена. Вы же не бросите ее в беде, правда? И знаете, что самое страшное? Вы ничем не сможете ей помочь, потому что того, что нужно генералу, у вас нет. Прежде чем он в этом убедится, пройдет немало времени. Этот дурак измучит и вас, и Оксану, увязнет по самые уши в собственном дерьме, и выход у него останется только один —

убить либо себя, либо вас. Как вы думаете, какой из вариантов он выберет? И потом, Потапов — это не вся ФСБ. Даже если он застрелится, вас все равно ликвидируют ради спасения чести мундира. Альтернатива этому только одна — немедленный отъезд. Это ведь даже не бегство, а просто разумная мера предосторожности. Вы ведь, кажется, не из тех, кто рискует жизнью ради выдуманных идеалов? Живая собака лучше мертвого льва. Да и не дадут вам сыграть роль благородного хищника, не надейтесь.

— Не понимаю, — сказал Егор, — вам-то что за дело? Вы не обижайтесь, вы правы, наверное, но ведь это только половина правды. Вы ведь тоже действуете не ради выдуманных идеалов, а с какой-то конкретной целью? Что вам от меня надо?

— Господи, — воскликнул Олег Васильевич, — ну, подумайте сами: что МНЕ может быть нужно от ВАС? Я не собираюсь баллотироваться в Думу, и с врагами своими я разбираюсь сам, без помощи телевидения. Я просто работаю за деньги, выполняю поручения. Сейчас мне поручено любой ценой вытащить вас из дерьма, а зачем это понадобилось, я и сам не знаю. Лично я считаю всю эту спасательную операцию пустой тратой времени и денег, но решения принимаю не я.

— А кто? — спросил Егор.

Олег Васильевич непринужденно пропустил этот вопрос мимо ушей.

— Так вы поедете? — спросил он. — Или я здесь битый час попусту молол языком?

На этот раз настала очередь Егора игнорировать вопрос.

— Погодите, — кладя на стол вилку, сказал он, — а ведь я вас где-то видел!

— В высшей степени сомнительно, — сказал Олег Васильевич.

— Черта с два — сомнительно! У меня память фотографическая. Погодите, дайте вспомнить... Ну конечно! Вы были на яхте в момент взрыва, я вас видел, когда снимал из лодки. Вы стояли с другими членами команды, а потом шарахнуло, и яхты не стало...

Олег Васильевич сухо улыбнулся.

— Если шарахнуло так, как вы это описали, и если бы я был там во время взрыва, мы бы с вами сейчас не разговаривали, — вежливо заметил он.

— И тем не менее кое-кто остался в живых после того взрыва, — с нажимом сказал Егор. — Мы ведь с вами только о нем все это время и говорили. Я думал, он один уцелел, а теперь вижу, что вас было, как минимум, двое.

— Вы что-то путаете, — сказал Огурцов. — Меня часто путают с другими людьми. У меня такое, знаете, неприметное лицо, стандартное даже...

— Бросьте, — сказал Егор. — Я ничего не путаю. И потом, у меня сохранилась копия той записи. Она украшает собой мой личный золотой фонд. Хотите, прокрутим ее?

— Не хочу, — усмехнулся Огурцов.

— То-то же. Так как поживает Роман Михайлович?

— Знаете, — сказал Огурцов вместо ответа, — у вас действительно феноменальная память. Это первый подобный случай в моей практике. Если бы мне не было поручено вас вытащить, я бы вас убил, честное слово.

— Верю, — сказал Егор.

* * *

Из мебели в комнате стояли только вращающийся стул с низкой спинкой и девственно чистый стол с простенькой керамической пепельницей. Узкое горизонтальное окно располагалось под самым потолком, а напротив входной двери висело огромное, почти во всю стену, зеркало. Динамики и микрофоны были где-то надежно упрятаны, но Дэвис жил на этом свете не первый день и, отвечая на вопросы, адресовался именно к зеркалу, за которым, насколько он понимал, скрывался потенциальный работодатель.

— Еще один вопрос, полковник Дэвис, — послышалось из скрытых динамиков. — Скажите, вам не кажется унизительным тот факт, что вы, боевой офицер морской пехоты, фактически будете командовать двумя десятками ночных сторожей, набранных из разного сброда?

Металлический, бесцветный, искаженный электроникой голос вряд ли являлся следствием технической неполадки. Дэвис склонялся к мысли, что его собеседник намеренно скрывает не только свое лицо, но и голос.

— Нет, сэр, — кратко ответил он.

— Такой ответ приличествует рядовому, — сказали динамики, — но звание полковника, как мне кажется, предполагает умение выражаться развернуто. Я бы хотел получить более подробный ответ.

— Конечно, сэр, — исправился Дэвис. — Мне нужна работа, сэр. Мне нужны деньги, и меня устраивает размер жалованья, указанный вашим агентом. Кроме того, что-то подсказывает мне, что мои функции будут несколько шире, чем простая охрана забора. Что же до унижений, сэр, то по этой части я давно получил все, что мне причиталось, от правительства США.

— Вы можете курить, полковник, — сказали динамики.

— Благодарю вас, сэр. Я воздержусь.

— Почему? Вы не курите? Бросили?

— Курю, сэр, но в данный момент мой организм не испытывает потребности в никотине.

— Вот как? Психологи утверждают, что многие мужчины курят для самоутверждения, демонстрируя таким образом свою независимость. Почему вы молчите, полковник Дэвис? Вам нечего ответить?

— Вы не спрашивали, сэр.

— Это был вопрос.

— В таком случае, сэр, на меня это правило не распространяется. Я курю тогда, когда мне хочется курить, а не тогда, когда мне предлагают.

— Превосходно. Последний вопрос, полковник. Как у вас с патриотизмом?

— Я не понял вопроса, сэр.

— Что же тут непонятного, полковник? Патриотизм! Звездно-полосатый флаг, американский гимн... Что, если вы получите приказ стрелять в американцев?

— Я больше не служу в пехоте, сэр, и не связан присягой.

— Полнее, прошу вас.

— Поступая на службу, сэр, я подписываю контракт, обязывающий меня выполнять приказы. Если я выполняю приказы, я их выполняю, сэр. Если я перестаю их выполнять, это означает, что я либо уволен, либо убит.

— В данном случае это одно и то же. Учтите это, полковник Дэвис.

— Это обычное условие, сэр. Я имел его в виду, когда ехал сюда.

— Отлично, полковник. Думаю, вы мне подходите.

Из стенной панели под зеркалом выдвинулся мелкий ящичек, в котором лежал одинокий лист бумаги, густо покрытый печатным текстом. Дэвис сдержал волнение: похоже, это был контракт.

— Прежде чем заключим сделку, вы можете задать мне несколько вопросов, — сказали динамики. — Может быть, у вас имеются сомнения, которые следует развеять, пока не поздно?

Дэвис встал со стула, выпрямившись во весь рост и развернув мощные плечи. Под тонкой тканью фуфайки играли округлые выпуклости каменных мышц, бритый череп поблескивал в падавшем из-под потолка дневном свете. В серых глазах Дэвиса промелькнуло некое подобие усмешки. На вид ему было лет тридцать пять — тридцать восемь, не больше.

— С вашего позволения, сэр, — сказал он. — Скажите, что я увижу, если прямо сейчас возьму этот стол и разнесу им зеркальную стену, за которой вы прячетесь?

— Красивый танец бледных вспышек на дульном срезе пулемета, — спокойно ответил голос из динамиков. — Вы удовлетворены ответом?

— Благодарю вас, сэр, я полностью удовлетворен. С вами приятно иметь дело. Я могу подписать?..

— Разумеется, полковник. Вы ведь именно для этого и пришли, не так ли? Только внимательно ознакомьтесь с контрактом. Не беспокойтесь, я подожду. Спешить нам с вами некуда, но и особенно медлить не стоит. Читайте, полковник, читайте.

Дэвис взял из ящика контракт и быстро просмотрел его. Контракт был в целом стандартный, за исключением нескольких дополнительных пунктов, в которых делался особый упор на секретность и сохранение полной конфиденциальности в отношениях между наемником и нанимателем. Сумма денежного довольствия оказалась даже несколько выше той, о которой упоминал агент нанимателя.

— Вы щедры, сэр, — заметил он, ненадолго задержавшись на этом пункте.

— Я привык платить за то, что мне нужно. Давайте не будем играть словами, полковник. Ведь вы продаете себя, а я покупаю, требуя взамен полной преданности.

— Преданности, сэр?

— Хорошо, не преданности, а беспрекословного выполнения моих приказов. Такая формулировка вас устраивает?

— Да, сэр. С вашего позволения, у меня имеется еще один вопрос. Если вы будете все время отдавать приказы из-за зеркала, то как я узнаю, что их отдаете именно вы, а не кто-то другой?

— Пусть вас это не беспокоит. Зеркало — временная мера предосторожности. Мы с вами непременно познакомимся, полковник, и даже выпьем за знакомство чего-нибудь покрепче. Мне нравится ваш деловой подход к проблемам безопасности. Сразу чувствуется настоящая хватка. Это правда, что в пехоте вас называли Бульдог Дэвис?

Дэвис удивленно приподнял левую бровь. В резюме, которое он передал агенту, его кличка не упоминалась.

— Да, сэр, — сказал он. — Осмелюсь заметить, мне кажется, что в этой комнате сейчас находятся сразу два бульдога.

Динамики захрипели, закашляли. Дэвис не сразу понял, что его собеседник смеется.

— Я расцениваю это как комплимент, — сказал наниматель. — Что ж, надеюсь, что два бульдога сумеют понять друг друга и сработаться.

— В этой стае вы — вожак, сэр, — сказал Дэвис.

— Вы правы. Вот вам первый приказ. Спустившись в холл, вы найдете там около сотни бродяг, которые утверждают, что когда-то были солдатами. Отберите из них два десятка лучших. Позже представите их мне по одному — здесь, в этой комнате. Двух часов вам хватит?

— Вполне, сэр.

— Тогда ступайте. У вас будет неделя на то, чтобы привести это стадо в состояние боевой готовности. Справитесь?

— Зависит от материала, сэр. Возможно, до конца недели доживут не все, но те, что останутся, будут настоящими пехотинцами.

— Дьявол, — сказал голос из динамиков по-русски. — А Огурцов-то был прав! Это тебе не арабы.

— Не понял, сэр? — бесстрастно спросил Дэвис.

— Неважно, полковник. Это замечание к делу не относится. Я сказал, что вы мне нравитесь. Что ж, действуйте. Жду вас через два часа.

Электрический замок зажужжал и с тихим маслянистым щелчком открылся. Дэвис опустил подписанный контракт в ящичек под зеркалом и вышел из комнаты, твердо ступая обутыми в высокие пехотные ботинки ногами. Через некоторое время стало слышно, как он орет в холле, отдавая команды. Сидевший в помещении за зеркальной стеной Роман Михайлович Грибовский налил себе еще одну чашечку кофе, плеснул туда немного коньяка из пузатой бутылки, зажег новую сигарету и с головой погрузился в изучение толстой папки, содержавшей в себе абсолютно секретный, не подлежащий публикации и разглашению отчет о финансовой деятельности американской компании «Глобалком» — одного из крупнейших в мире провайдеров интернет-услуг. Чтиво было в высшей степени увлекательное. Помимо массы чрезвычайно полезной и где-то даже сенсационной информации, оно содержало в себе старую как мир, но почему-то упорно игнорируемую всеми истину: все на этом свете преходяще — и могущество, и слава, и благополучие, и в особенности порядочность.

Глава 11

Этот тип даже не скрывался. Он следовал за Егором и Оксаной по пятам, как приклеенный, ясно давая понять, что на этот раз от слежки им не уйти. Если бы не лекция, которую накануне прочел ему Огурцов, Егор не стал бы обращать на этого придурка внимания: много чести! Пускай следит, если больше делать нечего... Но именно неприкрытая наглость, с которой осуществлялось наблюдение, убедила его в правоте Огурцова: генерал Потапов действительно махнул рукой на тонкости и очертя голову шел напролом с яростью раненого носорога. Его было легко понять: в конце концов, помимо приказа начальства, существовала еще жена генерала, умершая в отдельном боксе ведомственного госпиталя от сибирской язвы. Генералу было от чего потерять голову и впасть в ярость. Он напоминал Егору человека, только что больно треснувшегося лбом о притолоку и теперь готового пинать и расшвыривать все, что подвернется под руку.

Сейчас, когда над Оксаной нависла реальная угроза, Егор Королев понимал генерала, как никто иной. Ему было трудно представить, что бы он стал делать, если бы люди Потапова похитили Оксану. Купил бы пистолет, наверное, и постарался бы изловить Потапова в каком-нибудь укромном местечке, чтобы потолковать с ним по душам. Но из этого, скорее всего, ничего бы не вышло: Егор был журналистом, а не коммандос, и его вооруженное сопротивление генералу ФСБ наверняка закончилось бы в ближайшем отделении милиции, даже не успев как следует начаться. Противопоставить грубой силе Егору было нечего, так же как генералу Потапову нечего было противопоставить сибирской язве, отнявшей у него жену. Словом, Егор понимал Потапова, но роль козла отпущения ему все равно не улыбалась.

Остановившись у лотка с печатной продукцией, Егор обернулся через плечо, отыскивая взглядом человека, который следил за ними. Тот был тут как тут — стоял у соседнего лотка, листая иллюстрированный журнал, и искоса поглядывал на своих подопечных. Перехватив взгляд Егора, он посмотрел ему прямо в глаза и нехорошо усмехнулся уголками губ. Лицо у него было малоподвижное, словно вырубленное из твердого дерева тупым топором, и усмешка получилась жутковатая; она выглядела так, словно кто-то изнутри потянул за привязанные к углам рта проволочки — потянул и сразу же отпустил. Это была злая пародия на улыбку; так могла бы улыбаться нашпигованная электрическими моторчиками резиновая кукла; так мог бы улыбаться труп.

«А ты перетрусил, дружок, — мысленно обратился к себе Егор. — Так перетрусил, что тебе уже чертовщина начинает мерещиться. Вполне может оказаться, что этот тип никакой не эфэсбэшник, а просто обычный болван, который запал на Оксану. Есть такие озабоченные граждане, обожающие пялиться на красивых женщин. Пялится, а сам тем временем засунет руку в карман и шарики катает. Пялится и катает, катает и пялится... Делать ему нечего, до самолета времени навалом, вот он и прилип как банный лист к... ну, неважно, к чему именно. Хорошо бы! Да только пялится он в основном не на Оксану, а на меня. Вряд ли это голубой, который ищет себе нового дружка. Я на пассивного не похож, да и он, признаться, тоже. А может, это человек Грибовского? Что-то вроде телохранителя... Ох, вряд ли!»

— Егор, ты меня слышишь? О чем ты думаешь? Егор!

Королев встрепенулся и перевел взгляд на Оксану. Та стояла рядом и смотрела на него удивленно и слегка встревоженно. В руках у нее был журнал. Егор с трудом подавил нервное хихиканье: журнал был тот самый, который для отвода глаз листал у соседнего лотка человек с деревянным лицом.

— Что с тобой? — спросила Оксана. — Зову, зову, а ты будто на другой планете...

— В параллельном мире, — поправил ее Егор. — Извини, задумался. Нет, правда, прости. Устал я что-то за последние дни. Все нервы вымотали, черти. Ничего, сейчас отдохнем, развеемся, по Карлову мосту погуляем... Люблю Прагу! Надо же было такое построить! Вот уж, действительно, город на все времена. Кто там побывал, тому по Европе путешествовать уже не надо, все равно ничего красивее в жизни не увидишь.

— Слишком много туристов, — скептически заметила Оксана. — В том числе и русских. А хуже русских туристов, по-моему, только американские.

Они отошли от киоска. Егор снова обернулся. Типа с деревянной физиономией нигде не было видно, но это вовсе не означало, что его на самом деле нет.

— Туристы — вообще тяжелый народ, — сказал Егор. — Любые, не только русские или американские. Особенно с точки зрения аборигенов. Мы ведь с тобой тоже туристы, не забывай.

— Знаю я тебя, туриста, — рассмеялась Оксана. — Ты везде ухитряешься раскопать какую-нибудь сенсацию и сразу про все забудешь — и про красоты Праги, и про меня. Если честно, тебе надо жениться на видеокамере. С ней, по крайней мере, у тебя не возникнет никаких разногласий. Будете жить душа в душу...

— Детишек плодить, — мечтательно подхватил Егор, украдкой оглядываясь по сторонам. — Интересно, мальчики у нас будут получаться или девочки?

— Исключительно мальчики, — уверенно сказала Оксана. — Девочки — существа эмоциональные, с тонкой душевной организацией. Так что у вас будут получаться сплошные мальчики. Вместо глаз объективы, вместо ушей — акустические пушки, вместо сердца — диктофон...

В ее голосе прозвучала обида, и Егор подумал, что шутка, пожалуй, зашла слишком далеко.

— А вместо... э, гм... Ну, ты понимаешь. Вместо этой штуки у них что будет? — изображая живой интерес, спросил он.

— А вместо этой штуки будет краник для слива информации, — сказала Оксана.

Егор фыркнул.

— Это не мальчики, — сказал он, — это монстры какие-то.

— Совершенно верно, — согласилась Оксана, — монстры. Они тебе никого не напоминают?

— Но-но! — строго сказал Егор. — Вот это уже клевета. У меня с этим делом полный порядок. Никаких краников, все натуральное.

— Ну, это просто атавизм. В следующем поколении он отпадет.

Егор сделал большие глаза.

— Типун тебе на язык! Ты что говоришь-то? Это ж надо было такое выдумать — отпадет! Я тебе покажу атавизм!

— Прямо здесь покажешь? — заинтересовалась Оксана. — Ну-ка, ну-ка... Любопытно было бы взглянуть. Может, он уже отпал? То-то ты всю последнюю неделю от меня прятался.

— В Праге, — пообещал Егор. — Сразу же, как приедем в отель, буквально первым делом.

— А камера как же?

— А она пускай завидует... Слушай, ну перестань. Что ты, в самом деле? Женщины всегда ревнуют мужчин к их работе, это нормально, но надо же все-таки и меру знать. Тем более что работа у нас с тобой общая.

— Ненавижу ее, — сказала Оксана. — От нее одни неприятности и никакого удовольствия. Лучше быть какой-нибудь дояркой, смотреть «Новости» по телевизору и не знать, что за ними на самом деле стоит. Сплошная грязь, и мы в ней копаемся, копаемся...

— Коровий зад, конечно, чище, — сказал Егор. Он произнес это немного резче, чем следовало, потому что снова увидел типа с деревянной физиономией. Тот стоял, привалившись плечом к колонне метрах в десяти от них, и разговаривал с кем-то по мобильному телефону, одновременно с ленивым интересом разглядывая Егора.

— Конечно, чище, — запальчиво сказала Оксана.

Егор уже не знал, радоваться этому спору или огорчаться. Ссориться с Оксаной не хотелось, но, с другой стороны, в пылу словесной баталии ей было некогда смотреть по сторонам, и слежки она, кажется, до сих пор не заметила.

— Ты не права, — сказал он, отворачиваясь от эфэсбэшника. — То есть права, конечно, навоз действительно пахнет приятнее, чем то, в чем мы копаемся. Копаемся, купаемся... Куда как хорошо тянуть свою лямку и ничего не знать, кроме того, что все вокруг тебя отлично и с каждым днем делается все лучше! Умные дяди обо всем подумают, все решат и уберегут тебя от всех неприятностей. А что жрать нечего, так это временные трудности. Работать надо лучше, повышать надои, вытачивать за смену больше гаек и болтов, и тогда в ближайшее время на земле наступит царствие небесное. Так, что ли? Сама знаешь, что не так. Власть необходимо контролировать, иначе она таких дров наломает... И мы с тобой как раз этим и занимаемся — контролируем власть, не даем ей зарываться. Это, конечно, сложнее, чем несчастную корову за соски дергать, но зато и пользы людям от этого больше.

— Господи, — сказала Оксана, — да ты и впрямь переутомился. Ты что говоришь-то? Кому ты это рассказываешь? Я что, учусь на первом курсе журфака? Ты же сам в это не веришь. Ты хочешь сказать, что, когда топил людей по указке Грибовского, действовал из чистого альтруизма?

— Никто не действует из чистого альтруизма, — сказал Егор. — Все работают за деньги, и мы с тобой тоже. Мы не ангелы, и Грибовский не ангел, и никто не ангел, увы. Но если я сливаю компромат на какую-нибудь сволочь, изобличаю взяточника, казнокрада или просто грязную свинью, так ли уж важно, кто мне за это платит — ангел или такая же свинья? Важно то, что информация обнародована — та самая, о которой без меня никто бы не узнал. И вообще, тебе не кажется, что для первого дня отпуска это не самый подходящий разговор? Мы ведь собрались отдохнуть, а ты снова о работе... Ну ее к черту! Забудь. Ты доярка, а я этот, как его... скотник. Или комбайнер. Нас родной колхоз в Прагу послал за трудовые достижения. Для обмена опытом, ясно?

— Откуда в Праге коровы?

— Со всего мира. Среди туристок их сколько угодно. Бродят по всему городу, смотрят по сторонам печальными коровьими глазами, а их на каждом углу доят, доят... И комбайнеров там навалом. Круглый год бабки молотят. Летом побольше, зимой поменьше, но процесс идет непрерывно.

Регистрацию на их рейс объявили уже давно, но Егор старательно тянул время. Он все пытался придумать, как ему избавиться от хвоста, но, как назло, ничего не придумывалось. Аэропорт — не самое удобное место для того, чтобы прятаться и убегать, особенно если твой самолет вылетает через полчаса и преследователям известен твой рейс. Вот пассажирский терминал, вот стойка регистрации, а вон там, на поле, — самолет. И никуда ты не денешься, будешь двигаться по установленному маршруту, как вагонетка по рельсам или чемодан по ленте транспортера. И пожаловаться некому, разве что подойти к милиционеру и сказать: извините, но вон тот гражданин с неприятным лицом как-то нехорошо на меня смотрит; арестуйте его, пожалуйста! Так тебя или пошлют подальше, или, в лучшем случае, проверят у подозрительного гражданина документы. А тот покажет удостоверение сотрудника ФСБ, шепнет пару слов, и тогда документы начнут проверять у тебя — долго, с пристрастием. А самолет тем временем улетит, и ты останешься тут, наедине со своими врагами, которым только того и надо...

По радио объявили, что регистрация пассажиров на пражский рейс заканчивается. Оксана беспокойно задвигалась.

— Слушай, мы лететь собираемся или нет? Нас же в самолет не пустят!

— Собираемся, собираемся, — вздохнул Егор. — Куда ж мы денемся... Просто терпеть не могу торчать в накопителе. Ладно, пошли, что ли.

У стойки регистрации Егор пропустил Оксану вперед. Тип с деревянной мордой был тут как тут — пристроился в очередь сразу за Егором. От него пахло одеколоном, и притом весьма недурным. Егор даже засомневался: а может, это все-таки не эфэсбэшник? Впрочем, сейчас все-таки был не семидесятый год и даже не девяностый, хорошая парфюмерия давно перестала быть проблемой, и обливаться ею теперь мог кто угодно — хоть депутат, хоть сотрудник ФСБ, хоть прапорщик, выдающий на складе портянки и мыло в банный день.

Егора так и подмывало шепнуть эфэсбэшнику пару ласковых, но он сдержался: Оксане ни к чему было знать истинную причину их отъезда из Москвы. «А я? — подумал он, протягивая в окошечко билет и паспорт. — Я знаю, куда и зачем мы едем? Отпуск, Прага... Черт подери, а ведь я как-то даже и не задумывался, когда мы сможем вернуться в Москву и вернемся ли вообще! Некогда было, чемоданы паковал. А подумать об этом стоит. Мы же не в туристическую поездку отправляемся, мы бежим! Бежим от ФСБ, и притом не очень удачно. Счет пока не в нашу пользу, и неизвестно, удастся ли его сравнять...»

Он поставил сумку на ленту транспортера, прошел через арку металлодетектора и подхватил свой багаж, который уже выполз из серого ящика рентгеновской установки. Резиновая лента транспортера внезапно дернулась и замерла. Возле монитора, на котором высвечивалось содержимое багажа, возникла какая-то суета. Эфэсбэшник, который уже миновал ворота металлоискателя, взирал на эту суету с некоторым удивлением. До Егора только сейчас дошло, что там, в рентгеновской камере, застряла спортивная сумка его преследователя, и испытал прилив легкого злорадства пополам с робкой надеждой: а вдруг задержка получится такой долгой, что этот долдон пропустит рейс? Впрочем, рассчитывать на это вряд ли стоило: такие задержки — дело обычное. Может быть, таможенникам что-то почудилось там, на мониторе, или в сумке у эфэсбэшника лежит лишняя бутылка водки... Так или иначе, недоразумение, скорее всего, благополучно разрешится в ближайшие пять минут.

У стойки уже потрошили подозрительную сумку. Егор присмотрелся и мысленно присвистнул: в руках у таможенника был здоровенный охотничий нож в кожаных ножнах. Принимая во внимание события одиннадцатого сентября, нужно было быть законченным кретином, чтобы пытаться пронести эту штуковину в самолет. Вот тебе и эфэсбэшник... Да это и вправду какой-то дурак!

— Это ваше? — спросил таможенник.

— Нет, не мое, — равнодушно ответил тип с деревянной физиономией.

— Но сумка-то ваша?

— Сумка моя, а как туда попал нож, я понятия не имею. Впервые его вижу.

— Что же, по-вашему, это мы его туда подложили?

— Не думаю. У вас просто не было такой возможности, я бы заметил. Послушайте, какая разница? Если эту штуку запрещено провозить, изымите ее, и дело с концом.

— А это?

Егор торопливо расчехлил камеру и приник к окуляру видоискателя. Он еще не знал, что станет делать с этим подарком судьбы, но чувствовал, что пропустить такое событие просто не имеет права. Успех журналиста во многом зависит от везения. Окажись в нужное время в нужном месте, смотри в нужную сторону и, главное, успей вовремя поднять камеру, и ты на коне. Черт, какое везение! Будто нарочно подстроено...

Таможенник уже отложил нож в сторону. Теперь в руках у него был какой-то завернутый в фольгу брусок, издали более всего напоминавший кусок хозяйственного мыла.

— Это ваше? Что это?

— Понятия не имею. Послушайте, это недоразумение. Я...

— Похоже на тол, — сказал таможенник своим коллегам. — Надо показать экспертам, пусть разберутся. Пройдите, пожалуйста, за стойку, — с казенной вежливостью предложил он эфэсбэшнику.

Последний торопливо запустил руку за пазуху, вынул оттуда какую-то книжечку в коленкоровом переплете, развернул ее и сунул таможеннику чуть ли не в нос. Тот пожал плечами.

— В данном случае это ничего не меняет, — холодно сказал он. — Будьте добры, пройдите за стойку. Вам придется пройти личный досмотр и задержаться до выяснения обстоятельств.

— Ты за это ответишь, — пообещал эфэсбэшник.

— Несомненно, — сказал таможенник. — Но я лучше отвечу за это, чем за взорвавшийся в воздухе или угнанный самолет. Сюда, пожалуйста.

Эфэсбэшник, как видно, понял, что спорить бесполезно. Он оглянулся на Егора, увидел камеру и вздрогнул от неожиданности. Это был миг настоящего триумфа: Егор даже не надеялся, что ему удастся заставить этого твердокаменного болвана так подпрыгнуть.

— Уберите этого кретина с камерой! — прорычал эфэсбэшник, тщетно пытаясь прикрыть ладонью лицо.

Егора взяли за рукав. Он опустил камеру и увидел человека в синей форме Аэрофлота — очевидно, служащего аэропорта.

— Здесь нельзя снимать, — сказал тот.

— Покажите, где это написано, — запальчиво ответил Егор. — Ну, где? Я работаю на телевидении...

— Я знаю, я вас узнал. Тем не менее попрошу вас прекратить съемку.

— Да я уже прекратил, — миролюбиво сказал Егор, провожая взглядом эфэсбэшника, которого уводили в недра служебных помещений аэропорта. — Извините, рефлекс сработал. Не каждый день приходится видеть, как наша таможня с поличным ловит террориста. Тем более что лететь мы должны были одним рейсом. Очень необычное чувство, знаете ли. Будто заново родился.

Служащий сочувственно покивал и ушел, не сделав даже попытки отобрать у Егора кассету.

— Что это было? — спросила Оксана.

Егор усмехнулся. Все-таки она была настоящей журналисткой. Пять минут назад утверждала, что ненавидит свою работу, и предлагала ему жениться на камере, а стоило только произойти чему-то необычному, сразу же обо всем забыла и приняла охотничью стойку...

— Психа какого-то поймали, — равнодушно сказал он. — Пытался пролезть на борт с целым арсеналом в сумке. Решил, наверное, на халяву в Африку слетать. Или в Азию, к талибам.

— А удостоверение?

— Фальшивое, наверное, — сказал Егор. — А может, это просто справка из психбольницы — мол, невменяемый...

— Странно, — сказала Оксана, задумчиво глядя на дверь, за которой скрылся эфэсбэшник.

— Ничего странного, — ответил Егор, застегивая чехол камеры. — Психов у нас всегда хватало, да и не только у нас. Помнишь ту старую историю, когда один парень

232

пытался угнать самолет, угрожая экипажу двумя кусками хозяйственного мыла?

— Помню, — сказала Оксана. — Художник, да?

— Вроде бы. Насиделся потом в дурдоме, бедняга... Пошли, а то и вправду на самолет опоздаем.

«Ай да Олег Васильевич! — думал Егор, идя к стеклянным дверям терминала, за которыми уже стоял автобус. — Ай да мастер! Как это он ухитрился? Фокусник, ей-богу, фокусник! Эмиль Кио. Однако Грибовский и впрямь обо мне заботится. С такой охраной немудрено окончательно расслабиться и решить, что ты в полной безопасности. Не надо расслабляться, Егор, не надо. Рановато нам с тобой расслабляться, ох, рановато!»

Напоследок он еще раз огляделся по сторонам, но ничего подозрительного не заметил.

* * *

В полдень на столе у начальника охраны зазвонил телефон. Хозяин кабинета, рослый, костлявый араб с очень темной кожей и крючковатым ястребиным носом, помянув шайтана, снял трубку. Лицо его мигом приняло почтительное выражение: с ним говорил сам хозяин, который отсутствовал в оазисе уже вторую неделю. Он уехал с минимальной охраной и до сих пор не подавал никаких признаков жизни, а теперь вот объявился, и, значит, передышка подошла к концу.

Крючконосый Абдулла не любил своего хозяина. Да и за что его было любить? Он же был неверный, да вдобавок к этому ухитрился навлечь на себя гнев людей из Аль-Кайеды. Во всяком случае, за последние четыре недели до Абдуллы трижды доходили слухи о том, что кое-кто из его братьев на Ближнем Востоке и в Афганистане дорого бы дал за голову его хозяина. Абдулле даже стало интересно, о какой именно сумме идет речь. Хозяин платил ему щедро, но о том, чтобы разбогатеть с этих выплат, не могло быть и речи. Деньги были просто коротким поводком, на котором этот неверный держал Абдуллу и его людей. Словом, верность Абдуллы в последнее время дала трещину, и трещина эта становилась шире с каждым днем.

Тем не менее, разговаривая с хозяином по телефону, Абдулла сохранял почтительный тон и соответствующее выражение лица. В огромном доме, занимавшем весь оазис, было множество секретов, и начальник охраны отдавал себе отчет в том, что далеко не все из них ему известны. Неверный, которому он служил, был хитер, как шайтан, и никому не верил, так что Абдулла не исключал возможности присутствия скрытых видеокамер даже в собственном кабинете.

Он вежливо осведомился о здоровье хозяина и получил ответ, из которого явствовало, что хозяин здоров и, как всегда, не намерен тратить свое драгоценное время на пустую болтовню. Для этого шакала обычная вежливость была пустой болтовней! Для него все было болтовней, чепухой и пустым звуком — все, кроме денег. Одно слово, неверный!

В принципе, правоверность крючконосого Абдуллы вызывала определенные сомнения даже у него самого. Просто в данный момент быть правоверным казалось ему очень удобным: то обстоятельство, что хозяин не чтил учение пророка, автоматически освобождало Абдуллу от каких бы то ни было моральных обязательств в отношении этого шакала. Крючконосый начальник охраны сохранял верность своему нанимателю лишь до тех пор, пока это было в его интересах. Теперь, похоже, настало время подумать о том, как быть дальше. Неделю назад разнесся слух, что четверо лидеров палестинского «Хамаза» погибли при попытке узнать, где скрывается этот лысый демон. У Абдуллы были все основания предполагать, что если боевики «Хамаза» или Аль-Кайеды получат эту информацию из чьих-нибудь рук, кроме его собственных, то церемониться с ним, крючконосым Абдуллой, не станут. Оазис просто возьмут штурмом и перережут всех, как баранов. И его, Абдуллу, в том числе, чтобы знал, как служить неверным. Так что ему, пожалуй, и впрямь стоило хорошенько задуматься о своем будущем...

Получив по телефону подробные инструкции, Абдулла вежливо попрощался с хозяином. В ответ в трубке зачастили короткие гудки. «Пес», — подумал Абдулла и пошел выполнять распоряжение, гадая, что бы это могло значить.

Распоряжение и впрямь казалось странным, но непосредственной угрозы для себя Абдулла в нем не усмотрел. Пустыня просматривалась со стен на несколько километров во все стороны и была, как ей и положено, совершенно пустынна — только камни, песок да редкие островки чахлой растительности, полумертвой от жары и безводья. Ничто не могло укрыться от взгляда часовых на этой бесплодной поверхности, никто не мог незамеченным подобраться к оазису, особенно сейчас, при ярком солнечном свете. Поэтому приказ снять наружную охрану Абдулла воспринял спокойно: странно, конечно, но неверный, которому служил Абдулла, иногда любил немного почудить. Интересно, что он затеял на этот раз?

Он отдал приказ по рации, и через десять минут охрана — все двадцать пять человек, включая водителей и обслуживающий персонал, — собралась в большом холле первого этажа. Все они были здесь не впервые, но сейчас, рассаживаясь по мягким диванам и пушистым коврам среди мраморных стен и колонн, многие нервно озирались по сторонам...

На торчавшем из стены на высоте двух с небольшим метров кронштейне стоял телевизор, подключенный к видеомагнитофону. Хозяин велел установить его здесь перед самым отъездом. На взгляд Абдуллы, это была его очередная причуда: смотреть телевизор в этом холле было некому, кроме находящихся на дежурстве охранников, которым это было строго запрещено. Теперь, однако, выяснялось, что телевизор здесь установили не зря: похоже, хозяин заготовил для своих людей какое-то послание. Такой способ общения с охраной тоже казался Абдулле глупым и чрезмерно усложненным: если не хочешь говорить с людьми сам, передай все через начальника охраны. Нет, этим неверным непременно надо вдоволь наиграться своими игрушками — телевизорами, видеокамерами, дистанционным управлением...

Мысль о дистанционном управлении царапнула душу Абдуллы острым краешком нехорошего предчувствия. Он так и этак повертел ее в уме, но до причин своего беспокойства не докопался. Дистанционное управление? Ну и что?..

Как и предупреждал хозяин, кассета уже торчала из приемной щели видеомагнитофона. Жестом призвав своих людей к тишине, которой они и без того не нарушали, Абдулла включил телевизор и пальцем подтолкнул кассету. Видеомагнитофон довольно заурчал и сглотнул кассету с сытым щелчком. Зашуршала, перематываясь с ролика на ролик, пленка. По экрану побежали полосы, и на нем возникло до отвращения знакомое лицо с юркими, будто намыленными, глазами отъявленного лжеца и блестящим голым черепом — не выбритым, нет, а попросту лишенным растительности, как простиравшаяся за стенами оазиса пустыня.

Абдулла подрегулировал громкость. Помещение было слишком большим, мощности динамиков явно не хватало.

— Приветствую вас, друзья мои, — сказало изображение хозяина. — Надеюсь, Абдулла выполнил мою просьбу и меня сейчас видят все, включая поваров и уборщиков. Надеюсь также, что вы столь же рады меня видеть, сколь и я, обращаясь к вам.

Он говорил по-английски медленно, раздельно — не потому, что испытывал трудности с этим языком, а потому, что такие трудности испытывали многие из подчиненных крючконосого Абдуллы. Начальник охраны вдруг перестал его слушать. Дистанционное управление... О, шайтан! Плешивый демон обожал подкладывать своим недругам мины с дистанционным управлением, чтобы потом со стороны полюбоваться взрывом. Неужели он собрал охрану в холле именно для этого?

Крючконосый Абдулла напустил на себя деловитый вид и начал бочком продвигаться к дверям, твердя про себя как заклинание: «Шайтан, шайтан, лысый дьявол...»

— Сердце мое полно печали, — говорил с экрана Грибовский. — Дела требуют от меня срочного переезда на другой конец света, где я уже не смогу пользоваться вашими услугами. Сегодня я прощаюсь с вами, друзья мои.

Вы хорошо служили мне. Да пребудет с вами милость аллаха! Я же навеки сохраню вас в своем сердце.

Абдулла заторопился. Он рассчитывал, что речь Грибовского окажется чуточку длиннее, но тот, похоже, все предусмотрел и не стал затягивать прощание надолго. Толкая от себя покрытые затейливой резьбой створки двери, Абдулла услышал, как голос неверного сказал ему вслед: «Прощайте». Он опрометью бросился вперед, на скользкое мраморное крыльцо, под палящие лучи солнца, и в этот момент позади него раздался чудовищный взрыв.

Тугая волна горячего воздуха ударила крючконосого Абдуллу в спину, оторвала от крыльца, перенесла почти через весь двор и бросила лицом вниз в шелковистую зеленую траву английского газона. Еще не веря в то, что уцелел, Абдулла перевернулся на спину и увидел рваное облако серого дыма и пыли, выраставшее на том месте, где только что стоял дом. Вокруг него в траву градом сыпались обломки. Огромный кусок каменной стены с остатками майоликовой отделки тяжело ухнул о землю в каком-нибудь метре от его головы, камни помельче падали с неба, как невиданный дождь. Тяжелое облако известковой пыли катилось по двору, скрывая очертания предметов, с каждым мгновением приближаясь к лежавшему на газоне арабу. Абдулла понял, что непременно задохнется в этой густой, как кисель, ядовитой туче, и вскочил на ноги.

Хвала Аллаху, он был цел. Это казалось чудом, но страшный взрыв стоил ему лишь пары синяков. Мысленно вознося к небу благодарственную молитву, Абдулла бросился бежать в сторону ворот, наполовину сорванных с петель взрывной волной.

Он как раз добежал до караульного помещения с выбитыми стеклами, когда оно вдруг взлетело на воздух, разваливаясь в полете на куски. Еще одна взрывная волна швырнула Абдуллу в сторону, припечатав его к покосившейся железной створке ворот. Даже сквозь грохот взрыва и дробный стук барабанящих по железу обломков Абдулла отчетливо расслышал отвратительный хруст ломающихся ребер. Боль была ужасной, но ни один из осколков его так и не задел, а значит, надежда выжить в этом грохочущем аду все-таки оставалась.

Абдулла видел, как еще один взрыв разнес в щепки гараж вместе со стоявшими в нем автомобилями. Сторожевая вышка, кокетливо замаскированная под минарет, вдруг подпрыгнула в воздух на подушке серого дыма с рыжими прожилками огня, на мгновение застыла, а потом начала падать, рассыпаясь в падении на куски. В развалинах виллы снова громыхнуло — Абдулле показалось, что взрыв произошел в подвале, — и то, что еще оставалось от стен, разлетелось в пыль, провалилось вовнутрь, рассыпалось, перестало существовать.

Склад с горючим уже пылал, застилая белесое от жары небо густым черным дымом. Внутри него одна за другой взрывались бочки с бензином. Потом они шарахнули все разом, со склада сорвало крышу, и она косо рухнула на землю, коверкая газон. Брызги горящей нефти упали в фонтан, и теперь веер водяной пыли поднимался прямо из середины огненного озера.

Скрипя зубами от боли, задыхаясь в едком дыму и пыли, цепляясь ободранными пальцами за горячее железо ворот, Абдулла поднялся на ноги. Нужно было уходить. Это место и впрямь превратилось в ад, и он оставался в нем единственным живым человеком. Все вокруг горело и взрывалось, и то, что он до сих пор продолжал дышать, казалось ему настоящим чудом, ниспосланным Аллахом специально для того, чтобы укрепить его, крючконосого Абдуллу, в вере. Однако испытывать терпение Аллаха, сидя на горящей земле, Абдулла не собирался. Да, нужно было уходить, и чем скорее, тем лучше, но проклятые ворота, хоть и держались на одном честном слове, никак не желали открываться. Перелезть через них Абдулла не смог бы даже с целыми, непереломанными ребрами, бежать к другим воротам не было ни времени, ни сил... Абдулла понял, что столкнулся с серьезной проблемой и, как только он это осознал, проблема решилась сама собой: ворота взорвались, превратив крючконосого араба в нечто недостойное упоминания.

Взрывы гремели по всему оазису еще долгих пять минут, а когда они наконец стихли, все — оазис с пальмами и фонтанами, прекрасная вилла, бассейн, гаражи, хозяйственные постройки и даже стена, окружавшая это великолепие, — превратилось в груду дымящегося мусора, под которой не осталось ничего живого.

Глава 12

Господин Зейдель был невысок ростом, полноват, имел на макушке изрядную плешь, окруженную седеющими волосами, которые безуспешно пытались казаться не такими кучерявыми, какими были от природы. Он носил на переносице солидные очки в тонкой золотой оправе, каковые, к сожалению, плохо скрывали его маслянистые, все время бегающие из стороны в сторону, беспокойные глазки. В сочетании с неприятной манерой нервно хрустеть суставами пальцев и быстро облизывать кончиком языка непрерывно двигающиеся губы, эти бегающие глазки производили довольно странное впечатление. Если поглядеть на него, так это был жулик высшей пробы, продувная бестия, на которой клеймо негде ставить, законченный выжига и аферист. На самом же деле господин Зейдель был прекрасным специалистом, настоящим профессионалом, и ни разу не подводил Романа Михайловича. Правда, раньше он в основном выполнял второстепенные поручения, будучи на подхвате у белокурого Франца Штрауса, но Францу не повезло, и теперь господин Зейдель вышел на первый план.

Увы, этот хитроглазый колобок был узким специалистом, и поручать ему, скажем, чью-нибудь ликвидацию нельзя. Выслушав подобное предложение, господин Зейдель был бы крайне удивлен и огорчен: разве два культурных, интеллигентных человека не могут договориться между собой, не прибегая к насилию? Это было кредо господина Зейделя. Он был лучший из известных Грибовскому мастеров по ведению переговоров и устройству всевозможных сделок, как законных, так и весьма сомнительных.

— Итак, господин Зейдель, — сказал Роман Михайлович, глядя в огромное, от пола до потолка, окно, за которым неслышно бился о прибрежные скалы Мексиканский залив, — чем вы меня порадуете?

— Какая может быть радость в такую жару? — отдуваясь и подставляя потное лицо под струю ледяного воздуха из кондиционера, проворчал господин Зейдель. — Я не понимаю, почему вас все время тянет в такие места, по сравнению с которыми раскаленная сковорода показалась бы ледышкой. Вы что, тренируетесь перед загробной жизнью?

— Тьфу-тьфу-тьфу! — Грибовский поплевал через плечо и постучал костяшками пальцев по деревянной крышке стола. — Типун вам на язык, господин Зейдель! Что вы такое говорите?

— А что? — господин Зейдель беспокойно задвигался в кресле, облизал губы и хрустнул суставами пальцев. — Что я такое сказал? Все там будем. Причем, я думаю, большинство из ныне живущих окажется именно в том месте, о котором вы сейчас подумали. На этой грешной земле осталось мало праведников, и мы с вами к их числу не относимся.

— Вы правы, — кивнул голым черепом олигарх, — но зачем же торопить события?

— А кто торопит? — огрызнулся Зейдель. — Вы же их и торопите, иначе зачем бы вам понадобилось обосновываться в настоящем пекле? Ведь это же сущий ад!

— Зато я экономлю на отоплении, — сказал Грибовский.

— Вы вдвое больше тратите на охлаждение, — заявил господин Зейдель. — У вас же в каждой комнате по кондиционеру, а то и по два, и работают они круглые сутки. Конечно, при ваших доходах вы можете себе это позволить. Сидите в сухом, прохладном месте, как... как флакон с лекарством, и потягиваете виски со льдом. А я, старый, больной человек, вынужден мотаться по жаре, высунув язык. Вы знаете, чем я занимаюсь? Гоняюсь за собственным инфарктом! Он убегает, а я догоняю. И вы знаете что? По-моему, я бегаю быстрее, чем он. Скоро я его настигну, и мы с ним сольемся в экстазе.

Грибовский усмехнулся, встал, повозился у бара, звякая кубиками льда о стекло, и, вернувшись к столу, протянул Зейделю стакан.

— Виски со льдом, — сказал он. — Вы меня устыдили, и я решил поделиться.

— Вы же знаете, что мне нельзя это пить, — проворчал Зейдель, жадно хватая стакан. — У меня же больное сердце, а вы мне предлагаете спиртное в такую жару. Вы смерти моей хотите? Пожалуйста!

Он припал к стакану и сделал два гулких глотка.

— Сердце у вас здоровое, — сдерживая улыбку, сказал ему Грибовский. — Я видел заключение врачей. Мне бы такое сердце! Зато в вас пропадает великий... гм, извините... великий клоун.

— Не надо извиняться, — сказал Зейдель и с видимым удовольствием глотнул из стакана. — Во мне много чего пропадает, пока я тут бегаю по жаре, выполняя ваши бессмысленные поручения.

— Ага, — сказал Грибовский, — это уже что-то. Значит, вы их все-таки выполняете?

Лысый коротышка с достоинством поставил недопитый стакан на край стола и выпрямился в кресле.

— Еще никто не обвинял Якова Зейделя в том, что он даром ест хлеб, — металлическим голосом объявил он.

Глазки у него при этом бегали из стороны в сторону, создавая вполне определенное впечатление, что он беззастенчиво врет и что подобные обвинения ему приходится слышать по десять раз на дню. Чтобы спокойно разговаривать с Зейделем, его нужно было хорошо знать. Свежего собеседника его манеры совершенно сбивали с толку, и этим, как подозревал Грибовский, во многом объяснялись его блестящие успехи на ниве сложных деловых переговоров.

— Полно, Яков Самуилович, — взмолился Грибовский. — Ну что вы, право, за человек? Я задал вам конкретный вопрос, а вы тут устроили цирк какой-то. Поневоле задумаешься: а не уклоняетесь ли вы от ответа?

— Никакого снисхождения, — пожаловался Зейдель, снова разваливаясь в кресле и хватая стакан. — Как вам не совестно? Я вас когда-нибудь подводил? Все сделано в лучшем виде, хотя мне сдается, что вы самоубийца. Акции фармацевтических компаний приносят стабильный доход, эти цивилизованные параноики еще не скоро успокоятся, а вы меняете курицу, несущую золотые яйца, на какие-то сомнительные бумажки!

— У этой вашей курицы вот-вот наступит климакс, — сказал Грибовский. — Поверьте моему слову, я умею заглядывать в будущее. Бактериологическая атака на Штаты подходит к концу, и у каждого американца дома стоит полный чемодан антибиотиков. Еще чуть-чуть, и они вспомнят, что антибиотики нарушают обмен веществ, разрушают зубы и вообще приносят больше вреда, чем пользы. Нет, от этих акций пора избавляться, Яков Самуилович, даже и не спорьте.

— А я и не спорю, — отдуваясь и красноречиво косясь на ящик с сигарами, сказал Зейдель. — В конце концов, это ваши деньги. Можете раздать их нищим, а можете выбросить в залив — мне-то какое дело? Климакс у курицы, это же надо такое придумать! У вас извращенное воображение.

— Вы даже не представляете, до какой степени, — заговорщицким тоном сказал Грибовский и подвинул к Зейделю ящик с сигарами. — Угощайтесь. Ну а все-таки, Яков Самуилович, каковы наши дела на сегодняшний день?

— Дела, дела, — проворчал Зейдель, скусывая кончик сигары широкими, как лопаты, желтыми зубами. — Никогда о жизни, всегда о делах. А потом на смертном одре и вспомнить-то будет нечего, кроме бесконечных дел… Не беспокойтесь, ваши дела в полном порядке, если это безобразие можно так назвать.

Он полез по карманам, зажав сигару в зубах, долго шарил в недрах своего тесноватого костюма и наконец извлек на свет божий старомодный потрепанный блокнот в простеньком картонном переплете — пухлый, разлохмаченный, засаленный и внушающий так же мало доверия, как и сам Зейдель.

— Дела, — продолжал он, листая блокнот и то и дело подхватывая на лету вываливающиеся из него странички, густо исписанные его куриным почерком. — Где же оно? Ага, вот. Извольте: «Западная телекоммуникационная» у вас в кармане со всеми потрохами, «Единые сети Миннесоты» тоже, «Всемирная электронная» сдалась без боя… Словом, тут список из двенадцати наименований. По-моему, это все.

— Превосходно, — сказал Грибовский и откинулся в кресле с чрезвычайно довольным видом.

— Не понимаю, — сказал Зейдель, раскуривая сигару. — Что может быть хорошего в выбрасывании денег на ветер? Эти несчастные буквально рвались целовать мне ноги, когда я предлагал им акции фармацевтических компаний и немного наличных. Честное слово, я с трудом отбился. Они лизали бы мои башмаки и до сих пор в благодарность, что бог послал им богатого сумасшедшего. Я, наверное, сильно отстал от жизни. Объясните мне, что в этом хорошего?

— Как это — что? — Грибовский поднял брови. — Вы меня удивляете. Теперь под нашим контролем находится половина интернет-провайдеров Америки, а вы спрашиваете, что в этом хорошего.

— Нет, это вы меня удивляете, — Зейдель опять выпрямился в кресле, пуще прежнего бегая глазами. — О какой половине вы говорите? Я вас умоляю! Да эти компании едва покрывают четверть рынка подобных услуг! Да что я говорю — четверть! Пятую часть, да и то вряд ли. Так что не стоит воображать себя этаким магнатом, держащим в кулаке весь Интернет. Вы по дешевке скупили дюжину дохляков, которые только и ждут случая, чтобы тихо загнуться. Один только «Глобалком» заткнет их всех за пояс одной левой, а ведь есть и более крупные компании!

— Кстати — сказал Грибовский, — вы встречались с президентом «Глобал»?

Господин Зейдель возмущенно фыркнул.

— Да! — запальчиво сказал он. — Да, я с ним встречался и сделал все в точности так, как вы велели. Не понимаю, зачем заставлять меня на старости лет корчить из себя идиота. — Он произносил слово «идиот» через «ё» — «идиёт», и Грибовский не сомневался, что старый клоун делает это намеренно. — Да, идиёта! Предлагать за контрольный пакет акций такой компании каких-то десять миллионов — это, по-вашему, смешно? А по-моему, грустно. Хорошо еще, что меня не выбросили из окна. Там, знаете, тридцать второй этаж, а летать я как-то не научился.

— То есть он отказался?

— Ха! — язвительно воскликнул Зейдель. — Отказался! Это не то слово! Он меня высмеял и с позором выставил вон. Хорошо еще, что не вызвал карету «скорой помощи» из ближайшей психиатрической лечебницы. Мне показалось, что у него было такое намерение.

— А больше вам ничего не показалось? — вкрадчиво спросил Грибовский.

Он почти мурлыкал, и господин Зейдель, резко вскинув голову, впервые за все время разговора прямо взглянул в его неузнаваемое, чужое лицо.

— Что вы на меня так смотрите? — задиристо спросил он. — Что мне должно было показаться?

— Вот я и спрашиваю: что?

Зейдель снова обмяк в кресле, пососал потухшую сигару и раздраженно ткнул ее в предупредительно подставленную Грибовским пепельницу.

— Н-ну, — нерешительно протянул он, — да, показалось. Но это так глупо, совершенно невозможно... Вероятно, на меня просто подействовала жара.

— Ну-ну, — сказал Грибовский, — полноте, Яков Самуилович. У вас завидная интуиция, так что давайте оставим жару в покое, тем более что в Нью-Йорке сейчас не так уж и жарко. Так что же вам показалось, когда вы разговаривали с этим жирным американским боровом?

— Кто вам сказал, что он боров? — снова принимаясь вилять, возразил Зейдель. — Очень подтянутый, спортивный джентльмен. Прекрасные волосы, великолепная улыбка, широкие плечи и тощий зад... Хоть сейчас в рекламный ролик!

— Он боров в душе, — пояснил олигарх. — Все они в глубине души жадные жирные боровы, которым все равно, что жрать — желуди или младенцев. Но вы снова уходите от ответа. Мне до смерти хочется узнать, что вам показалось. Ну, не томите!

— Вам все же нравится делать из меня идиёта, — печально констатировал Зейдель. — Это нехорошо, знаете ли. А где уважение к старости?

244

— К черту вашу старость, — сказал Грибовский, — до нее еще очень далеко. Вам пятьдесят четыре года, господин Зейдель, и перестаньте тыкать мне в нос свои седины. Надо меньше пить и шляться по бабам, а больше бывать на свежем воздухе, тогда и здоровье будет в порядке.

— Ха, — нисколько не обидевшись, сказал Зейдель. — Нашли алкоголика! Я пью только тогда, когда мне становится невмоготу смотреть на этот поганый мир, населенный сплошными идиётами, и не моя вина, что мне приходится все чаще прикладываться к бутылке. А женщины, или, как вы изволили выразиться, бабы, — это для укрепления брюшного пресса, и вообще, для поддержания хорошей физической формы. Когда занимаешься этим регулярно и с полной самоотдачей, это ничуть не хуже какого-нибудь вашего тенниса. Даже лучше, потому что приятнее.

Грибовский неопределенно хрюкнул.

— Перестаньте керосинить мне мозги, Яков Самуилович, — сказал он. — Я не шучу. Я плачу вам очень приличные деньги вовсе не за то, чтобы вы развлекали меня своими доморощенными медицинскими теориями. Вот подцепите какую-нибудь заразу, будет вам тогда брюшной пресс. Отвечайте на мой вопрос или проваливайте к своим шлюхам. При ваших аппетитах деньги у вас кончатся через две недели, так что не надо со мной ссориться.

— «Вместе с гитарой песню убили», — грустно продекламировал Зейдель. — Вы это серьезно? Да, я вижу, что серьезно… Вы меня обижаете. Что вы, в самом деле? Так хорошо, мирно сидели, разговаривали… Ну, я же вам говорю, это самая настоящая глупость, даже рассказывать неловко. Вы же первый поднимете меня на смех, и будете правы. Я бы сам смеялся до упаду, если бы мне такое сказали.

— И тем не менее?..

— Ну, как вам угодно. Извольте. Так вот, когда я предложил ему десять миллионов за контрольный пакет, мне на минуту показалось, что он готов согласиться. Более того, мне показалось, что, если на него еще чуть-чуть надавить — предложить, скажем, не десять миллионов, а пятнадцать или даже двенадцать, — то он обязательно согласится и будет бога молить, чтобы я не передумал. Но потом он начал орать, и это ощущение прошло. Вот и весь рассказ, можете теперь смеяться.

— И не подумаю, — тихо сказал олигарх.

Он рывком поднялся из кресла, прошелся взад-вперед по просторному, очень светлому кабинету, нервно потирая ладони, и остановился у окна, спиной к Зейделю.

— И не подумаю, — повторил он.

Зейдель по-стариковски закряхтел, хрустнул суставами пальцев и печально заглянул в пустой стакан, на дне которого в желтоватой водице плавали тающие кубики льда.

— Я предпочел бы, чтобы вы рассмеялись мне в лицо, — сказал он. — Сейчас я действительно чувствую себя полным идиётом. По-моему, вы что-то знаете.

— По-моему, тоже, — не оборачиваясь, ответил Грибовский.

Сцепив руки за спиной, он смотрел вниз, на белую полосу прибрежных бурунов. Яркий солнечный свет бликами играл на его голом гладком черепе.

— Вы похожи на Фантомаса, — неожиданно для себя ляпнул Зейдель. — Сплошные тайны и недомолвки... Вам не кажется, что я работал бы гораздо эффективнее, располагая той же информацией, что и вы?

— Нет, не кажется, — по-прежнему стоя к Зейделю спиной, ответил олигарх. — Не обижайтесь, Яков Самуилович, но на данном этапе вам лучше просто следовать моим инструкциям. Избыток информации только собьет вас с толку, заставит размышлять, сомневаться... А сейчас надо действовать быстро. Доверьтесь мне, ладно?

— Много будешь знать — скоро состаришься, — тихонько перевел его слова Зейдель.

— Можно сказать и так. А можно и по-другому: меньше знаешь — дольше проживешь.

— Ого, — сказал неисправимый господин Зейдель. — Это угроза? Предостережение?

— Ну что вы! — Грибовский повернулся к нему лицом и широко, дружески улыбнулся. Зейдель с трудом подавил нервную дрожь: он никак не мог привыкнуть к новой физиономии олигарха. — Что вы, Яков Самуилович! Как вы можете так плохо обо мне думать? Никакая это не угроза. Это простая констатация факта. У игры, в которую мы с вами сейчас играем, свои правила, и изменить их, увы, выше человеческих сил. Выбросите это из головы, давайте лучше выпьем. Хотите водки? Представьте себе, всю жизнь терпеть ее не мог, а теперь вот полюбил. Такая, знаете ли, своеобразная форма ностальгии.

— Или алкоголизма, — вставил неугомонный Зейдель, никогда не упускавший возможности сравнять счет.

— Вам, конечно, виднее, — без труда отыгрывая потерянное было очко, поддакнул Грибовский.

— Два сапога — пара, — констатировал Зейдель. — Ну хорошо, вы меня уговорили. Давайте свою водку, и инструкции тоже давайте. Что мне делать со всем этим хламом, который я без памяти скупал по всей Америке?

— Как — что делать? — удивился Грибовский, выставляя на стол бутылку водки. Водка была ледяная, и стекло моментально подернулось туманной дымкой конденсата. — То же, что и всегда — лепить из дерьма конфету. У вас есть три, максимум четыре месяца на то, чтобы привести всю нашу новую собственность в идеальный порядок. Будет какая-то прибыль — хорошо, не будет — бог с ней, с прибылью. Сейчас не это главное.

— А что? — спросил Зейдель. — Что главное?

— Боевая готовность, — сказал Грибовский, аккуратно разливая водку по рюмкам, отчего те сразу же помутнели. — Мы с вами купили ружье, понимаете? Отличное ружье, но в отвратительно запущенном состоянии. Надо его вычистить до блеска, смазать, заново пристрелять, если понадобится... Чтобы, когда пробьет час, оставалось только спустить курок. Бабах — и все убиты наповал, а мы с вами можем спокойно собирать трофеи.

— Мародерствовать, — мрачно поправил Зейдель.

— Это вопрос формулировки, — сказал Грибовский. — Несущественный вопрос. Одного и того же человека можно с одинаковым успехом назвать и бизнесменом, и удачливым жуликом, и ворюгой, по которому Колыма плачет. Это уж кому что нравится, на всех не угодишь.

— Ну-ну, — сказал Зейдель. — Только это ваше распрекрасное ружье все равно не выстрелит. Патронов нету! Я, признаться, не вижу, каким образом можно заставить работать то, что уже безнадежно сдохло.

— Ваше дело — прочистить стволы. А патроны будут. По моим расчетам, они уже в пути. И вообще, чем дольше мы с вами спорим о пустяках, тем сильнее во мне желание поделиться с вами некоторыми новостями.

— Ну так и поделились бы, — тоном провокатора сказал Зейдель и отработанным движением опрокинул в себя рюмку.

— Черта с два, — сказал Грибовский. — Рано. Потом сами все узнаете и придете ко мне извиняться за то, что спорили и валяли дурака, вместо того чтобы заниматься делом.

— Намек понял, — вздохнул господин Зейдель и встал, запихивая во внутренний карман мятого пиджака свой растрепанный блокнот. — Пойду чистить ваши стволы... Может быть, заодно и канализацию прочистить?

— Канализация в порядке, благодарю вас, — сказал олигарх. — Но если она засорится, я непременно вас позову.

— Какая честь!

— Шутки в сторону, Яков Самуилович. Если к указанному мной сроку вы не приведете дела этих горепровайдеров в идеальный порядок, должность слесаря-сантехника и впрямь покажется вам честью.

— Ну, этого могли бы и не говорить, — заявил Зейдель.

— Но ведь сказал же, — усмехнулся олигарх, и коротышка впервые в жизни не нашелся с ответом.

* * *

Жаку Марешалю снилось, что он снова едет к морю по горному серпантину, сидя за рулем своего потрепанного «Ситроена». Слева проходила крошащаяся от старости, местами схваченная металлической сеткой каменная стена, а справа дорога круто обрывалась в пропасть, на дне которой смутно виднелась окруженная изъеденными временем скальными выступами лента реки. На крутом повороте руль вдруг рванулся у него из рук, как живой. Марешаль понял, что ничего не успеет сделать, поскольку места для маневра не было, но все-таки попытался выровнять машину, в которую словно демон вселился. Прямо перед ним в проеме ветрового стекла вдруг возникло небо. На миг Марешаль испытал пьянящее чувство полета, а потом машина перевернулась, закувыркалась по отвесному склону, земля и небо смешались в какую-то пеструю мельтешащую массу. Марешаль ожидал скрежета, хруста костей, боли и смерти, но ничего этого не последовало. Была только немилосердная тряска — не причиняющая боли, но очень назойливая. В конце концов эта бесконечная тряска ему надоела, и Марешаль умер — точнее, проснулся и открыл глаза.

Просыпаться было тяжело — впрочем, как всегда в последнее время. С тех пор как его привезли сюда (кстати, куда это — сюда?), Марешаль лишь с большим трудом мог отличить сон от яви, да и то не всегда. Сны у него теперь были яркими, цветными, полными жутковатого реализма, зато действительность с некоторых пор сделалась серой, унылой и однообразной. В этом месте не было ни утра, ни вечера, только день и ночь. Днем Марешаль условно считал те часы, в которые в его комнате горел верхний свет, а ночью — время, когда яркий плафон под потолком выключался, а вместо него зажигался голубоватый ночник над кроватью. Впрочем, Марешаль не удивился бы, узнав, что свет в этом подземелье зажигают ночью, а днем, наоборот, гасят — просто для того, чтобы окончательно сбить его с толку.

Он не знал, почему считает это лишенное окон место подземельем, но был уверен, что это так. Стены здесь были ровные, гладко оштукатуренные или выложенные кафелем, а кое-где и отделанные пластиковыми панелями под дерево. Светлые подвесные потолки тоже могли быть смонтированы на чем угодно. Марешаль все время собирался забраться с ногами на кровать, приподнять одну из потолочных плит и посмотреть, что скрывается за ней, но регулярно забывал о своем намерении. Ему почему-то казалось, что там, за дырчатыми пенопластовыми квадратами, непременно обнаружится сплошная, грубо отесанная поверхность дикого горного камня. А впрочем, какая разница? Каменный свод или бетонный — что, в сущности, это меняло для Жака Марешаля? Да ровным счетом ничего!

В редкие минуты прояснений Марешаль понимал, что его, скорее всего, держат на каких-то наркотиках — довольно легких, но вводимых с завидной регулярностью. Вены на руках у него были немилосердно исколоты; вероятно, внутривенно его не только накачивали наркотиками, но и кормили, потому что ел он редко, предпочитая всему на свете крепкий сон. Иногда он смотрелся в зеркало, но не видел там никаких следов разрушительного воздействия наркотиков на свой организм. Напротив, он даже немного поправился, набрал вес, и его слегка одутловатое лицо еще больше покруглело. Впрочем, наркоман превращается в худое чучело с желтыми кругами вокруг глаз не сразу. Чтобы дойти до такого плачевного состояния за столь короткий срок, нужно сидеть на лошадиных дозах героина. Короткий срок? Марешаль понятия не имел, сколько времени провел в этом комфортабельном склепе — неделю, месяц или целый год. Не больше года, во всяком случае. Потому что он уже переступил черту, за которой время начинает менять людей с наводящей уныние быстротой. Эти изменения всегда хорошо видны в зеркале, а Марешаль их не видел.

Он не помнил, чтобы хоть раз брился или принимал душ, но щеки его все время были гладкими, а тело — чистым, лишенным неприятного запаха. Как ни странно, он даже немного загорел. Впрочем, кажется, где-то здесь был солярий, и его туда время от времени водили... Или это тоже был сон? Сном казалась и странно изменившаяся линия бровей, и новая прическа, и непонятно как раздавшийся вширь подбородок... Иногда Марешалю казалось, что он видит в зеркале не себя, а кого-то другого, очень на него похожего, но все-таки совсем, совсем другого. Но стоило ему пару раз моргнуть глазами, и наваждение рассеивалось, как туман. В зеркале снова был он,

Жак Марешаль — парижанин, веселый пьяница, гурман, большой ценитель женских прелестей и удачливый картежник. Только, увы, ко всем этим определениям Жака Марешаля теперь, пожалуй, следовало добавлять неприятное словечко «бывший» — бывший парижанин, бывший игрок и даже бывший пьяница. Он не припомнил, чтобы хоть раз брал в рот спиртное за время своего пребывания в этом странном месте. Да и к чему спиртное, когда и так все время живешь под кайфом? Зачем наркоману вино?

Да, теперь он, кажется, и впрямь стал бывшим. Бывший человек... Полурастение, чисто выбритый лунатик, которого кормят через трубочку и за которым, похоже, регулярно убирают дерьмо. В туалет Марешаль, конечно же, ходил, но, опять же, очень редко — только тогда, когда естественные потребности совпадали с короткими периодами бодрствования.

«Проклятье, — все еще пребывая на грани яви и сна, подумал Марешаль, — уж лучше бы меня изловил Жильбер! Парочка сломанных костей, разбитое лицо, может быть, даже отбитые почки... Ну и что? Все давно бы зажило и забылось, и деньги я ему как-нибудь вернул бы... Зато теперь сидел бы с Жаклин в ее любимом кафе на Монмартре, пил красное вино и слушал шарманщика. Что за блажь взбрела мне тогда в голову? Откуда явилась эта глупая идея — бросить Жаклин? Ах, Жаклин, доведется ли нам еще увидеться? Не думаю...»

Его снова встряхнули — резко, бесцеремонно, явно начиная терять терпение. Марешаль сфокусировал взгляд и увидел своего главного тюремщика — того самого араба с выбеленными волосами, который доставил его сюда. Впрочем, сейчас его волосы были черными как смоль, то есть такими, какими, по всей видимости, создала их мать-природа. Изменив цвет прически, араб стал выглядеть естественно, но отнюдь не более привлекательно. Марешалю вдруг вспомнилось, что зовут этого типа, кажется, Фархатом.

— Опять вы, — с тоской сказал Марешаль. — Знали бы вы, как вы мне надоели.

— Догадываюсь, — сказал араб. — Если вас это хоть

немного утешит, скажу, что наши чувства взаимны. Поднимайтесь, мосье де Марешаль, нас ждут.

Марешаль хихикнул.

— Просто Марешаль, — сказал он, — без «де». Я не имею чести носить дворянский титул.

— Да, действительно, — сказал араб. — Вы имеете честь быть шулером. Простите, это оговорка. Вставайте же, черт подери! Доктор не может ждать вечно!

— Доктор? Но я здоров!

Марешаль встал и покачнулся. Кажется, он мало-помалу отвыкал от прямохождения. Это показалось ему дьявольски забавным, и он снова хихикнул.

Спал он нагишом, и теперь Фархат, брезгливо морщась, протянул ему полосатый купальный халат.

— Оденьтесь, здесь не принято разгуливать в костюме Адама.

— У вас здесь многое не принято, — заметил Марешаль, затягивая на талии пояс халата. Послушайте, зачем мне врач? И вообще, мне когда-нибудь объяснят, что я здесь делаю? Для чего вы держите меня в этом подвале, а?

— Это же элементарно, — сохраняя непроницаемое выражение лица, сказал Фархат. — Вас откармливают на убой. В ближайшее время здесь ожидаются определенные трудности с продовольствием, особенно со свежим мясом, вот вас и держат в качестве неприкосновенного запаса на крайний случай. А то, что не получится съесть, продадут на донорские органы.

Марешаль помотал головой, окончательно прогоняя сонную одурь.

— Вот не знал, что у вас есть чувство юмора, — сказал он. — Убогое, правда, но есть... Смешно. Какой из меня бифштекс! Вы же так накачали меня дурью, что любой, кто отведает моего филе, сразу же скончается от передозировки. Я уж не говорю о внутренних органах! Покажите мне того самоубийцу, который согласится, чтобы ему пересадили печень наркомана!

— Вот доктор и разберется, годитесь вы еще на запасные части или нет, — сказал Фархат, легонько подталкивая Марешаля к выходу. — Я же со своей стороны клятвенно обещаю, что с сегодняшнего дня вы будете получать увеличенную дозу.

— Это еще зачем? — насторожился француз, останавливаясь в дверях. — Почему?

— Потому, что в вас снова проснулась любознательность, — доверительно сообщил Фархат. — Вы начали задавать вопросы и даже иронизировать. Если так пойдет и дальше, вам скоро захочется узнать, что находится за углом коридора, потом за следующим поворотом и за следующим... Потом вы вообразите, что, оставляя позади один поворот за другим, сумеете добраться до Парижа и рыжей Жаклин. Это будет гибельное заблуждение, мосье Марешаль.

— Да неужели? — сказал Марешаль и поймал себя на том, что действительно иронизирует. «Да здравствует Франция!» — подумал он.

— Поверьте моему слову, — сказал Фархат. — Добраться вы сможете только до места, где стреляют без предупреждения. Стреляют здесь метко, и притом из очень серьезного оружия. А вы нужны нам живым, мосье Марешаль. Живым и, как бы это выразиться... неповрежденным. Вуаля.

— Вуаля, — передразнил его Марешаль. — Если вас так заботит целостность моей шкуры, зачем было ее так безбожно дырявить? Взгляните только, во что вы превратили мои руки!

И он протянул Фархату обе руки с желто-фиолетовыми, сплошь покрытыми запекшимися ранками от уколов локтевыми сгибами.

— Руки не имеют значения, — равнодушно сказал Фархат. — Что руки? Зачем они вам? Их можно вовсе оторвать, и от этого ничего не изменится.

— Смешно, — с отвращением повторил Марешаль, опуская на место рукава халата. — Кстати, откуда у меня шрам на правом колене? Он выглядит старым, но раньше его не было.

Фархат вздохнул, аккуратно взял его за рукав и вывел из комнаты в ярко освещенный, казавшийся бесконечным коридор, выложенный белой кафельной плиткой от пола до потолка. Та же плитка была и под ногами, и над головой, так что, если бы не свисавшие с потолка светильники, в этой кафельной трубе легко было бы перепутать верх с низом и правую сторону с левой.

— Пойдемте, — сказал Фархат, легким толчком в плечо указывая Марешалю нужное направление. — Поговорим на ходу. Для разнообразия мне будет даже приятно с вами побеседовать. Вы ведь все больше мычите, храпите да гадите под себя, а если и начинаете говорить, то обязательно несете какую-то околесицу. Так вот, насчет вашего шрама. Он у вас был, вы просто забыли. В возрасте десяти лет вы упали с велосипеда и сильно расшибли колено — так сильно, что остался шрам.

— Не надо принимать меня за идиота, — сердито сказал Марешаль. — Я отлично помню, что никакого шрама у меня не было. У меня, если хотите знать, в десять лет и велосипеда не было. Я рос в бедной семье, и мне приходилось довольствоваться самокатом, который я лично смастерил из двух досок и пары шарикоподшипников.

— Ложная память, — уверенно сказал Фархат. — У наркоманов это бывает. Вы не замечали, что иногда путаете сон с явью и наоборот?

— Какого дьявола?! — вспылил Марешаль, но тут же умолк. Уверенность Фархата заставила его заколебаться: а может быть, араб прав и шрам у него действительно был с незапамятных времен? Собственная биография теперь казалась ему дурно написанной повестью, вычитанной когда-то в журнале и почти сразу забывшейся. Может быть, вся его прежняя жизнь просто приснилась ему под воздействием наркотиков?

Навстречу им прошли двое вооруженных людей. Одеты они были странно: из-под тесных серо-зеленых мундиров, наводивших на мысли об экипировке солдат вермахта времен Второй мировой, выглядывало что-то вроде широких, достававших почти до колена, грязных полотняных юбок, из-под которых, в свою очередь, виднелись просторные светлые шаровары. Один из этих людей был обут в старые кроссовки, другой вообще обходился без обуви. Наряд довершали чалмы — одна белая, другая в горошек — и совершенно одинаковые козлиные бородки.

Лица у бородачей были темные, угрюмые и какие-то дикие, а в руках оба держали известные всему миру русские автоматы с желтыми деревянными прикладами. Марешаль так засмотрелся на эту странную пару, что едва не проскочил дверь, возле которой остановился Фархат.

— Сюда, мосье Марешаль, — сказал араб, поймав его за рукав халата. — Давайте начнем отсюда.

Марешаль вошел в предупредительно распахнутую Фархатом дверь и остановился. Менее всего это помещение напоминало кабинет врача. Скорее уж это была фотостудия. Здесь имелся белый экран, парочка софитов и установленный на штативе фотоаппарат со вспышкой. В углу на низком столике тихо жужжал, мерцая цветной заставкой, включенный компьютер. Марешаль заметил рядом с ним сканер — насколько он мог судить, хороший, новый. От компьютера навстречу им поднялся еще один бородач в чалме. Автомата при нем не было, зато на поясе, которым была слабо перетянута его камуфляжная куртка, болталась большая поцарапанная кобура.

— Садитесь на стул, мосье Марешаль, — сказал Фархат. — Для начала сделаем пару снимков на память.

— Зачем? — заупрямился Марешаль.

— Затем, что так нужно. Слушайте, перестаньте капризничать. Здесь далеко не все так терпеливы, как я. Видите у фотографа на поясе кобуру? Не надо заблуждаться, там вовсе не огурец. Этот человек с гораздо большим удовольствием щелкнет затвором пистолета, чем фотокамерой. Он пристрелит вас не задумываясь и будет уверен, что совершил подвиг во имя ислама. Мне придется его за это убить, но вас-то это не воскресит, правда? Поэтому лучше не злите его, а быстренько садитесь вот на этот стул. Фотографироваться совсем не больно, поверьте.

— А что больно? — снова насторожился Марешаль.

— Зубы сверлить иногда бывает больно, — ответил Фархат.

— Меня это не пугает, — сказал Марешаль. — У меня отличные зубы. До сих пор ни одной пломбы.

— Поздравляю вас. Да садитесь же, наконец!

Марешаль послушно уселся на указанный Фархатом стул рядом с белым экраном. Под сиденьем стула был спрятан электрический контакт, и, как только француз замкнул его своим весом, в глаза ему ударил свет автоматически включившихся софитов. Марешаль зажмурился, недовольно морщась, и отвернул лицо от режущего света. Фотограф в чалме, что-то сердито ворча, подошел к нему, взял одной рукой за затылок, а другой за подбородок и почти насильно установил голову француза в нужную позицию. После этого он зафиксировал ее с помощью укрепленной на спинке стула струбцины — в точности так, как это делают, фотографируя уголовников в полицейских участках по всему миру. Это показалось Марешалю забавным и зловещим. Он хотел было высказаться по этому поводу, но фотограф уже припал к видоискателю своей камеры, и француз решил повременить с разговорами — неровен час, этот мрачный бородач и впрямь нажмет не на тот спуск, и пресловутая птичка, выпорхнув из его рук, чего доброго, заклюет Жака Марешаля насмерть.

По правде говоря, он уже не понимал, что такого ценного или хотя бы просто привлекательного осталось в его жизни, из-за чего ею стоило бы дорожить. Вероятнее всего, проявленная им осторожность была обыкновенной данью инстинкту самосохранения — самому древнему и широко распространенному из всех инстинктов. Разум может сколько угодно твердить, что ты уже все равно что труп, но тело этому не верит. Пока старый насос гонит по жилам кровь, тело хочет жить — в плену, в адских муках, в грязи, — где и как угодно, но жить.

Белая молния фотовспышки беззвучно полыхнула два раза, после чего Марешаля развернули вместе со стулом на девяносто градусов и сфотографировали в профиль. Это уже и впрямь напоминало полицейский участок, вот только Фархат и бородатый фотограф в чалме и с пистолетом на поясе мало походили на полицейских.

Потом стул развернули еще раз, уже не на девяносто градусов, а на все сто восемьдесят, и фотограф запечатлел на пленке другой профиль Марешаля, левый.

— У меня такое ощущение, что вы намерены заказать какому-нибудь каменотесу роскошное надгробие с моим скульптурным портретом, — не удержавшись, прокомментировал события Марешаль, пока фотограф ослаблял винты, которые фиксировали положение его головы.

— Боитесь, мосье Марешаль? — усмехнулся Фархат. — Напрасно. Это имело бы смысл, если бы вы могли хоть что-нибудь изменить в своей судьбе. Теперь же вам остается только расслабиться. Не волнуйтесь, никто не собирается вас хоронить и тем более воздвигать на могиле вашу статую. К тому же у местных властей странное предубеждение против статуй.

— Дьявол! — воскликнул Марешаль. — Мы что, в Афганистане? О, проклятье! Гийом Жильбер, где ты, дружище?

— Любопытно, — сказал Фархат. — А с чего это вы взяли, что мы в Афганистане?

— Так вы сами сказали! — проворчал Марешаль, поднимаясь со стула. — Ведь вы же имели в виду статуи каменных будд, взорванные талибами?

— У вас острый ум, — сказал Фархат. — Да, несомненно, дозу придется увеличить. А может, перевести вас на героин?

Затем он что-то сказал фотографу на неизвестном Марешалю языке. Фраза была длинной и совершенно непонятной; французу удалось вычленить из нее только слова «фото», «сканер» и «Интернет», не имевшие, по всей видимости, эквивалентов в этом варварском наречии. Он понял это так, что Фархат велел фотографу в срочном порядке просканировать полученные снимки и отправить куда-то по Интернету. Впрочем, материала для выводов было все-таки маловато; произнесенная Фархатом фраза могла означать что угодно, вплоть до просьбы распечатать парочку интересных картинок из какого-нибудь порносайта.

— Что ж, мосье Марешаль, пойдемте, — сказал Фархат, дождавшись утвердительного кивка фотографа. — Доктор, наверное, уже совершенно потерял терпение. Эти доктора — чертовски нервный народ!

— Я тоже нервный, — выходя из фотостудии в длинный белый коридор, проворчал Марешаль. — Только здесь это, похоже, никого не волнует.

— А вы неблагодарный человек, мосье Марешаль, — заметил Фархат, жестом указывая направление. — Что значит — не волнует? Вас по самые брови накачивают успокоительным, за вами ходят, как за грудным младенцем, который не может даже вовремя попроситься на горшок, вас кормят, моют, бреют, прибирают за вами... Разве могли вы рассчитывать на подобный уход где-нибудь еще? Нет, нет и еще раз нет! И при этом вы еще чем-то недовольны.

— Послушайте, — сказал Марешаль, шагая по белому кафелю, — какого дьявола вам от меня нужно? Выкупа за меня все равно никто не даст, даже не надейтесь. Я же нищий! Вы меня просто с кем-то спутали.

Ноги у него с непривычки шли неохотно и все время норовили запутаться, так что ему приходилось контролировать свои движения. Это было чертовски утомительно, и Марешаль вдруг понял, что больше всего хочет вернуться в свою комнату (камеру?) и лечь в постель.

— Мы вас ни с кем не спутали, — ответил Фархат. — Кто угодно, только не мы.

— А кто? Кто спутал?

— Я же говорю, кто угодно. Да успокойтесь, никто вас ни с кем не спутал. По крайней мере, пока.

В это время пол у них под ногами вдруг ощутимо шевельнулся, как живой. Потолочные светильники испуганно мигнули, но тут же снова загорелись ровным белым светом.

— Землетрясение? — испугался Марешаль.

— О нет. Это американцы швыряют деньги на ветер.

Пол у них под ногами снова подпрыгнул, уже чуточку сильнее, и на сей раз Марешаль услышал отдаленный глухой гул.

— О-ля-ля, — сказал он. — Судя по звуку, мешок с деньгами, который они сейчас сбросили, был чертовски велик! Значит, они все-таки начали бомбить Афганистан, как и обещали?

— Черт, как не вовремя, — пробормотал Фархат. — Не могли подождать часок-другой!

— Такие вещи всегда происходят не вовремя, — позлорадствовал Марешаль. — Что, испугались? Может быть, поделиться с вами моим успокоительным?

— Вы-то чему радуетесь? — Фархат открыл какую-то дверь и жестом пригласил Марешаля войти. — Во-первых, мы в одной лодке, а во-вторых, если из-за этих идиотов у доктора дрогнет рука, больно будет не мне, а вам.

Честно говоря, никакой радости Марешаль не испытывал. Ему было чертовски не по себе. Бомбе не интересно, пуштун ты или гражданин Французской республики, и зубы ей не заговоришь...

Войдя в открытую Фархатом дверь, Марешаль разом забыл и про бомбы, и про американцев, и вообще про все на свете, потому что оказался в наспех оборудованном стоматологическом кабинете. Здесь было все необходимое — зубоврачебное кресло, бестеневая лампа, стеклянный столик с инструментами, плевательница из нержавеющей стали и, конечно же, бормашина. Возле стола возился, звякая железом, еще один тип в чалме. На физиономии у него была марлевая повязка, из-под которой клочьями торчала черная борода.

— Ну, нет! — Марешаль попятился, но налетел на стоявшего в дверях Фархата. Фархат был твердым, как каменный Будда, и не подался ни на йоту. — Какого дьявола?! Что это вы задумали? Я же вам сказал, у меня абсолютно здоровые зубы! И потом, даже умирая от зубной боли, я не дался бы в руки этой бородатой обезьяне!

Фархат взял его за плечи и беззлобно, но весьма ощутимо толкнул вперед, на середину комнаты. Марешалю пришлось схватиться за спинку кресла, чтобы не упасть.

— Это обыкновенный осмотр, — сказал Фархат. — Что вы дергаетесь? Вас никто не собирается пытать. Эти люди — большие мастера по части пыток, но обходятся они при этом, как правило, подручными средствами — ножом, пистолетом, зажигалкой, парочкой ржавых иголок... А человек, которого вы изволили обозвать бородатой обезьяной, просто помогает доктору. Врач — европеец, почти ваш соотечественник. Он из Бельгии. Приехал в здешние края с гуманитарной миссией ООН и немного задержался — специально ради вас, между прочим. Ну, перестаньте капризничать и садитесь в кресло. Мне что, позвать охрану? Хотите, чтобы вас усадили силой?

259

— Тоже мне, соотечественник — бельгиец, — проворчал Марешаль, с большой неохотой усаживаясь в кресло и ерзая затылком по жесткому подголовнику.

Он кривил душой: сейчас ему впору было расцеловать даже бельгийца, хотя обычно Марешаль, как и все французы, относился к бельгийцам примерно так же, как русские к евреям и чукчам.

Бородатый помощник доктора сноровисто привязал его к креслу широкими кожаными ремнями. Ремни были жесткие и держали, как тиски. Тем временем расположенная в дальнем углу помещения дверь открылась, и двое автоматчиков втолкнули в нее бледного человека в очках — по всей видимости, того самого доктора-бельгийца. Врач на ходу натягивал халат, путаясь в рукавах.

— Ну вот, доктор, — сказал Фархат, — пациент перед вами. — Он взял со стола какие-то рентгеновские снимки и протянул их бельгийцу. — Взгляните, возможно ли это. Кстати, хочу вас сразу предупредить: лучше, чтобы это оказалось осуществимо. Лучше для вас, как вы понимаете.

Врач взял рентгенограммы и некоторое время внимательно изучал их, глядя на просвет. Марешаль заметил, как у него дрожат руки. У стены молча стояли автоматчики, распространяя вокруг себя запахи застарелого пота, каменной пыли, дыма и оружейной смазки.

— Откройте рот, прошу вас, — сказал врач, обращаясь к Марешалю.

— Черта с два, — ответил тот сквозь зубы. — Я очень сочувствую вам, доктор, но у вас дрожат руки. Я не позволю...

Врач развел руками и растерянно посмотрел на Фархата. Тот дернул плечом и кивнул бородачу в марлевой повязке. Марешаль увидел у своего лица шприц с дрожащей на кончике иглы прозрачной каплей, почувствовал укол в руку и почти сразу уснул. Больше он ничего не видел и не чувствовал — ни того, что делал у него во рту очкастый доктор, ни того, как его тащили обратно в его апартаменты.

Как убивали доктора, он тоже не видел.

Глава 13

В кабинет принесли чай. Генерал Потапов счел это добрым знаком: если бы его намеревались казнить, никто не стал бы устраивать в его честь чаепития. Впрочем, в данный момент Ивану Ильичу было не до нюансов начальственного настроения: он был с головы до ног охвачен болезненной дрожью игрока, к которому после долгой полосы неудач наконец пошла масть. Это был азарт охотника, идущего по следу крупного зверя, отмеченному горками свежего, еще дымящегося помета. Поэтому Иван Ильич даже не обрадовался, а просто отметил про себя, что чай — это хорошо. Раз угощают чаем, значит, довольны...

Чай здесь подавали по старинке — в граненых стаканах с массивными литыми подстаканниками, и сахар был кусковой — добрый старый рафинад, твердый как камень и чертовски вредный для зубов. Этот чай да еще старомодная настольная лампа с зеленым абажуром создавали атмосферу почти домашнего уюта и одновременно деловитой, спокойной сосредоточенности, как нельзя более приличествующей этому месту и вопросам, которые тут решались.

— Ну, Иван Ильич, докладывай, — сказал хозяин кабинета. Его лицо и почти вся грудь скрывались в тени зеленого абажура, и Потапову видны были только руки — белые, пухлые, с коротковатыми пальцами и идеально чистыми, аккуратно обрезанными ногтями. На безымянном пальце правой руки поблескивало массивное обручальное кольцо. Серебряная ложечка тихонько позванивала о края стакана, пошевеливая на дне неохотно тающий рафинад. — Докладывай, что там у тебя по этому Фантомасу. Королев, как я понимаю, от тебя ушел, заставить его сотрудничать тебе не удалось. При этом вид у тебя такой, словно это тебя не сильно беспокоит. Объяснись, Иван Ильич. Ты же знаешь, я был занят другими вопросами и понятия не имею, в каком положении находятся наши с тобой дела.

Над стаканами поднимался горячий пар и, смешиваясь с ленивыми завитками табачного дыма, клубился в конусе света от настольной лампы. Потапов обхватил ладонями стакан, как будто желая согреться, хотя в кабинете было тепло, и мельком посмотрел на портрет президента. В полумраке знакомое лицо показалось ему внимательным и заинтересованным; портрет как будто тоже с нетерпением ждал ответа.

— Что ж, — сказал генерал Потапов, — заведенное на Королева уголовное дело действительно развалилось, а сам Королев вместе с Вербовой отбыл в Прагу, якобы на отдых. Пытаясь дискредитировать Королева, мы столкнулись с очень активным сопротивлением. На основании донесения Ортодокса, с которым вы ознакомили меня в больнице, и некоторых обстоятельств дела я пришел к выводу, что нам противостоит не кто иной, как Огурцов.

— Подробнее, — потребовал хозяин кабинета и шумно хлебнул горячего чаю. — В то, что Огурцов от тебя сбежал, я поверить могу. А вот в то, что после этого у него хватило наглости вернуться в Москву да еще и вмешаться в ход нашей операции... Извини, но это кажется мне сомнительным. Что он, самоубийца? И потом, что ему за дело до Королева?

— По собственной воле Огурцов ни за что бы не вернулся, — согласился Потапов. — И это, на мой взгляд, служит косвенным доказательством того факта, что он работает на Грибовского, а Грибовский заинтересован в судьбе Королева. Именно он послал Огурцова в Москву, чтобы тот вывел Королева из-под шаха. И сделано это было так, как умел только Огурцов — с блеском, артистично и притом очень аккуратно и эффектно. Да и почерк его, Огурцова. Что я, собственного агента по почерку не узнаю? Поэтому я принял решение переключить основное внимание на поиск Огурцова.

— Это, по-моему, то же самое, что искать иголку в стоге сена, — заметил начальник и закурил еще одну сигарету. — Даже не в стоге, а на поле, уставленном стогами.

— Найти иголку в сене несложно, — возразил Потапов, — был бы хороший магнит.

— Ну-ну. Ты хочешь сказать, что у тебя он был?

— Так точно. После того как в подъезде у Струменева был застрелен наш человек, стало ясно, что Огурцов в Москве и что он наверняка попытается вступить в контакт с журналистом. На этом основании я усилил наблюдение за Королевым, и нам удалось засечь Огурцова, когда тот выходил из его дома. Правда, узнать, о чем они там беседовали, не получилось: по всей видимости, находясь в квартире Королева, Огурцов обнаружил и нейтрализовал установленную нами аппаратуру. Но уже на следующий день Королев купил билеты до Праги, так что, полагаю, Огурцов посоветовал ему на время убраться из Москвы — от греха подальше.

— Так-так... Что-то я тебя не пойму, Иван Ильич. Огурцова вы не взяли, Королева упустили... Что же ты мне докладываешь по телефону, что у тебя полный порядок?

— Брать Огурцова мы не рискнули, — объяснил генерал, снова обхватывая ладонями стакан с чаем. — Неизвестно, каким образом и с какой периодичностью он выходит на связь с Грибовским. Возможно, в Москве он не один. Возьми его — спугнешь Грибовского, и тогда порвется последняя ниточка, по которой мы можем до него добраться. У него наверняка десятки убежищ по всему свету, и вряд ли Огурцов знает их все, так что толку от его ареста пока нет никакого. Поверьте, если бы не интересы дела, я с огромным удовольствием лично удавил бы подлеца вот этими самыми руками.

Он показал собеседнику руки, и тот отметил про себя, что Потапов до сих пор не снял с пальца обручальное кольцо. Наверное, это было что-то вроде обета — этакое напоминание о незаконченной вендетте, что ли.

— То есть ты решил, что за ним лучше проследить. Ну и как, проследил? Кстати, что это за дикая история в аэропорту? У меня волосы встали дыбом, когда я прочел докладную, в которой говорится, что нашего сотрудника задержала таможня. У него, кажется, изъяли охотничий нож и что-то около двухсот граммов тротила... Это что, какая-то прогрессивная методика или он просто кретин?

— Методика старая, — Потапов позволил себе сделать маленький, аккуратный глоток из стакана. Чай все еще был чертовски горяч, и пить его вот так, бесшумно, оказалось тяжело. — Древний приемчик, называется «ловкач и простофиля». Простофиля идет за объектом, все время наступая ему на пятки, дыша в затылок и вообще всеми доступными средствами привлекая к себе внимание. Объект избавляется от простофили и считает, что теперь он свободен, как птица в полете. А ловкач в это время продолжает держать его на мушке... Наш ловкач видел, как какой-то тип, по описанию очень похожий на Огурцова, подложил что-то простофиле в сумку прямо в аэропорту. Простофиля, конечно, тоже это видел, но шума по этому поводу поднимать не стал, а спокойно дал таможенникам себя повязать. Королев даже заснял все это на камеру и, судя по всему, остался очень доволен собой и Огурцовым. Он и Вербова вылетели в Прагу в сопровождении нашего ловкача. Я взял на себя смелость отправить вслед за ними оперативную группу, чтобы нашему сотруднику — вернее, сотруднице — не было там одиноко. Я уже получил от них сообщение. Королев и Вербова поселились в отеле «Карлов мост». Они гуляют по городу, посещают рестораны, ходят на концерты — словом, ведут себя как обыкновенные туристы.

— Целая банда туристов, — проворчал хозяин кабинета. — Твоя оперативная группа тоже наливается пивом и ходит по концертам за казенные денежки? Очень мило, генерал. Хорошо еще, что Королев не улетел в Австралию или, скажем, в ЮАР. Ты уверен, что от этих твоих заумных ходов будет толк?

— Я знаю, что с деньгами у нас туго, — сказал Потапов, — но большая игра требует крупных ставок.

— Да, игра и впрямь большая, — согласился хозяин кабинета. — Если Грибовский причастен к этой истории с сибирской язвой... Кстати, тебе известно, что он избавился от принадлежавших ему акций авиакомпаний чуть ли не перед самым одиннадцатым сентября? Мне бы очень хотелось, чтобы это было простым совпадением, но, боюсь, тут есть над чем поразмыслить. Мы просто обязаны найти его и погасить раньше, чем до него доберется ЦРУ или Интерпол. Так что здесь ты, пожалуй, прав. Черт с ними, с деньгами, был бы результат. Ну а что с Огурцовым?

— Огурцов временно вышел из нашего поля зрения.

— Что?! Надеюсь, ты шутишь?

Потапов вздохнул и отодвинул от себя стакан с недопитым чаем. Не умел он этого — хлебать чай и одновременно вести серьезный разговор. То есть умел, конечно, но лишь в тех случаях, когда разговор велся на равных или сверху вниз — с подчиненными. А так... Какое к чертям чаепитие, когда не знаешь, похвалят тебя или шкуру спустят...

— Он заметил слежку, — объяснил генерал, — и попытался оторваться. Мои люди запросили инструкций, и я велел оставить его в покое. Главное — не спугнуть его, чтобы он не лег на дно. Тогда мы его потеряем раз и навсегда. Это специалист высочайшего класса, и обходиться с ним нужно очень деликатно.

— Вот именно. А ты пускаешь за ним своих баранов, у которых обе ноги левые, и надеешься, что они выйдут на Грибовского.

— Что бараны, то бараны, — согласился Иван Ильич, — но других у нас нет. Другие давно либо в могиле, либо в частных структурах. Настоящие специалисты выковываются только в горячем деле.

— Ты меня еще поучи, как кадры готовить. Нашел, понимаешь, площадку для тренировок, поставил учебную задачу — Грибовского найти. Что делать думаешь, генерал?

— Ждать, — ответил Иван Ильич. — Ждать и наблюдать за Королевым. Грибовский рано или поздно с ним свяжется — если не через Огурцова, то по какому-то другому каналу. Королева и Вербову мы обложили со всех сторон, там муха не пролетит. Я отправил в Прагу лучших людей, с богатым опытом нелегальной работы. Думаю, они не подведут.

Он снова поднял глаза и посмотрел на портрет президента. Теперь взгляд у портрета был неодобрительный и немного удивленный: дескать, ну, брат, ты и сказанул — ждать! Не ожидал я от тебя...

— Что ж, — согласился хозяин кабинета, — похоже,

ничего другого нам просто не остается. Но! Как только появится Огурцов, его надо брать. Брать и там же, на месте, колоть. Любыми методами, любыми средствами... Ты же специалист по новейшим разработкам и должен разбираться в этом лучше меня. Не может быть, чтобы у тебя в отделе не нашлось какого-нибудь «болтливого сока», сыворотки правды какой-нибудь... Взять его, промыть ему мозги, узнать, где прячется Грибовский, и послать туда ребят из «Альфы». Черт, это надо было сделать сразу, еще в Москве! А вы все мудрите, норовите почесаться левой рукой через правое колено...

— На мой взгляд, было бы целесообразнее...

— Все, генерал! Твой взгляд мне понятен, ты его уже высказал. Огурцова надо брать, это приказ. А Королева с его бабой, если они окажутся при этом, будет умнее всего ликвидировать, иначе наделают звона по всей России, опять после них год отмываться придется. Допускаю, что это может показаться тебе чересчур прямолинейным и грубым — так сказать, топорная работа, — но мне нужен результат. Срочно! Нам с тобой, Иван Ильич, некогда играть во все эти игры со слежкой, контрслежкой и расстановкой мышеловок по всему миру. Да, заварили вы с Петровым, земля ему пухом, кашу... Эх! Всего-то и надо было, что убрать одного-единственного человека, а вы устроили какой-то поганый шпионский детектив — внедренные агенты, радиоуправляемые мины... Надо было мне еще тогда Петрова послушаться. Он хоть и любил идти напролом, как бульдозер через тайгу, а все-таки был прав: надежнее хорошей пули со стальным сердечником человечество пока что ничего не придумало. И не скоро придумает, надо полагать... Зря я тогда тебя послушал, Иван Ильич, зря! Ты не обижайся, но не доросли твои орлы до того, чтобы с Грибовским играть. И ты, извини, не дорос, иначе твой хваленый Огурцов от тебя к Грибовскому не побежал бы и не было бы теперь у нас с тобой всего этого геморроя. И не хмурься, не надо. Это я должен хмуриться, а не ты. Правда, конечно, глаза колет, но при нашей работе иллюзии нам с тобой противопоказаны. Я же не говорю, что ты плохой работник и что тебя надо гнать из нашего департамента. Специалист ты грамотный и руководитель хороший, но Грибовский, увы, лучше. Надо трезво оценивать свои возможности и навязывать противнику свою игру. Если против тебя стоит, скажем, профессиональный боксер тяжелого веса, ты же не полезешь с ним кулаками драться, правда? Ты его, быка, перехитришь и правильно сделаешь. Играй своей колодой, Иван Ильич, и тогда все взятки — твои... К тому же, как я понимаю, в данный момент у тебя есть все предпосылки для успешного завершения операции. Ты большое дело сделал, генерал, нашел Огурцова. Это просто фантастическая удача... Кстати, как полагаешь, это не ловушка? Что-то уж очень легко ты его выследил.

Иван Ильич пошевелил затекшими от напряжения мускулами лица. Ему стоило огромных усилий выслушать эту бессмысленную тираду своего начальника и сохранить при этом в должной мере почтительный, серьезный и внимательный вид. У него язык чесался напомнить, чья это была идея — убрать Грибовского и кто втравил в эту провальную историю лично его, Потапова, который до того момента знать ничего не знал и занимался своим делом — то есть новейшими техническими разработками. Вот это как раз и была его колода, его поле, его игра. Он в киллеры, между прочим, не рвался, а просто выполнял приказ. Хотели стрелять — ну так и стреляли бы, зачем же тогда его-то было подключать к этому делу? А теперь, куда ни кинь, всюду клин, везде он крайний, и жена, между прочим, умерла у него, а не у кого-то еще...

— Не думаю, — сказал он после короткой паузы, в течение которой, по идее, должен был обдумывать ответ, чтобы тот прозвучал взвешенно и солидно. — Нет, не ловушка. Это не похоже на игру. Да и какой смысл в такой игре? По-моему, Огурцов просто обнаглел. Обычный результат безнаказанности, большинство профессионалов прокалывается именно на этом. Привыкают к тому, что равных им нет, и теряют осторожность, скатываются в проторенную колею, пользуются своими фирменными приемами, а это уже почерк. Но недооценивать Огурцова, конечно, не стоит. Один прокол вовсе не означает, что он сошел с ума или окончательно дисквалифицировался. Он по-прежнему хитер и опасен. Именно поэтому я...

— Намерен обсуждать прямой приказ руководства, — закончил за него хозяин кабинета. — Нет, Иван Ильич, этот номер у тебя не пройдет. Именно потому, что Огурцов сильный противник, его надо брать. Тебе меня не переубедить, и в дискуссию по этому вопросу я с тобой вступать не собираюсь. Да и у тебя, если честно, времени нет на такие дискуссии. Я уж не говорю — права... Настроение-то как? Самочувствие? Здоровье не беспокоит?

— Грибовский меня беспокоит, а не здоровье, — угрюмо признался Иван Ильич. — Поймаю эту сволочь — зубами загрызу.

— Значит, настроение рабочее, — констатировал хозяин кабинета. — Это хорошо. Это правильно. А зубами грызть его не надо. Зубы у тебя уже не те, да и не генеральское это дело — всякую дрянь на зуб пробовать. Не надо нарушать кислотно-щелочной баланс во рту, Иван Ильич, кариес-то не дремлет! В общем, с богом. Жду твоего доклада о поимке Огурцова. И не тяни, ясно? У меня такое ощущение, что мы бежим наперегонки с ЦРУ, так что умничать некогда. Все, генерал, разговор окончен. За работу, Иван Ильич, за работу!

Покинув кабинет начальства и вернувшись к себе, генерал Потапов посмотрел на окно. Окно было уже не темно-синим, а черным, и в этой черноте разноцветными звездами горели ночные огни большого города. В ярко освещенной приемной томился от безделья адъютант, которому не терпелось поскорее отправиться домой, к молодой жене, горячему ужину, телевизору и постели. Глядя на него, Иван Ильич испытал острый укол зависти — этому сопляку было куда идти и чего хотеть, а у него, генерала Потапова, давно осталось позади все, кроме мести и пустых, тоскливых вечеров с газетой в руках. Генерал немного поколебался, прикидывая, не отпустить ли в самом деле мальчишку домой, но потом взял себя в руки, вызвал адъютанта и приказал ему срочно установить связь с пражской группой.

Гладкая физиономия адъютанта заметно вытянулась: он понял, что домой попадет еще не скоро, если попадет вообще.

* * *

— Слушай, долго мы еще будем здесь сидеть? — спросила Оксана, ежась под порывами ледяного кинжального ветра, которые прилетали снизу, с подернутой тяжелой свинцовой рябью поверхности Влтавы. — Меня уже тошнит от этих камней, а скоро вообще рвать начнет.

Егор огляделся. Собор святого Вита громоздился над ними невообразимой горой каменных кружев, казавшихся невесомыми даже вблизи. Это было настоящее чудо, но даже чудо может опостылеть, если на него смотреть чересчур долго. Они торчали в Праге уже третью неделю, октябрь подошел к концу, в воздухе запахло белыми мухами, и было совершенно непонятно, что делать дальше. Да и деньги тоже были на исходе. Пожалуй, не стоило так шиковать, разъезжая по городу во взятом напрокат «Порше». Огненно-красная, стремительная, как пуля, «Каррера» была, разумеется, просто превосходным автомобилем, но вот арендная плата... Пять дней удовольствия, и тысячи долларов как не бывало. Да плюс гостиница... Егор уже начал подумывать о том, чтобы перебраться из «Карлова моста» в отель попроще. А то ведь деньги кончатся, и не на что будет домой добраться...

Маг и чародей Олег Васильевич не подавал признаков жизни. Можно было подумать, что он счел свою миссию выполненной, выпроводив Егора и Оксану из Москвы в Прагу — город, несомненно, восхитительный, но все-таки совершенно чужой. Соотечественников здесь, конечно, было сколько угодно, но Егор не испытывал тяги к общению. Сейчас он менее, чем когда бы то ни было, доверял людям. Его даже начали потихоньку грызть сомнения: а не была ли вся эта история подстроена генералом Потаповым, чтобы выдворить неугодного журналиста из России и заставить его искать спасения у своего покровителя? Кроме того, здесь, в Праге, Егор Королев был не телезвездой, чье лицо знакомо каждому встречному и поперечному, а обыкновенным туристом, как и многие тысячи других. Здесь ничего не стоило его тихо пришить, свалив это печальное происшествие на уличных грабителей — гастролеров из Сербии, Венгрии, а то и из России-матушки. Здесь это было бы совсем просто, а главное, не вызвало бы никакого шума, не то что дома. Впору было и впрямь искать защиты у Грибовского, и Егор непременно сделал бы это, если бы знал, где скрывается беглый олигарх.

Навстречу, чеканя шаг, шел почетный караул. Неяркое осеннее солнце блестело на штыках и никелированных стволах карабинов, из ноздрей облачками пара вырывалось дыхание. На солдатах были теплые шинели с каракулевыми воротниками, зимние шапки и сверкающие хромовые сапоги. Разводящий покосился на Оксану, не поворачивая головы, одними глазами. Вокруг слонялись туристы: глазели, задирая головы, на кружевные шпили собора святого Вита, щелкали фотоаппаратами, водили из стороны в сторону видеокамерами, с одинаковым выражением покорного внимания слушали гидов, чему-то смеялись, жевали, переговаривались. Какая-то зазевавшаяся парочка брела по самой середине мощенной булыжником улицы, не замечая почетного караула, который приближался сзади. Егору стало интересно: что будет? Солдаты ведь, по идее, не могут ни свернуть, ни даже окликнуть двоих зевак, им это не положено по уставу. Затоптать туристов они тоже не могут — просто потому, что это будет некрасиво и собьет их с шага.

Он поднял камеру и направил ее на почетный караул.

Разводящий, в обязанности которого, очевидно, как раз и входило разрешение этого трудного вопроса, начал издавать губами короткие шипящие звуки, вроде тех, которые издает хозяйка, прогоняя клюющих цыплячий корм воробьев, — не то «кш, кш!», не то «пш, пш!». Это не возымело никакого эффекта. Парочка не только не убралась с дороги, но и, напротив, остановилась, чтобы получше рассмотреть каменные завитки, украшавшие контрфорс собора. Егор сочувственно ухмыльнулся: караульные попали в затруднительную ситуацию.

Впрочем, не тут-то было. Разводящий подал какой-то незаметный знак, караул заученным, очень красивым движением снял с плеча карабины и, не замедляя шага, грохнул окованными железом прикладами по брусчатке. Звук получился такой, будто с крыши сбросили лист кровельной жести. Зазевавшиеся ценители архитектуры шарахнулись в стороны, как куры из-под колес автомобиля. Караульные плавным, почти танцевальным движением взяли карабины на плечо и невозмутимо прошагали дальше. Лица у них были непроницаемые, но в глазах прыгали веселые чертики, и Егор с удовольствием заснял их крупным планом. Не событие, конечно, не репортаж, но для домашнего архива сойдет...

— Егор, ты меня слышал? — спросила Оксана. — Я хочу домой. Тебе не кажется, что наш отпуск немного затянулся?

— О, эти женщины! — печально сказал Егор, убирая камеру в чехол. — Все им не слава богу, всем они недовольны... Посмотри, какая красота! Ради такой красоты люди готовы даже лечь костьми под ноги почетному караулу, а ты, как маленькая, домой просишься.

Это прозвучало не слишком убедительно, но других аргументов у него не было. В самом деле, две недели — это слишком много для отпуска, да еще в ноябре, да еще среди голых камней, пусть себе и очень красивых...

— Я замерзла, — сказала Оксана. — Сколько можно бродить по булыжникам?

— Откуда я знаю сколько? — забывшись, ляпнул Егор и тут же понял, что сморозил глупость.

Расплата последовала незамедлительно.

— Как это — откуда ты знаешь? — удивилась Оксана. — А кто тогда знает? Ты что-то от меня скрываешь?

Егор закряхтел — правда, только мысленно. Ему захотелось отвести глаза, но он заставил себя смотреть прямо на Оксану, и даже удивленно приподнял брови.

— Я? Скрываю? Помилуй, да что же я могу от тебя скрывать?

— Не знаю, — сказала Оксана, — но мне кажется, что ты здесь то ли ждешь чего-то, то ли просто прячешься.

Она потерла рукой в тонкой перчатке покрасневший от холода нос и снова зябко передернула плечами.

— Не повезло тебе со мной, — сказал Егор, обнимая ее за плечи одной рукой и на мгновение прижимая к себе. — Не жизнь, а сплошной стресс. Смотри-ка, уже и паранойя начинается... А давай закатимся в ресторан!

— Не хочу, — упрямо сказала Оксана. — Мириться с местной кухней можно только при одном условии: если умираешь с голоду. У меня эти их панировочные сухари уже в глотке стоят.

— Нормальная кухня, — сказал Егор, который был внутренне согласен с каждым словом Оксаны, и даже мог кое-что добавить по этому поводу от себя. — А пиво какое!

— Пиво как пиво, — сказала Оксана. — Никогда его не любила, а здесь, кажется, начинаю понемногу ненавидеть. Если уж ты решил по-настоящему отдохнуть от работы, я не понимаю, почему это нужно делать именно здесь.

«В самом деле, — подумал Егор, — почему? Почему мы здесь, а не в каком-нибудь местечке потеплее? И ведь податься отсюда некуда, разве что обратно, в Москву. Визы, паспорта, билеты... Даже если с визами не возникнет затруднений, что само по себе сомнительно, то такой шаг сразу же с головой выдаст нас генералу Потапову. А, черт, да с чего я взял, что он не знает, где мы? А впрочем, может быть, и не знает. Если знает, то почему тянет? На измор берет, ждет, когда мы с голоду пухнуть начнем? Вряд ли. Он ведь считает, что Грибовский нас по-прежнему всячески поддерживает, в том числе и деньгами. А проесть состояние Романа Михайловича — задача непосильная...»

— Ладно, — сказал он, — пошли в гостиницу.

— Правильно, — сказала Оксана. — Пойдем в гостиницу, трахнемся, как два сытых кролика, потом пообедаем, а потом отправимся в какой-нибудь концертный зал послушать очередную заезжую знаменитость, приехавшую сюда молотить бабки. У меня уже звон в ушах и головокружение от этой музыки. Классика, конечно, хороша, но в умеренных дозах... Потом снова ресторан, такси, гостиница и кровать... А утром все с начала. Что с тобой, Егор?

— А что с тобой? Не припомню, чтобы ты когда-нибудь так капризничала. Ну, хочешь, поедем в Карловы Вары? Воздух там просто чудесный, и минеральная водичка, и пейзажи такие, что залюбуешься...

— Надоело, — сказала Оксана. — Карлов мост, Карловы Вары... Карл у Клары украл кораллы. А Клара у Карла украла кларнет и пошла дудеть в этот кларнет в Пражском оперном театре. А я не хочу больше слушать, как она дудит. Я в Москву хочу, неужели это непонятно?

Небо, на котором буквально десять минут назад сияло солнце, вдруг нахмурилось, потемнело, и в воздухе замелькали первые снежинки. Егор огляделся. Народу вокруг было не слишком много, и никаких признаков слежки он по-прежнему не видел. За эти две с небольшим недели он уже привык все время оглядываться, проверяя, нет ли за ними хвоста, хотя и понимал, что это бесполезно.

— Ну что мне с тобой делать? — сказал он, взяв Оксану под руку. — Тебе со мной действительно не повезло, я не шучу.

Оксана подняла на него внимательные темные глаза. Она всегда понимала Егора с полуслова и теперь, несомненно, почувствовала по его тону, что сейчас будет сказано что-то важное и, скорее всего, не очень приятное.

Егор вздохнул. Делать нечего, нужно было говорить. Откладывать неприятное объяснение дальше не представлялось возможным: похоже, Оксане и впрямь надоело ждать неизвестно чего и она твердо вознамерилась покинуть Прагу в ближайшие несколько дней, если не часов. А как только она вернется в Москву, ее немедленно похитят люди Потапова, и тогда Егору волей-неволей придется возвращаться вслед за ней. А самое плохое, как верно подметил Олег Васильевич, это что толку от его возвращения не будет никакого — ни ему, ни Потапову, ни Оксане...

В его груди мутной волной поднялось глухое раздражение, причиной которого, вне всякого сомнения, служил Роман Михайлович Грибовский. Этот человек вертел их с Оксаной жизнями, как хотел, не спрашивая на это ничьего разрешения. Повертел, повертел и бросил, и выпутывайся теперь как знаешь...

— Пойдем в гостиницу, — мрачно сказал Егор. — Я тоже замерз как собака, и камни эти, признаться, надоели мне не меньше, чем тебе. Пойдем, закажем в номер бутылку коньяка и какой-нибудь закуски попроще, без этих местных изысков, и спокойно обо всем поговорим. Я тебе многое должен сказать. Может быть, вместе придумаем, как быть.

— Так я и знала, — упавшим голосом сказала Оксана. — Это ведь из-за Грибовского, правда? Он напоминает мне какой-то персонаж из фильма ужасов — знаешь, вроде тех монстров, которых убивают, убивают, а они все равно встают и тянут руки, хватаются, ползут...

— Давай поговорим в номере, — повторил Егор.

Оксана больше не спорила. Они покинули Старое Место и по крутому спуску двинулись к реке, оставляя пешеходный Карлов мост справа от себя: обоим было уже не до пеших прогулок, хотелось поскорее оказаться в тепле гостиничного номера и разрешить наконец накопившиеся проблемы. Егор воспользовался выторгованной отсрочкой для того, чтобы разобраться в собственных мыслях и принять решение: что говорить Оксане, а о чем умолчать. Вопрос был сложный, но разобраться с ним нужно было уже давно: вываливать все как есть было бы не только не по-мужски, но и жестоко. Впрочем, Оксана ведь сразу догадалась, что дело не обошлось без Грибовского, и, похоже, готова услышать самое худшее.

Поймать такси удалось, как ни странно, почти сразу. Пожилая бледно-зеленая «БМВ» третьей серии с оранжевым плафоном на крыше тормознула возле бровки тротуара. «Дворники» с шорохом и стуком ходили по ее лобовому стеклу, смахивая с него снежную крупу, которая продолжала сыпаться с низкого серого неба. «Зима, — подумал Егор, открывая перед Оксаной заднюю дверь. — Надо же, а я и не заметил, как туча наползла. Вот и первый снег».

Он сел рядом с Оксаной и сказал водителю, куда ехать. Машина тронулась и, набирая скорость, пошла вдоль реки. Мимо проплыли Стрелецкий остров и мост. Водитель даже и не подумал сворачивать. Егор забеспокоился: многие чехи были не прочь срубить пару лишних долларов с доверчивых иностранцев. Если этот тип решил провезти их вокруг всего города, в то время как до отеля полчаса неторопливой ходьбы, его надо было

274

сразу поставить на место: у Егора не было ни времени, ни желания, ни лишних денег на подобные экскурсии.

Он окликнул таксиста и на чудовищной смеси русского, чешского, английского и даже польского языков указал ему на ошибку. «Не понимаю», — по-чешски ответил водитель. Тогда Егор оставил попытки воззвать к братству всех славян и повторил то же самое по-английски. «Не понимаю», — снова послышалось с водительского сиденья.

— Сейчас поймешь, козел, — сквозь зубы процедил Егор и рявкнул: — Стоять! Стоп! Стой, кому говорю!

— Господи, — на чистейшем русском языке сказал водитель, — да что ж вы так орете-то? Вы что, хотите прикончить меня акустическим ударом? Ничего не выйдет, нервы у меня крепкие. Вам нельзя возвращаться в отель, Егор. Ваш самолет вылетает через час. Наплюйте на вещи. Ей-богу, наплюйте. Знаете, скольких людей погубила чрезмерная забота о своем багаже? Вот, держите. Здесь все, что понадобится вам в дороге: новые паспорта со всеми необходимыми визами, билеты, деньги... На месте вас встретят и проводят куда следует. Здесь вам оставаться опасно. Да и зачем вам тут оставаться?

Он протянул Егору через плечо туго набитый конверт. Егор привстал, держась за спинку переднего сиденья, и попытался заглянуть водителю в лицо. Из этого ничего не вышло: кожаную кепку, очки в толстой оправе, роскошные усы и пушистые бакенбарды, которые украшали физиономию таксиста, можно было нацепить хоть на самовар, хоть на валенок — картина от этого практически не изменилась бы.

— Что это значит? — напряженным голосом спросила Оксана.

— Здравствуйте, Олег Васильевич, — не обращая на нее внимания, сказал таксисту Егор. — Давненько не виделись. Я уже успел соскучиться. Деньги, говорите? Что ж, это очень кстати.

— Что-то я не припомню случая, — сказал Огурцов, — чтобы хоть кто-нибудь, получив конверт с деньгами, закричал: «Ах, как это некстати! Опять эти деньги! Зачем? Они мне совершенно не нужны!»

275

— Очень смешно, — проворчал Егор, копаясь в полученном конверте. — Сидим тут, как робинзоны, скоро жрать станет нечего. Вы что, пешком сюда из Москвы добирались?

— На туристском автобусе, — сказал Огурцов. — Я был здесь уже через два дня после вас, но за вами следят. Вы буквально окружены людьми Потапова, к вам невозможно подойти. Мне пришлось раздобыть машину и украсть у одного таксиста плафон, чтобы приблизиться к вам.

Он вдруг резко крутанул руль, сворачивая в узкую боковую улицу. Протестующе завизжали покрышки, машину слегка занесло на скользкой дороге. Она ударилась задним колесом о бордюрный камень, и пассажиров тряхнуло. Егор, который считал деньги, сбился со счета и переключил свое внимание на билеты.

— Ого! — сказал он. — Вот это прогулка! Делать мне больше нечего, что ли?

— Что там? — спросила Оксана.

— Мечта Остапа Бендера, — сквозь зубы процедил Егор.

— Миллион?

— Два билета до Рио-де-Жанейро.

— Отлично! — воскликнула Оксана. — Никогда не была в Бразилии. Там ведь сейчас тепло?

— Там всегда тепло, — угрюмо ответил Егор. — Послушайте, — обратился он к Огурцову, — с чего вы взяли, что мы вот так вот возьмем и полетим в Бразилию?

— Да ни с чего, — снова закладывая головокружительный вираж, равнодушно ответил водитель. — Мне поручено вас туда доставить, но я разумный человек и понимаю, что бывают невыполнимые поручения. С виду они кажутся самыми обыкновенными, а потом начинается: то одно, то другое, то третье... И приходится отступать, пока тебе не свернули шею. Словом, я сделал все, что мог, — вернее, почти сделал, — и дальнейшее зависит только от вас. Не могу же я, в самом деле, тащить вас в самолет силой! Да и не хочу, если честно. Какое мне до вас дело? В конце концов, из-за вас в ближайшие полчаса у меня будет уйма грязной и чрезвычайно опасной работы. Если хотите, мо-

276

жете прямо сейчас выйти из машины. Остановить? Только имейте в виду, что они шлепнут вас обоих прямо на ходу и даже не остановятся, чтобы посмотреть, попали или нет. Кажется, теперь их больше интересую я.

— Кого — их? — по инерции спросил Егор и сразу же оглянулся, потому что ответ был, в общем-то, ясен.

Позади них, тускло светя включенными габаритными огнями, шла какая-то машина — кажется, «Шкода». Больше Егор ничего не разглядел, потому что Огурцов снова резко вывернул руль, и его повалило на Оксану.

— Хуже всего, — неожиданно спокойно продолжил Огурцов, — это когда человек начинает считать себя равным Господу Богу. Как он сказал, так, видите ли, и должно быть. Если бы только он меня послушал и послал в Москву кого-то другого!

— Кто — он? — спросил Егор.

Огурцов проигнорировал и этот вопрос, поскольку ответ был очевиден.

— Если доберетесь, — продолжал он, — так ему и передайте: хуже, мол, ничего нет, чем думать, что ты умнее всех на свете. Как только допустишь к себе эту мыслишку, тут тебе, считай, и хана. И еще скажите, чтобы меня не искал. У него теперь, наверное, появится желание замазать мне глотку. Ну, так пускай не надеется. Ему меня не найти, так и передайте.

Из-под колес опрометью шарахнулось что-то живое — не то кошка, не то собака. Огурцов крутанул руль, Оксана вскрикнула.

— Ч-черт, развелось вас... — совершенно как московский таксист, выругался киллер. — Собаку сбить — плохая примета. Некоторые из-за этого даже машины продают — дескать, все равно разобьется к чертям. В общем, сейчас я вас высажу. Пройдете дворами, там будет стоянка такси. Берите машину и гоните в аэропорт. Не успеете на самолет — умрете. Приведете за собой хвост — тоже умрете. Они поперли напролом, им терять нечего, да и вам, поверьте, тоже.

— Черт, — растерянно сказал Егор, — как все неожиданно... Прямо как снег на голову.

Боковым зрением он поймал взгляд Оксаны. Оксана

смотрела на него так же, как тогда, в Нью-Йорке, в номере отеля, — так, словно ждала, что он сию минуту с помощью какого-нибудь магического заклинания изменит ситуацию к лучшему и вернет сошедший с катушек мир на прочные рельсы здравого смысла. Егору вдруг вспомнился Сент-Экзюпери, задолго до его рождения сказавший: мы в ответе за тех, кого приручили. Он, Егор, был в ответе за Оксану, и не потому ли Грибовский прилагал такие усилия к их спасению, что тоже чувствовал на своих плечах бремя ответственности?

— Все, — сказал Огурцов, — прощаться не будем. Видите арку? Я торможу возле нее. За аркой — проходной двор. Там решетка, она закрыта, но не заперта. Уходите и не вздумайте задерживаться. Ничего интересного не будет, уверяю вас.

Он ударил по тормозам, и машина остановилась точно напротив арки.

— Удачи вам, — сказал Егор.

— Скорее, черт, — ответил киллер. — Пошевеливайтесь!

Он рванул машину с места, как только захлопнулись дверцы. Оксана столбом стояла на краю тротуара и смотрела ему вслед. Егор схватил ее за рукав и бегом потащил под арку. Там действительно была ажурная чугунная решетка, установленная, вероятно, специально против назойливых туристов. Она была заперта на висячий замок, но тот послушно открылся и с глухим лязгом упал на землю, стоило только Егору потянуть створку ворот. Они проскочили в калитку и успели юркнуть за выступ стены прежде, чем красная «Шкода» с ревом пронеслась мимо них.

Они пробежали дворами и, как и обещал Огурцов, оказались в двух шагах от стоянки такси, на которой стояло пять или шесть свободных машин. Егор помог Оксане сесть и на секунду задержался возле открытой дверцы. Он прислушивался к городскому шуму, сам не зная, что ожидает услышать. Ему показалось, что где-то далеко раздалось несколько выстрелов, но это, скорее всего, была иллюзия.

Он сел в машину, сунул таксисту сто долларов и велел гнать в аэропорт, да побыстрее. Деньги, как всегда, оказались лучшим переводчиком, и таксист стартовал с места так, будто участвовал в автомобильных гонках «Формулы-1». Уже подъезжая к аэропорту, Егор вспомнил, что оставил свою новенькую цифровую камеру в машине Огурцова, но лишь пожал плечами: впереди ждала полная неизвестность, и дела могли сложиться так, что камера оказалась бы наименьшей из возможных потерь.

Глава 14

Проверив посты, полковник Дэвис вернулся в свою комнату. Обход часовых был чистой формальностью: Дэвис сам отбирал людей, сам гонял их до седьмого пота и знал, что проверять их вовсе не обязательно. За те деньги, что платил наниматель, любой стал бы относиться к своим обязанностям серьезно — по крайней мере, в первые месяцы службы. Да и потом, наверное, тоже. Кто же станет рисковать таким местом, такими деньгами? Работы никакой, кроме караульной службы, условия просто великолепные, а таких денег в жизни не заработаешь, пройди с винтовкой в руках хоть все горячие точки планеты. И, главное, никакого риска...

В комнате Дэвис снял с себя пропотевшую камуфляжную куртку без знаков различия и повесил ее на спинку стула. Сквозь открытое окно в комнату вливались ночные ароматы, волнами накатывало стрекотание ночных насекомых. Жалюзи были опущены, и лунный свет, пробиваясь между планками, ложился косыми голубоватыми полосками на пол и на угол письменного стола. Полковник включил настольную лампу, и полоски исчезли.

Наклонившись, Дэвис закрыл жалюзи поплотнее, расстегнул широкий кожаный ремень, спустил брюки и, присев на стул, принялся стаскивать тяжелые пыльные ботинки. Нужно было принять душ — как из соображений чисто гигиенических, так и из некоторых других, более сложных. Разуваясь, Дэвис покосился на кровать, куда бросил поясной ремень с тяжелой кобурой. Присутствие оружия успокаивало, хотя Дэвис, как никто, знал: бывают ситуации, в которых оружие оказывается бесполезным.

Плескаясь и фыркая в душе под тугими, отдающими железом и хлоркой, чуть теплыми струйками воды, Дэвис так и этак вертел в уме полученную информацию, но не видел в ней ничего полезного для себя. Несомненно, информация была весьма любопытная, но очень уж туманная. Чудак миллионер, которого он до сих пор так ни разу и не видел, поселившийся в этой крепости на мысу, конечно, был личностью подозрительной и, вполне вероятно, имел какое-то отношение к торговле оружием или наркотиками. Вот именно, вероятно... Для донесения этого было мало, а время первого выхода на связь неумолимо приближалось.

Полковник Дэвис не любил Мексику и надеялся, что задержится здесь ненадолго. Однако его дела упорно не желали продвигаться, и это грозило ему неприятностями, из которых мексиканская жара была, пожалуй, самой безобидной. Донесение... Что, черт подери, он должен был писать в этом донесении? Что некто, чьего имени он так и не смог узнать за все это время, предпочитает уединение и содержит вооруженную охрану, которой платит сумасшедшие деньги? Ну и что с того? Никакие грузы сюда не поступали, и отсюда никто ничего не отправлял. Как начальник охраны, Дэвис давно уже облазил каждый угол, за исключением личных апартаментов хозяина, и своими глазами убедился: ни оружием, ни наркотиками здесь даже не пахнет, если не считать личного оружия солдат и сигарет с марихуаной, которыми изредка баловались все те же солдаты. Время от времени приходившие в поместье грузовики проверялись с особой тщательностью; Дэвис настаивал на этом, упирая на необходимые меры безопасности, и хозяин ни разу не возразил. Он вообще не вмешивался в повседневные дела полковника, демонстрируя тем самым полное к нему доверие. Это было очень удобно, но, увы, бесполезно: грузовики не привозили в поместье ничего, кроме еды, выпивки, горючего и прочих вещей — не всегда необходимых, но совершенно безобидных и законных, как дыхание. Словом, по всему выходило, что полковник Дэвис поступил на службу не к наркобарону и не к международному террористу большого полета, как ему показалось вначале, а к эксцентричному, очень богатому иностранцу, слегка помешанному на личной безопасности. Что ж, легкая паранойя, очевидно, является профессиональным заболеванием миллиардеров, и это вполне объяснимое явление. Вот только полковнику Дэвису от этого не становилось легче: он приехал сюда вовсе не затем, чтобы дать медицинское заключение о состоянии психики своего нанимателя.

«Неужели пустой номер? — думал Дэвис, старательно, до красноты, растирая кожу мохнатым полотенцем. — Неужели ошибка? Очень похоже, что так. Слишком похоже, я бы сказал. Возможно, этот хитрец все еще меня проверяет. Осторожничает, ходит кругами, присматривается, пытаясь решить, использовать ему меня в настоящем деле или не стоит. Проклятье! За что, спрашивается, аналитики получают такие бешеные деньги, если я вынужден делать их работу? Я солдат, а не психиатр, и рыться в чужих мозгах — не моя специальность. Единственная зацепка, которая у меня до сих пор имеется, это то, что он назвал меня Бульдогом. Откуда он мог узнать?.. Для безобидного психа у него слишком хорошо поставлена разведка. Впрочем, с этой стороны у меня все чисто, не подкопаешься. И все же это настораживает. Если бы не это, давно можно было бы уйти с чистой совестью. И еще этот странный вопрос о патриотизме... Почему, спрашивается, я должен стрелять в американцев? Что он не поделил с правительством США? Или это был обыкновенный вопрос параноика, полагающего себя великим знатоком человеческих душ? Дьявол, как же в этом разобраться? Но самое подозрительное в этом человеке то, что он русский. Богатый русский — это всегда непойманный преступник, но это вовсе не означает, что я должен делать за русских их работу. Пускай бы с ним разбиралась их налоговая полиция...»

Полковник вышел из душа, продолжая обтираться полотенцем, остановился посреди комнаты и небрежно бросил полотенце на крючок в углу, который собственноручно укрепил там неделю назад. В отличие от своего предшественника Абдуллы, нынешний начальник охраны Романа Михайловича Грибовского был грамотным военным специалистом и не только подозревал, что за ним следят днем и ночью, но и сумел без особого труда отыскать в своей жилой комнате хитроумно запрятанную аппаратуру. Там, в углу, за неприметным отверстием в стенной панели скрывался любопытный глаз телекамеры, теперь надежно занавешенный сырым полотенцем. Обычно Дэвис не имел ничего против круглосуточного наблюдения за своей персоной; обычно, но не в данный момент.

Он натянул брюки и чистую майку, закурил и с кривой усмешкой покосился на слепой экран выключенного компьютера. Компьютер был новый, довольно мощный и, конечно же, подключенный к Интернету. Он словно приглашал: давай, не стесняйся, выходи в сеть, посылай сообщение любого содержания кому угодно — конфиденциальность гарантирована. Чертова жестянка, конечно же, беззастенчиво лгала; все компьютеры в поместье наверняка были объединены в единую сеть и контролировались, скорее всего, непосредственно из кабинета хозяина. Компьютер, это великое универсальное изобретение человечества, давно превратился в своеобразное подобие троянского коня: привыкнув доверять ему, человек становился заложником этой пригоршни микросхем, и тогда любой, у кого хватило ума научиться нажимать на кнопки, мог без труда выведать его подноготную. Полковник Дэвис не был заражен компьютерной лихорадкой; в тех случаях, когда нельзя было воспользоваться огнестрельным оружием, он больше доверял бумаге и карандашу.

Подсев к столу, Дэвис выдвинул ящик, достал оттуда блокнот, положил его перед собой и открыл на первой странице. Блокнот был пуст, и сейчас полковнику предстояло воспользоваться им впервые. Он вырвал из блокнота листок и отложил блокнот в сторону: ему вовсе не хотелось, чтобы написанный им текст отпечатался на чистой странице.

Вооружившись шариковой ручкой, полковник задумался. Он до сих пор не знал, что ему писать. «Что ж, — решил он, — придется написать то, что есть: добрался до места благополучно, новостей пока нет. Все-таки в пехоте было проще. Там мы всегда видели противника и знали, что это именно противник, враг, а не какой-нибудь чудаковатый прохожий, случайно оказавшийся не там, где надо».

Негромко зазвонил висевший в чехле на поясе его брюк мобильный телефон. Дэвис ухмыльнулся и покосился на брошенное в угол полотенце. «Забеспокоился, — подумал он. — Чертов параноик!» Он вынул телефон из чехла и ответил на вызов.

— Добрый вечер, полковник, — послышался в трубке знакомый голос с легкой металлической реверберацией — явно искусственный, измененный электроникой.

— Добрый вечер, сэр, — ответил Дэвис.

— Послушайте, полковник, — сказал голос, — ведь я же просил вас не называть меня сэром. Право, вы не на плацу! Когда вы ко мне так обращаетесь, мне все время хочется встать смирно и отдать честь.

— Прошу прощения, сэр. Это нормальное обращение подчиненного к начальнику. Кроме того, я до сих пор не знаю, как иначе мне вас называть. Не могу же я обходиться совсем без обращения.

— Эту проблему мы решим в ближайшее время, — пообещал голос. — Могу я узнать, чем вы занимаетесь, полковник?

Дэвис снова покосился на полотенце и подумал, что работать в таких условиях, пожалуй, будет затруднительно. Интересно, что будет, если попытаться занавесить камеру посреди ночи? Неужели этот чертов псих никогда не спит?

— Отдыхаю, сэр. Двадцать минут назад я проверил посты. Все спокойно, сэр, и я решил, что могу...

— Конечно, можете, полковник. Вы отлично справляетесь со своими обязанностями, я вами доволен. Мне не хотелось бы лишать вас заслуженного отдыха, но у меня возникла одна небольшая проблема, требующая безотлагательного разрешения. Вы не могли бы на минутку заглянуть ко мне?

— Конечно, сэр. Я буду через пять минут.

Полковник выключил телефон, убрал письменные принадлежности обратно в ящик стола, обулся, набросил на плечи куртку и затянул на талии широкий пояс с кобурой и портативной рацией в чехле. Поправив перед зеркалом выгоревшее на солнце армейское кепи, он вышел из комнаты. Полотенце полковник оставил на крючке — во-первых, чтобы не возбуждать лишних подозрений, а во-вторых, чтобы посмотреть, что будет дальше: останется полотенце висеть на месте, закрывая объектив камеры, или свалится на пол, якобы сброшенное случайным сквозняком?

Он прошагал через залитое лунным светом, вымощенное каменными плитами патио с английским газоном посередине. В темноте тихо шуршали струи воды из поливальных установок: при здешнем климате газон без полива за два дня выгорел бы дотла. Подсвеченный изнутри бассейн сиял в ночи, как огромный сапфир, от звона цикад закладывало уши. Дважды из темноты навстречу полковнику бесшумно выдвигались часовые с автоматическими винтовками наперевес, но, узнав командира, молча козыряли и снова отступали в тень.

На широком каменном крыльце никого не было, но это не означало, что крыльцо не охранялось. Прежде чем толкнуть дверь, полковник повернул голову в сторону следящей телекамеры, давая оператору рассмотреть свое лицо. Замок негромко щелкнул, и полковник вошел в дом.

Просторный, выстроенный по какому-то чрезвычайно замысловатому проекту дом стоил наверняка уйму денег. Полковник Дэвис оценил его на глаз в шесть—восемь миллионов долларов; впрочем, вполне возможно, он ошибался, и дом обошелся нанимателю намного дороже. При этом интерьер оставался таким же, как и в день приезда; все изменения сводились лишь к дорогостоящей охранной технике, которой новый владелец буквально нашпиговал поместье. При всей бьющей в глаза роскоши это место здорово смахивало на временное жилье, в котором хозяева не намерены задерживаться надолго. Вряд ли такое наплевательское отношение к внутреннему убранству дома было следствием скупости; скорее уж, таинственный наниматель Дэвиса и впрямь намеревался задержаться в Мексике лишь на короткий промежуток времени, необходимый для устройства каких-то своих дел. При этом на системы безопасности и слежения было выброшено никак не меньше полутора миллионов, что лишний раз доказывало: наниматель — либо преступник, либо параноик, либо и то и другое вместе.

Миновав просторный холл и поднявшись на второй этаж, Дэвис остановился перед знакомой дверью красного дерева, в очередной раз давая себя разглядеть объективу следящей камеры. Лишь после этого он постучал в дверь и, не дожидаясь ответа, вошел.

Комната была почти точной копией той, в которой Дэвис проходил собеседование при приеме на работу. Здесь тоже имелись стол, стул и зеркало во всю стену. Правда, это помещение выглядело более обжитым и уютным, и на столе стояла открытая бутылка хорошего виски, к которой прилагался стакан и ведерко со льдом. Ночной ветерок колыхал легкие занавески, лунный свет красиво серебрил ажурную оконную решетку — очень красивую, но от этого не менее прочную. В этой комнате у Дэвиса всегда возникало очень неприятное ощущение: ему казалось, что его привели на допрос, если не на казнь, и ему всякий раз стоило больших усилий не расстегнуть при входе клапан кобуры.

— Присаживайтесь, полковник, — раздался знакомый металлический голос из скрытых динамиков. — Выпьете виски? Не стесняйтесь, солнце уже зашло. Располагайтесь.

— Благодарю вас, сэр.

Дэвис уселся на стул лицом к зеркалу, покосился на бутылку, но наливать себе не стал.

— Что же вы не пьете, полковник? — осведомились динамики. — Это хорошее виски, поверьте.

— С вашего позволения, сэр, я пью либо один, либо в компании, — сообщил Дэвис довольно сухо. Ему вдруг захотелось немного подразнить собеседника и посмотреть, что из этого получится. — В данном же случае я, признаться, пребываю в некотором затруднении. Это странное ощущение, сэр, — выпивать за компанию с говорящим зеркалом. Напоминает любовь по Интернету.

— Ах, вы опять об этом! — динамики разразились коротким скрежетом, означавшим смех. — Неужто вам не все равно, как я выгляжу, полковник? А вдруг я окажусь монстром, собранным из проводков и консервных банок, или, к примеру, Фантомасом? Смотрели фильм про Фантомаса?

— Нет, сэр, не смотрел. Что же касается вашей внешности, то она меня не слишком интересует. Просто, разговаривая с зеркалом, я чувствую себя арестантом на допросе.

— Согласен, проводить допрос приятнее, чем быть допрашиваемым.

— Допрос — не самое приятное занятие для обеих сторон, сэр. Разумеется, я говорю о психически здоровых людях.

Динамики опять заскрежетали.

— А вам палец в рот не клади, полковник. Злитесь на меня, а? Считаете, что я вам не доверяю? Поверьте, дело не в этом. У людей бывают самые разнообразные причины для того, чтобы прятаться, и способы, которыми они это делают, также поражают разнообразием. Кто-то прячется за зеркалом, а кто-то — за мокрым полотенцем. Да-да, представьте, за полотенцем! Что вы там делали, полковник, — мастурбировали?

Дэвис приподнял правую бровь. Он не ожидал, что его наниматель будет столь прямолинеен, почти груб.

— Нет, сэр, — спокойно ответил он. — Хотя должен вам сказать, что отсутствие контактов с женщинами дурно влияет на личный состав.

— Это обусловлено контрактом, — сказал голос из динамиков. — Так что вы там делали, полковник?

— Собирался написать письмо девушке, — сказал Дэвис, и формально в его словах не было ни капли лжи.

— Странно. Мне казалось, что вы внимательно прочли контракт перед тем, как поставить под ним свою подпись. Там есть пункт, однозначно воспрещающий любые контакты с внешним миром.

— Я сказал, что намеревался написать письмо, сэр, — возразил Дэвис, — но не говорил, что собирался его отправить.

— Ну вот, — сказал голос, — а говорите, что не мастурбировали. Что же это в таком случае, если не разно-

286

видность мастурбации? Ну, полно, не будем ссориться по пустякам. Обещаю, что больше не стану за вами подглядывать.

— Сэр?..

— О да, не стану. В этом больше нет необходимости. Я совсем не такой параноик, каким, должно быть, представляюсь вам. Просто мне требовалось время, чтобы кое-что проверить. Теперь проверка позади, и мы можем поговорить с полной откровенностью.

Огромная пластина зеркального стекла вдруг почти бесшумно поехала в сторону, открывая взгляду Дэвиса просторное, со вкусом обставленное помещение, посреди которого в глубоком кресле сидел белый мужчина неопределенного возраста, одетый в светлые полотняные брюки и серую рубашку с коротким рукавом. Его голый, как бильярдный шар, череп маслянисто поблескивал в свете настольной лампы, и Дэвис невольно провел ладонью по своей выбритой до блеска макушке.

— Да, — заметив этот жест, улыбнулся мужчина, — между нами много общего.

На столе перед ним стоял микрофон, присоединенный к плоской металлической коробке серого цвета. Мужчина протянул руку к этой коробке и что-то выключил.

— Так лучше? — спросил он.

Дэвис кивнул. Теперь голос его нанимателя звучал без искажений, да и разговаривать, глядя собеседнику в лицо, было намного проще.

Лицо это показалось Дэвису странным, как будто неживым. Это впечатление создавалось туго натянутой кожей, которая плотно облегала широкие скулы и немного тяжеловатый подбородок. Полковник отметил про себя, что тут не обошлось без вмешательства пластического хирурга. Это лицо чем-то напомнило безжизненную маску, в которую превратил свою некогда смазливую физиономию этот чокнутый чернокожий Майкл Джексон. Глаза были темные, скорее всего, карие — очевидно, до того, как облысеть, наниматель был либо брюнетом, либо шатеном. Скорее всего, шатеном, потому что его гладко выбритый подбородок не отливал синевой, как

287

это обычно бывает у жгучих брюнетов. Дэвис еще раз пробежался взглядом по фигуре этого человека, на глаз прикидывая рост, вес, возраст, запоминая характерные особенности строения черепа, форму ушей и губ, разрез глаз... «Это уже кое-что, — подумал он. — Вот и готов материал для первого донесения. Прямо как по заказу, даже странно...»

— Что ж, полковник, — сказал наниматель, — может быть, теперь вы все-таки выпьете? Я предлагаю тост за знакомство.

Он наполнил свой стакан из бутылки, стоявшей перед ним на столе. Дэвис заметил, что это русская водка, и мысленно пожал плечами: а что же еще? Русские мафиози всегда пьют водку, выражая тем самым патриотизм в доступном им понимании этого слова. Отказываться нельзя, и полковник плеснул в свой стакан немного виски, проигнорировав лед.

— Это правильно, — одобрил его действия наниматель. — Никогда не мог понять, какого черта вам, американцам, всегда надо превращать превосходный продукт в разбавленную дрянь. Можете курить, если желаете. То есть, я хотел сказать, если ваш организм в данный момент испытывает потребность в никотине.

Дэвис усмехнулся, отдавая дань терпению, с которым его наниматель ждал удобного момента, чтобы ввернуть эту шпильку, и выложил на стол сигареты.

— Благодарю вас, сэр, — сказал он, чиркая колесиком зажигалки и закуривая. — Вы очень добры. Итак, вы хотели обсудить со мной какую-то проблему?

— Я слукавил, — с улыбкой ответил наниматель. Улыбка, по всей видимости, должна была получиться обезоруживающей и дружелюбной, но он, похоже, еще не освоился со своим новым лицом, и его мертвенный оскал мог бы заставить более нервного человека, чем Дэвис, не на шутку испугаться. — Мне просто хотелось встретиться с вами с глазу на глаз и поболтать на отвлеченные темы.

— Например, что я делаю по вечерам, занавесившись полотенцем, — сказал Дэвис.

— А вы уже и обиделись.

— Нисколько, сэр. Просто я не припоминаю в своем контракте пункта, который давал бы вам право устанавливать в моей комнате следящую и записывающую аппаратуру.

— Не любите шпионов, а?

— Их никто не любит, сэр.

— Зовите меня Романом.

— Рамоном, сэр?

— Романом, а не Рамоном. Я не мексиканец, я русский. Мое имя — Роман. А насчет шпионов вы правы, Дэвис. Их никто не любит.

— Да, мистер Роман.

— Ну вот вам и тема для обсуждения. Как, по-вашему, следует поступать со шпионами, полковник?

Дэвис пригубил виски. Тема, выбранная нанимателем для застольной беседы, казалась ему довольно странной, более того — скользкой.

— Обычно это решает суд, сэр.

— Роман, — напомнил наниматель. — Я хочу, чтобы наша беседа была дружеской, без чинов.

— Слушаюсь, сэр... Роман. Участь шпионов, как правило, решает суд. Именно он устанавливает степень вины и назначает им соответствующее наказание.

— Меня интересует ваше личное мнение, Дэвис. О, я знаю, что вы скажете. Вы офицер, и ваше дело — воевать. Но представьте себе такую ситуацию: вы со своим подразделением выполняете боевое задание и вдруг обнаруживаете, что один из ваших людей — вражеский шпион.

— Так не бывает, с... Роман.

— Еще как бывает! Ну хорошо, поверю вам на слово. Тогда предположим, что часовые приводят к вам пойманного на территории лагеря вражеского лазутчика с рацией, бесшумным автоматом и полным мешком радиоуправляемых мин. Передать пленного своему командованию вы не можете, поскольку до базы далеко, лишних людей для его охраны и конвоирования у вас нет, а его намерения очевидны и не вызывают ни малейших сомнений... Такое возможно?

— Вполне возможно. В моей практике подобное случалось, как минимум, трижды.

— О! Превосходно! Живой опыт всегда лучше сухой теории и голословных предположений. Итак, каким же образом вы поступали в подобных случаях?

— Отдавал приказ расстрелять негодяя. В полевых условиях командир вправе принять такое решение. Однажды я застрелил диверсанта собственноручно, так как он попытался напасть на меня.

— Превосходно, Дэвис! Просто превосходно! Вы не представляете, до чего я рад, что в этом вопросе между нами нет разногласий. Я, конечно, не кадровый военный, но пусть мой легкомысленный наряд не вводит вас в заблуждение. Я нахожусь в глубоком тылу противника, окруженный со всех сторон людьми, желающими мне смерти, и, к сожалению, вынужден жить по законам военного времени. Поэтому я очень рад тому обстоятельству, что мы с вами так хорошо понимаем друг друга.

Он снова потянулся за бутылкой и плеснул водки в свой опустевший стакан. Дэвис воспользовался этим, чтобы украдкой расстегнуть кобуру и взвести курок пистолета. Эти разговоры о шпионах, лазутчиках и расстрелах нравились ему все меньше с каждой минутой. В воздухе накапливалось напряжение, и даже хор цикад за окном, казалось, звучал угрожающе, напоминая теперь звуковое оформление дешевого фильма ужасов об оживших мертвецах на кладбище.

— Итак, — продолжал наниматель, поднимая стакан, — теперь, когда взаимопонимание достигнуто, можно поговорить о деле. Я не люблю тянуть, полковник, и не терплю недоговоренностей. Хуже нет, когда какая-нибудь мелочь постоянно колет, как камешек в ботинке, отвлекая от дел. У меня масса дел, Дэвис, и все эти шпионские страсти буквально выбивают меня из колеи.

— Вы говорите о чем-то конкретном, сэр? — Дэвис поставил стакан на стол и сел ровнее, словно невзначай опустив правую руку под стол, поближе к пистолету. — Вы подозреваете кого-то из моих людей?

— О нет! — русский тоже поставил свой стакан и выпрямился в кресле, слегка подавшись вперед. — Как правило, я выше подозрений. Если я говорю, что на территории поместья находится вражеский лазутчик, значит, мне

290

это доподлинно известно. Известно с первого дня, и я до сих пор мирился с подобным положением вещей лишь потому, что... Словом, в силу некоторых особых причин, о которых вы в свое время узнаете. Теперь обстоятельства изменились, и я спрашиваю: что мне с вами делать, специальный агент Дэвис? Послать в Лэнгли вашу голову в оригинальной упаковке или начать с ваших причиндалов? Ведь ваш шеф, если не ошибаюсь, носит юбку? Мисс Ковальски из отдела специальных расследований и есть та девушка, которой вы писали письмо, занавесившись полотенцем, не так ли? Поправьте меня, если я ошибаюсь, Бульдог Дэвис.

— Непременно поправлю, — пообещал Дэвис сквозь зубы и, не вставая, выхватил из кобуры пистолет.

Он подозревал, что прозрачное стекло, отделявшее его от этого монстра, может оказаться пуленепробиваемым. Так или иначе, стоило попытаться — а вдруг?.. Одна пуля в стекло, одна — в дверной замок, а там — как получится. Возможно, он успеет вырваться из этой мышеловки раньше, чем поднимется тревога. Задание было провалено раньше, чем он приступил к его выполнению, и теперь оставалось лишь спасать собственную шкуру.

Курок сухо щелкнул. Осечка! Дэвис поспешно передернул затвор и еще раз нажал на спусковой крючок.

— Не трудитесь, — рассмеялся Грибовский. — Патронов в пистолете все равно нет. Поверьте, это было сделано в ваших интересах, агент Дэвис. Это стекло можно пробить разве что из пушки, а пуля, отскочив, могла причинить вам вред — оцарапать, ранить, а то и вовсе убить. Вы мне еще нужны, Бульдог Дэвис.

— Не надейтесь, что я стану с вами сотрудничать, — сказал Дэвис и с отвращением бросил на стол бесполезный пистолет.

— Не надейтесь, что я стану спрашивать вашего согласия, — надменно ответил олигарх. — Лейтенант Келли!

Дверь распахнулась, и Дэвис увидел на пороге своего заместителя Келли в сопровождении двоих солдат. Автоматы в руках пехотинцев смотрели Дэвису в живот, в руке у Келли был пистолет. Лица у всех троих были каменные, до предела сосредоточенные, как и полагается хорошим солдатам, выполняющим приказ.

— Арестуйте этого человека, — сказал Грибовский. — Вы видели, он пытался меня застрелить, признав тем самым свою вину. Я приговариваю его к расстрелу, исполнение приговора откладывается до особого распоряжения.

— Вам не хватает только судейского молотка, — презрительно сказал Дэвис, покорно подставляя запястья под браслеты наручников.

— А вам не хватает мозгов, специальный агент. Вы же сами сказали, что в боевых условиях бывает не до соблюдения формальностей. Лейтенант Келли, вы отвечаете за этого человека головой.

— Да, сэр!

— Отведите его к доктору Рамиресу. Мне нужно, чтобы через час он был готов отправить в Лэнгли свое первое донесение. Текст донесения я передам позже. Приставьте к нему надежную охрану, при попытке бегства разрешаю стрелять по ногам. Тот, кто по небрежности застрелит этого человека, переживет его ненадолго, передайте это своим подчиненным.

— Да, сэр! Прошу вас, полковник!

Дэвис посмотрел в непроницаемое, иссиня-черное лицо лейтенанта и покачал головой.

— Ты идиот, Келли, — сказал он.

— Я просто выполняю приказ, полковник, — ответил лейтенант.

— Браво, Келли! — воскликнул олигарх. — Вы назначаетесь исполняющим обязанности полковника Дэвиса с выплатой разницы в жалованье. Кстати, он такой же полковник, как и мы с вами. Это обыкновенная ищейка, давно не имеющая к морской пехоте ни малейшего отношения. Уведите его и скажите доктору Рамиресу, чтобы он не ошибся с дозой. Повторяю, этот человек нужен мне живым.

Дэвиса увели, а через четыре часа, глубокой ночью, в штаб-квартире ЦРУ было получено долгожданное донесение от агента по кличке Бульдог. Донесение было составлено с дотошностью, присущей специальному агенту Дэвису во всем, за что бы он ни брался, и вызвало в отделе легкий переполох, результатом которого стала срочная депеша, отправленная командованию подразделения американского спецназа, базировавшегося на территории Афганистана.

* * *

На сей раз чаю Ивану Ильичу никто не предлагал, да он и не ждал, что предложат. В кабинете горел весь мыслимый свет, и портрет президента на стене, казалось, брезгливо морщился — не то от этого режущего света, не то просто потому, что было невмоготу смотреть на севшего в очередную лужу генерала. Да, это была не первая лужа, в которую садился Иван Ильич, да только на этот раз у лужи, похоже, напрочь отсутствовало дно.

Вытянутое лицо хозяина кабинета сегодня больше обычного напоминало длинную дыню, к которой кто-то для смеха присобачил пару тусклых оловянных пуговиц и кривоватый парниковый огурец. На Ивана Ильича он не смотрел вовсе, и это было очень дурным знаком: хозяин из последних сил сдерживал рвущуюся с губ матерную брань.

— Явился, красавец, — без нужды перебирая на столе бумажки, бесцветным от сдерживаемой ярости голосом сказал он. — Ну, что скажешь? Давай-давай, излагай, заводи свою любимую песенку: виноват, мол, готов понести наказание, обещаю исправиться, найду, зубами загрызу... Молчишь? Сказать нечего? Ну, что прикажешь теперь с тобой сделать? В лейтенанты разжаловать? Так толку мне с такого лейтенанта как с козла молока. Вон, брюхо какое отрастил... Для оперативной работы ты уже стар, а бумажки в архиве перекладывать — много чести. Ты, небось, только об этом и мечтаешь — чтобы ни ответственности, ни проблем, ничего... Денег тебе и без генеральского жалованья хватит, наворовал из государственного кармана, бурундук хренов. Под трибунал тебя отдать? Расстрелять к чертям собачьим? А говно за тебя кто будет разгребать — я?

293

Он немного помолчал, старательно дыша носом и, кажется, даже считая про себя, как рекомендуют делать психологи, и уже совсем другим, деловым тоном закончил:

— В общем, ты кашу заварил, тебе и расхлебывать. Ищи его где хочешь и как хочешь, а пока введи меня в курс дела: что, как и почему.

Иван Ильич мысленно приготовился к контратаке. Конечно, субординация, чинопочитание и умение угождать начальству — вещи хорошие и даже необходимые, но бывают случаи, когда начальству нужно давать сдачи, если не хочешь, чтобы тебя сожрали с потрохами да еще и повесили на тебя всех собак.

— Согласно вашему приказу, — начал он, сделав заметное ударение на слове «вашему», — мы попытались задержать Огурцова, как только он проявил себя, то есть в момент его контакта с Королевым и Вербовой. Группа разделилась и вела преследование двумя машинами. Одна машина следовала непосредственно за Огурцовым, а вторая находилась с ней на связи и продвигалась параллельными улицами. В какой-то момент Огурцову удалось ненадолго оторваться и, по всей видимости, именно тогда он высадил журналистов...

* * *

...Высадив журналистов, Огурцов, не щадя двигателя, стартовал с места на второй передаче. Машина оставляла желать лучшего — все-таки она была не первой молодости, а вечные вещи пока что не научились делать даже дотошные немцы. Они были очень близки к этому, пока в послевоенные годы не снюхались с американцами, превратив свою экономику в кальку с экономики победителей. Ну, хорошо хоть, что у них хватило ума выбрать правильный образец для подражания. Если бы кое-кто из немецких генералов не сообразил вовремя сдаться американцам и англичанам, сейчас вся Германия ездила бы не на «Мерседесах», «Опелях» и «БМВ», а на «Вартбургах» и легендарных «Трабантах» с фанерным кузовом и одним ведущим колесом...

Развлекаясь подобными рассуждениями, Огурцов вел машину по узким, запруженным транспортом и пешеходами улочкам старого города. О преследователях он не думал — вернее, почти не думал. Думать о них не имело смысла — так же, впрочем, как не имело смысла думать об оставленных в подворотне журналистах. Для Королева и Вербовой он сделал все, что мог, и теперь их дальнейшая судьба зависела только от них самих. Огурцов почти не сомневался, что они благополучно вывернутся из передряги и доберутся до Рио, где их встретит кто-то из людей Грибовского. Журналисты в этом смысле напоминали Огурцову клещей: они были вездесущи, так же крепко вцеплялись в добычу и их было очень сложно раздавить пальцем. Что же касается преследователей, то с ними тоже было все ясно: они висели у него на хвосте, как связка консервных банок, привязанная жестокими детьми к бродячей собаке, и больше не скрывали своих намерений. Где-то наверняка была вторая машина, идущая наперехват. Если бы в украденной Огурцовым «БМВ» имелась хотя бы плохонькая рация, ему наверняка удалось бы поймать переговоры, которые вели между собой люди генерала Потапова.

Огурцов кружил по центру города столько, сколько мог, то есть добрых десять минут, до последнего мгновения надеясь, что водитель красной «Шкоды» не справится с управлением и сойдет с дистанции, врезавшись в грузовик или протаранив какую-нибудь витрину. Пару раз его надежды готовы были оправдаться, но «Шкода» в самый последний момент каким-то чудом огибала препятствие и продолжала преследование. Будь у Огурцова чуть больше времени, он непременно довел бы дело до логического завершения без единого выстрела, но времени у него не было. Поняв, что в игру вот-вот включится чешская дорожная полиция, он повернул направо и погнал машину по узкой улице с односторонним движением, надеясь выскочить на оживленную магистраль, ведущую прочь из города. Там, на оперативном просторе, у него была надежда оторваться от преследователей за счет неоспоримого превосходства «БМВ» над «Шкодой». Правда, у них имелся туз в рукаве — вторая машина, о которой Огурцову ничего не было известно. Оставалось лишь уповать на вечную нехватку у ФСБ финансовых средств: авось вторая машина окажется не лучше первой...

Вторая машина оказалась даже хуже. Это были «Жигули» пятой модели, и при другом раскладе Олег Васильевич даже не обратил бы на эту ржавую жестянку внимания — тоже мне, преследователь! Но тарахтящий отечественный драндулет очень своевременно выкатился из какой-то подворотни, почти полностью перекрыв узкий проезд. Огурцов резко принял влево, понял, что не проскочит, и упал на соседнее сиденье за секунду до того, как его машина ударилась правым крылом о машину преследователей, а левым — о стену жилого дома.

У него еще оставалась надежда, что тяжелой «БМВ» удастся с ходу проскочить препятствие, отбросив «пятерку» с дороги, но он немного не рассчитал, и стена, на которую по касательной налетела его машина, погасила инерцию. В скрежете сминаемого металла и звоне стекла бледно-зеленая «БМВ» продвинулась примерно на метр и стала. Двигатель чихнул и заглох, и Огурцов услышал, как, дребезжа, катится по асфальту вылетевший вон рефлектор разбитой фары.

Он резко разогнулся, выскочив из-под приборной панели, как чертик из табакерки. Обе дверцы заклинило намертво, ветрового стекла как не бывало. Огурцов увидел справа, в каком-нибудь метре от себя, водителя «пятерки», который, склонившись над рулем, очумело тряс головой, и выстрелил в него через разбитое стекло.

Пистолет, девятимиллиметровый австрийский «глок», оказался у него в ладони будто бы сам по себе. Огурцов не думал о том, что ему нужно вынуть оружие и открыть огонь. Это произошло рефлекторно, на подсознательном уровне: пистолет просто возник в его руке, стал ее продолжением, и пуля ударила водителя «пятерки» в висок так же точно, как если бы Олег Васильевич просто ткнул в выбранное место пальцем. На ветровое стекло «Жигулей» брызнула кровь, и голова водителя исчезла из оконного проема. Сидевший рядом с водителем пассажир выстрелил в ответ, но Огурцова уже не было в машине: выскочив наружу через разбитое переднее окно и перекатившись через мятый, поднявшийся дыбом капот, Олег Васильевич упал на мокрый после недавнего снегопада асфальт и, приподнявшись на колено, открыл огонь по «Жигулям», которые стояли к нему правым бортом.

Пассажир с переднего сиденья был выведен из строя первым же выстрелом. Те двое, что сидели сзади, успели открыть дверцы. Один из них сразу же упал, прошитый двумя пулями, а второму удалось выскочить из машины с левой стороны. Укрывшись за багажником, он вскинул пистолет, и в это мгновение подоспевшая красная «Шкода», на большой скорости выскочив из-за угла, с грохотом и лязгом врезалась в «пятерку». Предсмертный крик раздавленного между двумя столкнувшимися машинами человека заставил Огурцова брезгливо поморщиться: специалисты...

Он уже стоял за чугунным фонарным столбом. Это укрытие оставляло желать лучшего: попытка укрыться за фигурным тонким столбом очень напоминала Огурцову попытку спрятаться за зубочисткой или, к примеру, за ручкой от швабры. Пуля, рванувшая Олега Васильевича за полу куртки, похоже, придерживалась того же мнения. Огурцов по звуку определил, что стреляли из «ТТ», и понял, что пора бежать.

До ближайшей подворотни было метров двадцать. Огурцов высунулся из-за столба, наугад послал пулю в сторону баррикады, образованной тремя столкнувшимися машинами, и бросился бежать, не тратя времени на то, чтобы отстреливаться. Пули высекали искры из асфальта справа и слева от него, и Огурцов понял, что стреляют по ногам. Значит, приказано взять живым... «Черта с два, — подумал он. — При таком раскладе я вас перестреляю по одному, как куропаток. Хрен вы меня возьмете, недоучки! И потом, даже если возьмете, как вы, бараны, намерены переправить меня в Россию после такого побоища в самом центре Праги? Лучшее, на что вы можете рассчитывать, это что нас посадят в соседние камеры...»

Позади него беспорядочно и густо хлопали пистолетные выстрелы. Ухо Огурцова почему-то снова выделило

297

из этой какофонии резкий характерный звук безотказного старикашки «ТТ», и почти одновременно с этим звуком что-то тяжелое и горячее ударило его в правый бок. Этот удар бросил Олега Васильевича на одно колено. Он обернулся и трижды прицельно выстрелил по фигурам, которые поднялись из-за баррикады, уже празднуя победу. Двое упали; один из них сразу же пополз в укрытие, а второй остался неподвижно лежать на мостовой.

— Идиоты! — крикнул им Огурцов. — Вам что было велено? Вы куда стреляете, бараны?

С этими словами он вскочил и, шатаясь, бросился в подворотню. Пробежав узкую кирпичную трубу почти до конца, он обернулся и несколькими выстрелами заставил отступить показавшиеся на светлом фоне арки темные фигуры. Одна из этих фигур упала. Огурцову показалось, что это была женщина. «Суки, — подумал он о своем бывшем начальстве. — Кто же баб на такое дело посылает? Ей бы детей рожать, а она теперь валяется на грязном асфальте в чужом городе с дыркой в животе. Вот суки! Война, что ли, что им мужиков не хватает?»

Позади коротко взвыла полицейская сирена, послышались крики, хлестко ударило несколько выстрелов, но стреляли уже не по нему. Огурцов с разбега вскарабкался на низкую кирпичную стену, отделявшую двор-колодец от соседнего, и обернулся. В арке никого не было — по крайней мере, пока. Сидя верхом на гребне стены, он наспех протер рукоятку пистолета полой куртки и бросил оружие вниз, на потрескавшиеся каменные плиты двора.

Через полчаса он уже прогуливался по Старому Месту, с деланным интересом разглядывая архитектурные красоты, до которых ему, по правде говоря, не было никакого дела. Рана в боку все еще кровоточила, и он старательно зажимал ее скользким от полусвернувшейся крови носовым платком. В двух шагах от собора святого Вита ему удалось отыскать туалет — бесплатный и на удивление чистый. Запершись в кабинке, Огурцов обследовал бок и пришел к выводу, что с этим можно жить. Рана была сквозная: пуля прошла навылет, не задев кость и, насколько он мог судить, не повредив никаких внутренних органов. Просто круглая дырка в мышцах, и больше ничего... Получать такие подарки Огурцову было не впервой.

Он разделся до пояса, разорвал майку на полосы, скатал из одной тугой тампон и, как мог, перевязал рану. Нужно было зайти в аптеку, купить какой-нибудь антибиотик посильнее и сразу же отправляться в аэропорт. Огурцов еще не решил, куда именно полетит, зато точно знал, что дороги назад, к Грибовскому, ему отныне нет. Олигарх фактически сам послал его под пули эфэсбэшников, списал в расход, как ненужный хлам. Огурцов не испытывал по этому поводу ни обиды, ни разочарования: он всегда знал, что рано или поздно этот день наступит. Он был готов к этому дню и знал, что станет делать. Ничего особенно трудоемкого ему не предстояло. Скорее, наоборот: Олега Васильевича ждала приятная необходимость научиться жить на проценты с двух с половиной миллионов долларов, не привлекая к себе внимания посторонних, и что-то подсказывало ему, что с этой задачей он справится...

* * *

— ...Ушел, — закончил свой доклад генерал Потапов. — Обратиться за помощью к чехам мы по вполне понятным причинам не могли. Официально мы не имеем к этой истории никакого отношения. Наши люди находились в Праге как туристы, под чужими именами, и ни продолжать преследование, ни объяснять полиции, что произошло, не имели права. Сейчас двое из них находятся в пражской тюрьме предварительного заключения, четверо были доставлены в госпиталь, и один из них на днях скончался. Чехи сами вступили с нами в контакт. Они думают, что задержали группу наших уголовников, и запрашивают на них данные.

— Ну так отошлите им данные, — раздраженно сказал хозяин кабинета. — Состряпайте что-нибудь убедительное и отошлите. Да, и не забудьте потребовать выдачи. Сообщите, что они разыскиваются нами за тяжкие преступления, за терроризм какой-нибудь, что ли. Взрывы жилых домов, участие в незаконных вооруженных формированиях... Словом, чтобы это выглядело покруче, чем какая-то уличная перестрелка. Может, отдадут...

— Вряд ли, — вздохнул Иван Ильич. — В ходе перестрелки они шлепнули двоих прохожих и еще двоих ранили. Точно установлено, что это сделали они, а не Огурцов. Сейчас там разбираются, кто именно оказался таким метким стрелком. Вряд ли чехи после этого так просто их выпустят.

— Да уж, меткость на грани фантастики, — проворчал хозяин кабинета. — Вот уж, действительно, ослы! После такого чехи, конечно, костьми лягут, а этих идиотов нам не отдадут. Не могут, сволочи, забыть пятьдесят шестой год...

— Ну так ведь мы им все время об этом напоминаем, — не удержался Иван Ильич.

Хозяин грохнул кулаком по столу, заставив генерала подпрыгнуть от неожиданности.

— Он еще иронизирует! Да ты! Ты им об этом напомнил, ясно?! Ты и твоя банда кретинов! Я сегодня был наверху, — немного понизив голос, сообщил он и бросил быстрый взгляд через плечо на стену, где висел портрет, — и знаешь, что мне там сказали? «Или наведете у себя порядок, или мы будем решать кадровый вопрос» — вот что мне сказали! Я за тебя, Потапов, свою задницу подставлять не намерен, так и знай!

— Знаю, — устало сказал Иван Ильич. — Подставить мою задницу, конечно, проще.

— Совершенно верно подмечено, — неожиданно спокойно согласился хозяин. — И я это непременно сделаю, особенно если ты и дальше станешь огрызаться.

— А что мне терять-то? — окончательно махнув на все рукой, поинтересовался генерал.

— Да уж, все, что можно было, ты уже потерял. Даже этих журналистов... Кстати, они до сих пор не нашлись?

— Как в воду канули. Их багаж до сих пор в отеле, счет не оплачен. По непроверенным данным, чешская полиция объявила их в розыск, но пока безрезультатно.

300

Ни в других гостиницах, ни в аэропорту их следов не обнаружили...

— Что значит — по непроверенным данным? На кой хрен мне непроверенные данные? Ты на докладе или на посиделках деревенских? Это там ты можешь сплетни пересказывать, а мне изволь представлять достоверную информацию, проверенную!

— А как я ее проверю? — снова огрызнулся Иван Ильич. — У меня же там никого не осталось. Кто в тюрьме, кто в тюремном госпитале, а кто и вовсе в морге. Я, между прочим, лично указывал вам на то, что брать Огурцова преждевременно и опасно — здесь, в этом кабинете, указывал. И не надо, черт подери, на меня таращиться! Я вам уже докладывал: мне терять нечего. Хотите, чтобы я Грибовского искал, — буду искать. Из-под земли достану, никуда он от меня не денется. Эта сволочь не из тех, кто может подолгу оставаться в тени. Чувствую, он вот-вот снова даст о себе знать. Ему, стервецу, нравится с нами играть, нравится меня под монастырь подводить. А не хотите — не надо. Пойду, куда скажете — хоть в отставку, хоть под трибунал, хоть под пулю. Только, пока я жив, я его, гада, буду искать.

Хозяин кабинета перестал грозно таращить глаза и посмотрел на Ивана Ильича со смесью беспокойства и живого интереса.

— Отдохнуть бы тебе, — озабоченно сказал он. — Гляди-ка, как тебя разбирает. Черт, а у меня и валерьянки-то нет. Ладно, обойдемся. Сейчас я тебе коньячку накапаю...

— На работе не пью, — непримиримо сказал Иван Ильич, избегая смотреть начальству в глаза. Он с трудом мог припомнить хотя бы половину из того, что только что наговорил, но даже эта половина заставляла его содрогаться в предчувствии неминуемых бед, которые он сам навлек на свою голову, поддавшись неразумному порыву.

— Ну, как хочешь, — согласился хозяин кабинета. — Не пьешь — и хорошо! Не хватало мне еще пьяных начальников отделов... Ты вот что, Потапов, пойми: я на тебя зла не держу. Ну, вспылил, с кем не бывает. Зато видно, что за дело душой болеешь. Забудем, что ты тут сгоряча наплел. В конце концов, что тут такого? Мы с тобой оба генералы, можем иногда и повздорить, положение позволяет. Главное, чтобы дело от этого не страдало, а, наоборот, двигалось в нужном направлении. Положение у нас с тобой аховое, поверь. Мы с тобой в одной лодке, и, как друг другом ни прикрывайся, достанется все равно обоим. Вместе тонуть будем, если что. Ты ведь еще не все знаешь, Иван Ильич.

— Черт возьми, — сказал Потапов. — Что же еще-то?!

— Вчера вечером, — сказал хозяин кабинета, — с нами связалась штаб-квартира ЦРУ. В порядке взаимовыгодного сотрудничества, так сказать. Они запросили у нас информацию по… Ну, как думаешь, кто их сейчас интересует? Вот сейчас, когда они посыпают бомбами этих дураков талибов и ищут по всему свету своего Усаму…

— Не может быть, — хватаясь за сердце, еле выговорил Иван Ильич.

— То-то, что может! Грибовский их интересует, Роман Михайлович… Почему он их интересует, они объяснить не могут, а может быть, не хотят, но интерес живой. Мы им ответили, что Грибовский давно умер, а они нам — нет, мол, по нашим данным, жив и здоров. И, представь, присылают нам для сличения подробное описание внешности, отпечатки пальцев и даже, черт бы их побрал, зубную формулу!

— Зубную формулу? — тупо переспросил Иван Ильич.

— Ну да, да, зубную формулу! Такая, знаешь, медицинская абракадабра, в которой особым кодом указано, какой зуб у пациента в каком состоянии — здоровый, там, или с пломбой, или его вовсе нету… Вот ты Грибовским уже который месяц занимаешься. И что? Есть у тебя его зубная формула? Нету! А у них есть. Они ею и с нами поделились, им не жалко. А взамен просили прислать пару, гм… прижизненных фотографий. Прямо они, конечно, ничего не говорили, но я так понял, что они нашего Романа Михайловича все-таки разыскали раньше нас и даже внедрили в его ближайшее окружение кого-то из своих агентов. Ну, и каково тебе это?

302

— С-суки, — с тоской процедил Иван Ильич. — Ну и где он, если не секрет?

— Не секрет, — сказал хозяин. — В Мексике, в сорока километрах от границы Штатов. В Мексиканском заливе задницу полощет, пока мы с тобой тут за журналистами гоняемся. Сиди, сиди, не дергайся. Я уже отправил туда людей, хотя это, как мне кажется, бесполезно. Похоже, он собирается куда-то переезжать, если уже не переехал. Боюсь, что мы опять опоздали.

Иван Ильич вздохнул. У него было точно такое же ощущение, но говорить об этом он не стал: говори не говори — что толку? Покидая кабинет, он бросил взгляд в зеркало, висевшее на стене приемной, и нашел, что здорово смахивает на комиссара Жюва, роль которого так блестяще сыграл в фильме про Фантомаса знаменитый французский комик Луи де Фюнес.

Глава 15

— Ну вот тебе и Рио, — сказал Егор Королев, озираясь по сторонам. — Все к твоим услугам — океан, солнце, пальмы и миллион метисов, которые поголовно ходят в белых брюках. Правда, миллион был во времена Остапа Бендера, а теперь их, кажется, стало намного больше.

— Да, намного, — согласилась Оксана, уворачиваясь от тяжело нагруженной багажной тележки, которую толкала толстая темнокожая женщина, обремененная целым выводком кудрявых черноволосых детишек. — Здесь так жарко! Я понимаю, что это глупость, но мне все время кажется, что тут такая жара и влажность просто потому, что все эти миллионы метисов в белых брюках... ну, в общем, надышали.

— Ты становишься брюзгой, — сказал Егор. — Знаешь, на кого ты сейчас похожа? У меня в детстве была соседка, старая еврейка по имени Софья Михайловна. Фамилия у нее, кстати, была Брокер. Представляешь? Мы тогда понятия не имели, кто такие брокеры, и не находили в этой фамилии ничего смешного. Так вот, эта тетя Софа обожала голышом выходить на балкон и жаловаться всем, у кого было желание ее слушать, на нравы современной молодежи. То еще было зрелище, поверь. У меня именно тогда пропал свойственный всем мальчишкам нездоровый интерес к обнаженному женскому телу.

— Пошляк, — вынесла приговор Оксана. — Скажи лучше, что мы будем делать дальше?

— Понятия не имею, — признался Егор. — Да какая, в сущности, разница? Деньги у нас с тобой пока есть, дома нас никто не ждет, генерал Потапов со своим цирком уродов остался за океаном... Наслаждайся свободой! Лови момент. Неужели ты не чувствуешь, какая уникальная сложилась ситуация? Ни обязанностей, ни проблем, ни холода, ни голода, ни, черт возьми, работы... Когда еще такое повторится? Деньги в кармане, чистые документы — в другом... Вольному воля, спасенному рай! Мы с тобой богаты и свободны. Богаты, свободны и невидимы, как...

— Как Грибовский, — подсказала Оксана, и ее тон очень не понравился Егору.

— Дался тебе Грибовский, — сказал он. — Да забудь ты о нем хоть на минуту! Расслабься и плыви по течению, тем более что ничего другого нам, похоже, не остается.

— Это, по-твоему, и есть свобода? Твой Грибовский — чудовище, и здесь мы очутились его молитвами. Да, кстати, забыть о нем не так-то просто. По-моему, он не хочет, чтобы мы о нем забывали. Взгляни-ка на это.

Егор проследил за направлением ее взгляда и увидел в толпе встречающих лысого потного коротышку в мятом костюме и очках в тонкой золотой оправе. Его обширная лысина в обрамлении мелких седеющих кудрей блестела от пота, и он поминутно утирал ее большим клетчатым платком. В руках у коротышки белел большой кусок картона, на котором по-русски очень крупно и очень криво было выведено: «Г-н Королев, г-жа Вербова». Надпись была сделана толстым черным маркером и буквально била по глазам. Оставалось только удивляться, как Егор ухитрился не заметить ее раньше.

304

— Отлично, — сказал он. — Вот и комитет по торжественной встрече! Ну, чем ты опять недовольна? Не ты ли только что спрашивала, что мы будем делать дальше? Вот сейчас нам этот абориген все и объяснит. Главное, чтобы мы его поняли. Ты говоришь по-португальски? Нет? Я тоже. Просто превосходно. Пойдем!

— По-моему, он такой же абориген, как и мы с тобой, — с сомнением сказала Оксана, забрасывая на плечо ремень сумки. — Ты только посмотри на него! Вылитый племянник твоей тети Софы.

— Она была не моя тетя, — запротестовал Егор, — но, пожалуй, ты права, этот тип мог бы быть ее племянником.

— Ты сегодня просто неприлично оживлен, — с проницательностью, которая совсем не обрадовала Егора, заметила Оксана. — Все время шутишь, и все время как-то странно, будто это вовсе и не ты, а кто-то другой, на порядок глупее тебя. Мне кажется, ты до сих пор не отошел после Праги.

— Ха, — сказал Егор, — подумаешь, Прага! Там в нас даже не стреляли. А помнишь Грозный?

— В Грозном ты, по крайней мере, знал, что и ради чего делаешь, — резонно возразила Оксана. — А в Праге все было по-другому. Ты до сих пор ничего не понимаешь, потому-то тебе и страшно. Не бойся, я с тобой.

— Ну спасибо, — сказал обескураженный Егор. — Пока ты со мной, мне ничего не страшно. Да нет, это правда. Когда боишься за кого-то другого, за себя бояться некогда. А я, кроме тебя, ни за кого бояться не намерен. Ну их всех к черту! Хочешь, пройдем тихонечко мимо этого семита с плакатом и устроим себе настоящий отпуск? Дадим Роману Михайловичу понять, что мы люди и рождены свободными!

— На его деньги, — напомнила Оксана. — Твоя хваленая свобода оплачена из кармана Грибовского, а он привык получать то, за что заплатил вперед. Смотри, твой семит нас уже заметил и, кажется, узнал. Вон, машет, видишь?

— Вижу-вижу, — сказал Егор и вздохнул. — Значит, каникул не получилось. Что ж, пойдем, узнаем, что день грядущий нам готовит.

Они двинулись к человеку с плакатом, и тот, поняв, что не ошибся, суетливо бросился им навстречу. Первым делом он попытался отобрать у Оксаны ее сумочку, не преуспел и ограничился тем, что галантно поцеловал ей руку.

— Здравствуйте, здравствуйте, — запел он с таким одесским акцентом, что Егору захотелось хихикнуть. Этот тип был вылитый Семен Маркович из «Джентльмен-шоу», и воспринимать его всерьез было очень трудно. — Как добрались? А я жду, жду... Думал, что-то случилось, и вы не успели на этот рейс...

— Чуть было не случилось, — пустил пробный шар Егор. — Нас выследили агенты ФСБ, и ваш человек — Олег Васильевич, кажется, — прикрывал наш отход с оружием в руках.

— Что вы говорите! — всплеснул руками коротышка. — Это какой-то кошмарный детектив! Впрочем, я в этом ничего не понимаю. Я даже не знаю, о ком вы говорите, клянусь здоровьем моих детей.

Его маслянистые глазки при этом так бегали из стороны в сторону, что Егор не поверил ни одному его слову. Не было у него никаких детей, и таинственного Олега Васильевича он наверняка отлично знал, и в ситуации, которая сложилась в Праге, он не видел не только ничего кошмарного, но даже и ничего удивительного.

— Ну хорошо, — сказал Егор. — Если это не входит в вашу компетенцию, то и говорить не о чем. Кстати, а почему вы не в белых брюках? Непорядок!

— Егор! — одернула его Оксана.

— Молчи, женщина, — сказал Егор. Его несло. — Так все-таки почему?

Удивительно, но коротышка понял его с полуслова.

— Так ведь я же не метис, — с хорошо разыгранной печалью заявил он. — Я, знаете ли, чистокровный...

— А ваша фамилия, часом, не Брокер? — продолжая кувыркаться в волнах своего непонятного настроения, поинтересовался Егор.

— Увы! Брокер — это не фамилия, а просто одна из моих профессий. Пойдемте, здесь таки жарко, а у меня в машине кондиционер. Терпеть не могу жару, и, пред-

306

ставьте, вынужден постоянно жить в местах вроде этого, больше всего похожих на духовку, из которой тетя Сарра только что вынула фаршированную щуку, — жарко, влажно и пахнет, извините, чесноком... Терпеть ненавижу Латинскую Америку, а заодно и весь юг Соединенных Штатов! Но в Штатах хотя бы имеется некое подобие цивилизации...

— А здесь? — спросил Егор.

— Я вас умоляю! Где вы видите цивилизацию? До Колумба она здесь была, не спорю, но потом...

— Вы, наверное, давно не бывали в России, — не без умысла заметил Егор.

— А кто вам сказал, что я там вообще бывал? — удивился коротышка, пресекая его любознательность в самом зародыше. — Но я иногда смотрю телевизор, и вы знаете, что я вам скажу? Бывает-таки хуже. Редко, но бывает. Возьмите, к примеру, Афганистан...

— К черту Афганистан, — немного резче, чем следовало, прервал его Егор. Меньше всего его сейчас занимала международная политика. И потом, если разобраться, его место сейчас было именно там, в Афганистане, где происходили по-настоящему интересные события. Режим талибов трещал по швам, бомбардировщики-невидимки утюжили пыльные горы, норовя сровнять их с землей, а он, Егор Королев, профессиональный журналист, мотался из стороны в сторону, как плывущая по канализации щепка, и даже камеры при нем не было... — Извините, — сказал он, — я вовсе не собирался хамить. Просто устал, наверное. А скажите, э-э-э...

Сделанная им многозначительная пауза повисла в воздухе. Коротышка воровато стрелял глазами во все стороны и явно не собирался называть свое имя. Очевидно, его вежливость и предупредительность имели вполне определенные, четко очерченные границы, и Егор только что эти границы переступил.

— Скажите, — поняв, что ничего не дождется, продолжал Егор, — каковы наши дальнейшие планы?

— Для вас зарезервирован номер в отеле, — сказал коротышка, галантно открывая перед Оксаной дверцу огромного, как детеныш мастодонта, «Олдсмобиля». —

Садитесь, прошу вас. Сейчас я вас туда отвезу. Там вы сможете принять душ, отдохнуть и переодеться. Все необходимое ждет вас в номере, о вас позаботились, смею думать, наилучшим образом. Потом — на ваше усмотрение. Можете погулять по городу, днем здесь совершенно безопасно...

— А ночью?

— Право, не знаю, я сам здесь впервые. Купите газету, почитайте уголовную хронику. Здесь есть русскоязычные издания. Правда, сотрудничают в них в основном одни евреи, но какая разница? Уж если еврей утверждает, что вы смело можете выходить на улицу после наступления темноты, так он знает, что говорит.

— И то правда, — согласился Егор, садясь в машину и проваливаясь в необъятное кожаное сиденье. — Ого! Вот это диван! Ну а что дальше?

Коротышка уселся за руль, зачем-то подвигал вверх-вниз рулевую колонку, смешно поерзал на месте, выдирая из-под себя полы пиджака, без нужды поправил все три зеркала и наконец запустил двигатель.

— Дальше? — переспросил он. — Не знаю. Полагаю, вам следует ждать звонка. Где-то ближе к полуночи, я думаю. Точного времени я не знаю, но позвонят вам непременно. Да и к чему оно вам, точное время? У вас ведь есть мобильный телефон? Ну вот и прекрасно. Проверьте, в порядке ли батарейка, и можете гулять хоть до утра. Стриптиз, рулетка, то да се... Кстати, мне велели передать вам, чтобы вы не стеснялись в средствах. О деньгах можете не беспокоиться — в разумных пределах, естественно.

Егор готов был поклясться, что замечание насчет разумных пределов коротышка добавил от себя.

Машина задним ходом выбралась со стоянки, бесшумно двигаясь, словно плыла по воздуху, набрала скорость и понеслась в сторону города по широкому скоростному шоссе. Некоторое время Егор молча любовался экзотикой, а потом спросил:

— А как поживает Роман Михайлович?

— Кто, простите?

Коротышка на пару секунд повернул к нему лоснящуюся от пота физиономию. Глазки у него по-прежнему так и юлили, толстые губы подрагивали в неуверенной, почти виноватой усмешке. Этот тип выглядел так, словно его только что поймали с поличным при попытке умыкнуть из супермаркета кулек дешевых конфет, но Егор уже заметил, что так он выглядит постоянно. Очевидно, это был его собственный, эксклюзивный эквивалент непроницаемого выражения лица: как в том случае, так и в этом было совершенно невозможно определить, говорит человек правду или беззастенчиво врет прямо в глаза собеседнику.

— Роман Михайлович Грибовский, — раздельно повторил Егор, внимательно вглядываясь в блестящие линзы очков в надежде уловить правду по выражению глаз толстяка или хотя бы по его мимике.

Это было бесполезно. Глаза коротышки забегали из стороны в сторону пуще прежнего, на какой-то миг жутковато скосились к переносице, а потом снова обратились на дорогу. Он трижды нервно облизал губы, дернул толстой щекой и застенчиво улыбнулся. Судя по выражению его лица, Роман Михайлович Грибовский в данный момент находился в багажнике «Олдсмобиля», разобранный на запасные части и тщательно упакованный в черные пластиковые пакеты для мусора.

— Право, не припоминаю, — сказал этот клоун в золотых очках, беспокойно елозя потными короткопалыми ладошками по ободу рулевого колеса. — А впрочем, постойте… Грибовский, вы сказали? Это который олигарх? Как же, как же! Но ведь он, кажется, погиб. Не то в конце августа, не то в начале сентября, не припомню… Но что погиб, это совершенно точно. Я по телевизору видел. На морской мине подорвался, кажется… А вы что же, ничего не знали? Странно, я думал, вы работаете на телевидении… Вы знаете, у нас ходили слухи, что его таки укокошили ваши российские спецслужбы.

— Что вы говорите! — ахнул Егор и всплеснул руками. В его голосе было столько яда, что им можно было бы отравить полгорода. — Ай-яй-яй! Вот так новость… А кто же в таком случае послал вас в аэропорт?

Толстяк виновато улыбнулся, блеснув золотым зубом.

— Я вас умоляю! — сказал он. — Мне как-то даже и в голову не пришло поинтересоваться. Не знаю, как у вас в России, а у нас говорят так: меньше знаешь — лучше спишь.

— У нас тоже так говорят, — сдался Егор. — Ладно, намек понял. Ну хорошо. Значит, мы будем отдыхать, развлекаться, не стесняться в средствах и ждать звонка. А вы?

— Что — я? — спросил толстяк таким тоном, словно его справедливо заподозрили в намерении покататься в общественном транспорте и между делом пощипать по карманам у пассажиров.

— Что будете делать вы? Может быть, составите нам компанию? Или вам надо обратно в аэропорт, встречать еще кого-нибудь?

— Я бы и рад пообщаться с соотечественниками, — сказал коротышка с кислым выражением лица, — но, увы... Дела! Дела, дела, все время дела, жить некогда из-за дел. Вы что-нибудь понимаете в Интернете?

— Только на уровне пользователя, — ответил Егор.

— Ну а я и того меньше. И при этом от меня требуют, чтобы я за месяц добился экономического чуда... Это какой-то кошмар, честное благородное слово. Но устройство чудес с некоторых пор стало входить в мои прямые служебные обязанности. Нет, вы мне скажите, куда катится этот мир? Старый больной человек, более того, старый больной еврей вынужден бегать по жаре и устраивать чудеса... Кстати, я забыл спросить, для вас ничего не нужно устроить?

— Разве что встречу с Романом Михайловичем, — сказал Егор.

— Вот спиритизмом я не занимаюсь, — неохотно признался коротышка. — Но если займусь, непременно вспомню о вашей просьбе. Вот если бы вам нужно было вздуть цену на какие-нибудь завалящие акции или, наоборот, устроить маленький обвал на бирже — это да, это по моей части. Не хотите? Жаль. А дама? Даме не требуется какое-нибудь небольшое чудо?

С этими словами он винтом перекрутился на сиденье и посмотрел на Оксану, облизываясь, как сексуальный маньяк.

— Смотрите, пожалуйста, на дорогу, — попросила Оксана.

— А что я там не видел? — даже не думая смотреть, куда ему было сказано, удивился толстяк. — На скоростных автострадах редко увидишь такую красоту, поверьте моему богатому жизненному опыту. Между нами говоря... Егор, вы не подслушиваете? Между нами говоря, будь вы здесь без спутника, я с удовольствием скрасил бы ваше одиночество. Вы зря улыбаетесь. То есть, я хотел сказать, вы зря улыбаетесь так скептически. Я же сказал, устройство чудес — моя специальность. Вы были бы приятно удивлены...

Справа от них вдруг оглушительно рявкнул мощный клаксон. Коротышка живо отвернулся от Оксаны и успел крутануть руль влево за мгновение до того, как шедший в попутном направлении огромный грузовик с ревом пронесся мимо. Водитель грузовика, чуть ли не до пояса высунувшись в окошко, грозил толстяку кулаком и что-то орал.

— Вот вы говорите — цивилизация, — с видом оскорбленной невинности заявил толстяк, утирая платком жирную шею. — Полюбуйтесь на эту дикость! Кто больше, тот и прав...

— Да, — не скрывая иронии, произнес Егор, — вы и впрямь специалист по устройству приятных сюрпризов. Чертовски приятно чувствовать себя заново родившимся!

— Обращайтесь, если что, — разрешил толстяк и облизал губы.

* * *

Телефон зазвонил примерно в половине двенадцатого ночи по местному времени. Егор лежал на огромной, как вертолетная площадка, удивительно мягкой гостиничной кровати и сонно моргал, глядя на экран телевизора. Звук в телевизоре был выключен, поскольку ни Оксана, ни Егор ни слова не понимали по-португальски. Егора клонило в сон, но, как только он закрывал глаза, сон тут же улетучивался. Их с Оксаной перемещение в пространстве было таким стремительным, что все часовые пояса перепутались у Егора в голове, и он долго не мог сообразить, какое время суток сейчас в Москве. Утро, наверное…

Оксана в соседней комнате примеряла обнаруженные в номере наряды перед огромным, в полстены, зеркалом. Поначалу она то и дело прибегала к Егору, чтобы продемонстрировать, как на ней сидит очередная кофточка, но Егор реагировал вяло, явно через силу, и после третьей или четвертой тряпки Оксана прибегать перестала, решив, как видно, не портить себе удовольствие. Королев как раз думал о том, откуда Грибовскому известны размеры нижнего белья Оксаны, — думал лениво, без шекспировских страстей, как о чем-то постороннем и не имеющем к нему ни малейшего отношения, — и тут на прикроватной тумбочке зазвонил телефон.

Егор, не вставая, дотянулся до него и снял трубку.

— Слушаю, — сказал он. — В смысле, пронто.

— Здравствуй, Егорушка, — сказал в трубке голос, показавшийся Егору знакомым и незнакомым одновременно. — Рад тебя слышать. Как добрались?

— Вашими молитвами, — сказал Егор. Странно, но он больше не испытывал ни радости, ни возбуждения, ни азарта, ни даже любопытства — одну только усталость. — Здравствуйте, Роман Михайлович. Или вас теперь нельзя так называть? Может быть, вам больше нравится Фантомас?

Грибовский рассмеялся — легко, непринужденно, как раньше.

— Называй как хочешь. Как говорится, хоть горшком, только в печку не ставь. Оксана с тобой? Она довольна подарками?

Егор покосился на дверь в соседнюю комнату. На пороге как раз показалась Оксана. На ней был винно-красный шелковый пеньюар, красиво оттенявший ее внезапно побледневшее лицо. Вопросительно подняв брови, Оксана испуганно ткнула пальцем в сторону телефонного аппарата. Егор кивнул и глазами указал Оксане на дополнительный наушник, который был укреплен на задней стенке телефона. Оксана подошла, присела на краешек постели и взяла наушник.

— Ты довольна подарками? — спросил у нее Егор. — Она довольна подарками, Роман Михайлович, но все равно считает что вы, гм... извините, чудовище.

— Ничего удивительного, — без тени обиды сказал Грибовский. Егор увидел испуганно округлившиеся глаза Оксаны и коротко, почти болезненно, улыбнулся ей. — Ничего удивительного, — повторил олигарх. — Женщин всегда отличала повышенная эмоциональность. Ну а ты, Егорушка? Ты с ней согласен?

— Видите ли, Роман Михайлович, — медленно проговорил Егор, — я даже не знаю, что вам ответить. В последнее время вы приложили буквально нечеловеческие усилия к тому, чтобы меня в этом убедить. Не хотелось бы вас обижать...

— А ты и не сказал ничего обидного, — перебил его Грибовский, — так что ни обижаться, ни оправдываться я не намерен. Я просто попытаюсь кое-что тебе объяснить. Чудовище, говоришь? Ладно, допустим. Что такое чудовище? Это нечто, вернее, некто, внушающий подавляющему большинству людей чувство ужаса и отвращения. А подавляющее большинство, увы, не всегда оказывается правым. Почему я должен прислушиваться к мнению большинства? Расисты ошибаются, Егорушка. Нет на свете ни европеоидов, ни монголоидов, ни негроидов всяких... Существуют только две расы — люди и человекообразное быдло. Быдло ни с кем не считается и ничего не уважает, кроме грубой силы, по той простой причине, что оно — быдло. Так почему я должен считаться с ним? Переделать быдло нельзя, значит, его нужно использовать. Использовать, управлять, направлять, давать хлеба и зрелищ, доить, а время от времени для острастки хлестать кнутом по хребту, чтобы знало свое место, не заносилось. Вот и вся философия, Егорушка. Ты одно пойми: я не какой-нибудь злой гений, как ты, кажется, вообразил, и не мститель в черной полумаске. Никого я не хочу ни потрясать, ни ужасать, ни ставить на колени... Зачем это мне? Творить зло ради зла — какая напыщенная глупость! Не бывает на свете абсолютного зла, как и абсолютного добра тоже. Все в этом мире относительно, Егорушка. Я не злодей, я фи-

313

нансист и ничего не делаю просто так, ради развлечения. Я деньги зарабатываю, чтобы было, кстати, чем с тобой расплатиться. А быдло меня не интересует. Да и тебя, я думаю, тоже.

Егор протянул руку в сторону тумбочки и нетерпеливо пощелкал пальцами. Оксана кивнула, подала ему сигареты и зажигалку, поставила рядом пепельницу. Она была даже бледнее, чем в начале разговора. Егор благодарно кивнул, прикурил сразу две сигареты и одну из них протянул Оксане.

— Говорите помедленнее, — сказал он в трубку, выпуская дым. — Я не успеваю конспектировать.

— А ты изменился, Егорушка, — после короткой паузы сказал олигарх. — Злым стал, недобрым...

— Так ведь абсолютного зла не бывает, — возразил Егор. — А что касается зла относительного, то с чего, спрашивается, мне быть добрым? Меня в последнее время пинают ногами все, кому не лень, и все по вашей милости.

— Кусаешься, вот и пинают, — сказал Грибовский. — Это ли не высшая награда для настоящего журналиста?

— Был журналист, — сказал Егор, — да весь вышел. Кто я теперь? Так, бродяга с чужими документами...

— Ах, ты об этом! Господи, чепуха какая! Не волнуйся, скоро вы вернетесь в Москву и заживете еще лучше, чем прежде.

— Угу, — сказал Егор, глубоко затягиваясь сигаретой. — В морге Первой Градской больницы. В теплой компании других неопознанных...

— Пустое, пустое! Ты же знаешь, жизнь — она полосатая, как зебра. Сейчас у тебя темная полоска, но она, поверь, подходит к концу. Уже, можно сказать, подошла. Помяни мое слово, скоро все изменится. Никто тебя не тронет. Еще и прощения попросят, и деньжат подкинут, лишь бы ты их до конца в грязь не втаптывал. О, они за все ответят. И за тебя, и за меня, и за Огурцова...

— За какого еще Огурцова?

— За Олега Васильевича, который вас из Москвы сюда вытащил. Мне передали, что у него в Праге возникли какие-то осложнения. А раз возникли осложнения, значит, его для меня больше нет, и виноват в этом не я.

314

— Кстати, — вспомнил Егор, — он велел вам передать, чтобы вы его не искали. Сказал, все равно не найдете, так что нечего время зря терять.

— Умница, — сказал Грибовский. — Чудо, что за мужик! Все понимает, прямо как хорошая собака. Кстати, он спас мне жизнь.

— Знаю, — сказал Егор, — я видел его тогда на яхте. Он спас вам жизнь, а вы его сдали, как стеклотару.

— Ради того, чтобы спасти тебя и Оксану, — добавил Грибовский. — Две жизни за одну — по-моему, неплохая сделка. Хотя Огурцова жаль, это был ценный кадр.

— Ну вот мы и подошли к главному, — сказал Егор, давя в пепельнице окурок. Оксана рядом с ним нервно кусала губы, забытая сигарета дымилась в ее дрожащей руке, по шелковому покрывалу рассыпался пепел. — Зачем вам это понадобилось? Только не говорите, что сначала втравили нас в неприятности, а потом вытащили из чисто сентиментальных побуждений. Вы сами сказали, что это была недурная сделка. Может быть, вы теперь объясните, в чем ее суть?

— Суть та же, что и раньше, — сказал олигарх. — Огурцов был приверженцем устаревших методов, он просто обожал винтовку с оптическим прицелом. А в наше время единственная война, которую имеет смысл вести, это информационная. В этом деле ты стоишь сотни таких вот Огурцовых, а вдвоем с Оксаной вам вообще цены нет. Поэтому вопрос ставится очень просто: согласен ты сотрудничать со мной и дальше или не согласен?

— Можно подумать, у меня есть выбор? — спросил Егор.

— Разумеется, есть! Выбор есть всегда, Егорушка, и, поверь, я не предлагаю тебе выбирать между работой на меня и смертью в застенках ФСБ. Помнишь школьный курс истории? Рабовладельческий строй рухнул потому, что стал экономически невыгодным, потерял рентабельность. Зачем мне ленивый, ненавидящий меня раб? Ты — свободный человек, Егор, и волен сам выбирать, как жить дальше. Независимо от решения, которое ты сейчас примешь, ты в ближайшее время сможешь вернуться в Москву и жить дальше, ничего не опасаясь.

Механизм уже запущен, и остановить его я не смогу, даже если бы захотел. Но я не захочу, потому что это дело, извини, будет поважнее, чем спасение твоей жизни, и даже жизни твоей невесты. Вы в этом деле свою роль уже сыграли, и оно закончится без вашего участия, само по себе.

— Тогда зачем мы вам?

— Есть другие дела, Егорушка, другие механизмы, ждущие только поворота ключа, чтобы начать работать.

— А я, значит, и есть тот самый ключ?

— Вроде того. Ты просто будешь выполнять привычную тебе работу, но уже на другом, более высоком уровне. Хватит барахтаться в московской луже, пора выходить на просторы мирового океана! Вот скажи мне, как ты думаешь: одиннадцатое сентября научило американцев хоть чему-нибудь?

— Не знаю, — сказал Егор. Вопрос был неожиданным, и он действительно не сразу нашелся с ответом. — Не знаю. Поначалу казалось, что научило, но сейчас, когда они опять принялись решать свои проблемы с помощью бомбардировщиков и ракет... Не знаю. Такое впечатление, что горбатого могила исправит.

— Правильно! — воскликнул олигарх. — То есть насчет могилы ты, конечно, немного перегнул, это уже будет Третья мировая, но учить их надо. Надо учить! И мы с тобой, Егорушка, их научим. Ох, научим!

— Конечно, — сказал Егор. — В Америке осталось еще очень много небоскребов. Простите, Роман Михайлович, но в этом деле я вам не помощник. Не моя специальность, увы.

— Небоскребы, небоскребы, а я маленький такой, — грустно продекламировал Грибовский. — За кого ты меня принимаешь? Бывают серийные убийцы, а я, по-твоему, серийный опрокидыватель высотных зданий? Это было бы убого и скучно, Егор. Ей-богу, ты меня обижаешь. Я ведь уже сказал, что не рвусь в злые гении человечества, а просто блюду свои экономические интересы. Обещаю тебе, что никаких кровавых катаклизмов больше не будет. Никакой крови! Барана ведь можно остричь, не перерезая ему глотки, правда? И вообще, не

316

будь ханжой. Мне известно, сколько ты заработал, продав кассету, которую отснял в Нью-Йорке одиннадцатого сентября.

— Это моя работа, — возразил Егор.

— Совершенно верно! Твои эмоции — твое личное дело, а люди должны знать, что творится в мире. Может быть, тогда они со временем перестанут быть быдлом...

— Так далеко вперед я не заглядываю, — сказал Егор. — Я вообще не понимаю, о чем мы с вами сейчас говорим.

— Да о работе же! О твоей работе. Говоря попросту, перед тобой стоит выбор: вернуться в Москву и продолжать копаться в грязном белье тамошних тузов и их шестерок или заняться настоящим делом, которое может оказать существенное влияние на весь мировой порядок... Да что я говорю — может! Непременно окажет! Мир сейчас скособочило, перекосило на одну сторону, а мы с тобой его немного подровняем, чтобы, неровен час, не опрокинулся.

Оксана отчаянно замотала головой, безмолвно умоляя Егора не соглашаться, но Королев на нее уже не смотрел. Впервые в жизни он так свободно, на равных разговаривал с Грибовским, и дело тут было вовсе не в том, что разговор происходил по телефону.

— Подровняем, говорите? А сколько народу вы намерены списать в расход в процессе подравнивания?

— Опять ты за свое! Я ведь уже сказал, что это дело совсем иного рода. Впрочем, не буду ничего обещать. Лес рубят — щепки летят, сам знаешь. Ты ведь не особенно задумывался о последствиях, когда там, в Москве, сливал на кого-нибудь компромат. А у людей ломались карьеры, судьбы, рушились вполне благополучные семьи... Кто-нибудь мог и не выдержать. Взял бы пистолет и застрелился... Ты ведь умный человек, Егор, ты не мог этого не понимать, но что-то я не припомню, чтобы во время твоих блестящих выступлений на телевидении у тебя хоть раз дрогнул голос.

— А это потому, что они давались в записи, — сказал Егор. — И потом, прессовать какого-нибудь дорвавшегося до денег и власти подонка — дело не только приятное, но даже общественно полезное.

— А я тебе ничего другого и не предлагаю. Поверь, американские подонки ничем не лучше московских. Даже хуже, потому что наши как-то живее, многостороннее... Человечнее, что ли. В общем, у нас с тобой сейчас есть отличная возможность дать некоторым хозяевам жизни по соплям и при этом неплохо заработать. Каково тебе это, а? Море, солнце, пальмы, интересная работа и хорошие деньги. Плюс, как ты верно подметил, польза для общества.

— А общество это будет состоять из вас, Оксаны и меня, — предположил Егор.

— Если бы даже и так, — сказал Грибовский, — что в этом плохого? С каких это пор тебя стали заботить судьбы человечества? Да оно и не пострадает, твое человечество. Так, отдельные, далеко не самые лучшие его представители, да и то лишь морально. Ну, по рукам?

Оксана посмотрела на Егора. Королев бросил на нее быстрый рассеянный взгляд и сразу же отвернулся. Лоб его был наморщен, брови хмурились, но Оксана хорошо знала своего жениха и видела: это не злость, не гнев и не раздражение, а обычная задумчивость. Он уже даже не колебался, а просто в последний раз взвешивал все «за» и «против», чтобы не прогадать при заключении сделки. Возможно, он еще не принял окончательного решения, но Оксана раньше его поняла, каким оно будет, и, вернув наушник в гнездо на корпусе телефонного аппарата, тихо встала и вышла из комнаты. Егор этого, кажется, даже не заметил.

— Что ж, — сказал он в трубку, — вынужден признать, что лучшего поставщика сенсационной информации, чем вы, мне не найти.

— Поставщика информации? — переспросил Грибовский. — И только-то? Хамишь, Егорушка.

По голосу чувствовалось, что он задет. Все-таки у этого человека было непомерное тщеславие, но Егор сегодня пребывал не в том настроении, чтобы считаться с его самолюбием.

— А вы думали, я вам в ножки упаду за то, что вы с нами сделали? — спросил он. — Играете людьми, как пятилетний малыш оловянными солдатиками — ломаете,

318

разбрасываете, теряете, забываете в песочнице, — а потом удивляетесь: чем это они недовольны?

— Если бы я забыл тебя в песочнице, — сухо сказал Грибовский, — тебя бы уже засыпало так, что и бульдозером не откопаешь.

— Вы же меня в эту песочницу и засунули, — напомнил Егор.

— Не ощущаю разницы, — сказал олигарх. — Не все ли равно, кто тебя туда засунул? Важно, кто вытащил. И потом, я никогда не принуждал тебя к сотрудничеству силой. Мне казалось, ты был всем доволен: и деньгами, и славой, и своим общественным весом, и дружбой со мной...

— Иными словами, я вам обязан, так?

— Ты обязан мне, я обязан тебе... Стоит ли считаться?

— Да, — сказал Егор, — наверное, не стоит. Любопытно, каково это — состоять пресс-секретарем и имиджмейкером при Фантомасе?

— Уверяю тебя, это весьма непыльная должность. — Грибовский рассмеялся. — Да и Фантомас — дело, можно сказать, прошлое.

— Генерал Потапов так не считает, — сказал Егор.

— Потапов? Так ведь он тоже просто тень прошлого, не более того. Закончишь работу, и он рассеется как туман, исчезнет с горизонта раз и навсегда. А ты... Ты станешь королем информационного пространства, Егор. Я ознакомился с твоими опусами в Интернете и могу смело сказать: если человек талантлив, то он талантлив во всем. Забористо пишешь, Егорушка. Даже забористее, чем говоришь с экрана. Вот этим ты и займешься. Погуляйте с Оксаной пару дней по Рио, отдохните, а потом перебирайтесь в Мексику. Я снял для вас домик на берегу залива, там ты найдешь все необходимое для работы. Там же тебе передадут один скучный талмуд. Ты с ним внимательно ознакомишься, вникнешь во все детали и превратишь эту заунывную бредятину в произведение искусства — так, как только ты умеешь.

— Что за талмуд?

Егор поймал себя на том, что разговаривает так, будто уже согласился продолжить работу на Грибовского.

А с другой стороны, разве мог он отказаться? Что бы ни говорил этот человек, Егор чувствовал, что катаклизмы еще будут, и он, как и всякий уважающий себя журналист, не мог равнодушно пройти мимо возможности очутиться в самом центре событий. Так о чем тут говорить? Грибовский — чудовище? Ну и что? А кто не чудовище? В каждом человеке до поры до времени дремлет монстр, и никто не знает, когда и при каких обстоятельствах эта кровожадная тварь проснется и вырвется из клетки. Просто одному чудовищу под силу разрушить небоскреб, а другого только на то и хватает, что пырнуть соседа кухонным ножом по пьяному делу. Так о ком интереснее говорить? Кто из двоих способен вознести журналиста на пик профессионального успеха? Правда, и падать с высоты больнее, но это уже издержки профессии, от них никуда не денешься...

— Талмуд-то? — Грибовский помолчал. — Так я не понял, ты работаешь со мной или нет?

— А вы как думаете?

— Понятно. А талмуд, Егорушка, действительно скучный. Ты уж извини, но такова жизнь. Настоящая сенсация порой бывает заключена в весьма непрезентабельную оболочку. Это проект годового финансового отчета одной крупной корпорации, и тебе придется в нем разобраться. Поверь, когда ты вникнешь в смысл, это чтиво покажется тебе самым увлекательным из всего, что ты когда-либо держал в руках. С английским-то у тебя как? Там до черта специальной терминологии, и писать тебе тоже придется на языке оригинала...

— Разберусь, — пообещал Егор. — Так когда и где мы встретимся?

— Встречаться мы пока не будем, — ответил олигарх. — Есть некоторые обстоятельства, которые делают нашу встречу, мягко говоря, преждевременной. Поверь, это меня ужасно огорчает. Я по тебе очень соскучился, не говоря уже об Оксане. Я сейчас общаюсь в очень узком кругу, и общение это приятным не назовешь. Кругом сплошные дуболомы с автоматическими винтовками и ни одного родного лица. Так что встретимся мы непременно, но не сейчас, позже.

Положив трубку, Егор вспомнил об Оксане и посмотрел на дверь в соседнюю комнату. Дверь была открыта, но из нее не доносилось ни звука. «Ох, — подумал он, — что сейчас начнется!»

С большой неохотой поднявшись с кровати, он побрел к двери, на ходу придумывая себе какие-то оправдания и понимая, что все они прозвучат глупо и, главное, совершенно ненужно.

Оксана стояла у окна, обхватив руками плечи, и смотрела на зарево городских огней, которые не без успеха пытались превратить ночь в день.

— Поговорил? — не оборачиваясь, спросила она.

— Да уж, — криво улыбнувшись, сказал Егор, — пообщались. Это и впрямь напоминало спиритический сеанс. Ну, не расстраивайся. Все еще наладится. Ты же слышала, что он сказал: скоро мы будем в Москве...

— Ты ему веришь?

— А что мне остается? Тут уж либо пан, либо пропал. Кроме него, нам рассчитывать не на кого. И потом, это не человек, а какой-то фонтан сенсаций. Интересно, что он затевает на этот раз?

— Скоро узнаешь, — сказала Оксана. Голос у нее был бесцветный, равнодушный.

— Мы узнаем, — поправил Егор. — Ты и я. А уже после нас — все остальные. Слушай, ну, перестань злиться!

— Да я и не злюсь, — сказала Оксана. — Мне просто немного жутко. Как будто... Даже не знаю, как тебе объяснить. Ну, вот мы смотрели когда-то фильм про Фантомаса. Посмотрели и забыли, а потом, представь, узнали бы из газет, что Фантомас — не выдумка, а реальный человек. Ужаснулись бы, наверное, или, наоборот, посмеялись — чепуха, мол, утка... И опять забыли. А потом раздается звонок в дверь, ты открываешь, а там — Фантомас. Стоит на площадке и шаркает ногами по коврику... Вот такое у меня сейчас чувство, если хочешь знать.

Егор подошел к ней сзади и бережно взял за плечи. Оксана накрыла его ладони своими. Пальцы у нее были холодные как лед, хотя в комнате было жарко.

— Что же делать? — сказал он. — Тут уж ничего не попишешь. Придется привыкать жить с Фантомасом под дверью. Оттого что мы договоримся его не замечать, он ведь никуда не исчезнет. Сделанного не вернешь, и жизнь не начнешь сначала. Да и что толку? Какая разница, на какую именно мину наступишь, идя по минному полю с завязанными глазами? А красивый у тебя пеньюарчик.

— Цвета венозной крови, — сказала Оксана.

— Цвета спелой вишни, — возразил Егор. — Интересно, что под ним?

— Под ним — усталая тетка, которой хочется не столько спать, сколько наконец проснуться.

— Стоит ли торопиться? Ведь сон-то увлекательный.

— Не вижу в нем ничего увлекательного.

— Пойдем со мной, — тоном уличного ловеласа предложил Егор, — я покажу тебе кое-что интересное.

Оксана усмехнулась. Егор этого не видел, потому что стоял сзади, уткнувшись носом в ее волосы, но почувствовал, что Оксана усмехается, по тому, как шевельнулись ее плечи.

— Я и так зашла за тобой чересчур далеко, — сказала она.

— Вот именно. Не возвращаться же теперь назад!

— Да уж, — Оксана плавным движением вывернулась из объятий Егора, подошла к столу и зажгла сигарету. — Возвращаться, пожалуй, поздно, да и некуда.

Глава 16

Господин Зейдель вкатился в кабинет, как чудовищный колобок, и первым делом приник к кондиционеру, поочередно подставляя под струи ледяного воздуха лоб, щеки, ладони и даже потное, обтянутое легкомысленной футболкой брюшко. Футболка на господине Зейделе была черная, украшенная многочисленными изображениями человеческих и коровьих черепов с кроваво-красной надписью «Metallica». Помимо этой замечательной вещицы, на господине Зейделе сегодня были просторные белые шорты по колено, открывавшие кривые волосатые ноги,

322

и большие пестрые кроссовки. Для полноты картины не хватало только платка на голове, повязанного так, как это делали пираты южных морей и фанаты тяжелого рока.

— Прекрасный наряд, Яков Самуилович! — приветствовал его Грибовский, вместе с креслом поворачиваясь к Зейделю лицом. — Судя по вашему прикиду, вы только что вернулись из Южной Калифорнии. Я бы даже сказал, из Сан-Франциско.

Господин Зейдель вздрогнул от неожиданности.

— Тьфу на вас, — сказал он, — разве можно так пугать людей? Я думал, вы куда-то вышли, а вы, оказывается, тут.

— Оставьте в покое кондиционер, — сказал Грибовский, — а то схватите ангину. То-то будет весело! Лучше присядьте, выпейте чего-нибудь со льдом и расскажите, в каком состоянии наши с вами дела.

— Ха! — воскликнул господин Зейдель, тяжело падая на белый полукруглый диван. — Посмотрите на него, он спрашивает, в каком состоянии наши дела! Как будто вы не знаете! Мы с вами знакомы сто лет, Роман Михайлович, и вы могли бы привыкнуть к тому, что я всегда работаю добросовестно, без проколов.

— Всегда ли? — усомнился олигарх. — Помнится, когда мы познакомились, вы сидели в следственном изоляторе Лефортово и ждали суда по обвинению в крупном мошенничестве. По-вашему, это не прокол?

— Прокол, — отдуваясь, ответил Зейдель, — только не мой, а системы. Слабая система вечно отыгрывается на таких, как я, потому что такие, как вы, ей просто не по зубам. И не надо напоминать о том, что именно вы меня оттуда вытащили. Я это и так помню и делаю все, что в моих силах, чтобы отплатить добром. Конечно, если вы считаете, что этого мало...

— Яков Самуилович, — проникновенно сказал Грибовский, — я вижу, вы мало-помалу превращаетесь в старого склочного еврея. Что вы лезете в бутылку? Я просто спросил, как дела. По-моему, вы явились сюда именно для того, чтобы рассказать мне об этом. И не думайте, что я недостаточно высоко вас ценю. Имейте в виду, Яков Самуилович, это поместье — ваше.

— То есть как это — мое?

Зейдель выглядел обескураженным.

— Да так. Неделю назад я перевел его на ваше имя, так что теперь я здесь просто квартирант и вы вольны в любую минуту выставить меня пинком под зад. Впрочем, если вы потерпите еще чуть-чуть, я съеду сам. Теперь вы можете выписать сюда своих внуков, пусть погреются на солнышке. Ах да, я ведь забыл, что вы не переносите жару...

— Ну, — сказал Зейдель, — в конце концов, не так уж тут и жарко. Да и кондиционеры работают... Словом, спасибо, Роман. Я знал, что у вас духу не хватит обидеть старика. Поверьте, я вам отработаю.

— Не сомневаюсь, — сказал Грибовский.

Он бросил лед в широкий низкий стакан, щедро плеснул туда виски и подал стакан Зейделю. Коротышка недоверчиво покосился на стакан, сделал приличный глоток, облизал губы и удовлетворенно кивнул.

— Дела в порядке, — сказал он. — Могли бы и не спрашивать. Раз я здесь, значит, дела в порядке. Все приобретенные вами компании пребывают в лучшем виде, как подержанный автомобиль после капитального ремонта. Скажу вам, как родному: за прошедший месяц я понял, что многое упустил в жизни, игнорируя этот ваш Интернет. Это же золотое дно! У вас отличное чутье, Роман Михайлович, а у меня, старика, явно притупилось обоняние. Кстати, я подбросил кое-кому из управляющих пару своих идеек...

— О господи! — сказал Грибовский. — Бедные конкуренты! Но откуда, скажите на милость, у вас могли появиться какие-то идеи в этой области? Для этого же необходимы специальные знания. Хотя бы в минимальном объеме!

— Меня научили нажимать на кнопки, если вы об этом, — сказал Зейдель. — А большего и не требуется. Чтобы зарабатывать торговлей, вовсе не обязательно разбираться в устройстве пружинных весов. Главное, чтобы в этом разбирались те, кто стоит у прилавка. Если раз научился делать деньги, впоследствии их можно делать из чего угодно. Кстати, насчет конкурентов. Все это дохлый номер, Роман Михайлович. Ваши новые подопечные могли бы приносить очень неплохой доход, но такие монстры, как «Глобал» или, к примеру, «Уорлд ком», никогда не дадут им развернуться. Ваши деньги предоставят этим карликам необходимую свободу для маневра, но монополистов нам все равно не свалить. Они давно подмяли под себя рынок. Я специально интересовался положением дел в сфере провайдерских услуг и вынужден вас огорчить...

— Да нет, Яков Самуилович, — возразил Грибовский, — это я должен вас обрадовать. Вы располагаете неполной информацией. То есть располагать абсолютно полной информацией по какому бы то ни было вопросу, наверное, в принципе невозможно, но кое-чем я вас все-таки сумею удивить. Вот, взгляните-ка.

Он взял со стола и протянул Зейделю три или четыре отпечатанных на принтере листка. Коротышка вопросительно поднял брови над золотой оправой очков. Грибовский кивнул и бросил быстрый взгляд на часы. Зейдель начал было читать, держа в одной руке лист распечатки, а в другой — стакан с виски, но, едва взглянув на текст, снова поднял глаза на Грибовского.

— Кстати, — сказал он, — что это с вами? Вы что, в «Зарницу» собрались играть?

Грибовский, смешно склонив лысую голову, оглядел свой наряд. Он был одет в армейский камуфляж и тяжелые ботинки морского пехотинца. Свернутый пятнистый берет был засунут под матерчатый погон; на широком брезентовом поясе, заметно оттягивая его на одну сторону, висела тяжелая желтая кобура.

— А чем плохо? — спросил олигарх. — Знаю, знаю, вы у нас пацифист и на дух не переносите военных, но я-то живу с ними бок о бок уже которую неделю. Как-то неловко выделяться, знаете ли.

— Угу, — сказал Зейдель, опуская глаза в распечатку. — С кем поведешься, от того и наберешься. Так вы тут совсем одичаете, Роман.

— На себя посмотрите, — проворчал Грибовский. — Вылитый калифорнийский хакер! Видели бы вас ваши внуки! Да вы читайте, Яков Самуилович, читайте. Мне

325

хочется, чтобы вы были в курсе, когда... Словом, когда все начнется.

— Что начнется? — насторожился Зейдель.

— Точно не знаю, — сказал Грибовский, — но что-то начнется обязательно. И, по моим расчетам, произойдет это очень скоро. Так что читайте, не отвлекайтесь. Это действительно интересно.

Зейдель стал читать. Читал он медленно, часто возвращаясь назад и заново перечитывая какой-нибудь абзац. Его толстые губы смешно шевелились, очки в тонкой золотой оправе сидели на самом кончике крупного носа. Наконец он отложил в сторону бумаги и поправил очки.

— Вы таки в очередной раз сделали из меня идиёта, — грустно сказал он. — Ведь вам же все было известно заранее, не так ли? Я даже подозреваю, что вы сами все это подстроили.

— Ну я все-таки не Господь Бог, — возразил Грибовский.

— Это факт, — согласился Зейдель. — Но даже Папа Римский вынужденно признает, что делами на земле заправляет вовсе не Бог, а его оппонент. Почему вы сразу не сказали мне, что «Глобал» — колосс на глиняных ногах? Четыре миллиарда дефицита!

— На четыре миллиарда приписок, — поправил Грибовский.

— Тем более! — Зейдель нервно облизал губы и заглянул в опустевший стакан. — Располагая этой информацией, я бы из них веревки вил! Если бы они поняли, что мне известно истинное положение дел в компании, «Глобал» на сегодняшний день уже была бы у вас в кармане. А теперь, когда вот это, — он потряс в воздухе листами распечатки, — опубликовано в Интернете, нам остается только локти кусать. Теперь в дело вмешается конгресс, президент, конкуренты наподобие «Уорлд ком»...

— Не все так просто, — сказал Грибовский. — Вы информации хотите? Пожалуйста! Чтоб вы знали, «Уорлд» — следующая в моем списке. У них тоже далеко не все ладно, и не у них одних. Погодите, это будет такой взрыв, что по сравнению с ним одиннадцатое сентября покажется выстрелом из детского пугача. А когда американцы забегают как ошпаренные, ища, кто бы мог поставить на ноги их завалившиеся высокоинтеллектуальные технологии и вернуть доллару мировой престиж, им на глаза непременно попадется целая сеть региональных провайдеров — мелких, но вполне добропорядочных и благополучных, а главное — не претендующих на роль монополистов. Никто ведь не узнает, что все они находятся в одних руках, правда? По-моему, дальнейшее ясно и без объяснений. Вы же сами сказали: Интернет — золотое дно.

— Боже ж мой! — тихонько воскликнул Зейдель. — Вот чего мне всю жизнь не хватало!

— Вы имеете в виду умение мыслить масштабно? — снисходительно спросил олигарх.

— Я имею в виду вашу безграничную наглость, — сказал Зейдель. — Но это, наверное, одно и то же. Недаром говорят, что нахальство — второе счастье. Получается, что ваше ружье таки выстрелило, и я, старый идиёт, сам встречал патроны к нему в аэропорту Рио-де-Жанейро. И даже не догадался, в чем дело… Ай-яй-яй! А я-то думал, что вас интересует эта девушка, как ее… Оксана.

Грибовский хотел что-то возразить, но тут послышался негромкий, но уверенный стук в дверь.

— Войдите! — по-английски крикнул олигарх.

Дверь распахнулась, и на пороге неслышно возник лейтенант Келли — почти двухметровый негр с телосложением профессионального баскетболиста. На плече у него дулом вниз висела автоматическая винтовка, на груди болтался громоздкий прибор ночного видения в пятнистом чехле.

— Мы их засекли, сэр, — сказал он. — Они приближаются тремя группами по пять человек. Две группы приехали на джипах и теперь обдирают себе животы, ползая по камням среди кактусов, третья минуту назад причалила к берегу на резиновой лодке. Вооружение, насколько мы сумели разглядеть в темноте, обычное — автоматы, две винтовки с ночной оптикой, пистолеты и ножи.

— Взрывчатка? — спокойно спросил олигарх. — Вообще, есть у них что-нибудь тяжелое?

— Сомневаюсь, сэр, — ответил Келли. — Все оружие оснащено глушителями. Очевидно, они не хотят шуметь.

— Еще бы! — ухмыльнулся Грибовский. — Боюсь, им будет сложно объяснить свое присутствие на мексиканской территории.

— Кому? — вмешался в разговор Зейдель. — О ком вы говорите?

— О спецназе ФСБ, полагаю, — ответил олигарх. — Это не я решил поиграть в «Зарницу», это им неймется. Что ж, думаю, в лице лейтенанта Келли и его людей они встретят достойного противника. Как вы полагаете, лейтенант?

— Так точно, сэр.

— Превосходно, лейтенант. Действуйте по плану.

Господин Зейдель беспокойно заерзал на диване.

— Что происходит, Роман? — спросил он. — На нас что, хотят напасть? Русский спецназ... Боже мой, Роман, я ведь предупреждал, что вы доиграетесь! Вот и доигрались. Чего же вы ждете, вызывайте полицию!

— Непременно вызову, Яков Самуилович, — успокоил его Грибовский, — дайте только срок. Все надлежит делать вовремя — не раньше и не позже, а вот именно вовремя.

— А сейчас, по-вашему, еще рано? Опомнитесь, Роман, они же все здесь разнесут в щепки!

— Беспокоитесь о своей собственности, Яков Самуилович? Не волнуйтесь. Вы же слышали, что сказал лейтенант: при них нет ни взрывчатки, ни тяжелого вооружения. А дырки от пуль в штукатурке легко замазать. Я вам оплачу ремонт.

— Что вы несете, мальчишка! Единственное, о чем стоит беспокоиться в нашем сумасшедшем мире, — это собственная жизнь. Я это понял еще тогда, в Лефортово, а вы...

— А я родился с этим пониманием. Поэтому расслабьтесь и ничего не бойтесь. Думайте о том, как хорошо будет здесь вашим внукам. Сколько их у вас — шесть, семь? Вот и думайте о них. Лейтенант! Проводите сеньора Зейделя в безопасное место. Отвечаете за него головой. Имейте в виду, он — хозяин этого поместья и формально является вашим нанимателем.

— Да, сэр, я помню. Вы меня об этом уже предупреждали.

Черно-лиловое лицо лейтенанта Келли было бесстрастным, но ладонь, лежавшая на казеннике винтовки, нетерпеливо сжималась и разжималась. Чувствовалось, что лейтенант соскучился по настоящему делу. Господин Зейдель, напротив, выглядел совершенно убитым. Даже его беспокойные глазки перестали бегать из стороны в сторону и поблескивали за стеклами очков тускло и безжизненно, как две маслины, воткнутые в ком сырого теста.

Проводив лейтенанта и Зейделя, Роман Михайлович прошел на пост видеонаблюдения. Оператор при его появлении вскочил и вытянулся по стойке «смирно», щелкнув каблуками тяжелых, начищенных до блеска ботинок. Грибовский небрежным жестом отпустил его, и оператор вышел, прихватив стоявшую в углу автоматическую винтовку с подствольным гранатометом. Операция была тщательно спланирована, но каждый человек все равно был на счету: Грибовский, как никто, знал, какой непредсказуемый противник спецназ ФСБ России.

Олигарх уселся в удобное кресло перед консолью и быстро оглядел мониторы. Во дворе и на ближних подступах к нему пока что было тихо. Кое-где на стенах виднелись неподвижные, как чучела, фигуры часовых. Да это и были чучела: поместье в данный момент охранялось полудюжиной манекенов, обряженных в камуфляж и вооруженных винтовками. Грибовский видел, как один из них плавно развернулся на девяносто градусов и снова неподвижно замер, держа под прицелом обманчиво пустой, темный берег.

Потом один из манекенов вдруг упал, сбитый прилетевшей из темноты пулей. Он покачнулся и беззвучно рухнул во двор, свалившись на мягкую траву газона. Цикады надрывались так, что Грибовскому хотелось убавить громкость динамиков, в черном бархатном небе сверкали непривычно крупные звезды. По залитому светом ртутных ламп двору, настороженно озираясь, скользнула фигура в пятнистом комбинезоне. Это был охранник по фамилии Хохлов — соотечественник Грибовского и тех людей, что притаились сейчас в темноте за забором. В раннем детстве вывезенный родителями из Союза, этот болван не нашел для себя лучшего применения, чем пойти в наемники. Олигарх спокойно наблюдал за тем, как охранник приблизился к воротам и вороватым движением отодвинул массивный засов. За эту простенькую операцию он получил десять тысяч долларов от российского резидента в Мексике и двадцать — от Грибовского. Помимо свободного доступа группы захвата во двор, Хохлов должен был позаботиться о камерах наблюдения, так что теперь нападавшие должны были быть уверены в своей невидимости.

Створка ворот бесшумно приоткрылась, и во двор одна за другой начали просачиваться темные фигуры в масках, с головы до ног обтянутые черным. Самая первая из этих фигур на мгновение будто прилипла к Хохлову, после чего охранник скорчился и упал, заливая светлые каменные плиты дорожки кровью, которая на мониторе выглядела черной, как сырая нефть. Его быстро и без суеты оттащили в тень, и черные фигуры начали разбегаться во все стороны, как проворные тараканы по кухне нерадивой хозяйки. Грибовский внимательно считал их, и, когда счет дошел до пятнадцати, поднес к губам микрофон рации.

— Птички в гнезде, — сказал он. — Приступайте, лейтенант.

Повсюду беззвучно вспыхнули мощные прожекторы, превратив и без того неплохо освещенный двор в увеличенную копию операционного стола. Ворота с лязгом захлопнулись, мышеловка сработала, и в следующее мгновение отовсюду — со стен, из окон и дверных проемов, из-за углов и мохнатых стволов королевских пальм — ударили автоматы. На плоской крыше басовито застучал пулемет, покрывая своим кашляющим голосом сухой треск автоматных очередей. Возле бассейна с грохотом лопнула граната, где-то со звоном полетели стекла, и кто-то матерно и зло закричал по-русски. Изображение на одном из мониторов вдруг погасло, сменившись черно-белой пургой, — очевидно, шальная пуля повредила камеру.

Грибовский откинулся на спинку кресла, закурил, вызвал по телефону полицию и стал ждать. Все закончилось раньше, чем он докурил сигарету до конца. Пальба постепенно пошла на убыль и наконец совсем стихла. Рация на столе захрипела и произнесла голосом лейтенанта Келли:

— Операция завершена, сэр, противник полностью уничтожен.

— Потери? — спросил олигарх.

— Двое легкораненых, сэр, один убит. Тот, что открыл ворота.

— Ну, это не потеря, — сказал Грибовский. — Отлично, лейтенант. Вы превосходно знаете свое дело, я вами доволен. Выводите его.

Он встал и, больше не глядя на мониторы, вышел на балкон, откуда был хорошо виден бассейн. На развороченном взрывом газоне валялись два тела в черной одежде, похожие сверху на полупустые мешки для мусора; еще одно тело, широко раскинув руки и ноги, лицом вниз плавало в прозрачной, подсвеченной изнутри воде. На дне бассейна, четко выделяясь на фоне голубой кафельной плитки, лежал АК-47 с длинным глушителем. Толстая нога королевской пальмы была зверски искромсана осколками, и обнажившаяся древесина неприлично белела в режущем свете прожекторов. Рядом с бассейном валялся перевернутый шезлонг с изодранным в клочья сиденьем. Теплый ночной воздух был неподвижен, и тяжелый тротиловый дым до сих пор плавал в нем слоями, как в прокуренной комнате.

Грибовский пошарил по многочисленным карманам своей пятнистой униформы, отыскал сигареты и закурил. Он успел сделать три или четыре затяжки, прежде чем возле бассейна появился господин Зейдель в сопровождении двух вооруженных охранников. Солдаты вели Якова Самуиловича под локти. Он смешно семенил между двумя рослыми наемниками, донельзя комичный в своей изукрашенной черепами футболке и белых шортах. Его очки и лысина блестели в свете прожекторов. Зейдель не сопротивлялся; он лишь обеспокоенно вертел головой, явно не понимая, что происходит. Следом за ним, легко перешагивая через обломки и хрустя битым стеклом, шел лейтенант Келли. Несмотря на жару, он был в тонких кожаных перчатках. Проходя мимо одного из убитых русских, начальник охраны Грибовского наклонился и подобрал с земли короткоствольный автомат с глушителем. На ходу проверив магазин, негр вставил его на место и передернул затвор.

Возле перевернутого шезлонга охранники остановились, выпустили локти Зейделя и молча разошлись в стороны. Яков Самуилович заглянул в бассейн, увидел труп и испуганно отшатнулся.

— Боже ж мой! — тихонько воскликнул он. Звуки далеко разносились в неподвижном воздухе, и стоявший на балконе Грибовский отчетливо слышал каждое слово. — Что здесь происходит, мне кто-нибудь может объяснить?

Грибовский жадно курил, не чувствуя никакого вкуса. Он мог бы объяснить господину Зейделю, что происходит, но заготовленные заранее слова почему-то упорно не шли наружу. Из-за его молчания ситуация сильно проигрывала в смысле драматического эффекта, но Роману Михайловичу вдруг захотелось, чтобы все это как-нибудь поскорее закончилось.

Стоявший за спиной у Зейделя с автоматом наизготовку лейтенант поднял голову и посмотрел на балкон. Грибовский молча кивнул.

— Боже ж мой! — повторил в это время Зейдель. — Какое варварство! Двадцать первый век... Где Роман Михайлович? Он не пострадал?

Он начал поворачиваться лицом к Келли, и в это самое мгновение лейтенант открыл огонь. Оснащенный глушителем автомат шепеляво залопотал, плюясь свинцом от черной футболки Зейделя полетели кровавые клочья. Жирное тело коротышки задергалось под градом пуль, очки в тонкой золотой оправе свалились с переносицы и упали в траву. Зейдель тоже упал, накрыв очки своим телом, но лейтенант продолжал стрелять в лежачего, пока не кончились патроны. После этого Келли небрежно отбросил автомат, снял перчатки и, снова подняв голову к балкону, коротко козырнул. Впрочем, старался он напрасно: Грибовского на балконе уже не было.

Мексиканская полиция прибыла сорок минут спустя, когда пороховой дым уже рассеялся, а трупы успели остыть до температуры окружающего воздуха. Полицейские подлетели на пяти машинах, которые завывали, как голодные демоны, и сверкали сине-красными молниями проблесковых маячков. Блюстителей порядка беспрепятственно пропустили во двор и позволили не только осмотреть место происшествия, но и разоружить охрану. В числе остальных свое оружие, армейский «кольт» сорок пятого калибра, из которого не было сделано ни единого выстрела, сдал и Грибовский. Разоружившись, он отошел в сторону и встал у стены вместе с другими охранниками, предоставив лейтенанту Келли сомнительную честь вести переговоры с полицией.

Переговоры были недолгими, картина — очевидной. Банда вооруженных грабителей ворвалась в поместье и была поголовно перебита бдительной и в высшей степени профессиональной охраной под командованием бывшего лейтенанта морской пехоты США Джонатана Келли. К сожалению, в ходе перестрелки были убиты один охранник и хозяин поместья, гражданин Соединенных Штатов Джейкоб Зейдель. Жестокость, с которой последний был буквально изрешечен пулями, навела полицию на мысль о том, что убийство носило заказной характер, но начальник местной полиции капитан Хуан Мартинес жил на свете не первый день и не стал заострять на этом внимание. Он не собирался лезть в дела проклятых гринго, тем более что это было не только бесполезно, но и вредно для здоровья. Посему охране было предложено разоружиться и в двадцать четыре часа очистить территорию асиенды, что и было выполнено с военной четкостью и без малейших возражений со стороны лейтенанта Келли.

* * *

Егор Королев легко выскользнул из такси и помог Оксане выбраться на тротуар. Огромный, обтекаемый «Шевроле», поблескивая яично-желтыми бортами, величаво отвалил от бровки тротуара и моментально затерялся в плотном потоке уличного движения. Егор поправил на плече ремень видеокамеры и принял от Оксаны сумку с кассетами.

— Что ты носишься с этой сумкой? — спросила Оксана, опускаясь на корточки и возясь с развязавшимся шнурком. — Мог бы оставить кассеты в отеле. Боишься, что сенсацию украдут?

— Я с этой сумкой не расстанусь ни за какие деньги, — сказал Егор и для наглядности похлопал ладонью по матерчатому боку сумки. В сумке глухо брякнула пластмасса. — Это не просто сенсация, это наш с тобой страховой полис. Пока эти кассеты при нас, Потапов и его упыри пальцем нас не тронут.

— Очень умно, — проворчала Оксана, поднимаясь с корточек. — Если ты так дорожишь этими кассетами, не стоит таскать их на себе. Это Нью-Йорк, здесь каждую минуту кого-нибудь грабят, а каждые полторы — убивают.

— И то правда, — согласился Егор, озабоченно хмурясь. — Я об этом как-то не подумал. Надо бы в банк их положить, что ли... А то ткнут ножичком под ребро, сорвут с плеча сумку, и поминай, как звали.

— Да что такого в этих кассетах? — удивилась Оксана.

— На этих кассетах запечатлены незаконные действия подразделения «Альфа» на территории суверенной Мексики, — торжественно провозгласил Егор.

— Очередной подарочек от Грибовского, — поморщилась Оксана. — А где написано, что это русские спецназовцы?

— Вот ты спать ушла, — назидательно сказал Егор, задвигая сумку за спину и рассеянно расстегивая чехол камеры, — а я просмотрел все до конца. Запись, конечно, отвратительная (что возьмешь с аппаратуры слежения?), но зато звук превосходный. Поверь, еще не родился мексиканский грабитель, который бы так матерился.

— Ну и что? — Оксана пожала плечами. — Тоже мне, доказательство!

— Если дело, не дай бог, дойдет до откровенного разговора с генералом Потаповым, доказательства нам не понадобятся. Нам понадобится хорошая дубина, и она здесь, в этой сумке. Если это шило вылезет из мешка, будет не так уж важно, доказаны наши обвинения или нет. ФСБ потом долго от них не отмоется, и надо быть полным идиотом, чтобы этого не понимать. Мне даже особенно напрягаться не придется, американские коллеги сделают все за меня. И потом, кроме тебя, меня и Грибовского, никто толком не знает, что там, на этих кассетах. А вдруг кто-то попал в плен и разговорился? Потапов будет учитывать такую возможность, а значит, пока кассеты у нас, мы в безопасности.

— Господи, — сказала Оксана, — и чему, скажи на милость, ты радуешься? Полтора десятка человек перестреляли как бешеных собак, а ты доволен, как... как я не знаю кто! Это же были русские, наши!

— Кто это наши? Кого ты называешь нашими — этих профессиональных убийц? Они, между прочим, не на пикник через весь океан летели. Знали, на что шли. Мне их не жалко.

— Ненавижу твоего Грибовского, — сказала Оксана. — Ведь он же знал обо всем заранее и спокойно мог уйти. Так нет же, надо было устроить бойню, да еще и прислать тебе кассеты, чтобы мы могли полюбоваться его подвигами. Фантомас чертов!

— Ну все, хватит, — миролюбиво сказал Егор и посмотрел на часы. — Может быть, для разнообразия немного поработаем? У нас осталось всего-навсего пятнадцать минут. Давай-ка снимем эту махину. Посмотри, какой отличный ракурс!

Вслед за ним Оксана задрала голову и попыталась окинуть взглядом стеклянный фасад тридцатидвухэтажного здания головного офиса корпорации «Глобалком». Егор поднял камеру и, далеко откинувшись назад, принялся снимать общий план, нацелив объектив отвесно в небо.

— Отличный ракурс! — радовался он. — Превосходное начало для репортажа. Мощь, помпезность, дерзкое отрицание законов физики, а на деле — гигантское надувательство. Вот не думал, что американцы станут заниматься обыкновенными приписками, прямо как председатель какого-нибудь захудалого рязанского колхоза в застойные времена! Да, Грибовский прав, это будет настоящая бомба.

— Зря ты, по-моему, стараешься, — остудила его пыл Оксана. — Думаешь, теперь, когда вышла твоя статья в Интернете, президент компании тебя примет? У него теперь других дел по горло.

— Это факт, — сказал Егор, продолжая водить из стороны в сторону объективом камеры. — Дел у него действительно по горло. В частности, он будет вынужден до последнего бороться за честь мундира, а значит, ему волей-неволей придется контактировать с журналистами. Мы договорились о встрече заранее, а статья в Интернете вышла под псевдонимом, так что уважительной причины для отказа у него нет. Отказать-то он, конечно, может, но тогда я из него такую котлету сделаю, что он света белого не увидит.

— Можно подумать, если он тебя примет, ты его пощадишь, — сказала Оксана.

— Нет, конечно, не затем я сюда пришел, чтобы лить бальзам на его раны. Американцы — это тебе не русские. Они прагматики и не ставят дураков на ответственные посты. Нет, надо снять еще пару кадров. Посмотри, как солнце играет! Вон, наверху, видишь? Странно...

Егор вдруг напрягся, крепче приник лицом к видоискателю камеры и, чтобы не потерять равновесие, присел на одно колено.

— Что случилось? — встревожилась Оксана и машинально посмотрела на часы. — Послушай, если мы проторчим здесь еще хотя бы минуту, нам уже незачем будет входить. Не забудь, нам еще на самый верх подниматься, на тридцать второй этаж.

— Вот на самый верх я и смотрю, — напряженным голосом отозвался Егор. — Как раз на тридцать второй этаж. Там какой-то чудак из окошка торчит, вот-вот вывалится. Погоди-ка, погоди... — Егор дал на камеру максимальное увеличение и ахнул. — Слушай, да это же он! Мистер Хардинг, президент компании!

— Ага, — скептически сказала Оксана. — Заждался, бедняга. Нас высматривает. Все глаза проглядел!

336

— Непохоже, — сказал Егор и замолчал.

Человек на тридцать втором этаже стал обеими ногами на подоконник и выпрямился, придерживаясь рукой за раму открытого окна. Он обернулся назад, в комнату, и, кажется, что-то сказал. Вниз он не смотрел — ни вначале, ни потом, когда сжимавшие алюминиевую раму пальцы разомкнулись и он начал медленно, не сгибая коленей, валиться наружу, в стометровую пропасть.

— Летит, черт его подери! — успел выкрикнуть Егор, провожая объективом камеры летящее тело.

Он мастерски владел камерой и сумел проследить за последним полетом мистера Хардинга от начала до конца — от окна его офиса на тридцать втором этаже и до крыши припаркованного у обочины автомобиля, которая с глухим металлическим стоном просела до самых сидений, когда грузное тело главы корпорации «Глобалком» рухнуло на нее с высоты девяноста шести метров. Оксана вскрикнула, закрыв лицо ладонями, потом закричал кто-то еще. Егор, не чувствуя под собой ног, бросился к изуродованному автомобилю, растолкал зевак, занял самую удобную позицию и снимал до тех пор, пока его не отогнали набежавшие полицейские.

— Да, — сказал он, возвращаясь к Оксане и вынимая из камеры отснятую кассету, — аудиенция, похоже, отменяется. Это, как говорили наши мудрые предки, злонравия достойные плоды.

— А ты не боишься? — деревянным голосом спросила Оксана.

— Чего это я должен бояться? — зачехляя камеру, удивился Егор.

— Ведь это ты его убил. Убил так же верно, как если бы подошел и собственноручно выбросил из окна.

— Ну-ну, — сказал Егор. — Не надо сгущать краски. Я с ним даже ни разу не встречался. Воровать не надо! Не надо было народ обманывать, вот и не пришлось бы в окошко сигать.

— Ах, оставь! — устало воскликнула Оксана. — Я ведь совсем не об этом. Ты не боишься, что когда-нибудь наступит твое время пожинать плоды?

— Не боюсь, — сказал Егор. — Помнишь, была такая

337

комсомольская песня: «Старость меня дома не застанет, я в дороге, я в пути...»? Так что плоды моего злонравия, надеюсь, свалятся с ветки и сгниют, пока я буду путешествовать по свету.

Он вставил в камеру чистую кассету и старательно снял то, как тело господина Хардинга, упакованное в черный пластиковый мешок, грузили в машину.

Вечером ему позвонил Грибовский и намекнул, что в ближайшее время в Афганистане произойдет кое-что любопытное. Ехать туда лично он не советовал, но предложил внимательно следить за новостями, потихоньку паковать вещи и готовиться к встрече с Москвой.

Глава 17

Земля под ногами вздрогнула и зашевелилась, как живая; со склона горы, поднимая пыль, обрушился небольшой камнепад. Скальная стена содрогнулась, раздался душераздирающий треск, и те, кто залег в камнях на безопасном расстоянии, увидели, как скала треснула сверху донизу. Через некоторое время из устья пещеры лениво, будто нехотя, выползло большое, на вид казавшееся плотным, как кисель, непрозрачное облако серожелтой пыли и покатилось вниз по склону, распухая на глазах и раздаваясь ввысь и вширь. Капитан Грейвс, выделявшийся среди своих подчиненных жестким, будто высеченным из местного камня лицом, прорезанным глубокими вертикальными складками, поднял вверх руку в перчатке и особым образом сложил пальцы. Залегшие на склоне коммандос зашевелились, натягивая противогазовые маски, и снова затихли, слившись с камнями, за которыми прятались.

Майор Крайник замешкался, не сразу сообразив, что команда капитана распространяется и на него. Он лежал за большим плоским валуном, смотрел в бинокль на затянутое дымом и пылью устье пещеры и думал о том, что там, внутри, скорее всего, никто не уцелел. В конце концов, в любой работе имеются свои издержки. Это очень старая этическая проблема: следует ли жертвовать многими жизнями ради спасения одной? Люди спорят о ней, наверное, столько же времени, сколько ведутся войны. Ну, может быть, чуть меньше: с тех пор, как вообще начали задумываться о подобных вещах. Спорят, спорят, а решение так и не найдено, не скреплено печатью и не внесено в воинские уставы и должностные инструкции.

— Наденьте маску, сэр, — негромко произнес капитан Грейвс у него над ухом.

Крайника не обмануло почтительное обращение капитана к старшему по званию: в голосе Грейвса звучало плохо скрываемое раздражение и откровенная неприязнь. Дескать, навязался клоун на мою голову, нянчиться тут с тобой... Майор повернулся на бок, вытащил из брезентовой сумки резиновую маску и неловко натянул ее на лицо. Маска противно воняла резиной и основательно жала. Крайнику сразу стало трудно дышать. Он поднес бинокль к глазам и тихо выругался сквозь зубы: окуляры со стуком ударились о круглые стекла маски. Впрочем, смотреть все равно было уже не на что: пылевая туча докатилась до того места, где залег взвод, и накрыла склон плотным одеялом. Где-то высоко над их головами, неразличимый за пылью, прогремел реактивными двигателями невидимый «Стеллс». Удар реактивного грома был физически ощутимым и напоминал толчок огромной ладони — мягкой, но тяжелой.

Крайник протер запорошенные стекла маски и увидел, что пыль начала редеть. Грейвс приподнялся на локтях, с его шлема и плеч струйками стекала пыль. Он снова поднял вверх правую руку и подал условный сигнал, который понял даже Крайник: это была команда передвигаться вперед справа-слева по одному. Правофланговый пехотинец немедленно вскочил, пробежал пригибаясь около десятка метров и упал за камень, выставив перед собой винтовку. Левофланговый солдат пробежал чуть дальше и тоже залег, прикрывая своих товарищей. Крайник подумал, что это излишняя предосторожность: там, внутри, наверняка были одни убитые да тяжелораненые, так что опасаться было некого.

Тем не менее он терпеливо дождался своей очереди и, когда она подошла, вскочил и трусцой побежал вперед, сжимая в ладони теплую рукоятку тяжелого армейского пистолета и чувствуя себя при этом донельзя глупо. Черное устье пещеры, наполовину заваленное обрушившимися со свода камнями, молчало. Оно казалось абсолютно безжизненным, и, стоило только Крайнику об этом подумать, все изменилось в мгновение ока.

Из черной треугольной щели в скальной стене вдруг длинно ударил пулемет. Склон под ногами у Крайника вскипел пылью и осколками щебня, мелкие камешки больно хлестнули по штанинам. Мимо уха что-то пронеслось с отвратительным плотным визгом, и майор нырнул за ближайший валун, не веря тому, что уцелел.

Воздух наполнился грохотом автоматных очередей. Залегшие на склоне коммандос били по пещере, черную дыру входа снова заволокло пылью, но проклятый пулемет все не умолкал, и тогда один из пехотинцев, поднявшись на колено, пальнул туда из базуки. В пещере громыхнуло, сверкнуло дымное оранжевое пламя, и оттуда повалил черный маслянистый дым.

Позади Крайника захрустел под чьими-то шагами щебень. Майор повернул голову и увидел Грейвса, который, стоя во весь рост, убирал в сумку противогаз.

— Вставайте, сэр, — сказал Грейвс. — Я думаю, это все.

Крайник поднялся и стал сдирать с лица пыльную резину. Ему что-то мешало, и он не сразу понял, что все еще сжимает в руке пистолет. Затвор «кольта» застрял в крайнем положении. Из этого следовало, что Крайник расстрелял всю обойму, но, когда и как он ухитрился это сделать, майор, хоть убей, не помнил. Колени и руки у него до сих пор были как не свои: специальному агенту Крайнику доводилось бывать под пулями, но в него еще ни разу не стреляли из крупнокалиберного пулемета, да еще вот так, почти в упор, на совершенно голом месте.

Он попытался засунуть пистолет в кобуру, но с отведенным назад затвором тот никак не влезал на место, и майору пришлось сменить обойму. После этого он наконец с огромным облегчением снял с себя противогаз и кое-как запихал его в сумку.

Солдаты уже были у самого входа в пещеру. Они зажгли фонари, и не успевшая осесть пыль клубилась в конусах яркого голубоватого света. Грейвс по радио сообщил на базу о том, что вход зачищен, и получил подтверждение прежнего приказа — детально обследовать пещеру. Крайник не слышал этого, но понял, каким был приказ, по недовольному взгляду, который капитан бросил на него.

— Ничего не поделаешь, капитан, — сказал он, снова доставая из кобуры пистолет и оттягивая затвор. — Если бы террористов можно было победить, сбрасывая им на головы тысячетонные бомбы, нас с вами здесь бы не было.

Грейвс в ответ лишь презрительно дернул щекой и пошел к пещере, на ходу вынимая из кармана мощный ручной фонарь. Крайник двинулся за ним, мысленно проклиная свою работу и тупоголовых военных, которые никак не желали понять, что он, специальный агент ЦРУ Макс Крайник, приехал в эти места, похожие на гигантскую свалку мусора, вовсе не для удовольствия.

Перебравшись через каменный завал, который перегораживал вход в пещеру, Крайник случайно наступил на то, что когда-то было пулеметчиком. Выстрел из базуки оказался на удивление точным, большой русский пулемет искорежило взрывом и чуть не завязало узлом. Крайнику пришлось внимательно смотреть под ноги, чтобы не запачкать ботинки и не поскользнуться. Его замутило от этого зрелища, и он вздохнул с облегчением, когда пятно грязи на камнях, совсем недавно бывшее человеком, осталось позади.

Кое-где прямо над головой нависали груды камней, державшиеся исключительно на честном слове. Казалось, достаточно чихнуть, чтобы все эти тонны горных пород обрушились прямо на людей. Крайнику стало неуютно. Он никогда не понимал спелеологов. Какое удовольствие можно получать от бесконечного ползанья по каменным норам, где то и дело возникает реальная угроза оказаться похороненным заживо? Идя след в след за капитаном Грейвсом, майор Крайник чувствовал, как в нем понемногу развивается клаустрофобия.

Время от времени им встречались полупогребенные под грудами рухнувших со свода камней трупы. Все они были одеты по-мусульмански, и Крайник не настаивал на их тщательном осмотре: человек, ради которого они сюда пришли, наверняка находился гораздо дальше, если он вообще здесь был.

После путешествия, которое показалось Крайнику бесконечным, они достигли двойных герметичных дверей воздушного шлюза. Намертво вмурованные в скалу тяжелые двери были вывернуты с корнем и деформированы чудовищным взрывом. Точно оценить степень повреждений не представлялось возможным: двери засыпало обломками. Здесь пришлось протискиваться на животе, и именно здесь Крайник впервые по-настоящему пожалел, что дал втянуть себя в эту историю.

— Может быть, стоит повернуть назад, сэр? — тая усмешку в углах жестких губ, спросил Грейвс. — Дальше, я думаю, будет еще хуже.

— У меня приказ, капитан, — ответил Крайник совсем не то, что ему хотелось бы ответить. — Если вы опасаетесь за жизнь людей и свою собственную, я пойду дальше один.

— Хотелось бы на это взглянуть, — насмешливо произнес капитан, — но у меня тоже есть приказ, сэр. Мне приказано дойти с вами до конца. Конечную точку нашего маршрута определяете вы, сэр. Если вы прикажете лезть в эту мышеловку, я полезу, и мои люди полезут тоже. Выйдем мы оттуда или нет — другой вопрос. Двадцать американских пехотинцев — слишком дорогая цена за то, чтобы полюбоваться кучкой дохлых афганцев. Но мне и моим людям платят за риск, и, если вы прикажете идти вперед, мы пойдем.

Крайник тяжело вздохнул и размазал пыльной перчаткой грязь по потному лицу.

— Капитан, — сказал он, — мне хотелось бы, чтобы вы поняли: то, что мы сейчас делаем, действительно важно. Ради этого мы пожертвовали жизнью одного из наших лучших людей, который, поверьте, один стоил больше, чем вы со всем вашим взводом.

Грейвс подал команду, и пехотинцы по одному нача-

342

ли протискиваться в узкую щель, зиявшую на месте обвалившегося дверного проема.

Как ни странно, дальше дело пошло легче. Обнаружившийся за шлюзом длинный, выложенный белым кафелем коридор пострадал не так сильно, как можно было ожидать. Кое-где он обрушился, обнажив потрескавшийся каменный свод, но пройти по нему еще было можно. Выбитые взрывной волной двери позволяли заглянуть внутрь многочисленных жилых помещений, складов и лабораторий. Здесь было множество трупов, но среди них попадались и живые, и это обстоятельство стоило одному из пехотинцев капитана Грейвса жизни: заглянув в одну из комнат, бедняга напоролся на выпущенную в упор автоматную очередь. Кто-то, не успев, по всей видимости, подумать о последствиях, швырнул в исковерканный дверной проем гранату. В темноте громыхнуло, блеснула мрачная, ничего не осветившая вспышка, и в коридор потянуло тротиловым дымом.

— Черт возьми, сержант, — проворчал капитан Грейвс, — вы что, решили похоронить нас заживо?

— Виноват, сэр, — ответил человек, который бросил гранату.

Двое пехотинцев прикрывая друг друга, ворвались в задымленный отсек. Через минуту один из них окликнул капитана. Грейвс скрылся в темноте, но вскоре вернулся и поманил за собой Крайника.

— Похоже, мы нашли то, что искали, — сообщил он. — Здесь двое белых. Оба мертвы. Надеюсь, у вас крепкий желудок, сэр, потому что это зрелище не для нервных.

Крайник вошел в отсек и осмотрелся, светя вокруг себя фонарем. Похоже, это было нечто среднее между спальней и рабочим кабинетом. У стены стояла низкая кровать, застеленная серым солдатским одеялом — одним из тех, которые американские летчики сбрасывали по ночам на лагеря афганских беженцев вместе с продуктами питания и теплой одеждой. Поперек кровати, широко разбросав руки и ноги, лежал человек в грязной камуфляжной униформе. Грудь его пятнистой куртки и отделанная сухой штукатуркой стена вокруг кровати были буквально изрешечены пулями, на стене виднелись потеки крови. Как минимум, одна пуля попала в лицо, и Крайник не сразу узнал полковника Дэвиса, последнее донесение которого каким-то чудом добралось до Лэнгли из этой каменной норы. Оружия при Дэвисе не было, из чего следовало, что его попросту расстреляли.

Афганец, застреливший пехотинца, скорчившись, лежал у порога, накрыв своим телом русский АК-47 с расщепленным прикладом. В углу, среди обломков стола, груды железа и пластика, валялось то, что осталось от компьютера. Крайник повел фонарем и вздрогнул, увидев в дальнем углу огромную лужу крови, в которой буквально плавало еще одно тело.

Человек — вернее, растерзанный труп человека — был одет в мягкие домашние брюки, шлепанцы и мохнатый халат. Рукава у халата отсутствовали, так же как и руки, которые должны были в них находиться. Это не было следствием давней хирургической ампутации — руки ему оторвало совсем недавно. Посреди комнаты зияла неглубокая обугленная выщерблина — след взрыва, который, по всей видимости, и стоил убитому обеих рук.

Первым делом Крайник подошел к Дэвису и, положив фонарь на кровать, пощупал пульс. Тело Дэвиса еще хранило слабое тепло, но он был мертв.

— Проклятье, — пробормотал Крайник и, оставив фонарь на кровати, двинулся в угол, где лежало второе тело.

Где-то в коридоре опять затрещали автоматные очереди, кто-то закричал, и снова стало тихо. Крайник поморщился: военных хлебом не корми, только дай им пострелять. Как дети, честное слово! Впрочем, если перед отступлением они зачистят бункер, в этом не будет ничего плохого. Пускай развлекаются, пускай доказывают сами себе, что и от них в этой глупой войне есть какая-то польза...

Он присел над человеком в халате и внимательно всмотрелся в его лицо. Ему не нужно было сверяться с полученной в штаб-квартире ЦРУ фотографией: лицо убитого каким-то чудом почти не пострадало, и Крайник

344

безо всякой фотографии видел, что перед ним именно тот человек, ради которого он прилетел в Афганистан. К сожалению, он был мертв, что полностью исключало возможность допроса. Увы, современная криминалистическая наука еще не научилась выкачивать информацию из покойников…

Крайник обернулся и посмотрел на кровать, где лежал труп Дэвиса. «Глупо, — подумал он. — Пройти такой огромный путь, последовать за этим мерзавцем сначала в Мексику, а потом сюда, в Афганистан, и погибнуть в самом конце, когда помощь уже на подходе… Глупо. Но полковник сделал действительно большое дело. Если удастся доказать, что этот человек действительно Грибовский, которого русские официально объявили погибшим, это поставит их на место и заставит тщательнее подготавливать вранье, которым они пичкают весь мир».

Карточка с зубной формулой беглого российского олигарха и отпечатками его пальцев лежала у Крайника в кармане. Об отпечатках пальцев теперь, разумеется, не могло быть и речи, а зубы… Крайник поймал себя на том, что ему до смерти не хочется лезть в рот мертвецу и пересчитывать там пломбы и коронки. «К дьяволу, — решил он. — У каждого своя работа. Я его нашел, и этого достаточно. Пускай его зубами интересуются наши эксперты, они получают за это очень неплохие деньги. К тому же тело все равно надо поднимать наверх, чтобы этим кабинетным разведчикам не пришло в голову усомниться в моей добросовестности. А то еще скажут, что я спутал русского олигарха с дохлым арабом, и эта деревянная задница, капитан Грейвс, даже пальцем не шевельнет, чтобы их разубедить».

— Тела надо поднять, — сказал он Грейвсу и увидел, как тот скривился. — Это приказ, капитан. Этот человек, — он указал на труп с оторванными руками, — должен пройти официальную процедуру опознания. А это, — он указал на кровать, — полковник армии США, погибший при исполнении служебного долга. Может быть, вы хотите сами поехать к его семье и рассказать, что оставили его тело гнить в этой норе только потому, что вам не хотелось утруждать своих пехотинцев переноской тяжестей?

Грейвс снова поморщился и излишне резко, как показалось Крайнику, отдал команду сержанту. Солдаты подхватили тела и поволокли их к выходу, пачкая кровью цементный пол. Крайник подошел к компьютеру, наклонился и дотронулся рукой в перчатке до шероховатого жестяного корпуса. Тащить эту коробку наверх целиком не хотелось, а отвертки он с собой, естественно, не прихватил.

— Сержант, — позвал он, — нельзя ли это как-нибудь вскрыть? Только аккуратно, прошу вас. Мне нужен жесткий диск.

Сержант взглядом спросил разрешения у Грейвса, склонился над обломками стола и вынул из пластмассовых ножен широкий тесак с устрашающими зазубринами на спинке лезвия.

— Аккуратно! — взмолился Крайник.

— Не беспокойтесь, сэр, — сказал сержант. — Мне приходилось иметь дело с компьютерами, я знаю, где расположен жесткий диск.

Он точным движением вогнал острие тесака в щель между передней и боковой стенками системного блока, слегка надавил, и боковая крышка с треском соскочила с креплений.

— Прошу вас, сэр, — сказал сержант.

Жестких дисков было два, и Крайник снял оба. Воспользовавшись тем, что Грейвс отвернулся, он вороватым движением выбросил из сумки противогаз и засунул на его место увесистые металлические пластины жестких дисков.

— Вы закончили? — спросил Грейвс. — Тогда я командую отход.

Идя по коридору, Крайник заметил, что вокруг суетятся солдаты, прокладывая по коридору какие-то провода. Он не стал спрашивать у Грейвса, зачем это делается: ответ был очевиден.

Они выбрались наружу благополучно. Отойдя на безопасное расстояние от пещеры, Грейвс вызвал вертолет и приказал сержанту взорвать заложенные в пещере заряды.

...Стоя на гребне соседнего холма, Фархат видел, как вершина скалы на мгновение приподнялась в чудовищном облаке дыма и пыли, а потом медленно, все больше заваливаясь на бок, осела внутрь себя, окончательно засыпав бункер. Видел он и вертолет, который приземлился, чтобы подобрать солдат с их упакованным в черные пластиковые мешки грузом. Когда вертолет тяжело поднялся в воздух и, кренясь на борт, взял курс на север, Фархат опустил бинокль, проверил антенну аппарата спутниковой связи и набрал номер Грибовского.

— Это я, — сказал он. — Все в порядке, они взяли груз и ушли.

Выслушав ответ, он скупо улыбнулся, отключил телефон и легкой походкой человека, привыкшего много и далеко путешествовать пешком, зашагал в сторону, противоположную той, в которую улетел вертолет с телами полковника Дэвиса и карточного шулера Жака Марешаля. Примерно через минуту позади него раздался несильный взрыв, и обломок пластика, просвистев над его головой, со стуком упал на камни. Фархат даже не обернулся. Его дела в Афганистане были закончены, а оглядываться назад этот человек не любил.

* * *

Иван Ильич Потапов не стал загонять машину в ворота, а бросил ее прямо на травянистой обочине за забором, сильно помяв при этом разросшиеся, прихваченные первым морозцем кусты малины. Отперев калитку, он вошел на свой засыпанный опавшей листвой дачный участок и остановился, словно не зная, что предпринять. Дом молчал, слепо уставившись на своего хозяина мутными бельмами грязных от осенних дождей окон. В воздухе не было ни ветерка, и облетевший сад молчал. Потом где-то там, в саду, сорвалось и гулко ударилось о примороженную землю запоздалое яблоко. В ответ за забором, в лесу, хрипло каркнула ворона. Этот звук как будто разбудил Ивана Ильича, и он, глубоко засунув руки в карманы пальто, побрел по мощенной цементными плитами дорожке к крыльцу, стараясь не смотреть на глупые островерхие башенки, над одной из которых торчал флюгер в виде жестяного петушка, а над другой — тарелка спутниковой антенны.

Под дверью намело мертвых листьев, серой травы и другого мелкого мусора. «Надо бы подмести», — подумал Иван Ильич и слабо, болезненно улыбнулся в ответ на эту некстати пришедшую мысль.

Сегодняшнее совещание в кабинете у начальства, поставило наконец точку в бесконечной погоне Ивана Ильича за неуловимым Фантомасом — Грибовским. Накануне вечером из штаб-квартиры ЦРУ в Лэнгли было получено сообщение о том, что гражданин Российской Федерации Роман Михайлович Грибовский погиб в Афганистане при штурме укрепленного бункера талибов. Судя по сообщению, личность погибшего не вызывала у американцев ни малейших сомнений. Особые приметы покойного полностью совпадали с описанием, которое ФСБ отправила в Лэнгли месяц назад, лицо соответствовало прижизненным фотографиям Грибовского. Американцы даже не поленились осмотреть зубы мертвеца и нашли, что они соответствуют добытой их агентом зубной формуле.

Правда, сравнить отпечатки пальцев найденного в бункере трупа с отпечатками Грибовского им не удалось, потому что труп-то имелся, а вот рук, как таковых, у него не было. Впрочем, на это уже никто не стал обращать внимание, и слабые возражения Ивана Ильича прозвучали, мягко говоря, неубедительно.

Да, слушать генерала Потапова никто не стал. Зачитывая безукоризненно вежливое послание американцев, шеф посмотрел на Ивана Ильича, и взгляд этот не сулил генералу ничего хорошего. Дело пахло большим международным скандалом, и Иван Ильич, как человек бывалый и опытный, понимал, что гасить этот скандал придется на самом высоком уровне и обойдется это недешево. Генерал Потапов совершенно неожиданно для себя очутился в незавидном положении командира ракетной части, который, перебрав водки, смеха ради пульнул по

Америке баллистической ракетой, а утром, хорошенько проспавшись, с удивлением узнал, что никакой Америки больше нет.

Оказалось, что Грибовский, этот мерзавец, этот полусумасшедший — а может быть, и совсем сумасшедший — миллиардер, этот гнойный прыщ с гипертрофированным самомнением, вел что-то вроде дневника. Записи свои он делал с того самого дня, как ушел с заминированной яхты, и хранил свои чудовищные откровения в компьютере. И компьютер этот, в полном соответствии с законом подлости, нисколько не пострадал в аду, который устроили талибам американские спецназовцы. Во всяком случае, жесткие диски уцелели вместе со всей хранившейся на них информацией. Это было несправедливо: ведь оторвало же этой сволочи руки по самые плечи, так почему заодно не разнесло в пыль и компьютер?

Одним словом, американцам было очень любопытно, кто, почему и по чьей вине устроил им сначала одиннадцатое сентября, а потом и эпидемию сибирской язвы. И по выражению лица начальства было легко догадаться, кто станет козлом отпущения во всей этой истории. Имя и звание Ивана Ильича были чуть ли не пропечатаны на высоком начальственном лбу крупным типографским шрифтом, а во взглядах, которые шеф метал в генерала, читалась холодная и недвусмысленная угроза.

По правде говоря, Иван Ильич не сомневался, что его арестуют прямо там, в кабинете, не дав даже собраться с мыслями. Потом, по дороге сюда, он был уверен, что не доедет. Он никак не мог сосредоточиться на управлении автомобилем, мысли его бродили где-то далеко, в пыльных афганских горах, среди груд щебня, под белесым, уже не раскаленным, а, наоборот, морозным небом.

Какого дьявола Грибовскому было нужно в подземной крепости талибов? Или его так напугал неудавшийся штурм поместья в Мексике, что он побежал спасаться к своим приятелям? В высшей степени сомнительно и совершенно непохоже на Грибовского. Сидеть под землей, писать отчет о собственных преступлениях и ждать, когда за тобой придут, — что может быть глупее? И руки...

Эти оторванные руки не давали Ивану Ильичу покоя. Внешность можно изменить, насверлить в здоровых зубах дырок и замазать их цементом — тоже не проблема. Фотографии сетчатки глаз Грибовского в архивах ФСБ не существовало, а пальцы, папиллярные линии которых по сей день никто не научился ни подделывать, ни изменять, исчезли вместе с руками. Так, может быть, это был двойник, а Грибовский сидит где-нибудь и тихонечко хихикает в кулак, потешаясь над своими преследователями?

Отпирая дверь своей дачи, генерал Потапов начал понемногу склоняться к мысли, что теперь это несущественно. Труп, совпадающий с Грибовским по всем параметрам, за исключением отпечатков пальцев, которые оказалось невозможно сличить с картотекой, полностью устраивал всех, в том числе и Ивана Ильича. А то, что покойничек ухитрился нанести последний удар с того света, — ну что ж, на то и война...

Все это и впрямь было теперь несущественно, и генерал Потапов, вдыхая затхлый, холодный и нежилой воздух внутри своей дачи, с грустью думал о том, что ничего вечного на свете не бывает. Даже ненависть не вечна, не говоря уже о любви или, скажем, такой чепухе, как чувство долга. Долг... Подите вы к чертям собачьим с вашим долгом! Всю кровь из человека выпили, а теперь что же — в тюрьму идти на старости лет из чувства долга? Этого еще не хватало...

Генерал открыл настежь окна в гостиной, подошел к камину и тяжело опустился на корточки. Березовые поленья лежали в закопченной пасти камина еще с весны, по всем правилам сложенные шалашиком, и даже береста для растопки была на месте, хотя уже успела покрыться довольно толстым слоем пыли. Потапов вынул из кармана зажигалку, высек огонь, поджег березовую кору и, не гася зажигалки, прикурил сигарету. После этого он уселся в старое кресло-качалку и стал, легонько покачиваясь, смотреть на огонь. Сигарета дымилась в его левой руке, а пальцы правой ласкали в кармане пальто рубчатую рукоятку пистолета.

Потом зазвонил телефон. Иван Ильич сунул сигарету в зубы, вынул телефон из кармана и посмотрел на табло определителя. Номер на дисплее был знакомый. Генерал криво усмехнулся. Ему хотелось ответить на вызов и сказать какую-нибудь гадость — например, послать шефа туда, куда русские мужики обычно посылают тех, кто им неприятен. Прямо так и сказать: «Пошел ты на хер!» — и отключиться к чертям. Может, его, гада носатого, кондрашка хватит со злости...

Телефон продолжал звонить. Иван Ильич повертел изящную, миниатюрную вещицу в руке, привычно удивляясь чудесам заграничной техники, и равнодушно бросил трубку в огонь. Жаркое березовое пламя лизнуло темный пластик, тот поплыл, пошел пузырями, заструился, покрывшись язычками чадного пламени. Тембр сигнала изменился, потом в телефоне что-то квакнуло, и он замолчал.

Генерал терпеливо ждал, пока корпус телефона не превратился в бугристый комок черного шлака, а потом бросил в огонь окурок и вынул из кармана нагревшийся пистолет. Он погладил ладонью теплый гладкий ствол, осмотрел пистолет со всех сторон, как коллекционер осматривает какую-нибудь особенно ценную статуэтку — не подделка ли? — после чего привычным движением передернул затвор.

...Выстрел спугнул ворон, и они еще долго кружили над пустым дачным поселком, оглашая его своим унылым карканьем.

Литературно-художественное издание

ВОРОНИН АНДРЕЙ НИКОЛАЕВИЧ

ОЛИГАРХ
ИСКУССТВЕННЫЙ ИНТЕЛЛЕКТ

Роман

Ответственный за выпуск *М. В. Адамчик*

Фирма «Современный литератор»
Лицензия ЛВ № 319 от 03.08.98.
220029, Минск, ул. Киселева, д. 47, к. 4.

При участии ООО «Харвест». Лицензия ЛВ № 32 от
27.08.2002. РБ, 220013, Минск, ул. Кульман,
д. 1, корп. 3, к. 42.

Республиканское унитарное предприятие
«Полиграфический комбинат имени Я. Коласа».
220600, Минск, ул. Красная, 23.